KB212314

이별할 땐 문어

Sea Change
by Gina Chung

이별할 땐 문어

정진아 장편소설 | 김지현 옮김

SEA CHANGE
GINA CHUNG

복복서가

나의 가족을 위해

바다에서 난 모든 생명은, 확실한 것이죠.

시간이 우리를 갈라놓을지라도, (제발)

의기양양하게 웃고 그들을 파도라 불러주세요.

—쉬하오룬, 「타코야키 뒤집기(문어를 되살리는 법)」

차례

1장

　오늘 아침에도 덜로리스는 울적하다. 그는 짝짓기할 준비가 되었다는 신호를 보내고 있다. 수조 안의 돌과 산호 위에 올라 앉아 수컷 문어에게 몸을 부딪어 수컷이 교접완을 자신의 외투강 안에 삽입하고 정자 꾸러미를 배출해주길, 그리하여 자신이 알을 낳을 준비를 할 수 있기를 바라는 것이다. 그런데 유감스럽게도 지금 이곳에는 그의 알들의 아버지가 되어줄 총각 문어가 없다. 따라서 지금 덜로리스가 진주 같은 우윳빛으로 변하는 건 사랑하고 싶은 기분이지만 바라볼 상대가 나 외에는 달리 없다는 뜻이다.

　덜로리스는 몸을 팬케이크처럼 납작하게 짜부라뜨릴 수도, 버섯처럼 부풀릴 수도 있다. 천 갤런짜리 수조 속을 헤엄쳐 나아갈 때면 공기 방울들이 그와 함께 깔깔 웃듯이 주위를 맴돈다. 깨끗하고 어둑한 물속에서 팔을 굽이굽이 뻗는 그의 모습은 마치 리본의 소용돌이 같다. 그는 종종 노파처럼 짜증을 부리기도 하지만 내가 새우와 생선으로 가득한 양동이를 들고 오는 모습을 보면 기뻐한다. 맹세컨대, 어떨 때는 나를 향해 손을 흔들기까지 한다.

그래서 오늘 아침 내가 델로리스에게 인사를 건네고 바깥 날씨가 어떤지 말해주었을 때 그가 몸 색깔을 푸른빛으로 바꾸었어도 나는 눈 하나 깜짝하지 않았다.

"너나 나나 똑같아, 어휴."

나는 라디오를 켜놓고 대걸레로 바닥을 닦았다. 지금은 오전 여덟시였고, 나 또한 지난 몇 달간 섹스 한번 못한 신세라 성욕에 굶주린 문어에게 감정이입할 생각은 없었다.

이건 내 잘못이다, 나도 안다. 나는 태가 떠날 때 아무것도 하지 않는 것으로 대처했으니까. 이별이라면 예전에도 경험했지만 상대가 지구를 떠날 계획을 세우는 바람에 헤어진 건 처음이었다.

태는 내가 수족관에서 일하는 것을 좋아하지 않았다. 내가 왜 "침몰하는 배 따위에 몸을 동여매고 있는지" 이해할 수 없다고 했다. 태의 성격상 말장난은 아니었다. 요즘 들어 수족관 방문객이 줄어든 것은 사실이다. 거대한 멸종위기종 바다거북을 집안 수족관에 두고 멍하니 구경하고 싶어하는 부자들이 동물을 자꾸만 사들이고 있어 더더욱 그렇다. 비수기에는 전시관이 마치 버려진 놀이공원처럼 황폐한 느낌을 풍기곤 한다.

그러나 딜로리스는 아직 여기에 있다. 어린 시절 내가 수조 유리벽에 코가 눌리도록 얼굴을 바짝 들이댄 채 딜로리스의 아른아른한 빛깔을 바라보며 경탄했을 때부터 그는 이 수족관에서 가장 빛나는 보석이었다. 아마 세상에서 가장 나이 많은 대왕문어 가운데 하나일 것이다.

"얼마나 큰지 봐봐. 정말 아름답지 않아?"

아빠는 그렇게 말하곤 했다. 아빠는 해양생물학자이자 이 수족관의 자문 위원으로, 수조 내 환경이 동물이 서식하는 자연 환경과 최대한 유사하게 유지되도록 점검하는 역할을 했다. 엄마는 아빠가 딜로리스 때문에 자신을 떠난다 해도 놀라지 않을 거라고 늘 농담 반 진담 반으로 말했다.

수족관 관리자이자 나의 상사인 칼이 들어온다. 헤어크림을 바르고 온몸으로 비즈니스맨 같은 분위기를 풍기고 있다. 그 순간 딜로리스가 잉크처럼 거무스름한 색으로 변하며 슬그머니 달아난다. 나는 그를 탓하지 않는다. 칼은 누구든지 자신을 보면 반가워한다고 여기고, 늘 헤드폰이라도 쓴 듯 큰 소리로 떠드는 유의 사람이다. 무해하지만 한편으로는 극도로 성가시다.

"좋은 아침, 숙녀분들!"

그가 카페인이 함유된 친절을 내뿜으며 말한다.

"좋은 아침이에요, 칼."

나는 대걸레에서 시선을 들지 않은 채 말한다. 칼은 수조 유리가 동물의 옆구리라도 되는 양 토닥토닥 두드린다. 그러자 덜로리스가 물속 한구석에서 커다란 눈을 반짝 뜨고 가로로 길게 찢어진 눈동자를 번뜩이며 칼의 두툼한 분홍색 손의 움직임을 지켜본다. 하지만 칼은 그를 보지 못한다.

"셰릴은 오늘 출근 안 했고, 프랜신은 견학생들을 맡을 거예요. 파도 수조 청소하는 것 좀 감독해줄 수 있죠, 로?"

내가 안 된다고 말하려고 입을 떼는 순간 그가 재빨리 덧붙인다.

"당신도 휴가를 쓸 날이 있을지 모르잖아요. 내가 직접 하고 싶지만 오늘은 늦게까지 근무할 수 없어요."

"근사한 데이트라도 있나보죠?"

나는 말을 꺼내자마자 후회한다. 칼의 얼굴에 퍼지는 미소를 보아하니 무언가 할 이야기가 있는 게 분명하고 그 이야기를 하기 전까지는 나를 놓아주지 않을 게 뻔하다.

"이름은 크리스티나예요. 오늘이 첫 데이트니까, 아마……"

"그렇군요."

말 좀 그만해. 나는 내심 생각하지만 입 밖으로 꺼내지는 않는다.

내가 태를 아직 만나던 때, 그리고 업무 외에도 무언가 할 거리가 있는 삶을 살던 때에는 휴무가 중요했다. 우리는 뉴욕주 북부나 뉴저지주 남부 등 내키는 대로 장소를 골라 주말여행 계획을 세우곤 했다. 이동 경로나 방법은 늘 태가 책임졌지만, 도로변의 특색 있는 명소나 가볼 만한 특별한 박물관 같은 곳을 알아보는 건 내 몫이었다. 그렇게 다니다 허드슨강으로 올라가는 길에 들른 한 동네에서 나막신 전시회를 보기도 했다. 태는 이런 짧은 여행을, 생소한 것을 찾아다니는 내 성향을 좋아했다.

"너랑 같이 세상을 더 많이 보러 다니고 싶어."

언젠가 내가 올버니 외곽 어딘가에서 열린, 로봇 다람쥐로 이루어진 저그밴드* 공연에 끌고 갔을 때 그는 이렇게 말하기도 했다.

태가 떠난 지금 나 혼자 애리조나 사막 같은 데로 여행 가지 못할 이유가 뭐가 있겠는가? 하지만 휴가라는 걸 가져본 지 몇 달은 됐다.

내가 침묵을 지키자 칼은 놀란 눈치다. 그가 명랑하게 조잘거린다.

"아주 좋아요! 이따가 오후에 견학생들이 오면 당신이 덜로

---

* 주전자, 냄비 등의 잡동사니를 악기 삼아 연주하는 악대.

리스를 불러내 인사시켜주는 거예요. 아이들은 늘 딜로리스를 좋아하잖아요."

그 말에 반응하듯 딜로리스가 희끗한 팔을 내밀어 칼을 향해 휘젓는다. 그러자 칼이 놀라서 꺅 소리를 지른다. 딜로리스가 원치 않는 것을 누군가 억지로 시킬 수 있다고 생각하다니, 나는 웃음이 나오려는 걸 애써 참는다.

*

딜로리스는 나이가 열여덟에서 스물다섯 살 사이이니 나보단 어리다. 그러나 바다 생물의 기준으로 보면 그는 90대 노인이나 마찬가지다. 딜로리스는 세계에 현존하는 마지막 대왕문어로 알려져 있을 뿐만 아니라, 뜨거워진 바다 중에서도 가장 심하게 오염된 베링 소용돌이에서 태어난 것으로 유명하다. 베링 소용돌이는 십오 년 전 나의 아버지가 정기적인 연구 여행을 떠났다가 실종된 곳이기도 하다.

나는 베링 소용돌이 사진을 전부 찾아내 저장하고 살펴보았다. 알래스카의 정유공장에서 배출한 독극물 때문에 붉은색과 녹색과 보라색을 띤 바닷물 부분에 메모를 적어넣었다. 아버지를 찾으러 직접 그곳으로 가는 상상도 했다.

공식적으로 아버지는 '실종, 사망 추정' 상태다. 하지만 과연 사망한 것으로 추정하는 게 맞는지 모르겠다. 가끔 모르는 번호나 어딘지 알 수 없는 지역번호로 전화가 오는데, 받아보면 물보라가 휘몰아치는 소리 같은 것이, 아니면 어떻게든 말을 전달하려고 애쓰는 듯한 누군가의 음성이나 숨소리 같은 것이 똑똑히 들린다. 엄마에게 말했더니 엄마는 변태거나 스팸전화일 거라고 했지만 나는 아빠일지 모른다는 생각을 떨칠 수 없다. 저 어디에선가 아빠가 여전히 돌아올 길을 찾고 있다고, 그 전화들은 아빠가 그 사실을 전하기 위해 또는 어디에 있든 나를 생각하고 있다는 걸 알리기 위해 건 것이라고.

베링 소용돌이는 일반적인 알래스카 유람선이 들르는 곳이 아니다. 거기 가는 사람들은 오염 현장을 구경하러 가는 관광객이나 연구자밖에 없다. 지난 수십 년 동안 돌이킬 수 없을 정도로 변형된 유전물질을 물려받아 살아남고 돌연변이를 일으키고 번식해온 그곳의 생물체들은 크기도 모양도 엄청나며 목격하거나 포획하기도 어렵다. 기후과학자와 해양생물학자 들은 혹시라도 이들의 모습을 볼 수 있을까 하는 마음에, 이 생물체들이 이처럼 가혹한 조건에서도 계속 살아갈 수 있는 이유를 발견할 수 있을까 싶어 베링 소용돌이에 집착한다.

처음 구조되었을 당시 덜로리스는 키가 4.6미터였는데 계속 자라는 중이었고, 워낙 힘이 세고 영리해서 수조에 철제 뚜껑을 씌워야 했다. 이제 덜로리스는 6미터가 넘고, 둥그렇고 짓궂은 그의 눈동자는 내가 어렸을 때 교실에서 쓰던 지구본만하다. 그 시절 나는 지구본을 돌리다가 손가락으로 회전을 멈췄을 때 과연 내 손가락이 어느 지역에 닿았을지 추측하며 놀곤했다.

*

"우리 집안 여자들은 남자 복이 없어."

내가 태와 헤어졌다고 하자 엄마는 이렇게 말했다. 엄마는 할머니가 할아버지와 일찍 사별하고 서른두 살에 과부가 되었던 것이나, 이모가 남편감을 영영 찾지 못한 것을 불운의 예로 든다. 엄마는 내가 전화도 통 안 하고 집에 찾아가지도 않는 걸 불평하거나 '우리 여자들끼리' 같은 말을 하는 유의 엄마는 아니다. 하지만 이따금씩 이렇게 단정적으로 말할 때면 엄마가 평소에 내보이는 쌀쌀맞고 뜨악한 태도 이면에 감정을 가진 사람이 있다는 사실을 깨닫게 된다.

사실 엄마는 태를 마음에 들어했다. 그리고 당신 딸이 드디어 한국인이면서 똑똑하고 잘생기고 직업다운 직업까지 가진 남자친구를 사귀게 되었다는 사실을 쉽게 믿지 못했다. 어떤 의미에서 나는 태 덕분에 멀쩡한 사람이 되었고, 마침내 엄마가 이해할 수 있는 유형의 여자가 된 셈이었다. 태 이전에는 엄

18

마에게 소개한 사람이 없어 엄마는 태가 나와 데이트하거나 섹스한 첫 상대라고 생각할 가능성이 높다. 엄마는 내 앞에서 섹스를 언급한 적이 없다. 어린 시절 나는 내가 바다 거품에서 태어났을 거라고 상상했다. 어느 날 해변까지 밀려온 조그마한 진주알이었던 나를 엄마 아빠가 주웠을 거라고.

원래 태는 아크 4호 프로젝트의 일원으로 떠날 예정이 아니었다. 화성에 최초의 인간 식민지를 건설하기 위해 그 붉은 행성까지 어둠 속을 빙글빙글 돌며 몇 년을 날아갈 승무원단에 지원하긴 했지만, 그 추첨 결과를 기다리는 지원자는 수천 명에 육박했다. 나는 과학적 사고를 가진 소년들이 으레 그렇듯이 태가 세상을 구하기 위해 떠나는 판타지에 젖어 있나보다 하며 흘려들었을 뿐 진지하게 받아들이진 않았다.

"그래서, 뽑히면 바로 화성으로 가는 거야?"

나는 태가 임무에 지원했다는 말을 들었을 때 미심쩍어하며 물었다. 그러자 그는 고개를 저었다.

"그렇진 않아. 추첨에 뽑힌다 해도 신체검사와 적성검사를 통과해야 하고, 그런 다음에는 애리조나에서 훈련을 받아야 하거든. 임무를 해낼 수 있을지 알아보는 시뮬레이션 같은 거야."

그는 프로그램의 여러 계획과 목표, 아크 4호 프로젝트에서 찾는 유형의 사람들(다양성과 포용성 정책에 따라 충족해야 할 기준이 있는 모양이었다)에 대해 설명하기 시작했지만 이미 나는 귀담아듣고 있지 않았다. 우주의 광활한 어둠은 바다의 어둠과는 완전히 다르다. 바닷속은 아무리 헤아릴 수 없이 깊고 아무도 살 수 없을 듯 보이더라도 보고 만질 수 있는 생명들의 징후로 희미하게 빛나게 마련이다. 나는 우주에는 그다지 관심이 없었다.

마침내 태는 프로그램에 합격했고, 사막으로 떠나기 이 주 전에야 나에게 그 소식을 전했다.

"로, 할 이야기가 있어."

어느 날 저녁 태가 그린 커리를 차려놓은 식탁을 사이에 두고 말했다. 나는 가슴이 철렁했다. 누가 할 이야기가 있다고 말할 때 좋은 일이었던 적이 없다. 아빠가 탄 배가 실종되었고 같이 간 사람들 중 누구도 발견되지 않았다는 소식을 전해줄 때 엄마도 그렇게 운을 뗐다.

그래서 태가 아크 4호 프로젝트에서 받은 인증서, 비행기 티켓, 아크 4호의 황금빛 로고가 각인된 반짝이는 환영 키트 상자를 보여주는 동안 나는 마음을 단단히 도스르며 커리가 식어가는 것을 지켜보았다.

"미안해."

내가 아무 반응도 못하자 태가 말했다. 그는 초조할 때면 늘 그러듯 안경을 벗어들고 닦았다.

"하지만 이 기회를 놓칠 순 없어."

"놓칠 수 없다고?"

목이 모래가 낀 듯 깔깔했다.

"대체 여기에 없는 무엇이 거기에 있는 건데? 그게 왜 그렇게 중요해?"

태는 어린아이를 대하듯 부드럽게 말했다.

"로, 지구는 죽어가고 있어. 아크 사호는 지구에서 살아가는 게 어려워지는 현실에 대한 해결책을 찾아내려는 거야. 나는 늘 이런 일을 하고 싶었어."

"그럼 나는?"

태와 싸울 때면 내 목소리는 꼭 숨이 막혀 간신히 쥐어짜내야 하는 것처럼 새되고 높아졌다. 태는 내가 이런 식으로 말하는 걸 싫어했다.

"그럼 나는 어떡해? 네가 돌아올 때까지 무작정 기다려?"

태는 아무 말도 하지 않았다. 그제야 나는 그가 아주 오랫동안 돌아오지 않을 것이며, 돌아온다는 기약조차 없다는 것을 알았다. 태가 처음 지원할 때 프로젝트 참가자들에게 지급되는 보급품에 대해 말해준 적이 있었다. 식물 씨앗, 물 정화 용품, 외로움을 느낄 때를 대비한 콘돔 같은 평범한 생필품 외에 배란 진단 키트까지 포함되어 있었다. 아크 4호 프로젝트에 자금을 대는 회사 유로파는 승무원들이 화성에 새로운 세대의 인간을 번식시키고 싶다면 좋을 대로 하라는 뜻을 명백하게 밝힌 것이었다.

다음날 나는 덜로리스에게 그 일을 털어놓았다. 그의 아침식사를 물속에 털어넣고, 덜로리스가 세상에서 가장 무시무시한 파라솔처럼 몸을 펼치면서 날카로운 부리로 은빛 생선을 집어 삼키는 모습을 지켜보며 나는 태에 대해 울면서 이야기했다. 식사를 마친 덜로리스는 서서히 고동색으로 변했는데, 아마도 내게 기운을 북돋아주려는 것이겠거니 했다.

예전 같았으면 단짝 친구에게 연락해 퇴근 후 한잔하면서 속마음을 털어놓았겠지만 요즘 친구는 무척 바빴다. 윤희와 나는 어렸을 때부터 알던 사이였고, 지금은 수족관에서 같이 일하고 있다. 나는 사육부, 윤희는 개발부에 있다. 그런데 윤희가 재정실 차장으로 승진한 뒤 만나기가 어려워졌다. 내가 보낸 문자 메시지에 대답도 잘 안 하고, 며칠 뒤 겨우 보내온 답장에는 감탄부호가 잔뜩 찍혀 있고 "곧 보자"라는 말이 따라붙곤 한다.

그러다 마침내 윤희에게 나와 태의 근황을 이야기할 기회가 생겼다. 우리 사이는 예전과 다르지 않았지만, 윤희의 안타까워하는 어조에는 은근히 무언가를 평가하려는 기색이 깔려 있었다.

"뭐야?"

에어컨이 윙윙거리는 소리가 맴도는 내 아파트에서 술을 마시다 말고 나는 윤희에게 반문했다. 나는 샤크티니를 마시고 있었는데, 그건 진을 잔뜩 섞은 마운틴듀에 할라피뇨를 약간 넣은 것이다. 윤희와 내가 대학 시절 따분했던 어느 파티에서 개발한 칵테일이었다. 그때 우리는 완전히 취해 있었다. 왜 샤크티니라는 이름을 붙였는지도 기억나지 않는다.

윤희는 우리집 유리잔 가운데 그나마 깨지지 않은 잔에 와인을 따라 마시고 있었다. 한 모금씩 천천히 마실 때마다 윤희의 뺨이 발그레해졌다.

"아니, 난 그냥⋯⋯ 너도 그럴 줄 몰랐던 건 아니잖아, 안 그래? 관계를 시작하는 것도, 끝내는 것도 두 사람이 함께하는 거잖아."

"내 남자친구가 나랑 헤어지고 화성으로 가겠다는 게 내 잘못이라는 뜻이야?"

"아니, 그게 너희 둘 모두에게 최선일 수도 있다는 거야. 우리는 이제 이십대가 아니잖아. 이제는, 뭐라고 할까, 삶에 대해 진지해져야 할 때라고. 우리가 원하는 현실을 분명하게 파악해야지."

"하긴 그래."

나는 에어컨을 더 세게 돌리며 대꾸했다. 윤희는 가끔 인스타그램 사진에 달린 설명처럼 말하는 버릇이 있었다. 윤희가 와인잔을 테이블에 내려놓더니 핸드폰을 들이대고 사진을 서너 장 찍은 다음 그중 무엇을 게시할지 골랐다. 그 모습을 지켜보노라니 걔가 게시글에 무슨 말을 적을지, 나를 태그할 생각인지 아닌지 궁금해졌다. 한때 윤희는 시간이 날 때마다 틈틈이 그리던 우스꽝스러운 낙서나 수채화 따위를 인스타그램에 올리곤 했다. 심지어 온라인으로 그림을 판매한 적도 있었다. 하지만 이제 윤희의 인스타그램 계정은 사방이 빛으로 가득한 공간에서 찍은 음식, 옷차림, 휴가 장면, 액세서리 등으로 채워진 라이프스타일 콘텐츠가 되어버렸다. 약혼한 이후로는 팔로워 수가 부쩍 늘었다. 윤희는 온갖 것을 올린다. 약혼자인 제임스와 함께 시험 삼아 먹어본 웨딩 케이크부터 시작해, 어느 날모처럼 나랑 함께했던 점심식사 자리에서 보여준 크림색 청첩장에 이르기까지.

*

오늘 아침은 태가 떠난 지 세 달하고도 3주가 되는 날이다. 아크 4호 인스타그램 계정에는 훈련 시설, 비행 준비 과정, 승무원들의 모의연습에 대한 게시물이 올라오곤 하는데, 오늘은 승무원과 자원자가 다 함께 은색 작업복 차림으로 찍은 단체사진이 올라왔다. 태는 줄 끄트머리, 어떤 여자 둘 사이에 끼어 있었다. 사진에 태그된 프로필을 보니 여자들의 이름은 각각 산디아와 브리였다. 사막에서 몇 달이나 보냈는데도 그들의 피부는 촉촉해 보였고, 머리카락도 풍성하고 윤이 흘렀다. 침대에 누운 채 핸드폰에 뜬 태의 얼굴을 확대하고 있으려니 나 자신이 싫어졌다. 태는 머리카락이 길었다. 수염도 기르고 있는 것 같았다.

태는 여전히 내게 가끔 메시지를 보냈다. 프로젝트 참가자들은 모두 유로파가 개발한 특수 암호화된 메신저 앱을 사용해야 하는데, 나는 내 핸드폰에 깔린 그 앱을 차마 삭제하지 못했다. 태는 애리조나에 도착하고 며칠 뒤 내게 사막 풍경을 찍은 사진 한 장을 보내주었다. 그가 자신의 침실에 난 특수 아크릴 창문으로 내다본 붉은 땅과 푸른 하늘이 얼마나 선명한지 비현실적으로 보였다.

"여긴 정말 아름다워."

태의 메시지엔 그렇게 적혀 있었다. 나는 답장하지 않았다.

"내가 그립긴 해?"

어느 날 나는 그런 메시지를 태에게 보냈다. 집에서 혼자 샤크티니를 세 잔쯤 마시고 마음이 약해졌을 때였다. 직장에 있을 때는 인광燐光을 띠는 푸르스름한 수조의 빛에 위로받고, 물로 이루어진 안도감 속에 푹 잠겨 있는 듯한 느낌이 든다. 그러나 집에서는, 가끔 천장에서 물이 새고 욕실 문이 도통 닫히질 않고 냉장고에서는 아무리 닦아도 항상 엎질러진 요구르트 냄새가 나는 이 너절한 아파트에서는 모든 게 너무나 생생하게 되살아나서 마음이 아프다. 햇살이 비치는 아침 커피 끓는 냄새에 잠에서 깼던 일, 바닥에 책상다리를 하고 앉아 책을 읽다가 나를 올려다보며 미소 짓는 태를 보고는 침대에서 빠져나왔던 기억. 우리가 서로의 안으로 사라져버렸던 오후. 태가 무언가 복잡한 요리를 만드는 동안 나는 와인 한 병을 마시고 수족관의 동물 흉내를 내서 그를 웃겼던 저녁. 아침 산책을 유독 좋아했던 태 때문에 억지로 일찍 일어나 맞이해야 했던 일출. 뭐 그런 괴짜가 다 있는지.

"그립지."

이틀간의 침묵 끝에 그가 보낸 답장이었다.

정말이지 그 앱을 삭제해야 한다. 가끔은 삭제할 용기를 쥐어짜내기도 한다. 하지만 태의 미소, 잠결에 내 이름을 중얼거리던 태의 모습을 떠올리기만 하면 의지가 꺾인다. 그런 사소한 것들 때문에 못하다니 얼마나 부끄러운 일인지.

*

쉬는 시간이 되자 칼은 이메일의 받은편지함을 새로고침하러 갔는지 어쨌는지 어디론가 갔고, 나는 덜로리스의 수조 물의 산성농도를 측정한 다음 오늘 치의 퍼즐을 준다. 덜로리스의 먹이 양동이에 있던 작은 게 한 마리를 경첩 달린 상자 안에 담아 물에 넣어주는 것이다. 물속에 상자를 담그고 잠시 있으니 덜로리스가 팔 하나를 내 팔에 친친 감는다. 궁금한 게 많은 듯 빨판이 내 팔을 더듬는 묘한 감각이 느껴진다. 이윽고 덜로리스는 나를 놓아주고 상자를 어떻게 열지 알아내려고 집중하기 시작한다.

덜로리스가 드넓은 바다의 매력을 그리워할지, 지금 베링 소용돌이에서 번성하고 있다는 소문이 도는 지느러미가 여섯 개 달린 연어나 날개 달린 대구에 비하면 우리가 주는 게와 생선이 빈약하다고 느낄지 궁금하다. 인간은 베링에서 나는 물고기를 소화할 수 있을 만큼 강하지 않지만, 그곳에서 태어나 성체가 될 때까지 살았던 대왕문어에게는 아마도 별미일 것이다. 나는 상자 뚜껑을 비틀어 열려고 하는 덜로리스의 모습을 몇 분간 지켜보다 다른 전시관들을 확인하러 발을 옮긴다.

파도 수조로 가는 길에 단체 관람객을 안내하고 있는 프랜신과 마주친다. 모두 똑같은 티셔츠를 입고 방문증을 목에 건, 한 학급의 초등학생들이다. 프랜신은 아이들을 워낙 잘 다루기 때문에 단체 관람 안내를 도맡고 있다. 조그마한 몸집에 비해 너무 큰 티셔츠를 입은 어떤 여자아이가 무리에서 떨어지자, 교사 중 한 명이 아이를 제 위치로 보낸다. 그 틈에 프랜신이 내게 윙크를 보낸다.

"그러면 수달 무리를 뭐라고 부르는지 아는 사람?"

프랜신이 묻자 아이들이 멍하니 그를 올려다본다.

"가족?"

그중 한 아이가 꺼낸 말에 나는 걸어가다 말고 잠시 멈칫한다. 숨을 들이켠 후, 마저 걸어야 한다고 나 자신을 다잡는다. 모퉁이를 도는데 프랜신이 이렇게 말하는 소리가 들린다.

"맞아요! 하지만 베비bevy나 롬프romp*라고 부르기도 한답니다. 아주 장난기가 많으니까요."

*

우리 가족은 장난기 같은 게 별로 없었다. 우리는 사랑이 페트리접시 위의 배양균처럼 하룻밤 사이에 저절로 자라날 것이라고 기대하며 그것을 나누어놓고 조심스럽게 보호하면서 가만히 내버려두었다.

나는 늘 아빠의 관심을 끌기 위해 무언가와 경쟁하는 기분이었다. 아빠는 밤하늘에서 별자리를 찾는 법이나 길가의 좁은 공간에 평행주차하는 최적의 방법 같은 것을 가르쳐주는 걸 무척 좋아했지만, 내가 설명을 얼른 알아듣지 못해 시간이 오래 걸리면 별안간 두 손을 쳐들고 짜증을 내며 내 말을 끊어버리

---

* bevy는 '무리', romp에는 '까불며 뛰놀다'라는 뜻이 있다.

곤 했다. 대학에서 성악을 공부했고 현재 일주일에 5일을 교회에서 보내며 합창단 지휘를 하는 엄마는 당신이 내게 줄 수 없는 것, 이를테면 용서나 인내 같은 것을 기도로 간구하는 법을 가르쳐주었다. 내 생각엔 부모님이 서로를 사랑하거나 적어도 좋아했던 때가 있었던 것 같다. 하지만 처음에 두 분을 하나로 묶었던 그 무언가가 내가 태어난 이후 훨씬 불안정한 것으로 변질되었다.

나는 한 주 동안 내가 잘한 일을 모두 따져보곤 했다. 침대 정리, 식탁 치우기, 저녁식사 전에 숙제 다 끝내기 등등, 부모님이 시키지 않았는데도 해낸 모든 일에 스스로 점수를 주었다. 토요일 밤이면 내가 모은 점수를 성적표에 합산해 그주 동안 얼마나 사랑받았어야 했는지 판정하고, 각 성적표에 부모님의 서명을 받아 벽장 속 상자에 정리해두었다.

나는 남자친구를 사귈 만한 나이가 되자 부모님이 없는 틈을 타 상대를 집에 데려오기 시작했다. 그리고 내가 굳이 숨기려고도 하지 않았던 목 위의 작은 멍 자국을, 차 뒷좌석에서 흩어지는 뜨거운 숨결을, 나보다 더 다루기 쉽고 덜 절박한 누군가에게로 떠나간 연인 때문에 텅 빈 주차장에서 혼자 울음을 터뜨리는 경험을 곧 사랑이라고 생각했다. 20대 초반에는 숙취로 인해 열감이 느껴지는 아침에 남자가 내 안에 들어오도록 놔두면서 그의 열기를 나 자신의 것처럼 느낄 때 쇄골 아래에 고이는 땀의 맛이야말로 곧 사랑이라고 생각하기도 했다. 가끔 나는 상대가 콘돔을 쓰지 않아도 내버려두곤 했는데, 때로는 그걸 원했기 때문이고 때로는 원하는지 아닌지조차 몰랐기 때문이다. 사랑은 내가 다음 상대의 요구에 맞춰 갓 정련된 대리석 덩어리처럼 매끈해질 때까지 나 자신을 깎아내고 또 깎아내는 일이었다.

하지만 태는 달랐다. 처음부터 그는 우리 관계가 확실해지기 전까지는 나랑 자지 않을 거라고 말했다. 당연하게도 나는 그 말에 불쾌해졌고, 또 그만큼 매료되었다.

"내가 마음에 안 들면 그냥 그렇다고 말해도 돼."

내 말에 그는 웃지 않았다. 그저 금테 안경 너머 동그랗고 진지한 눈으로 나를 빤히 바라보았다.

"나도 예전에는 관계를 서두른 적이 있지만 너하고는 그럴 이유가 없어."

커피, 와인, 전시회, 영화, 저녁의 대화(모두 태의 제안이었다)로 이루어진 데이트를 두 달간 이어가며 점점 답답해하다 마침내 처음으로 섹스했을 때 나는 얼마나 긴장했는지 땀범벅이 되었다. 온몸이 땀으로 너무 미끌거려 이러다 침대에서 미끄러져 수치심과 갈망의 흔적을 달팽이 점액처럼 바닥에 남기며 복도를 걸어가는 건 아닐까 걱정할 정도였다. 겨드랑이, 다리오금, 배 위의 곡선을 따라 땀이 고였다. 가뜩이나 서툴렀던 나는 태의 침실 한가운데, 그의 앞에 서서 이렇게 말해버렸다.

"나, 땀이 너무 많이 나."

밖에는 비가 내리고 있었다. 태의 모든 것이 그렇듯 말끔하고 검소한 집안에 지붕과 창문을 때리는 빗소리가 울려퍼졌다.

태는 아무 말도 하지 않았다. 그저 안경을 벗어 단정히 접은 다음 나를 올려다보았다. 그의 눈에는 강아지에게서 볼 수 있는 꾸밈없는 신뢰가 가득 담겨 있었다. 보통 남자애들이 그러듯 태가 팔을 위로 뻗어 웃옷을 당겨 벗자 어슴푸레한 불빛 아래로 여윈 손목과 팔꿈치가 얼핏 보였다. 그는 나를 끌어당기더니 내 손을 자기 가슴 위에 얹었다. 손으로 전해지는 심장박동이 너무 빨라서 한순간 911을 불러야 하나 싶은 생각마저 들었다.

"나도 긴장돼."

태가 그렇게 말하고는 내게 키스했다. 그리고 천천히 내 옷을 벗겼다. 그의 손이 마치 나를 너무 오래 내버려둘까봐 겁이 난다는 듯 배, 허리, 가슴 위를 맴돌았다. 그는 머나먼 여행을 앞둔 선원처럼 키스했다. 짭짤한 포말, 부서지는 파도, 분홍빛 수평선의 키스였다. 나는 캄캄한 물과 햇볕에 데워진 수면을 생각하며 그와 함께 뒤엉켰고, 폭풍우에 휩쓸린 두 척의 조각배처럼 오르락내리락했다. 막바지에 이르자 우리 둘 다 숨을 헐떡이고 태도 나만큼이나 땀투성이였으며, 방안은 우리 둘의 냄새로 가득했다.

섹스 후 나는 멍한 상태로 그에게 사랑하는 것 같다고 말했다. 그리고 그도 나를 사랑한다는 말에 또다시 얼떨떨했다. 행복한 고요가 뼛속으로 스며드는 것 같았다. 너무나 낯선 감각이라 처음에는 제대로 인지하지도 못했는데, 이내 공포가 그 감정을 낚아챘다. 나는 잠든 그의 가슴이 오르락내리락하는 것을 지켜보며 생각했다. 아, 안 돼. 잃을 수 있는 걸 또 만들어버렸잖아.

우리 관계는 내내 이런 식이었다.

*

파도 수조는 동물을 만져보는 체험이 가능한 공간이다. 조명이 환하게 밝혀져 있고 시끄러우며 냄새가 난다. 붉은 불가사리와 보라색 성게가 염분이 함유된 청록빛 물속을 점점이 장식하는 가운데, 어떤 천재가 고안한 것인지 갈매기 울음소리와 파도소리가 배경음으로 울려퍼진다. 곧 단체 관람객이 프랜신의 안내를 받으며 여기로 올 것이다. 아이들은 연체동물을 건져내 만져볼 수 있게 해주는 파도 수조에 오면 좋아서 어쩔 줄모른다. 나는 그들이 도착하기 전에 수온과 용존산소를 점검하고 나중에 칼이 확인하고 추가로 지시할 내용을 최소화하기 위해 미리 와 있다.

카리브해에서 새로 들여온 지 얼마 안 된 소라게 중 한 마리가 약간 창백해 보인다. 덜로리스는 소라게를 좋아한다. 아마 달콤하고 군침이 도는 사탕처럼 느껴질 것이다. 하지만 이 소라게의 상태는 별로다. 마치 술에 취해 지갑을 찾으러 다니는 여자처럼 비틀거린다. 내가 녀석을 물 밖으로 꺼내 모래 위에서 쉬게 해주려고 손을 뻗는데, 윤희가 내 이름을 부르는 소리가 들린다.

"야!"

윤희가 눈에 주름이 잡힐 정도로 활짝 웃는다. 그 순간 우리 사이가 옛날로 돌아간 듯한, 윤희가 내게 점심시간에 뭐할 거냐고 묻거나 오늘 있었던 짜증스러운 일에 대해 말할 것 같은 느낌이 든다. 그런데 윤희는 목소리를 낮추더니 이렇게 묻는다.

"너 내 메일 받았어?"

내가 뭐라고 대답할 새도 없이 그가 말을 잇는다.

"빨리 확인하는 게 좋을걸. 내가 좀 놀라운 소식을 보냈거든."

윤희는 흥분한 상태이면서도 한편으로는 조심스러워 보인다. 내 반응을 살피는 것 같다.

"확인할 시간이 없었어. 아침에 너무 정신이 없어서."

나는 윤희가 내 연락에 답하지 않을 때 툭하면 늘어놓는 변명을 흉내내어 말한다.

"그랬구나."

윤희가 눈썹을 추어올리며 말을 잇는다.

"음, 그럼 지금 말해주는 게 낫겠네. 지금 위에서 딜로리스에게 관심을 보인대. 딜로리스를 팔려고 하나봐."

"뭐라고?"

내게는 하늘의 달을 팔려고 한다는 소리나 다름없이 들린다.

"그럴 순 없어. 말도 안 돼."

"사겠다고 나선 사람이 있나봐. 이번 달 말까지 양도할 예정이래. 이송할 때 필요한 물건이 뭔지 너한테 물어보라는 지시를 받았어."

물어보라는 지시를 받았어. 요즘 달라진 윤희에게서 가장 마음에 안 드는 부분은 자기가 말하고 있는 문제가 완전히 자기 통제 밖에 있다는 듯 이렇게 수동적인 어투를 즐겨 쓴다는 점이다. 태 역시 아크 4호에 대해 알려주면서 이런 식으로 말했다. 내가 뽑혔어, 로. 일생의 기회가 찾아온 거야.

배를 한 대 얻어맞은 기분이다. 충분히 화를 낼 틈도 없이 이런 일이 벌어지리라는 걸 진작 알아챘어야 했다는 생각이 든다. 몇 주 전 칼이 딜로리스가 늘 "수줍음이 많으냐"라고 물었을 때 알아차렸어야 했는데.

"잘된 일이야, 로."

윤희가 목소리를 누그러뜨리며 말한다.

"딜로리스가 너한테 중요한 존재라는 건 알아. 하지만 딜로리스와 우리 모두를 위해 잘된 일이잖아. 구매자는 사설 수족관을 열려고 한대. 더 큰 수조와 좋은 시설을 갖출 돈도 있다나봐. 너 괜찮아?"

어딘가에 앉아야겠다. 나는 근처 벤치로 가서 앉은 뒤 소라게에게 주의를 집중한다. 일부 종의 게들과 달리 소라게는 군집 생활을 한다. 게의 무리를 '캐스트cast'라고 부른다. 언젠가 크리스마스에 태가 내게 소라게, 농게, 달랑게, 거미게, 바닷게 등 다양한 게가 수놓인 양말을 선물하면서 알려준 내용이었다. 그는 그런 정보를 수집했다. 올빼미 무리는 팔러먼트parliament, 코브라 무리는 퀴버quiver, 얼룩말 무리는 질zeal, 고양이 무리는 클로더clowder라 한다나.

그가 떠난다는 말을 꺼내기 일주일 전, 인터넷에서 어느 러시안블루 고양이를 눈여겨보고 이미 마음속으로 파블로바라는 이름도 붙여놓았던 나는 그와 동거를 시작하기 전의 준비 과정 삼아 우리가 데려와 함께 키우면 어떨지 물어보려고 벼르던 중이었다. 아마도 나는 그때 이미 태가 내게서 멀어지고 있다는 것을 느꼈던 것 같다.

"어떡해, 로. 딜로리스가 너한테 어떤 존재인지 알아."

윤희가 내 어깨에 손을 얹는데, 그 손길이 무거우면서도 조심스럽다. 나는 어깨를 으쓱해 손길을 떨쳐버린다.

"어떻게 그럴 수가 있어? 딜로리스는 여기서 십 년이나 살았잖아."

윤희가 한숨을 쉰다. 그때 그의 핸드폰에서 불빛이 깜박인다. 윤희는 핸드폰을 꺼내 화면을 몇 번 두드리더니 도로 집어넣는다. 그러고는 얼른 말을 꺼내지 못하고 뜸을 들인다. 언젠가 그는 자신을 보다 중요한 존재로 부각하는 비결은 입을 열기 전에 잠시 멈추는 것이라고 말한 적이 있다. "그러면 사람들이 네게 고개를 기울이고 집중하게 돼. 여기 임원들도 다 그러잖아."

"음, 이건 대외비인데, 예산이 삭감될 예정이야. 딜로리스는 우리 수족관에서 늘 인기가 많긴 했지만 돈을 많이 잡아먹는 게 사실이고. 이 거래가 성사되면 중앙 전시관을 다시 채우는 데 도움이 될 거야. 우리 마케팅 예산도 재편성하고."

나는 기억을 더듬어보려고 하지만 감정이 북받쳐 말이 뒤죽박죽으로 쏟아져나온다.

"마케팅 예산? 도대체 무슨 마케팅을 할 필요가……"

"수족관을 폐쇄할 수도 있다."

나는 윤희를 빤히 쳐다본다.

"무슨 말이야, 폐쇄하다니? 우리는 주립 기관이잖아."

"주 예산을 투입해야 할 곳은 많은데 수족관은 우선순위에 못 드니까. 그리고 이것도 대외비인데, 자산을 매각하지 않으면 우리 수족관은 올해를 넘기지 못할 거야. 직원도 프로그램도 많이 줄이고, 사료와 유지 보수 예산도 삭감해야 할지 몰라."

윤희는 프레젠테이션을 하듯 설명한다. 그의 차분한 눈은 내가 갑작스러운 움직임이라도 보이지 않을까 살피려는 듯 나를 응시하고 있다. 나는 거칠게 손짓을 해가며 되묻는다.

"여길 폐쇄하면 동물은 다 어떻게 할 건데? 부자 투자자에게 선택받지 못한 운 나쁜 동물은?"

윤희는 조바심이 나는 듯 목소리를 높인다.

"보호소 같은 곳으로 보내겠지. 나도 몰라. 어쨌든 이 거래는 중요해, 로. 우리에게 큰 돌파구가 될 거야. 너도 수족관이 유지될 수 있도록 돕고 싶을 거 아냐."

딜로리스가 내 머릿속에서 헤엄친다. 그의 총명하고 교활한 눈. 내 팔을 부드럽게 더듬는 빨판. 물속의 해초처럼 일렁이는 다리.

윤희가 일어나면서 말한다.

"아무튼 그 문제로 필요한 게 있으면 알려줘. 나는 다섯시에 미팅이 있어서 가봐야 해. 또 얘기하자, 알았지?"

윤희가 걸어가는 소리가 들리지 않는다. 쟤가 늘 이런 식이었나. 원래부터 효율성과 핵심과 '돌파구'를 인간다움보다 중시하는 사람이었는데 내가 몰라봤던 걸까.

나는 푸른 파도 수조를 바라보며 내게 딜로리스의 소유권이 있다고 느끼는 게 잘못이라고 스스로를 타이른다. 덜로리스는 결국 동물일 뿐이다. 허기에 반응하는 신경종말과 본능의 집합체. 그러나 내가 오렌지색이나 분홍색 옷을 입을 때마다 눈이 커지던 덜로리스의 모습, 수조 물을 교체할 때 춤을 추던 모습, 내가 주는 퍼즐을 천천히 풀던 모습(퍼즐이 어려워서라기보다는 단지 재미있어서 그러는 것 같았다)이 떠오른다.

빈혈에 걸린 것처럼 보이는 소라게는 평평한 바위 위로 올라가 새로운 자리에서 나를 보고 있다. 다른 소라게들은 열심히 모래를 파고 있다. 자신을 둘러싼 세상이 가짜라는 걸 그들이 알고 있을지, 그중 진짜 모래와 진짜 바다의 기억을 가진 개체가 있을지, 이 세상이 아닌 다른 세상을 바라거나 상상할 수 있을지 궁금해진다.

2장

21년 전

처음 수족관에 갔을 때 나는 아홉 살이었고 짜증이 나 있었다. 엄마의 표현대로라면 저기압이었다. 뜨거운 7월의 어느 날이었고, 인도는 열기로 펄펄 끓었다. 우리집 에어컨과 냉장고가 멈추는 바람에 부모님이 싸우고 있었다. 나는 손으로 귀를 막았지만 비용, 항상, 당신 잘못 같은 말이 새어들어왔다. 엄마는 머리카락이 땀에 젖어 옆얼굴에 들러붙은 채 부엌을 손짓하며, 어떻게 하필 연중 가장 더운 시기에 전기 요금 내는 걸 깜빡할 수 있느냐며 아빠에게 소리를 질러댔다.

몇 년 전 아빠는 보수가 낮은 지역 대학의 연구직을 그만두고 파운틴 플라자의 수족관에서 일하고 있었다. 엄마는 함께 차를 타고 그 앞을 지나갈 때마다 내게 눈을 돌리라고 했다. 엄마는 그 쇼핑몰이 너무 흉물스러워 눈이 아플 정도라며 대부분 그곳을 피해 다른 길로 다녔지만, 두 개의 주요 고속도로 사이에 자리한 큰 쇼핑몰이라 때로는 그 앞을 지나가지 않을 방법이 없었다. 쇼핑몰은 거대하고 희끄무레한 거미처럼 펼쳐져 있었고 외벽의 일부분은 어울리지 않게 오렌지색과 파란색 타일로 덮여 있었다.

수족관은 쇼핑몰 2층에 있었다. 엄마는 내가 너무 어린데다 우리가 아빠의 어리석은 행동을 부추겨선 안 된다며 나를 거기 데려가지도 않았고 혼자 가게 허락하지도 않았다. 엄마는 아빠가 소위 '그럴듯해 보이는 사육사'가 되기 위해 존경받는 학계에서의 지위를 팽개치고 대학을 떠난 것을 결코 용서하지 않았다.

그날 하늘에는 아지랑이가 아른거렸고 숨을 들이쉬면 젖은 수건으로 코와 입을 덮은 듯한 느낌이 났다. 얼마나 더웠는지 집안에 잠입한 파리조차 창문에 붙어 그저 윙윙거릴 기운밖에 없는 듯했다.

마침내 엄마의 고함소리가 멈췄다. 엄마가 안방에 들어가 문을 탕 닫았고, 선풍기 팬이 정체된 공기를 덧없이 가르는 소리가 들렸다. 아빠가 내 침실 문을 두드리더니 살짝 열고 물었다.

"괜찮아?"

아빠는 미남은 아니었지만 사람들을 편안하게 해주는 면이 있었다. 머리숱은 여전했고, 웃을 때는 함박웃음을 지었다. 오래된 가족사진을 보면 아빠는 어렸을 때부터 그렇게 웃었던 것 같았다. 아빠는 평일 저녁과 주말에 친구나 동료와 테니스를 쳐서 항상 두꺼운 하얀 양말에 청록색 셔츠를 입고 손목 밴드를 차고 다녔다. 엄마는 그런 아빠에게 윔블던에라도 가냐면서 놀리곤 했다. 아빠는 내게 테니스를 가르쳐주려고 했지만 나는 좀처럼 라켓으로 공을 맞추지 못했다.

"괜찮아요."

나는 말했다.

"싸우는 소리를 다 듣게 해서 미안하다, 도토리."

도토리는 아빠가 나를 부를 때 쓰는 애칭이었다. 내가 어렸을 때 도터(딸)와 도토리를 헷갈려해 생긴 별명이었다.

"엄마가 아빠한테 화난 거예요?"

나는 부모님이 싸우는 게 싫었다. 크게 싸우고 난 다음에는 최악의 나날이 이어졌다. 모든 게 너무 조용하고 팽팽해서 아주 작은 일로도 폭탄이 터질 것 같은 느낌이었다. 엄마는 아빠와 싸우고 나면 늘 나를 더 많이 야단쳤다. 내가 조금만 더 조용하고, 조금만 더 영리하고, 조금만 더 엄마 말을 잘 들었다면 문제가 해결되기라도 했을 것처럼.

"그런 셈이야."

아빠가 그렇게 말하는데 안방에서 클래식 음악이 쾅쾅거리며 흘러나왔다. 베토벤을 무척 좋아하는 엄마는 기분이 안 좋을 때면 늘 베토벤 교향곡을 큰 소리로 틀어놓았다.

아빠가 내 침대 가장자리에 걸터앉았다. 당시 내 침대에는 봉제 인형이 열 개 이상 죽 놓여 있어 앉을 자리를 찾기가 쉽지 않았다. 나는 서른 개 정도의 봉제 인형을 가지고 있었는데, 인형 중 어느 하나라도 소외감을 느끼지 않게 주기적으로 위치를 바꿔주었다.

아빠는 일각돌고래 인형 노린을 집어들더니 나 대신 인형에게 말을 걸었다.

"노린, 모험을 떠나볼까?"

나는 민망해서 뺨이 달아올랐다. 아빠는 늘 나를 내 나이보다 훨씬 어린 아이처럼 대했다. 내가 네 살에 멈춰 있는 것처럼.

"모험이라고?"

아빠가 노린인 척 목소리를 높여서 말했다. 나는 시선을 돌렸다.

"자, 어때?"

아빠가 일어서더니 평상시의 목소리로 내게 물었다.

내 기억으로는 그때 수족관까지 차를 타고 가는 데 평소보다 시간이 더 걸렸던 것 같다. 나는 창밖으로 천천히 스쳐지나가는 고속도로를, 주말 한낮의 교통체증으로 느릿느릿 움직이는 차량을 지켜보았다. 그러다 몇 번 잠들기도 했다. 아빠는 핸드폰으로 강연을 듣고 있었다. 아빠의 옛 스승인 포러스트 펜던트 박사의 낭랑한 음성이 차 안에 울려퍼졌다. "우리는 전례 없는 위기의 시대에 살고 있습니다." 10년 전, 내가 태어나기도 전에 녹음된 강연이었다. 당시 젊은 박사과정 학생이었던 아빠는 펜던트 박사의 강연이 열린 날 밤 청중석에서 직접 녹음을 했을 것이다.

"지구의 바다는 그 어느 때보다 따뜻해졌습니다. 우리가 살아가는 동안 기후는 완전히 생존 불가능한 상태가 될 겁니다. 바로 지금 우리는 우리와 같은 상황에 처한 생명체의 사례를 살펴보아야 합니다. 우리 연구팀은 대왕문어, 특히 베링 소용돌이 지역의 유명한 몇몇 표본에 대한 연구를 시작했습니다……"

엄마는 펜던트 박사의 강연을 좋아하지 않았다. "이런 종말론을 들어서 뭐하는데?"라고 묻곤 했다. 하지만 아빠는 관심을 기울이는 것, 이 세상에서 우리가 구할 수 없는 곳이라 해도 주목하는 것이 중요하다는 입장을 고수했다.

"지구가 폭발하는 거예요?"

내가 그렇게 묻자 아빠는 차선을 바꾸면서 잠시 생각에 잠겼다가 대답했다.

"아니. 폭발하진 않을 거야. 아주아주 오랜 시간이 흐른 뒤에는 그럴지 몰라도."

"그럼 우린 어떻게 되는 거예요?"

"모르겠다. 어쨌든 우린 펜던트 박사가 이야기했던 동물 가운데 하나를 보러 갈 거야. 녀석은 아주 특별해서 우리는 그 동물을 통해 배우려고 애쓰는 중이야."

"우리는 자연계가 우리에게 보여주려 하는 것에 주의를 기울여야 한다."

내 말에 아빠가 놀라서 나를 휙 돌아보았다.

"아, 맞아. 그거 어디서 들었니?"

"아빠가 늘 하는 말이잖아요."

아빠가 웃음을 터뜨렸다.

"평소에 내 말을 정말 귀담아듣나보구나."

아빠가 파운틴 플라자 주차장으로 차를 몰고 들어갔다. 주차장을 가득 메운 차들의 앞유리와 후드에 햇빛이 비쳐 자동차들이 반짝이는 딱정벌레처럼 보였다. 아빠는 직원 출입증을 사용해 입구에서 가까운 지정 주차구역에 주차한 후 나를 데리고 건물 입구로 걸어갔다. 정신까지 녹여버릴 듯한 열기를 몇 초간 뚫고 안으로 들어가자 건물 내 에어컨이 뿜어내는 냉기에 안심이 되었다.

쇼핑몰의 천장이 높고 아치형이라 교회 안에 들어온 것 같았다. 거대한 화분과 나무(진짜 나무도, 가짜 나무도 있었다)가 통로 곳곳을 가로막고 있어서 인파가 그 주위로 갈라졌다. 목에 초커를 하고 눈가에 아이라인을 그려넣은 10대 여자애들이

곧게 편 머리카락을 늘어뜨리고 짧은 웃옷 밑으로 배를 드러낸 채 새가 지저귀듯 깔깔거리며 우리 곁을 지나갔다. 한편 세정 제로 닦아놓아 반짝이는 쇼윈도에는 세일 광고가 나붙어 있었다. 나는 이 모든 것을 둘러보며 순전한 즐거움에 몸을 떨었다. 머리 없는 마네킹조차 경쾌하고 매력적으로 보였다.

우리는 에스컬레이터를 타고 2층으로 올라갔다. 파운틴 수 족관의 화려한 네온사인이 윤나는 타일 바닥을 다양한 색으로 비추며 우리를 맞이했다. 출입구 앞에 어른과 아이들이 줄을 서 있었는데 대부분의 아이들이 나보다 어렸다. 아빠는 나를 데리고 줄의 맨 앞으로 가더니 그곳에서 손을 흔드는 녹색 머리의 여자에게 직원 출입증을 내밀어 보였다. 나는 여자의 입 속에서 번뜩이는 혀 피어싱에 넋을 잃고 그의 얼굴을 쳐다보았고, 그는 짐짓 내게 눈을 흘겼다.

수족관 내부는 어슴푸레하고 조용하고 푸른 조명으로 밝혀 져 있어서 마치 우리가 바다 한가운데에 떠 있는 것 같았다. 흑 요지로 만든 거대한 눈알이 천장에서 우리를 노려보고 있었다. 근처에 있는 팻말에 그 눈알이 전설 속 크라켄의 눈알 크기와 비슷하다고 적혀 있었다. 나는 아빠에게 물었다.

"저게 크라켄이에요?"

"가르쳐줬잖아. 크라켄은 실재했던 동물이 아니야. 하지만 덜로리스는 진짜지."

아빠가 씩 웃으며 말했다.

우리는 경비원들을 지나쳐 중앙 전시관을 가로지르다 오른쪽으로 방향을 틀었고, 그다음에는 왼쪽으로 꺾었다. 그러자 보라색 조명이 밝혀진 어둑한 방이 나왔는데, 거대한 수조 앞에 관람객이 모여 있었다. 가이드 한 명이 벨트로 카키색 반바지를 추어올린 남자 노인, 챙 달린 모자를 쓴 여자 노인이 대부분인 단체 관람객 앞에서 설명하는 중이었다.

"엔테록토푸스 도플레이니enteroctopus dofleini는 두족류 가운데 가장 큰 생명체로 알려져 있습니다."

여자 가이드가 말했다. 자주색 립스틱을 바른 그는 껌을 씹고 있는 것처럼 보였다.

"두족류가 무엇인지 말해줄 수 있는 분?"

챙 모자를 쓴 노인들과 벨트를 찬 노인들이 가이드를 미심쩍은 듯이 쳐다봤다. 그중 한 노인이 어두운 수조의 사진을 찍었다. 그러자 카메라 플래시의 흰빛이 거무스름한 수조 표면을 가로질렀다.

"선생님, 그러시면 안 돼요."

가이드가 만류했다. 하지만 이미 모든 사람이 수조 안에 무엇이 있는지 목격한 뒤였다. 관람객들이 숨을 헉 들이켰다.

어둑한 물속에서 자줏빛 팔과 빨판이 불꽃처럼 너울거리며 우리에게 손짓했다. 문어는 바닥에서 몸을 밀어 수중으로 떠오

르더니 소용돌이와 거품 사이를 유유히 떠다녔다. 그는 화산이
고, 꽃이며, 별빛이었다. 델로리스는 우리를 보고 호기심이 인
듯했지만 동시에 완전히 무관심했다. 마침내 수조 바닥에 자리
잡은 그는 오므린 거대한 손처럼 누워 모두의 시선을 마주했
다. 몸이 바나나 같은 노란색으로 변하더니 그다음에는 은색으
로, 또 그다음에는 무지갯빛으로 아롱거리는 녹색으로 변했다.

"저게 뭐예요?"

나는 아빠에게 물은 다음 나도 모르게 아빠의 손을 잡았다.
당시 나는 부모님에게 의지하지 않으려고 의식적으로 노력하
고 있었다. 부모님에게 매달리고 싶은 오래된 본능과 최대한
독립적인 듯 보이고 싶은 새로운 본능이 충돌했다.

"델로리스야."

아빠가 말했다. 아빠의 눈에는 저녁식사 후 두 잔째 맥주를
마실 때마다 나타나는 멍하고 흐릿하면서도 밝은 빛이 서려 있
었다. 아빠는 넋이 나간 표정으로 델로리스를 바라보고 있었
다. 아빠가 나나 엄마는 물론이고 무엇이라도 그런 시선으로
바라보는 모습은 거의 본 적이 없었다. 아빠의 주의를 끄는 것
은 아주 어려운 일이었다. 아빠는 대부분 추레한 유령처럼 집
안을 돌아다니며 지나간 자리마다 서류 뭉치와 반쯤 마시다 만
커피잔을 남기곤 했다.

"아름답지 않니?"

덜로리스가 아빠의 말을 듣기라도 한 듯 수조 위쪽으로 솟아올랐다. 연처럼 날아오르는 덜로리스의 뒤로 거품의 궤적이 이어졌다.

단체 관람객이 이동한 후에도 우리는 그 자리에 남아 있었다. 아빠는 덜로리스에게 먹이를 주러 온 덩치 큰 근육질 남자와 대화를 나누었다. 남자는 쇼핑몰 바닥처럼 반질반질 윤이 나는 대머리였고, 등과 가슴에 파운틴 플라자 로고가 수놓인 남색 작업복을 입고 있었다. 그는 덜로리스가 있는 거대한 수조의 뚜껑을 열고 양동이에서 날생선과 새우 조각을 꺼내 무심히 던졌다.

"덜로리스는 어때요, 브루스?"

아빠가 물었다.

"좋아요, 좋아요. 오늘 아침에 약간 짜증을 부리긴 했지만요. 주변에 먹이가 있으면 좀처럼 가만있지 못하는 것 같아요. 우리집 개들 중에도 꼭 이런 녀석이 있어요."

나는 덜로리스가 먹이를 먹는 모습을 지켜보았다. 그의 부리가 작은 다락문처럼 빠끔 열리더니, 생선 조각들이 식도를 타고 내려가는 동안 점점 더 크게 벌어졌다. 그는 차분하고 다정한 눈빛으로 나를 마주보았다. 아빠의 말에 따르면 덜로리스는 나보다 어리다. 하지만 그의 눈동자에는 오래된 지성이 깃들어 있었다.

"안녕."

나는 유리에 손을 대고 말했다. 그러자 브루스가 자기에게 한 말이 아닌데도 대답했다.

"그래, 안녕, 꼬마 아가씨. 언제 우리 수족관에 일하러 올래?"

"얘는 내 딸 오로라예요."

아빠가 말했다. 아빠가 내 영어 이름을 말하는 걸 들으니 기분이 이상했다. 나는 집에서 항상 아림이라고 불렸다. 혼날 때는 성까지 붙여서 배아림이라고 불리고.

"〈잠자는 숲속의 미녀〉에 나오는 오로라?"

브루스가 주머니에서 셀로판지로 포장된 사탕을 꺼내 내게 내밀며 윙크했다.

"북극광을 뜻하는 오로라예요."

나는 사탕을 먹고 싶지 않았지만 받아들며 대답했다.

"라틴어로는 '새벽의 여신'이라는 뜻이고요. 하지만 그냥 로라고 부르세요. 다들 그러거든요."

브루스가 웃음을 터뜨렸다. 아이들이 무슨 말을 하든 재밌게 받아들일 만반의 준비가 되어 있는 어른이 웃는 식으로.

"그래, 로, 딜로리스가 너를 네 아빠만큼 좋아하는 것 같구나."

아빠는 얼굴에 어렴풋한 미소를 지으며 딜로리스를 다시금 바라보았다. 식사에 만족한 딜로리스는 누런 눈을 감은 채 물속을 떠다녔다.

우리는 브루스와 딜로리스에게 인사한 후 수족관의 나머지 구역을 둘러보았다. 나는 펭귄과 물개가 가장 좋았고, 그다음으로는 산호초가 마음에 들었다. 하지만 수족관을 떠난 후에도 오랫동안 내 마음속에 남은 것은 딜로리스였다.

*

"아빠가 갔을 때 딜로리스를 찾아낸 거예요?"

집으로 돌아가는 차 안에서 나는 아빠에게 물었다. 아빠가 놀란 게 느껴졌다. 나는 아빠의 시선을 피해 계속 차창만 바라보았다.

"그래, 내가 참여했던 연구팀이 딜로리스를 발견했어. 왜 물어보는 거야?"

"왜 그렇게 오랫동안 떠나 있었어요?"

생각지 못한 뜨거운 눈물이 왈칵 눈앞을 가렸다. 나는 눈물이 마르기를 기다리며 창밖을 응시한 채 도로 출구 표지판을 열심히 읽었다. 너는 아기가 아니야. 나는 스스로를 다그쳤다. 우리가 탄 오래된 도요타가 오른쪽 차선에서 부릉거리는 동안 옆 차선 차량들이 씽씽 스쳐지나갔다.

"전에 이야기해줬잖아. 아빠는 일을 해야 했어. 연구 보조금을 받았으니까. 기억하지?"

부모님 사이에 벌어졌던 싸움이라면 어제 일처럼 생생히 기억했다. 아빠가 꺼낸 이야기에 엄마가 스러져가는 별처럼 허물어지던 것도. 그때 엄마는 쉰 목소리로 물었다.

"일 년이나? 일 년 동안 우리는 어쩌고?"

엄마는 늘 아빠 때문에 화가 난 듯했는데도 아빠는 엄마가 화를 내면 도대체 어떻게 해야 할지 모르는 것 같았다.

"일 년은 당신이 눈치채기도 전에 지나갈 거야."

아빠가 애써 미소 지으며 말했다.

결국 아빠는 떠났다. 엄마가 오랜 시간 벌인 침묵시위가 실패로 끝나고, 그 직후에 우리집에서 터진 일련의 싸움마저 끝난 뒤에. 나는 학교에서 집에 돌아오면 십자포화에 휘말리지 않기 위해 곧장 내 방으로 들어갔다. 아빠가 아예 엄마를 떠나겠다고 하자 엄마는 그러라고 소리를 질렀고, 신발 한 짝이 벽에 부딪히는 소리도 들렸다. 엄마는 제발 그렇게 해달라고, 아빠랑 결혼한 걸 후회한다고, 한국을 떠나지 말았어야 했다고 퍼부었다. 두 분이 싸우는 동안 나는 때로는 귀를 막고 이불을 덮었지만 때로는 벽이나 바닥에 귀를 대고 모든 대화를 들으려고 안간힘을 썼다. 속이 울렁거렸지만 아빠가 정말로 떠나려는 건지, 이렇게 우리 가족이 끝장나는 건지 알고 싶었기 때문이다. 매일 아침 나는 혼란 속에 깨어나 아빠가 영원히 사라지기를 기다렸다.

아빠가 떠나던 날 아침 엄마는 묵묵히 아빠의 짐을 꾸렸다. 공항에서는 아빠에게 갈색 봉투에 담은 샌드위치를 건네주었다. 주위 사람들이 서로 부둥켜안고 앞으로 평생 못 볼 것처럼 작별 인사를 나누며 우는 동안 아빠는 땅만 내려다보고 엄마는 앞만 쳐다보았다. 마침내 아빠는 나를 잠깐 안아주고 보안선 너머 인파 틈으로 사라졌다.

아빠는 연구팀 사진과 향후 200일간 타게 될 배의 사진을 보내주었다. 아빠가 보내는 이메일에는 짧고도 생생한 소식이 적혀 있었다.

오늘 우리는 혹등고래떼를 보았어. 오늘밤 하늘은 초록색이었어. 목성이 특히 밝았지. 베링에 가까워질수록 추워지네.

아빠는 배, 개인 작업 책상, 끊임없이 변하는 하늘—내게는 무지갯빛 보라색과 전류가 흐르는 듯한 녹색과 투명한 파란색이 온통 뒤섞여 소용돌이치며 반짝이는 기름 웅덩이처럼 보였다—을 찍은 흐릿한 사진을 보냈다. 드물게 아빠가 전화를 걸어올 때도 있었는데, 베링 소용돌이에 가까워질수록 아빠의 목소리는 활기가 넘치면서도 알아듣기 어려워졌다. 배가 핸드폰 신호가 닿는 범위를 벗어나 이 세계의 북쪽 가장자리로 나아갈수록 지직거리는 소음도 점점 커졌다.

집에서는 한 해가 여느 때와 다름없이 흘러갔다. 하지만 내 속의 울렁거림은 좀처럼 가라앉지 않았다. 나는 아침마다 복통을 느끼며 잠에서 깼고, 엄마가 차려준 아침밥도 먹지 못했다. 날카로운 통증은 때로 정오까지 이어지기도 했다. 엄마는 음식을 낭비한다고 야단쳤지만, 나는 엄마도 블랙커피 외에는 거의 아무것도 못 먹고 있다는 것을 알고 있었다.

나는 2학년에서 3학년이 되었다. 빠진 젖니 두 개를 뒷마당에 묻고 거기서 무언가가 자라나기를 숨죽이고 기다렸다.

"멍청아, 이빨을 베개 밑에 놔둬야 이빨 요정이 돈을 가져다주지."

윤희의 말에 나는 대꾸했다.

"너야말로 멍청하거든. 이빨 요정은 진짜가 아니라고."

우리는 지독하게 싸웠다. 그리고 다음날 아무 일도 없었던 것처럼 화해했다. 엄마는 내가 싫어하는 오렌지색 접시를 사들였다. 그해 9월 허리케인이 우리집 근처에 두 차례 상륙해서 저녁식사 도중에 정전이 되었다. 나는 엄마와 함께 촛불을 켰고, 밖에서 바람이 맹렬히 휘몰아치는 동안 엄마 침대에서 같이 잠들었다. 이따금 욕실에서 엄마가 우는 소리에 잠에서 깰 때도 있었다. 마치 상처 입은 동물이 낑낑대는 것처럼 나지막하고 여린 흐느낌이었다.

아빠가 집에 돌아오자 내 복통은 저절로 나았다. 하지만 자칫 방심하면 아빠가 다시 사라질 거라는 생각에 나는 아빠에게서 눈을 떼지 않았다. 아빠는 고작 일주일간의 여행을 다녀온 사람처럼 현관문으로 들어와 엄마의 뺨에 입을 맞추고는 아마도 공항에서 샀을 수달 봉제 인형을 내게 내밀었다.

"우리 아가씨들, 어떻게 지냈어?"

아빠는 여행에서 조사한 결과물을 정리하기 위해 밤마다 서재에서 몇 시간을 보냈다. 아빠는 가족에게도 연구 내용을 너무 많이 알려줄 수는 없다고 했지만 나는 아빠가 서재에 없는 틈을 타 연구 노트를 살짝 훔쳐보았다. 아빠가 그토록 오랫동안 우리 곁을 떠나야 했던 이유를 빠짐없이 알고 싶은 간절한 마음에 자세히 살펴보았다.

베링 소용돌이는 자연의 수수께끼 가운데 하나로, 인간이 빚어낸 어리석음과 자연의 탄성이 충돌할 때 어떤 일이 일어나는지 보여주는 희귀한 사례다.

한 페이지는 이렇게 시작했다. 나는 아빠가 쓴 글의 일부만 간신히 읽어냈다. 휘갈겨 쓴 아빠의 손글씨는 큼직하고 아래쪽으로 기울어지고 한국어와 영어가 섞여 있었다.

그런데 아빠의 기록에는 그것만 있는 게 아니었다. 어느 날 나는 아빠가 여행중에 사용한 작은 가죽 장정 공책 중 한 권의 뒷면에 클립으로 조심스럽게 고정한 빛바랜 폴라로이드 사진 한 장을 발견했다. 머리카락이 길고 검붉은 백인 여자가 나무에 기대어 있는 사진이었다. 여자는 카메라가 아니라 다른 곳을 바라본 채 웃고 있었는데, 얼굴과 목에 비치는 빛 때문인지 영화 속 한 장면처럼 보였다.

아빠의 삐죽삐죽한 글씨로 가득한 페이지를 넘기다보니 나에 대한 내용도 있었다.

오늘 로의 젖니 두 개가 빠졌다. 한 팔로 안을 수 있을 만큼 아이가 작았다는 게 믿기지 않는다.

이런 내용도 있었다.

대왕문어(암컷)를 발견한 후 팀의 사기가 올라갔다. 이런 엄청난 건 처음 본다. 우리는 문어에게 덜로리스라는 이름을 붙였다. 로라는 덜로리스의 색깔 변화에 매우 관심이 많다. 문어가 우리에게 무언가를 전달하려는 의도가 있는 것은 아닐까?

로라가 사진 속 붉은 머리 여자일까? 나는 궁금했다.

다른 팀원이 찍어준 듯한 로라와 아빠의 사진이 한 장 더 나왔다. 두 사람은 내가 본 어떤 사진에서보다 기묘한 배경을 등지고 갑판 위에 서 있었다. 하늘이 아른아른 빛나는 오팔 같은 녹색이었다. 마치 살아 숨쉬는 것만 같아서, 나는 자주색이 섞인 짙은 루비 빛깔의 바다와 하늘이 맞닿은 부분을 무심코 손으로 만져보았다. 수면 몇백 미터 아래에서 덜로리스만한 크기의 바다 생물들이 헤엄치고 내 주위로 휘감아 도는 해류와 회오리를 느끼며 저 물에서 헤엄친다면 어떤 기분일지 궁금해졌다. 오래전부터 베링 소용돌이는 인간이 들어가기에 위험한 곳이었다. 인체가 베링 소용돌이의 물에 장시간 노출되면 어떤 영향을 받는지, 그곳의 화학물질이 어떤 돌연변이를 일으킬 수 있는지 과학자들은 여전히 규명하지 못했다. 덜로리스는 그곳의 바다를 그리워할까? 덜로리스에게도 아빠, 엄마, 가족이 있을까?

사진 속 아빠는 로라를 한 팔로 안다시피 하고 있었다. 로라는 사진을 찍어주는 사람에게 무언가 말하려는 듯 입을 벌린 채 웃고 있는 반면 아빠는 로라 쪽으로 얼굴을 돌리고 그의 눈을 바라보고 있었다. 마치 한순간도 눈을 뗄 수 없다는 듯. 정작 부모님이 손을 잡은 모습은 한 번도 본 적이 없는데. 나는 사진을 찢어버리고 싶은 충동을 억누르고 봉투 안에 원래대로 집어넣었다. 그러고 나니 손이 산성용액에 담갔다 뺀 것처럼 화끈거렸다.

아빠는 차선을 바꾸면서 일정한 곡조가 없는 멜로디를 흥얼거렸다. 아빠가 백미러로 내 눈을 쳐다보았다.

"아까 덜로리스 대단했지?"

아빠는 순전히 엄마로부터, 엄마의 분노로부터 벗어나기 위해 나를 수족관으로 데려갔다는 사실을 잊은 듯 입이 귀에 걸리도록 웃었다. 나는 아빠에게 보이지 않으리라는 걸 알면서도 고개를 끄덕였다. 그러나 마음 같아서는 예전에 아빠의 기록을 엿봤을 때 차마 못했던 질문을 꺼내고 싶었다. 로라가 누구냐고, 지금도 그 사람을 만나냐고. 아빠는 아무것도 잘못된 게 없는 척 행동할 뿐만 아니라 자기만의 진실을 믿었는데, 그건 무척 아빠다운 일이었다.

3장

윤희와의 대화 이후로 집중력을 유지하기가 힘들다. 나는 태에게 전화하고 싶은 오래된 충동과 맞서 싸우며 핸드폰을 꺼낸다. 걔는 더이상 네 남친이 아니야. 그렇게 마음을 다잡는다.

점심시간에는 열대 산호초 전시관에 들른다. 마치 목적지가 정해져 있는 듯 바위와 갈대 사이를 유유히 지나가는, 명도가 낮은 빨간색, 파란색, 오렌지색 물고기들을 바라보고 있으니 마음이 차분해진다. 희미한 빛 속에서 비늘이 반짝이고, 사람들의 말소리와 발소리가 아득하게 들린다.

수조는 거의 천장에 이를 정도로 높다. 물속의 푸른 조명만이 전시관의 긴 통로를 밝힐 뿐 사위가 어둡다. 태는 수족관에서 이 구역을 가장 좋아했다. 서로 알아가던 초기에 이곳에 데려왔는데 깊은 인상을 받은 태는 단체 관람객을 안내중이던 프랜신의 설명에 귀를 기울였다.

"이 전시관은 세계에서 가장 아름다운 다이빙 명소 중 하나로 미크로네시아에 있는 팔라우의 블루 코너를 본떠 만들었습니다."

태가 말했다.

"나중에 같이 가보자."

내가 눈을 가늘게 뜨자 태는 이렇게 덧붙였다.

"진심이야. 다이빙은 전부터 해보고 싶었어."

결국 그곳에 가지는 못했지만 이따금씩 태는 블루 코너의 사진이나 관련된 기사를 내게 보내주었다. 그러면서 그는 블루 코너가 왜 세상에서 가장 인기 있는 다이빙 명소인지 빠삭한 전문가 수준에 이르렀다.

"해류 때문이야. 작은 물고기들이 해류를 따라 이동하면서 포식자를 끌어모으거든. 그냥 물속으로 뛰어들어 아래로 내려가다보면 온갖 물고기가 서로를 따라 헤엄쳐가는 광경을 볼 수 있대."

나는 태의 이런 면이 사랑스러우면서도 때로는 짜증스러웠다. 태는 무언가에 관심을 갖기 시작하면 그 주제에 해박해질 때까지 강박적으로 파고드는 경향이 있었다. 덕분에 그는 좋은 선생님이 되었지만 남자친구로서는 때때로 부아를 돋우는 편이었다.

나는 느릿느릿 물을 가르는 칼 같은 회색 흉상어를 지켜본다. 상어를 본 한 무리의 아이들이 놀라 숨을 헉 들이켠다. 그 중 용감한 몇몇이 수조로 다가가 상어가 지나갈 때 번갈아가며 유리를 만져보지만, 금세 겁먹고 달음질쳐 일행에게로 돌아간다. 선생님이 꾸짖는 듯한 눈빛을 보내지만 아이들은 개의치 않는 것 같다. 여자아이 둘이 일행에게서 뒤처져 서로 속닥거리며 낄낄거린다.

"저게 나야."

키가 크고 예쁘장한 여자애가 푸른 에인절피시를 가리키며 선언한다. 에인절피시의 가슴지느러미가 고양이 수염처럼 너울거린다.

"너도 골라봐."

"나는 저거?"

키가 작은 여자애가 푸른 에인절피시 뒤로 휙 지나가는, 흑백 줄무늬가 아른아른 빛나는 조그마한 제브라피시를 가리킨다.

"안 돼, 저건 너무 따분하잖아!"

키 큰 여자애가 연한 금빛이 도는 고스트 에인절피시 한 마리를 가리키며 의기양양하게 말한다.

"이게 너야."

둘은 에인절피시 두 마리가 경로를 바꾸며 앞서거니 뒤서거니 하다가 마침내 같은 방향으로 나아가는 모습을 지켜본다.

"봐봐, 둘도 친구야. 우리처럼."

그 말에 키 작은 여자애가 미소 짓는다. 그 미소가 전시관의
어둠 속에서 빛을 발한다.

*

윤희와 내가 10대일 때, 그러니까 우리끼리 쇼핑몰에 갈 수
있는 나이가 되었을 때 우리는 아래층 푸드코트에서 몇 시간을
노닥거리며 요구르트아이스크림을 쉬지 않고 먹어대곤 했다.
그리고 쇼핑몰에 있는 사람들 가운데 누군가를 골라 그 사람에
대한 이야기를 지어내며 놀았다.

윤희는 항상 커플을 골랐다. 어느 날은 제일스 쇼핑백을 들
고 말없이 샌드위치를 깨작거리는 30대 커플을 보며 이렇게
말했다.

"저 여자는 화가 났지만 아무 말도 안 하려고 애쓰는 중이야.
남자가 깜짝선물로 반지를 준비했을 줄 알았는데, 알고 보니
남자는 그냥 자기 엄마 선물을 고르는 걸 도와주길 원한 거였
거든."

"저 남자는?"

나는 푸른 스웨터를 입고 새하얀 운동화를 신은, 손에 검버

섯이 핀 노인을 가리키며 물었다. 그는 혼자였고, 누군가를 기다리는 것 같지도, 무언가를 먹는 것 같지도 않았다. 그저 테이블 앞에 두 손을 포개고 앉아 허공만 쳐다보고 있었다.

"홀아비야. 몇 년 전에 아내가 세상을 떠났지. 쇼핑몰 구경을 좋아했던 아내를 추억하려고 여기 온 거야. 둘은 똑같은 운동화를 신고 발걸음을 맞춰 파워워킹을 하곤 했어."

자기가 지어낸 비극에 몰입한 윤희가 한숨을 내쉬었다.

"너는 늘 그 생각뿐이야? 사랑, 애정 관계?"

나는 물었다. 당시 남친이 없었던 윤희는 툭하면 신세 타령, 남자친구가 있으면 좋겠다는 이야기를 늘어놓았다.

"음, 그렇긴 해."

윤희가 마스카라 바른 눈을 크게 뜨며 말했다.

"애정 관계는 세상에서 가장 중요한 거잖아. 너도 나중에 결혼해서 아이를 갖고 싶지 않아?"

"모르겠어. 결혼은 할 수도 있겠지만, 아이는…… 아이를 키우는 건 엄청 힘든 일인 것 같아."

"그렇다면 너는 내 아이들에게 재미있는 이모가 되어줘야겠네."

윤희가 쾌활하게 말했다.

윤희는 세 자매 중 막내였는데, 걔네 집에서는 언제나 파자마 파티가 열리는 듯한 기분이었다. 그곳에 있다 우리집에 돌아오면 엄청 조용하고 공허한 느낌이 들었다. 윤희네 엄마는 무척 화려한 분이었다. 풀메이크업을 하지 않은 모습을 거의 본 적이 없었다. 그 집 모녀는 외모가 아주 비슷하지는 않았지만 눈에 띄게 닮은 데가 있었는데, 특히 눈과 코 주변이 그랬다. 넷이 같이 있으면 마트료시카 인형처럼 보였다. 윤희는 언니들과 자주 싸우는 듯했지만 나는 그 자매들의 친밀감이, 끊임없이 웃고 소리지르고 서로를 놀려대는 것이 부러웠다. 부모님이 어떻게 화제를 꺼내야 할지 몰라 서투르게 말하다 싸움으로 번질 때에만 침묵이 깨지는 우리집에 있다 윤희네에 가면 분위기가 달라 좋았다.

윤희네서 함께 졸업 파티를 준비할 때 윤경 언니가 우리 머리를 다듬어주고 화장을 해주었다. 속눈썹에 컬을 넣고, 눈꺼풀과 광대뼈에 글리터를 바르고, 머리카락을 곱슬곱슬하게 말아서 스프레이로 고정했다. 나는 글리터와 머리 컬은 하기가 좀 망설여졌다. 화장을 해본 적이 없어 너무 애쓴 티가 나서 바보처럼 보일 것 같았다. 하지만 윤희는 나더러 노력이라도 해야 한다고, 그러지 않으면 졸업 파티에 가지 않고 나와 함께 집에 틀어박혀 있을 거라고 으름장을 놓았다.

"이것 봐. 둘 다 무지 예쁘잖아."

우리가 변신을 끝내고 윤희의 침실 거울 앞에 나란히 섰을 때 윤희가 말했다. 윤희는 그런 아이였다. 같이 있으면 내가 예쁘다는 기분이 들게 만들었다. 항상 나는 그 아름다움이 마법 같다고 생각했지만, 그건 그저 약간의 수고를 기울이고 광택을 좀 내면 얻어지는 것이었다.

*

나는 조금 일찍 퇴근하기로 한다. 가기 전에 덜로리스의 수조 앞에서 그가 두번째 퍼즐을 푸는 모습을 지켜보며 시간을 보낸다. 덜로리스가 나나 수족관에 대해 어떻게 생각할지 다시 궁금해진다. 이렇게 갇혀 있는 게 지겨워진 적은 없을까? 탈출할 생각을 해봤을까? 언젠가 인터넷에서 뉴질랜드의 문어 한 마리가 수조 뚜껑을 열고 작은 구멍으로 몰래 빠져나가 배수관을 타고 바다로 미끄러져 나갔다는 이야기를 읽은 적이 있다.

"너도 그렇게 할 수 있을 거야. 마음만 먹는다면."

내 말에 덜로리스가 눈을 가늘게 뜬다. 내가 그 생각을 안 해봤을 것 같아? 하고 따지는 것만 같다.

쇼핑몰 주차장에 이르렀을 때 핸드폰 진동이 울린다. 사촌 언니인 레이철이 보낸 문자다. 레이철의 딸인 헤일리가 거실 한가운데에 판지상자를 잔뜩 벌여놓은 사진이 첨부되어 있다. 헤일리는 그중에서도 가장 큰 상자 안에 들어가 앉아 조그마한 얼굴에 함박웃음을 짓고 있다. 문자메시지에는 이렇게 적혀 있다.

"저게 우주선이라고 했더니 저러고 있어. 시간 나면 전화 좀 해줄래?"

레이철은 나보다 여섯 살 많다. 몇 달 전 남편과 헤어지면서 테너플라이의 3층짜리 집을 나와 도시 반대편의 작은 아파트로 이사했다. 레이철의 행동에 모두가 충격을 받았다. 우리 가족에게 이혼이란 있을 수 없는 일이었기 때문이다. 엄마는 이 모든 과정에 아연해하며, 결혼생활에 문제가 생기면 대처할 방법을 찾든지 아니면 영원한 침묵 속에서 불행을 받아들여야 하는 법이라고 말했다. "결혼에 등을 돌릴 수는 없잖니." 당장 자신의 남편도 등을 돌렸고 다른 사람들도 매일같이 등을 돌리는데도 그렇게 말했다.

나는 내 낡은 캠리에 올라타 운전석의 온기에 몸을 맡긴다. 아직 4월인데 밖은 벌써 후덥지근하다. 어렸을 때만 해도 봄엔 선선하고 심지어 써늘하기까지 했는데. 잠시 나는 몸속에 뼈대가 없다고, 내 몸이 급속히 따스한 액체로 변하고 있다고 상상한다. 상상하는 게 어렵진 않다. 가끔 수족관의 푸른 전시관들을 거닐다보면 내가 존재하지 않는 듯 느껴지기도 한다. 거기 있는 모든 생명체와 마찬가지로 내 몸도 날마다 물과 빛이 드나드는 반투명한 막에 불과한 것만 같다. 태와 헤어지고 나서부터 줄곧 그런 느낌이 들었다. 내가 잠을 자고, 일어나고, 먹고, 호흡해야 한다는 사실을 애써 떠올려야 한다.

나는 차를 몰고 집으로 가면서 레이철에게 전화를 건다. 두 번째 걸었을 때 언니가 전화를 받는다. 무슨 축제에라도 가 있는 것처럼 수화기 저편에서 요란한 일렉트로닉 음악이 들려온다. TV에서 나오는 소리인 듯하다.

"오랜만이네, 아가씨."

레이철이 말한다. 언니가 코 피어싱을 반짝이며 활짝 웃는 모습이 그려진다. 레이철은 자기 엄마(즉 내 이모)가 자신의 이혼과 이혼 기념으로 한 코 피어싱 중에서 무엇을 더 심란해하는지 모르겠다고 한다.

"안녕, 레치."

"목소리가 안 좋은데. 그 우주 앱 아직 안 지웠어? 그거 계속 들여다보면 안 좋아, 알잖아. 깨끗하게 끝내야지."

"어제 지웠어."

나는 거짓말을 한다.

"그래서 요즘 어떻게 지내? 일은 어때?"

"수족관에서 덜로리스를 팔 거래."

말을 내뱉고 나서 괜한 말을 했다는 생각이 들었다. 레이철이 덜로리스가 누구냐고 반문했기 때문이다. 나는 그게 무슨 이야기인지 설명해야 하는데, 그거야말로 지금 가장 하고 싶지 않은 일이다.

"덜로리스 말이야. 우리 아빠가 발견한 문어."

나는 입술을 깨문다. 아빠가 사라진 후 아빠 이야기를 하는 게 늘 어렵다.

침묵이 흐른다. 무언가가 바닥에 땡그랑 떨어지는 소리가 들린다. 레이철이 나지막이 욕을 내뱉고는 말한다.

"제기랄. 미안, 열 가지 일을 동시에 하려니 다 엉망진창이야. 늘 이래. 그러니까 수족관에서 그 문어를 판다고? 그래도 되는 거야?"

"이미 구매자를 찾았대. 자기 집에 수족관을 차리려는 어떤 부자인가봐."

"그 사람이 더 좋은 환경을 갖춰줄 수 있다면 오히려 잘된 일 아냐? 수족관에서 자꾸 예산을 삭감한다고 너도 늘 불만이었잖아."

"하지만 델로리스는 우리 수족관에서 십 년을 살았어."

내 목에 구멍이 뚫려 목소리가 그리로 새어나가는 것 같다.

"잠깐만, 미안. 헤일리, 그거 내려놔. 말했지, 내려놓으라고."

레이철이 헤일리에게 엄하게 말하고는 한숨을 쉰다. 그러더니 선생님이나 다른 아이 부모가 자신이나 헤일리에게 가르치듯 말할 때 쓰는 '학부모' 어조로 내게 말한다.

"그랬구나. 어떡하니. 안됐다. 내 조언이 필요해, 아니면 하소연을 들어주면 좋겠어?"

나는 레이철의 이런 면이 참 좋다. 언니는 상황을 실제보다

나아 보이도록 꾸미지도 않고, 태처럼 해결책을 찾아내겠답시
고 내가 속상해하는 문제에 대해 온갖 질문을 던지지도 않는
다. 가끔은 문제에 대한 해결책을 찾는 것이 가장 하고 싶지 않
은 일일 때가 있는 법이다. 애초에 그 문제가 존재해서는 안 되
는 경우에는 더더욱 그렇다.

"모르겠어. 혹시 노는 오십만 달러 있으면 수족관에 기부할
래? 그러면 도움이 될지도."

"그런 돈이 있었으면 여태 여기 살고 있겠어?"

"언니는 어떻게 지내? 헤일리는?"

수화기 너머에서 잠깐 침묵이 흐른다.

"우린 잘 지내."

레이철의 목소리가 낮아진다. 복도나 뒷방 같은 데로 자리를
옮긴 것 같다.

"애가 언제 집에 가서 아빠를 볼 수 있느냐고 자꾸만 물어서
마음이 안 좋아."

레이철의 전남편인 사이먼은 외과의사인데, 레이철의 말에
따르면 그는 하루종일 사람을 해체하고 내부를 파헤치다 정신
세계가 왜곡된 게 분명했다. 내가 레이철에게 뭐가 문제였는지
물었을 때 그는 이렇게 대답했다. "모든 걸 해체하고 재조립할
수 있다고 생각하는 사람하고는 말이 안 통해."

그들은 6년간의 결혼생활 내내 끊임없이 싸웠다. 어느 날 사

이먼이 당시 네 살이었던 헤일리 앞에서 레이철을 밀쳤다. 바로 다음날 레이철은 가방을 싸서 헤일리를 데리고 차를 몰아 떠났다.

"나는 내 아이가 그런 일을 당연하게 여기며 자라게 놔두고 싶지 않아."

레이철은 그렇게 말했다. 레이철의 이혼소송은 여전히 진행 중이었다. 사이먼이 위자료를 지급하길 거부하는데다, 자신 외에는 누구도 돌볼 시간이 없는 주제에 온전한 양육권을 고집했기 때문이다.

"로 이모! 오늘은 겨드랑이로 방귀 뀌는 법을 배웠어요!"

수화기 저편에서 헤일리가 소리를 지른다. 레이철이 조용히 하라고 말하는 소리를 들으며 나는 빙그레 미소 짓는다. 방귀 소리가 쏟아지는 가운데 레이철이 방해하지 말라고 주의를 주는 소리가 들린다.

"지금 다 들어서 알겠지만, 우린 잘 지내고 있어. 그냥 이런 일 때문에 애가 혼란스러워하거나 아빠의 부재로 인한 문제만 겪지 않았으면 좋겠어. 아이가 십대가 됐을 때 그런 문제가 생기면 곤란하니까."

"그렇긴 해도 어느 정도는 불가피한 일이란 걸 알잖아. 애를 사랑해도 망칠 때가 있는 법이야."

"그럴지도 몰라. 하지만 한 명의 인간을 키우면서 그런 태도를 가지면 안 돼. 적어도 내가 겪은 것보단 더 나은 경험을 할 수 있게 노력해야지."

레이철의 목소리에 날이 서 있다. 내가 기분이 나빠지려는 차에 언니가 또다시 '학부모' 어조로 말을 잇는다.

"저기, 사실 부탁 좀 하려고 문자 보냈어. 토요일에 헤일리 좀 봐줄 수 있어? 그날 내가 볼일이 있어서 그래."

"그럼."

나는 아이들을 잘 다루진 못하지만 헤일리는 좋아한다. 그애는 약간 엉뚱한 편인데 나는 그 점이 마음에 든다. 수화기 너머에서 헤일리가 방귀소리와 동시에 무언가 또다른 소리를 낸다. 아마 버스 흉내를 내는 것 같다.

"좋아. 그럼 내가 너네 집으로 데려갈게."

레이철이 안도감이 가득한 목소리로 말한다.

"저녁은 먹었어?"

나는 레이철이 꼭 이모나 엄마처럼 뭘 먹었느냐거나 이제 뭘 먹을 거냐고 캐묻는다고 퉁명을 떨고 싶은 충동을 참는다. 엄마는 늘 "잘 지내니?"라고 하는 대신 "밥은 먹었니?"라고 묻는다. 그건 한국인 가정에서 아주 많은 의미를 담은 암호문이다.

나는 신호등 앞에서 차를 세운다. 옆 차 안에서는 여자와 남자가 나란히 앉아 감자튀김 한 봉지를 나눠 먹고 있다. 차창이 내려져 있는데 여자가 운전석에 있고, 그가 하는 이야기에 남자가 웃고 있다. 그걸 보니 내가 하는 말에 태가 웃을 때 얼마나 기분이 좋았는지 떠오른다. 그 웃음소리를 듣기 위해, 그 얼굴에 미소가 번지는 것을 보기 위해 무엇이든 할 수 있을 것만 같았는데.

"로? 듣고 있어?"

레이철이 묻는다.

"이따 다시 걸게. 뭐 좀 해야 하는 게 생각났어."

"'뭐 좀' 말이군. 알았어. 저기, 덜로리스에 대해서는 걱정하지 마. 괜찮을 거야. 네 일에 신경썼으면 좋겠어."

"난 괜찮아, 레치. 많이 좋아졌어."

"그래, 알았어. 너 점심도 안 먹었지, 그렇지?"

그러고 보니 안 먹긴 했다. 뱃속에서 꾸르륵거리는 소리가 난다. 수화기 너머에서 레이철이 한숨을 짓더니 부드럽게 말한다.

"뭐 좀 먹어. 이따 다시 통화하자."

*

집에 돌아오니 실내가 무척 습하다. 현관문을 열고 들어서자마자 숨이 턱 막힐 정도다. 창문을 열자 축축한 저녁 공기가 얼굴로 들이친다. 길 건너편 집에서는 벌써 에어컨을 틀었다. 해가 갈수록 예년보다 좀더 일찍 더위 대비를 시작해야 하는 것 같다.

나는 냉장고에 든 것을 살펴본다. 조미료 몇 가지, 맥주 몇 캔, 그리고 족히 몇 주는 되었을 먹다 남은 음식. 그냥 저녁식사를 포기하고 얼음과 진으로 가득 채운 잔을 들고 욕조로 들어갈까 생각한다.

만약 우리 피부가 투명하다면, 그래서 우리가 하는 행동, 하는 말, 먹는 음식이 모두 관찰 가능하다면 자신의 몸을 더 잘 돌볼 수 있지 않을까. 우리가 서로에게 뱉은 부주의한 말, 무심코 상처 입힌 말이 모두 몸속에서 시각적으로 나타난다면. 그러면 우리가 지금과는 조금이라도 다를까? 서로를, 그리고 자기 자신을 보호하는 데 더 많은 노력을 기울일까?

예전에는 태가 내 식사를 챙겨주었다. 도시 반대편에 있는 시장까지 가서 재료를 사와 우리집에서 정성 들여 요리를 해주기도 했다. "집에 향신료가 하나도 없잖아. 너 한국인 맞아?" 라며 믿을 수 없다는 듯 묻기도 했다.

태는 내 부엌을 빼앗아서 말 잘 안 듣는 오븐을 구슬려 생명을 불어넣었다. 그가 기름때 묻은 조그마한 인덕션으로 어떻게 카레, 스튜, 수프, 심지어 바비큐까지 만들었는지 모르겠다.

"요리는 별로 어렵지 않아. 임기응변으로 대처할 줄 알고 순서대로만 하면 돼. 그러다보면 자신감이 붙어 새로운 걸 시도하고, 이런저런 재료를 조합해보고, 잘될 거라는 믿음이 생겨.

만약 잘 안 되면 언제든 다시 하면 되고."

*

혼자 살기 시작하면서 나는 한 단계 더 성숙한 어른이 된 기분이 들었다. 비록 윤희가 남자친구와 동거하러 떠나는 바람에 우리가 몇 년간 같이 살았던 물 새는 비좁은 집에 나 혼자 남은 것뿐이었지만 말이다. 이 아파트가 집처럼 아늑하게 느껴졌던 건 윤희가 들여놓은 화분, 액자, 러그 때문이었는데 이제 그 물건들이 사라지고 나니 집안이 더욱 좁고 구질구질하게 느껴진다. 윤희가 유일하게 가져가지 않은 것은 언니에게 물려받은 낡은 노란색 소파였다. 그 소파에서 우리는 수없이 와인을 들이켜고 영화를 보며 밤을 보내곤 했다. 어쩌다 생겼는지 알 수 없는 얼룩이 온통 배어 있고 끔찍할 정도로 불편하지만 나는 소파 덮개의 버터 같은 노르스름한 빛깔이 마음에 든다. 방안의 모든 햇빛을 흡수해 나에게 다시 반사해주는 것 같다.

나는 냉동실의 군만두 봉투 뒤에서 발굴해낸 말라비틀어진 파이를 전자레인지에 데워 먹기로 한다. 나는 전자레인지 안에서 회전목마처럼 빙글빙글 도는 접시 위의 파이를 지켜본다. 파이를 한입 베어 물었다 녹은 치즈에 혀를 데고 만다. 소파에 앉아 아크 4호의 인스타그램 계정을 훑어본다. 태가 찍힌 새로운 사진 두 장이 올라왔다. 하나는 온실에서 묘목을 가꾸는 모습이고, 다른 하나는 러닝머신에서 달리는 모습이다. 아침식사 전에 가볍게 달리고 있는 우리 팀의 막내 박태.

나는 홧김에 피트니스라도 다닐까 생각한다. 태가 늘 바랐던 유형의 여자가 된다면 어떨까. 아침식사 전에 가볍게 달리고, 요리하는 법을 알고, 스스로를 챙길 줄 아는 여자. 오븐을 끄는 것도, 곰팡내 나는 수건을 세탁하는 것도, 바닥에 널브러진 더러운 빨랫감을 치우는 것도 깜빡할 만큼 정신없이 살지 않는 여자. 태는 내 생활 방식을 보고 경악했지만, 내심 내가 자기에 비해 엉망이라는 점을 좋아했던 것 같다. 나를 프로젝트로 삼아 집중할 수 있고, 나라는 엉망진창을 정리해줄 수 있었으니까. 가끔 나는 그가 수학자들이 유별나게 복잡한 방정식을 사랑하듯 나를 사랑했던 것은 아닐까 생각했다.

태에게 나는 그저 신기한 대상이었던 것 같다고 했더니 윤희가 말했다.

"그보다는 더 큰 의미가 있는 존재였지."

그러고는 그동안 내가 자신에게 들려주었던 일화를 하나하나 열거했다. 태가 가르치는 반 아이들이 버릇없이 군다는 이야기를 듣고 내가 해결책을 알려줬던 것, 태의 밴드가 만든 데모곡을 듣고 내 의견을 말해줬던 것, 밤중에 곧잘 무서운 꿈을 꾸다 깨는 태를 달래서 재워줬던 것 등등.

나는 진을 듬뿍 넣어 대강 만든 샤크티니를 단숨에 들이마신다. 탄산 섞인 액체가 목구멍을 타고 내려간다. 나는 다시 한 잔, 그리고 또 한 잔을 만든다. 바깥 고속도로에서 들려오는 둔중한 굉음 때문에 생각이 흐트러진다. 엄마가 우리 집안 여자들은 남자 복이 없다고 말했던 게 떠오르고, 윤희와 내가 이 집에서 살기 시작한 이래 거의 10년이 흘렀다는 게 믿기지 않는다는 생각도 든다. 태는 노란색 소파에 처음 앉았을 때 너무 불편하다며 웃었지만 나중에는 함께 편안히 앉아 나를 끌어당겨 키스했다.

나는 헤드폰을 끼고 태에게서 받은 마지막 메시지를 듣는다. 비행기가 이륙하기 직전에 남긴 음성메시지다. 그는 내게 어려운 대화를 꺼낼 때마다 늘 그랬듯 차분하고 낭랑한 목소리로 말했다.

"로, 언젠가는 네가 나를 용서해주길 바라지만, 그러지 않아도 이해할게. 너 자신을 잘 돌보며 지내."

나는 천장을 올려다보며 얼룩을 헤아려본다. 그중에는 델로리스와 매우 닮아 보이는 거무스름한 얼룩도 하나 있다. 잠들기 전 마지막으로 떠오른 것은 델로리스가 수조에서 기어나와 수족관의 반짝이는 타일 바닥 위로 여덟 개의 팔을 움직여 저 넓은 바다로 나아가는 모습이다.

4장

21년 전

수족관을 처음 방문하고 몇 달이 지난 어느 날 오후, 엄마가 나를 데리러 학교에 왔다. 엄마가 운전대를 꽉 붙잡고 앞만 쳐다보면서 내게 꾸물거리지 말고 얼른 타라고 말했을 때부터 나는 뭔가 잘못됐다는 것을 알아차렸다. 시월이었다. 나는 오렌지색과 금색 반짝이로 뒤덮인, 풀칠해 만든 끈적끈적한 종이 호박을 들고 있었다. 엄마는 그걸 한번 보더니 책가방에 집어넣으라고 했다.

"아림아, 반짝이가 차에 묻으면 안 돼."

이럴 때 엄마에게 말대답을 하거나 고집을 피우면 안 된다는 것을 알고 있었다. 엄마는 체구가 작았지만—엄마는 늘 자신의 허리와 손목이 나만큼 가늘다고 말했다—화가 나면 몸집이

부풀었다. 엄마가 나나 아빠가 얼마나 굼뜨고 게으르고 이기적
인지 아느냐며 맑은 소프라노 음색으로 언성을 높일 때면 깔끔
하게 빗어내린 단발머리마저 에너지가 실려 파지직 소리를 내
며 떠올랐다. 엄마는 곧잘 아빠의 잘못과 내 잘못을 한데 묶어
서 이야기했기 때문에 결국에는 무엇이 내 실수이고 무엇이 아
빠의 실수인지 구별하기가 어려워졌고, 그러다 아빠와 내 성격
의 단층선이 서로 교차해 마침내 우리의 잘못들로 이루어진 거
미줄 같은 방사형 그물망이 형성되었다.

　학교에서 집까지 가는 데는 10분도 채 걸리지 않았지만 그
날은 더 길게 느껴졌다. 내가 주말마다 자전거를 타고 몇 시간
이고 배회하는 공원이 차창 밖으로 지나갔다. 연푸른색 집 네
채가 나란히 늘어선 길도, 호일로 싼 물렁물렁한 딸기맛 사탕
이 잔뜩 든 유리병이 계산대 위에 놓여 있는 조씨네 세탁소도,
매장에 비해 주차장이 우스꽝스러울 만큼 넓고 언제나 열려
있는 듯한 주류 판매점도. 엄마가 파운틴 플라자 앞을 지나가
지 않으려고 굳이 애쓰지 않았으므로 나는 차창 밖을 스치는
쇼핑몰을 바라보며 덜로리스라는 문어가 뭘 하고 있을지 생각
했다.

　아빠는 덜로리스가 잠을 거의 안 잔다고 했다. 내가 상상했던
것처럼 눈을 감고 수조 속 물의 흐름과 소용돌이를 타고 표류
하기는커녕, 그는 어떤 종류의 렘수면 활동도 거의 필요로 하지

않는 최초의 문어였다. 덜로리스는 쉴 때도 거의 항상 무언가를 하고 있다고 했다. 물속에 떠 있거나 혼자서 숨바꼭질을 하듯 바위 틈새에 웅크리고 있는 것을 좋아하는 모양이었다. 아빠는 그런 놀이 능력을 가진 문어를 본 적이 없다고 했다.

"덜로리스가 자란 환경 때문인 것 같아. 베링 소용돌이는 우리가 떠올릴 수 있는 모든 가혹한 환경조건이 결합된 흥미로운 곳이지만, 그렇기 때문에 그곳에서 덜로리스 같은 아름다운 변이 생물이 많이 태어나고 번성하게 된 거야."

"변이가 뭐예요?"

"예상치를 벗어난 어떤 것을 뜻해. 이해도, 논리도 따르지 않는 것."

내가 어떤 단어의 의미를 물으면 아빠는 내게 색인 카드에 그 단어를 적어넣은 다음 철자법을 익히고 소리 내어 읽도록 했다. 아빠는 발음에 신경쓰는 편이었다. 사람들이 아빠가 말하는 내용보다 아빠의 R 발음과 L 발음이나 억양에 더 주의를 기울였기 때문이다. 아빠는 생물학 학사, 경제학 석사, 해양생물학 박사까지 학위를 세 개나 갖고 있었지만, 사람들은 결코 아빠의 백인 동료들(아빠는 그들이 모두 아빠가 다니는 곳보다 덜 좋은 기관에 들어갔다고 지적했다)의 말을 들을 때처럼 아빠 말을 듣지 않았다.

"다른 사람들만큼 잘하는 걸로는 부족해, 아림아. 최고가 되어야 해."

아빠는 늘 그렇게 말했다.

차가 시커모어 스트리트 끝자락에 이르렀다. 보통은 여기서 왼쪽으로 꺾은 다음 우회전해 집에 갔다. 그런데 엄마가 갑자기 오른쪽 차선으로 비집고 들어갔고, 그 바람에 흰색 지프와 파란색 스바루 운전자가 화가 나서 경적을 울려댔다.

"엄마? 집은 반대쪽이잖아요."

하지만 엄마는 내 말을 못 들은 척하고 고속도로로 이어지는 반대 방향으로 차를 몰았다.

나는 몸을 뒤로 기대고 앉아 엄마가 레이서처럼 속도를 높이며 고속도로로 진입하는 차량 대열에 합류하는 것을 지켜보았다. 원래 엄마는 우물쭈물하며 소심하게 운전하는 편인데 지금은 레이싱 선수처럼 이리저리 방향을 틀며 운전하고 있었다. 이윽고 우리가 탄 차는 러시아워 직전의 4번 국도에 몰린 차량들의 강물에 합류했다.

"우리 어디 가요?"

엄마가 대꾸했다.

"생각을 좀 해야 해."

엄마는 무언가에 흥분한 듯 눈에서 기이한 빛을 번뜩이고 있었다. 뭔가 불안함을 자아내는 흥분이었다. 칼날 위에서 아슬아슬하게 균형을 잡는 기분, 너무나 크고 압도적인 무언가가 들이닥쳐서 조금이라도 속도를 늦추면 따라잡힐까봐 두려운 기분. 엄마는 왼쪽 차선으로 들어서서 은색 벤츠 한 대를 바짝 뒤쫓았고, 그 차가 우리 앞에서 비켜간 뒤에는 조지 워싱턴 다리 이정표가 나올 때까지 힘껏 액셀러레이터를 밟았다. 나는 겁이 나기 시작했다.

"엄마, 속도 줄여요. 이러다가 경찰한테 붙잡히겠어요."

아니나 다를까, 백미러에 빨간색과 파란색 불빛이 춤추는 게 보이고 맹렬하게 울부짖는 사이렌 소리가 들렸다. 엄마가 나지막이 무슨 말인가를 내뱉었다. 그 순간 나는 엄마가 이대로 사이렌을 무시하고 계속 액셀을 밟아 우리가 신문에 날까봐 겁났다. 자녀와 동승한 여성 운전자, 속도위반으로 잡혀. 이런 헤드라인에 덧붙여 엄마와 내 얼굴이 찍힌 흑백사진도 실린 장면을 상상해보았다. 그러면 엄마는 감옥에 갈 테고, 나는 사관학교나 고아원이나 아니면 법을 어긴 어머니의 자녀가 가야 하는 어딘가로 보내질 테고, 어째서인지 몰라도 그 모든 게 내 잘못때문일 것 같았다.

그러나 엄마는 마침내 갓길에 차를 세웠다. 우리 옆 잔디밭에는 키 큰 잡초 사이로 드문드문 피어난 철 늦은 들꽃이 노란색, 분홍색, 보라색 꽃봉오리를 한들거리고 있어 믿을 수 없을 만큼 아름다웠다. 사람들이 저런 데에서 피크닉을 하기도 하는지, 만약 그러려고 하면 어떻게 될지 궁금했다. 나는 그렇게 생뚱맞은 데 존재하는, 은밀한 고독과 아름다움으로 이루어진 공기 방울 같은 작은 녹지들에 마음이 끌렸다.

경찰이 차에서 내리는 동안 엄마는 선바이저를 내리고 거울을 보며 얼굴을 확인했다. 입술을 벌려 치아를 살펴보고, 윗입술 위로 살짝 삐져나온 립스틱을 닦아냈다. 엄마가 얼굴에 흘러내린 머리카락을 뒤로 쓸어넘기고 있을 때 경찰이 다가와 운전석 차창을 두드렸다.

"면허증과 등록증 좀 보여주세요."

유리창이 울리는 느낌이 들 정도로 경찰의 목소리는 굵었다. 엄마가 차창을 내리는 동안 나는 앞만 똑바로 쳐다보았다. 얼굴이 화끈거렸다. 목덜미가 따끔거리고 뱃속은 장어가 가득 든 것처럼 꿈틀거렸다. 나는 말썽에 휘말리고 그것 때문에 조사받고 창피당하는 게 싫었다.

"그럼요."

엄마가 말했다. 글로브박스에 손을 뻗어 핸드백에서 지갑을 꺼내는 엄마의 몸짓에서 아까의 긴박함과 부산스러움은 찾아볼 수 없었다. 엄마가 할머니에게 선물받아 늘 차고 다니는 금팔찌가 내 무릎을 스쳤다.

"선생님, 면허가 네 달 뒤면 만료되네요."

경찰이 서류를 넘겨보더니 무미건조하게 말했다. 그는 콧수염을 빳빳하게 길렀는데, 그걸 보니 아빠가 수족관에서 보여준

갯민숭달팽이가 떠올랐다.

"보통 이런 일은 남편이 챙겨주는데, 그 사람이 곁에 없어서요."

나는 엄마를 쳐다보았다. 왜 거짓말을 하는 걸까?

"곁에 없다고요?"

경찰이 되물었다. 무미건조하지만 흥미로워하는 듯하던 그의 어조가 무언가 더 탁하게 바뀌었고, 그 소리에 내 뱃속 장어들이 쉭쉭거렸다. 경찰이 차창 안으로 고개를 더 기울이자 그의 선글라스에 엄마와 내가 조그맣게 비쳐 보였다. 그는 엄마의 목젖이 움직이는 모습과 작은 손을 눈여겨보더니, 엄마의 얼굴로 눈길을 옮겨 이목구비를 훑어보았다. 나는 엄마를 내 어머니가 아닌 다른 존재로 여겨본 적이 없었지만, 지금 저 경찰의 눈에는 엄마가 나이보다 훨씬 더 젊게 비치리라는 것을 알 수 있었다. 내가 늘 당연시했던 엄마의 눈에 띄는 미모—나는 전혀 닮지 않은 길고 좁은 코, 큰 눈, 도톰한 입술—가 갑자기 위험하게 느껴졌다.

"맞아요."

엄마는 그렇게 말했고, 무언가 결정을 내린 듯했다. 엄마가 등을 곧게 펴고 미소 지었다.

"그이가 없을 때는 가끔 정신이 없어서요."

"더 조심하셔야죠."

경찰이 말했다.

"저 때문이에요."

엄마가 뭐라고 하기도 전에 내가 끼어들었다. 나는 대화가 흘러가는 방향이, 두 사람이 내가 이해하지 못하는 이야기를 나누는 것 같은 느낌이 마음에 들지 않았다. 경찰이 나를 돌아보았다.

"제가 엄마한테 화장실 가고 싶다고 졸랐거든요. 엄마 잘못이 아니에요."

"얼마나 빠르게 달리고 계셨는지 아십니까?"

경찰이 나를 무시하고 엄마에게 시선을 고정하며 물었다. 엄마는 겸연쩍어하는 여학생처럼 고개를 저었다. 나는 토하고 싶어졌다.

"팔십오였어요. 시속 육십 마일 제한이 있는 도로에서요."

경찰이 말했다. 창밖의 하늘은 분홍색과 오렌지색으로 얼룩져 있었고, 귀갓길에 오른 파란색, 검은색, 흰색 차들이 줄지어 나아가고 있었다. 경찰이 우리의 위반 항목을 적으려고 수첩을 꺼내려 했다.

"부탁드려요. 그냥 경고로 끝내고 보내주시면 안 될까요?"

경찰의 선글라스에 비친 엄마의 치아가 반짝였다. 엄마는 목걸이에 달린 금 십자가를 만지작거리기 시작했다. 엄마가 신에게 도와달라고 부탁할 때마다 하는 행동이었다. 늘 이런 식이었다. 엄마가 유일하게 받아들인 존재는 신이었다. 나는 엄마가 눈을 감고 신과 대화할 때마다 버림받은 기분이 들었다.

"다른 차들도 다 빨리 달리고 있었잖아요. 그 차들은 왜 안 잡으세요?"

내가 따지자 엄마가 한국어로 다그쳤다.

"아림아, 입 다물어."

경찰이 선글라스를 내렸다. 그의 눈은 놀라울 정도로 작았다. 흰자위가 살짝 충혈되고 푸른 홍채가 얼마나 흐릿한지 그걸 보자 마음이 불편해졌다. 완전히 텅 비어 있는 눈빛 아래에 경계심이 깔려 있었다.

"어른들이 말할 때 아이들은 조용히 있어야 한다고 가르치셔야죠."

침묵이 이어지는 가운데 내 몸속의 피가 흐르는 소리가 들리는 것만 같았다.

"그러게요. 다신 이러지 않을 거예요."

엄마가 한국어 억양이 약간 배어 있는 영어로 느릿느릿 말했다. 엄마가 이렇게 천천히 말하지 않으면 사람들은 자꾸 다시 말해달라고 요구하곤 했다.

"불편을 끼쳐서 죄송합니다."

경찰이 엄마를 유심히 살피더니 미소를 짓는 것처럼 보일 정도로 한쪽 입꼬리를 실그러뜨렸다. 그러고는 선글라스를 붉은

코 위로 다시 추어올려 끔찍한 두 눈을 가렸다. 그는 우리에게 큰 호의를 베푼다는 듯 한숨을 지으며 말했다.

"좋아요. 이번에는 경고로 끝내겠습니다. 당신네는 규칙을 잘 지키잖아요, 안 그래요?"

나는 무슨 말인지 이해할 수 없었지만 엄마는 마치 그런 듯한 미소를 유지했다. 그건 엄마가 아빠와 싸우는 도중에 누군가에게서 전화가 올 때마다 짓던 미소였다. 엄마는 자신의 목소리에서 삐져나오는 분노와 고통을 모두 지워버리고, 방금 전까지만 해도 아빠에게 죽고 싶다는 둥, 이 나라에 온 걸 후회한다는 둥 말하던 사람이라고는 짐작할 수 없을 만큼 명랑하고 유쾌한 목소리로 전화를 받았다.

"또 과속하다가 저한테 잡히지 않게 조심하세요."

경찰이 차 지붕을 가볍게 두드리더니 묵직하고 침착한 걸음걸이로 멀어져갔다.

엄마는 차창을 올렸다. 경찰차가 차량 대열에 합류한 뒤에도 엄마는 한동안 출발하지 않고 그 자리에 가만히 앉아 있었다. 그러다 마침내 천천히 시동을 걸었다. 엔진이 부르릉 깨어나는 동안 나는 경찰이 '당신네'라고 말한 게 무슨 뜻이었을까 생각했다. 우리 가족을 뜻한 거였을까? 엄마에게 묻고 싶었지만, 엄마가 대답하고 싶어하지 않거나 어떻게 답해야 할지 모르리라는 것을 알았다.

엄마가 차를 몰아 도로로 진입했다. 이번에는 오른쪽 차선에 머물렀다. 경찰에게 잡혔던 일 때문에 마음이 산란했는지 방향지시등을 끄는 걸 깜빡하고 있었다. 내가 알려주자 그제야 엄마는 째깍거리는 소리에 주의를 돌리고 지시등을 껐다. 우리 차가 나아가는 동안 분홍빛 하늘은 회색이 섞인 보랏빛으로 점점 어둑해졌고 호박색 불빛을 밝힌 가로등이 드문드문 이어졌다.

엄마는 뉴욕시로 접어드는 다리로 이어지는 도로 직전에 있는, 허드슨강을 면한 공원으로 나가는 출구로 향했다. 그러더니 공원이 내려다보이는 언덕 위에 차를 세웠다. 잘 손질된 녹지 너머로 드넓은 하늘과 강물이 펼쳐졌다. 뉴욕에는 딱 한 번, 내 생일에 록펠러센터의 크리스마스트리 조명을 보러 간 적이 있었다. 아주 어렸을 때라 나는 특별히 나를 위해 트리에 불을 켠 줄 알았다. 그때는 겨울이면 가끔씩 추운 날도 있었다.

그때 엄마와 아빠는 주차비 지불 문제를 두고 말싸움을 벌였다. 늦가을 대기에 구름처럼 피어오르는 숨을 내뱉으며 아이스링크장 주변의 인파를 비집고 나아가는 동안에도 두 분은 화가 나 있었지만, 나무에 불이 들어오면서 가지들이 수천수만 개의 알록달록한 별들로 빛나는 짜릿한 순간에는 말싸움을 멈췄다. 이후 우리는 한인타운에서 뜨거운 꼬리곰탕을 먹으며 몸을 녹였다. 집으로 돌아가는 차 뒷좌석에서 나는 다시 부드러워지고 친근해진 두 분의 목소리를 들으며 잠이 들었다.

엄마는 나를 보지도 않고 차에서 내리더니, 경치가 내려다보이는 피크닉 테이블로 가 앉았다. 엄마는 손깍지를 끼고 우리 아래로 펼쳐진 녹지를 바라보았다. 나는 차 안에 남아 엄마를 지켜보았다. 마음 같아서는 엄마에게 가서 차에 타라고, 아빠가 퇴근하기 전에 집에 가야 한다고 말하고 싶었지만, 안전벨트에 옭매인 듯 그 자리에서 꼼짝할 수 없었다.

밝은색 운동복을 입고 조깅하는 사람들이 지나갔고, 자전거 몇 대가 잇따랐다. 밤이 오기 전에 모두가 마지막으로 한 바퀴 돌고 가려는 듯했다. 나는 차 문을 열었다.

"엄마?"

엄마는 내가 차에 있다는 걸 잊어버렸던 듯 깜짝 놀라 몸을 일으켰다. 눈이 빨갰지만 얼굴은 차분했다.

"엄마, 왜 그래요?"

마침내 엄마가 나를 돌아보며 말했다.

"아무것도 아니야. 이제 집에 가자."

*

아까 엄마를 떠밀었던 불안정한 에너지가 집을 향해 차를 모는 엄마에게서 새어나오는 듯했다. 나는 무엇을 해야 할지, 무슨 말을 해야 할지 몰라 엄마를 지켜보기만 했다. 나는 쓸모 있는 행동을 하기에는 너무 어리고 아무 일도 없는 척하기에는 너무 나이들었다는 생각이 들었다.

엄마는 내가 머리 가르마를 잘못 타면 혼을 냈고, 내가 바닥에 양말을 팽개쳐둔다고 끊임없이 불평했으며, 남들이 우리 가족을 나쁘게 보지 않게 어딜 가든 예의바르게 행동해야 한다고 잔소리를 늘어놓았다. 그날 오후 엄마의 모습, 즉 대담하고 무모하고 심지어 누군가에게 교태를 부리기까지 했던 여자는 내가 모르는 사람이었다.

집에 도착하자마자 엄마는 아빠의 서재에 틀어박혔다. 엄마가 서랍이며 서류철을 뒤지는 소리를 들으며 나는 문밖에 서 있었다. 엄마가 난폭하게 운전하던 때보다 지금 이렇게 침묵하는 게 더 무서웠다. 아빠가 또 요금 납부하는 걸 깜빡한 걸까? 아니면 무언가 다른 문제일까?

딱 한 시간 뒤 아빠가 집에 도착했다. "나 왔어!" 하고 인사하는 쾌활한 말소리가 엉뚱한 시간을 알리는 괘종시계처럼 집 안을 울렸다.

"엄마 어딨니, 도토리?"

아빠는 혼자 식탁 앞에 앉아 숙제를 하는 나를 보고 물었다. 나는 죄책감을 느끼며 말했다.

"아빠 서재에 있어요."

아빠가 이맛살을 찌푸렸다. 하지만 아무 말도 하지 않고 찻물을 끓이기 시작했다. 아빠는 진한 홍차를 하루에 적어도 열잔은 마시는 차 애호가였다. 아빠가 1분씩 우렸다가 꺼내놓은 티백이 집안 곳곳에 널려 있었다. 아빠는 티백을 "나중에 쓸거"라면서 오래된 냅킨, 잡지, 신문, 때로는 창틀 위에까지 올려두었기 때문에 엄마가 미치려고 했다.

"왔네."

엄마가 말했다. 아빠도 나도 눈을 들어 부엌 문간에 서 있는 엄마를 보았다. 엄마는 내가 예전에 발견해서 조금씩 읽었던 그 여행 일지를 들고 있었다.

"내 물건 뒤졌어?"

아빠가 물었다. 하지만 아빠는 해서는 안 될 일을 하다가 들킨 아이처럼 겁에 질려 눈이 휘둥그레져 있었다.

"당신이 어떻게 이럴 수 있어? 나한테, 우리 가족한테?"

엄마가 따졌다. 나는 눈을 감았다. 무언가가 바닥에 떨어져 박살나는 소리가 들렸다. 엄마가 부엌 쪽으로 던진 공책에 무언가가 부딪혀 떨어진 것 같았다.

아빠의 얼굴에 무언가를 생각하는 표정이 떠올랐다. 다음에 무슨 말을 할지, 어떻게 반응할지 고민하는 것 같았다.

"드디어 미쳤군. 당신은 지금 무슨 말을 하고 있는지도 몰라. 이 집 밖에서의 내 삶에 대해 아무것도 모르잖아."

"떠날 거야."

엄마의 높고 가느다란 목소리가 내 마음을 할퀴었다. 이제 엄마는 울고 있었다.

"그 여자랑 헤어지지 않으면 난 당신을 떠날 거라고."

"당신은 미쳤어."

아빠는 같은 말을 되풀이했다.

"난 한국으로 갈 거야. 떠날 거야."

아빠가 전에 없이 차가운 목소리로 말했다.

"당신 혼자서 그렇게 멀리 갈 수 있을 것 같아? 한번 해보시지. 혼자 비행기표 예약하는 법도 모르면서."

엄마는 아빠도 나도 떠나려 하고 있었다. 다 내 잘못이었다. 아빠의 일지를 숨기거나 불태우거나 버렸어야 했는데. 울음이 터져나왔다.

"당신이 무슨 짓을 했는지 봐. 이제 만족해? 딸 앞에서 이렇게 굴어서? 미친 거야!"

아빠는 엄마를 계속 미쳤다고 몰아세우면 엄마가 하는 말에 귀를 기울이지 않아도 된다고 생각하는 것 같았다.

나는 일어나서 집을 나갔다. 운동화를 대강 꿰어신고 현관문을 덜커덕 열었다. 문이 쾅 닫히기 전에 아빠가 내 이름을 부르는 소리가 들렸다. 하지만 둘 중 누구도 나를 따라오지는 않았다. 나는 뒷마당 출입문을 확 열어젖혔다.

내가 세상에서 가장 좋아하는 장소 가운데 하나는 녹슨 자전거와 낡은 가전제품이 보관되어 있는 뒷마당 창고 뒤쪽 구석이었다. 어쩌다 엄마가 아빠한테 잔디를 깎으라고 하는 날이 아니면 아무도 발걸음을 하지 않는 곳이었다. 어느 날 창고 뒤를 탐험하며 놀던 나는 J+P 4EVER라는 글자가 새겨진 오래된 나무 그루터기를 발견하고 신이 났다. 우리 이전에 이 집에 살았던 누군가가 남겨둔 것 같았다. 나는 J와 P가 누구였을지 상상하며 그루터기의 글씨를 손으로 훑어보았다. 부모님에게는 그 사실을 알리지 않고, 틈만 나면 창고 뒤의 비좁은 공간에 찾아가 그루터기 위에 담요를 깔아놓고 옆에 심겨 있는 무궁화 덤불이 드리운 초록빛 그늘 아래 웅크려 앉아 있곤 했다. 무궁화는 엄마가 아빠와 처음 이 집에 이사 왔을 때 심은 것이었다. 아빠는 무궁화가 한국의 국화로 '영원한 꽃'을 뜻한다고 했다.

나는 J+P 그루터기에 앉아 무릎을 껴안고 어둠 속에서 몸을 떨었다. 눈물과 콧물이 뒤섞였다. 나는 흐느낌을 억누르며 아빠가 수영을 가르쳐주었을 때 일러준 대로 호흡에 집중했다. 물속에 머리를 넣었다가 공기 중으로 쳐들 때처럼 숨을 코로 들이쉬고 입으로 내쉬는 방법이었다. 그러다보니 차차 진정되면서 졸음이 왔다. 나는 그루터기에 몸을 웅크린 채 잠이 들었다.

잠에서 깨어나보니 하늘 높이 하얀 달이 떠 있었고, 아빠가 내 이름을 부르는 소리가 들렸다. 나는 팔다리에 저릿한 감각을 느끼며 일어섰다.

"저 여깄어요."

내가 창고 뒤에서 나가며 말했다. 아빠가 안도감이 역력한 목소리로 말했다.

"거기서 도대체 뭐하고 있었어?"

나는 아빠를 쳐다보았다.

"난 바보가 아니에요."

내 분노에 아빠는 놀란 눈치였다.

"그렇게 말한 적 없다."

나는 두 분이 이제 괜찮은 거냐고 묻고 싶었다. 아빠가 그 여자와 헤어질 건지도. 하지만 그러는 대신 팔짱을 낀 채 아빠 뒤편의 벽만 똑바로 바라보았다. 엄마가 수없이 해왔던 행동 그대로.

아빠가 한숨을 쉬었다.

"이제 잘 시간이야."

"저 아직 저녁도 못 먹었어요."

부엌에 가보니 아빠가 좋아하는 찻잔이 깨진 채 바닥에 흩어져 있었다. 몇 년 전 아버지의 날을 맞아 내가 세계 최고의 아빠라는 글씨를 노란색으로 적어넣은 울퉁불퉁한 녹색 머그컵이었다. 바닥에 널브러진 파편을 보니 또 울음이 복받쳤지만, 아빠가 무어라 투덜거리며 파편을 쓸어모으는 것을 지켜보며 마음을 가다듬었다.

"엄마는요?"

보통 엄마는 싸우고 나면 욕실이나 침실에 틀어박혀 베토벤을 큰 소리로 틀어놓았다가 마음의 준비가 되면 아무 일도 없었던 듯 차분하고 침착한 얼굴로 나오곤 했다. 하지만 지금은 욕조에 물을 받는 소리나 위층에서 흘러나오는 클래식 선율이 들리지 않았다.

"엄마는 며칠간 집에 없을 거야."

아빠가 말했다.

"뭐라고요?"

아빠가 나를 끌어안았다. 나는 아빠의 가슴을 주먹으로 때렸다.

"아빠 미워. 아빠 때문에 엄마가 떠났잖아요."

"그냥 며칠 동안 호텔에서 지내다 올 거야. 진정해."

"아빠 때문에 엄마가 떠난 거예요. 아빠는 나쁜 남편이고 나쁜 아빠예요."

내 말에 아빠가 고통스러운 표정을 짓자 나는 놀라면서도 한편으로는 만족스러웠다.

"아빤 나빠."

나는 내 안에서 발견한 새로운 능력을 음미하며 말했다. 부모님이 서로에게 혹은 내게 종종 상처를 줬듯이 나도 부모님에게 상처를 줄 수 있었다.

"그만해. 그럴 거면 저녁 먹지 말고 잠이나 자."

그래서 나는 그렇게 했다. 교복을 벗어 단정하게 개어놓고, 파자마로 갈아입고, 이를 닦고, 심지어 엄마가 가르쳐준 대로 머리를 윤기가 흐르도록 100번을 빗은 다음 잠자리에 들었다. 엄마는 늘 이렇게 말하곤 했다.

"너나 나나 운좋게 굵은 모발을 타고났지만 관리하는 게 중요해. 잘 빗어주지 않으면 산발이 돼."

*

엄마는 일주일 동안 돌아오지 않았다. 그주에 나는 우리집에서 한 블록 떨어진 곳에 사는 에이미라는 여자애랑 카풀을 해서 하교했는데, 나는 그 아이를 좋아하지 않았다. 걔가 숙제나 혹은 내가 형제자매가 없는 이유에 대해 멍청한 질문을 던졌기 때문이다. 에이미에게는 오빠 둘과 언니 하나, 강아지, 기니피그가 있었다.

"너는 동물도 안 키운단 말야?"

에이미가 물었다.

"문어는 있어. 이름은 덜로리스야. 몸이 무지갯빛이고 집 한 채만큼 커."

에이미가 실눈을 떴다.

"못 믿겠어. 집에서 키우는 동물이 집만큼 클 순 없잖아."

나는 어깨를 으쓱했다.

"덜로리스는 우리집에 살지 않아. 수족관에 있지. 엄청 똑똑해. 너무 똑똑해서 맘만 먹으면 너를 잡아먹을 수도 있을걸."

"얘들아, 사이좋게 지내야지."

에이미의 엄마가 운전석에서 말했다. 에이미는 집까지 가는 내내 부루퉁해 있었다.

집에 도착한 후 나는 샌드위치를 먹고 TV를 본 다음 숙제를 했다. 혹시라도 엄마가 전화하거나 초인종을 누르면 소리를 잘 들으려고 TV 볼륨을 낮춰두었다. 엄마가 없으니 집이 텅 빈 것 같았다. 아빠와 나는 피자나 밖에서 사온 중국 음식만 먹었고 나는 늘 피곤했다. 돌아와주세요. 나는 전화기나 현관문을 쳐다보며 엄마가 다시는 떠나지 않을 만큼 착한 아이가 되려면 어떻게 해야 하는지 온갖 방법을 생각했다. 제발, 제발, 제발.

부엌 바닥에 떨어져 부서진 머그컵을 아빠가 최대한 치웠는데도 여기저기서 조그마한 도자기 파편이 계속 나왔다. 아무리 자세히 살펴봐도, 아무리 철저히 빗자루질을 하고 청소기를 돌려도 부엌 구석 어딘가에는 마치 전쟁의 잔해나 사라진 문명의 유물처럼 조그마한 녹색 조각이 남아 있었다.

5장

다음날 아침 나는 끔찍한 기분으로 깨어난다. 어제 마신 술 때문인가 했는데, 기억을 돌이켜보니 어제 윤희에게서 들은 덜로리스가 팔릴 거라는 이야기 때문이다. 나는 그 생각을 뇌 밑바닥으로 내리누르고는 다시 잠에 빠져들었다가 다양한 핸드폰 알람소리가 일어나라며 비명을 질러대는 통에 결국 일어난다.

중지 버튼을 누르고 나서 비몽사몽으로 이를 닦는데 엄마에게서 온 문자메시지가 눈에 들어온다. 한국어로 된 긴 단락이 핸드폰 화면을 채우고 있다. 읽고 싶지 않다. 몇 분 동안 앉아 정독해야만 의미를 겨우 이해할 수 있는 메시지를 분석하고 싶지 않다. 그래서 핸드폰을 외면한다. 급한 일이면 전화하겠지.

나는 엄마를 떠올릴 때마다 드는, 가슴이 찌르르한 아픔을 누그러뜨리려 애쓰며 마음을 다잡는다.

나는 아침 일과를 서둘러 처리한다. 얼굴에 생기를 주려고 찬물을 끼얹고, 토너와 세럼을 비롯한 기초화장품을 듬뿍 바른다. 작년에 윤희가 보디로션만 얼굴에 대강 바르고 피부가 좋아지길 기대하는 나를 두고 볼 수 없다며 억지로 사게 한 화장품이다.

"이제 우리는 어른이잖아. 피부를 관리해야지."

윤희는 쇼핑몰로 나를 끌고 가며 말했다.

"얼굴에 보디로션 쓰는 게 뭐가 문젠데? 얼굴은 몸의 일부 아냐?"

"전혀 아니지. 네 얼굴은 얼굴이라고."

윤희가 복합성 피부라는 라벨이 붙은 세럼을 집어들며 말했다.

"복합성 피부가 뭐예요?"

나는 바구니를 손에 들고 우리를 쳐다보고 있던, 완벽하게 화장을 한 여자에게 물었다. 그의 피부는 갓 쌓인 눈밭 같고 나이가 우리보다 다섯 살 어릴 수도, 다섯 살 많을 수도 있을 것 같았다. 여자는 내게 바구니를 건네더니 그 가게에서 제공하는 무슨 화장품 키트와 헤어 마스크라고 적힌 샘플을 넣어주었다.

"기름기가 있으면서 건조하다는 뜻이에요."

여자가 내 모공을 달 분화구처럼 비춰주는 거울을 들이대며 말했다.

"여기 보시면, T존은 반질거리는데 코 주변은 건조하죠?"

"일거양득이네요."

내 말에 그 여자도, 윤희도 웃지 않았다.

태는 윤희의 억지에 내가 사들고 온 제품을 보고 무척 재미있어했다.

"이거 다 쓰면 피부가 정말 좋아지는 거야?"

"그렇다나봐."

나는 그 화장품 회사의 인스타그램 계정에 들어가 산뜻한 얼굴과 맑은 눈을 가진 모델들의 화사한 사진으로 빼곡한 화면을 태에게 보여주었다.

"항상 촉촉한 상태가 좋은 건가봐. 온통 수분이 채워져 있고 어디든 갈 준비가 된 상태."

태가 사막으로 떠났을 때 그에게 기초화장품을 보내주고 싶다는 생각에 사로잡혔다. 그를 비롯한 훈련생들이 머무는 시설은 분명 온도와 습도가 조절되겠지만, 그래도 그의 피부는 때때로 건조해지는 편이니 거기서도 그럴 것이다. 여느 젊은 남자들과 마찬가지로 태도 보디워시 겸용인 듯한 샴푸를 포함해 최소한의 제품만 사용하면서 만족했고—윤희가 보았다면 질겁했을 것이다—그 이상은 필요로 하지 않는 듯했다. 내 눈에 태는 늘 번듯해 보였기 때문에 애초에 그가 왜 나와 사귀는지

때로는 이해할 수 없었다. 태를 생각하면 나는 내 역량 이상의 무언가에 매달리고 있는 기분이 들었다. 우리가 밖에서 데이트할 때면 여자들이 내 행운을 믿을 수 없다는 듯한 눈초리로 나를 쳐다보았다. 나도 못 믿겠어. 나는 그들에게 그렇게 말해주고 싶었다.

요즘은 자주 보는 사람이 직장 동료뿐이라 내 외모에 대해 깊이 생각하지 않으려고 하는 편이다. 그런데 오늘 아침 엄마의 문자메시지를 받고 나니 마치 엄마가 나를 지켜보고 있는 것 같아 괜히 의식하게 된다. 거울에 모습을 비춰보니 눈 밑이 부어 있다. 잠을 잘 못 잔 탓이다.

커피가 끓기를 기다리는 동안 나는 핸드폰을 흘긋 곁눈질한다. 제대로 쳐다보면 핸드폰이 나에게 무언가를 요구하기라도 할 것처럼. 엄마의 메시지를 다 읽으려면 최소한 몇 분은 걸릴 게 뻔하다.

부모님은 나를 한국어학원에 보냈지만, 나는 몇 년 건성으로 배우다가 너무 다니기가 싫어 부모님과 합의하에 그만두었다. 세상 모든 학생이 기나긴 주중의 학교생활을 마치고 늦잠 자며 쉬는 토요일에 나만 수업을 들어야 한다는 것도 싫었고, 윤희는 한국에서 태어나 한국어를 유창하게 할 줄 알아 부모님에게 떠밀려 학원에 가지 않아도 된다는 것도 싫었다. 무엇보다도 연습문제가 너무 진부해 싫었다. 우리가 언어 이해력을 키우기 위해 읽어야 하는 수많은 이야기와 시가 미영이나 철수 같은 이름을 가진 아이들이 낙엽을 주워 모으거나 눈이 내리는 광경을 두고 이야기하는 상황으로 넘쳐났다. 내 주변의 누구도 그런 식으로 말하지 않았다. 그럼에도 나는 초등학교 4학년 수준으로 읽고 쓰고 이해할 수 있을 만큼은 배웠다. 보통은 이 정도면 충분했다.

나는 동그라미, 네모, 선으로 이루어진 뭉툭한 글자들이 나열된 단락을 살펴본다. 점차 초점이 맞춰지면서 글자들이 언어화된다. 날씨가 어떻다는 둥, 요즘 일이 어떻다는 둥, 교회에서 친구들이 다른 친구들과 싸우고 있다는 둥의 기나긴 서론을 읽고 나니, 마침내 내가 저녁식사를 하러 오면 좋겠다는 내용이 눈에 들어온다. 메시지는 이메일처럼 격식을 차린 투로 이렇게 끝난다.

잘 지내렴. 이번 주말에 시간이 된다면 저녁식사하러 오면 좋겠구나. 답장 주렴……

나는 엄마와 대화하고 싶지 않다. 이 생각이 머나먼 수평선 위로 뛰어오르는 고래처럼 내 마음 위로 솟구친다. 못 알아볼 수도, 모른 척할 수도 없을 만큼 선명히. 동시에 커피를 홀짝이는 내 입안에서 죄책감이 퍼져나간다. 걸쭉한 기름기처럼 내 혀를 감싼 죄책감은 부모님이 아무리 멀리 떨어져 있거나 아예 떠나버렸다고 느낀다 해도 나의 어떤 행동, 어떤 말도 나를 부모님에게서 자유롭게 해줄 수 없다는 사실을, 결국에는 내 안의 다른 모든 것을 질식시킨다는 것을 상기시킨다. 어린 시절 나는 만약 엄마와 내가 아무런 관계가 없는 동년배로 만났다면 잘 어울리지 못했을 거라는 생각을 종종 했다. 엄마는 엄마의 길로, 나는 내 길로 갔을 것이다. 그리고 아빠가 사라진 뒤 우리 사이는 본질적으로 그렇게 흘러갔다.

"너는 네 아빠 자식이야."

내가 어렸을 때 엄마는 늘 그렇게 말했다. 아주 어렸던 내 손을 잡고, 내 굵은 손가락과 자신의 가는 손가락을 비교하며 "너는 나랑 닮은 데가 하나도 없어"라고 말하기도 했다.

나는 메시지를 무시하고, 남은 커피를 머그컵에 부은 다음 아파트를 나선다. 지각할 것 같다. 칼은 '나는 좋은 사람이야'라고 말하는 듯한 친근한 태도를 취하면서도 최근 연례 고과에서 언급된 나의 '거듭되는 지각'이 못마땅하다는 입장을 충분히 명확하게 밝혔다.

밖은 예상외로 아름답고 고요하다. 하늘이 눈부실 정도로 파래서 보기만 해도 눈이 시릴 정도다. 어제와 달리 살짝 썰렁해서 집으로 돌아가 얇은 재킷이라도 걸치고 나올까 싶은 마음도 들지만, 그냥 이 한기를 즐기기로 한다. 이젠 이런 봄다운 봄을 맛볼 수 있는 날이 드물다.

차에 시동을 걸고 있으려니 아까 마신 커피가 내 뇌의 피로를 벗겨내고 머릿속이 제대로 돌아가게끔 마사지해주는 마술을 부리는 느낌이 든다. 그때 호주머니에 든 핸드폰이 다시 진동한다. 이번에는 윤희에게서 온 문자메시지다. 이따가 점심 같이 먹을래? 나는 그 메시지에도 답하지 않는다. 그저 차에 기어를 넣고 운전자로서의 본능에 나 자신을 맡기는 즐거움을 음미하며, 벌써부터 막히기 시작하는 도로의 차량 물결 사이로 합류한다. 비록 러시아워의 교통체증일 뿐이라 해도, 나보다 훨씬 거대한 무언가의 작은 일부분이 되는 느낌이 좋다.

*

내가 차를 산 것은 윤희가 이사 나간 후였다. 원래는 윤희가 자기 어코드 승용차로 간단한 일을 보러 나가거나 나를 어딘가로 데려다주거나 어딘가에서 태워주곤 했는데 더이상 그럴 수 없었기 때문이다. 윤희는 내가 기름을 채워놓는 걸 늘 깜빡한다고 투덜거렸지만, 사실 나랑 같이 출퇴근하고 장을 보는 것을 좋아했던 것 같다. 스스로 인정하지 않겠지만 윤희는 혼자 시간을 보내는 것을 싫어했다. 가끔 쇼핑하러 가면 패닉에 빠져 색깔만 다른 똑같은 스웨터 다섯 벌의 사진을 내게 전송하고 "뭐 살까?"라고 묻곤 했다. 그러면 나는 몇 분 안에 사진을 주의깊게 살피고 에메랄드색이나 청록색이나 라벤더색이라고 답장을 보내야 했다. 대개 윤희는 내가 고른 것이 아닌 다른 것을 선택했지만, 어쨌든 내가 자기를 위해 결정을 내려주는 데 만족하는 눈치였다. 마치 나와 반대되는 욕망과 선호를 내세워야만 스스로를 정당화할 수 있다는 듯이.

그런데 윤희가 '콤Comb'이라는 앱에서 만난 제임스와 데이트를 시작하면서부터 상황이 달라졌다. "데이팅앱 이름이 뭐 그렇게 무시무시해? 그리고 그게 다른 데이팅앱보다 나은 점이 뭔데?" 나는 그러면서도 앱을 써보긴 했지만, 거기서 알게 된 사람과 한 번 데이트해본 다음 그만두었다. 그 앱에서 내게 메시지를 보낸 사람 가운데 내가 처음이자 마지막으로 성가신 마음을 이겨내고 응답을 보낸 남자였다. 그는 그날 밤 내내 나를 로리라고 불렀고, 전 여자친구 이야기를 너무 많이 했으며, 애피타이저를 각각 주문하지 않고 한 개만 시켜서 나눠 먹자고 했다.

"좀더 만나봤으면 좋았을 텐데. 로리라는 별명도 귀엽잖아."

이후에 윤희는 이렇게 말했다.

콤은 사용자의 온라인쇼핑 내역, 문자메시지, 사진 등등 핸드폰에서 추출 가능한 모든 데이터를 분석하고, 과거 인터넷 검색 기록, 방문 기록, 메시지 내역, 라이프스타일을 토대로 서로 잘 맞을 가능성이 95퍼센트 이상인 사람과 연결해주었다. 이런 종류의 데이팅앱 중에서는 선구자에 해당했다. 걸음 수나 수면 습관을 추적하는 앱이 있다면 그것도 모두 콤에 연결할 수 있었다. 프로필을 작성할 필요도 없었다. 그냥 회원 가입을 하고 앱이 핸드폰의 모든 데이터에 접근할 수 있는 권한을 부여하고 기다리면 잠재적 소울메이트가 지정되는 식이었다. 콤을 통해 누군가와 데이트를 시작한 후에는 양쪽 모두의 핸드폰에 앱을 유지하면서 '허니 모드'로 바꿔놓으면 저렴한 월 사용료를 내면서 상대방이 좋아하는 것, 싫어하는 것, 관심사, 선호 분야 등이 점차 변화하는 과정을 추적할 수 있고, 생일이나 기념일이나 여타 특별한 날에 어떤 선물이 좋을지 알림을 받을 수도 있었다. 나는 이 앱의 발상 전체가 소름끼친다고 윤희에게 말했다. 그러자 윤희는 앱에 얼마나 많은 정보를 공유할지는 사용자가 선택하기 나름이라고 일축하며 이렇게 덧붙였다.

"게다가 우리 정보는 이미 인터넷에 다 퍼져 있다는 거 몰라?"

윤희와 제임스는 처음부터 죽이 맞았다. 첫 데이트 때 제임스는 윤희를 시내에 있는 근사한 루프탑 레스토랑으로 데려갔고, 세 달 뒤 윤희의 생일에는 윤희가 가장 좋아하는 핑크색과 크림색 미니 장미를 엮은 꽃다발을 선물했다.

"그는 나한테 정말 딱 맞는 남자야."

윤희는 조금도 반어가 섞이지 않은 진지한 어조로 말했다. 내가 직접 만나보니 사실이었다. 제임스 유는 윤희보다 키가 정확히 10센티미터 크고, 잘생겼고, 한국인이며, 옷차림은 지나치게 유행을 따르지 않으면서도 말쑥했다. 모두 윤희의 마음속 기준을 충족하는 요소였다. 윤희가 만날 운명이었던 바로 그런 유의 남자였다.

나는 윤희가 약혼했다는 사실을 본인에게 직접 듣기 전에 SNS로 먼저 알았다. 꽃밭을 배경으로 맞잡은 두 손을 찍은 사진 밑 댓글에 축하 이모지가 잔뜩 널려 있었다. 게시글에는 관련된 해시태그와 함께 "유와 함께 있을 때 가장 행복해"라고 적혀 있었다.

가장 행복해. 내가 윤희가 행복하기를 바라지 않는 건 아니다. 다만 남들의 행복은 너무 많은 공간을 차지하고 너무 큰 무게를 수반한다. 남들의 기쁨은 늘 내 기쁨보다 확고해 보인다. 나는 행복을 믿어본 적이 없고, 그 개념 자체를 이해하기 어렵다. 행복이란 한번 경험해보고 정의 내리거나, 평가하거나, 수량화하거나, 심지어는 선언할 만한 종류의 것이 아닌 것 같다. 그것은 밤이 되면 나에게 의문과 하염없는 아픔만 남기고 사라져버릴 수도 있기 때문이다.

*

오늘 수족관은 평소보다 조용하다. 나는 펭귄에게 줄 해동 오징어와 새우를 썰러 주방으로 간다. 프랜신이 자기가 담당한 수조에 넣을 식품 혼합물에 비타민을 계량해 넣고 있다.

"간만이네요."

프랜신이 느릿하고 부드러운 중서부 억양으로 농담조의 인사를 건넨다. 그가 고개를 들었다가 내 눈 밑의 다크서클을 보고 덧붙인다.

"커피가 두 잔째 필요한 날인가보네요?"

"잠을 잘 못 자서 그래요."

나는 자세히 설명하고 싶지 않아 그렇게만 말한다. 키가 크고 구부정한 체격의 프랜신은 눈이 새파랗고 머리카락은 아일랜드 민요 가사에 나오는 '아맛빛'이다. 윤희라면 그를 '정서적 뱀파이어'*라고 부를 것이다. 프랜신은 남자들의 호감을 사는 유형인데다(칼은 프랜신이 처음 출근한 날부터 약간 반했다) 유부녀로 알려져 있는데도 남자들의 추파를 받아주는가 하면 같이 어울리며 시시덕거리곤 한다. 그는 남편 토비에 대해 종종 언급하지만 우리 가운데 그를 본 사람은 아무도 없다. 금발과 푸른 눈과 큰 키를 제외하고 객관적으로 이목구비만 놓고 보면 그다지 예쁘다고 할 수 없는데도 프랜신은 유난히 자신만만하

---

* 상대방의 정서적 활력을 소진시켜 자신의 자아를 충족하는 유형의 사람을 이르는 개념.

다. 프랜신은 냄새로 암세포를 탐지하는 치료견처럼 타인의 곤경을 감지하고, 피를 쫓아가는 상어처럼 그들에게 끌려가는 편이다. 자신은 공감 능력이 뛰어나다고 자부하지만, 나한테는 오지랖 넓은 성격에 대한 변명처럼 들린다.

프랜신이 혀를 차더니 말한다.

"내 텃밭에서 세인트존스워트*를 좀 따다 줄게요. 그걸로 차를 끓여 먹으면 곧바로 곯아떨어지더라고요."

프랜신이 마치 처음 말하는 것처럼 얘기한다. 이 기적의 차에 대해 들은 게 최소한 세 번은 되는데 말이다.

"고마워요, 프랜신. 하지만 그러지 않아도 돼요."

"윤희 씨 결혼식 도와주느라 바쁘겠어요."

"네, 정말 바쁘네요."

나는 거짓말을 한다.

사실 윤희는 결혼 계획과 관련해 내게 아무것도 부탁하지 않았다. 예전 같았으면 나는 온종일 핸드폰을 들여다보며 윤희가 후보로 제시하는 온갖 식탁보 견본과 다양한 종류의 구불구불한 금색 글씨체를 두고 고심했겠지만, 태와 헤어지고 나서부터 윤희는 나를 피했다. 이별이 옮기라도 하는 것처럼. 결혼을 둘

---

* 서양고추나물이라고도 하는 식물로, 우울증이나 갱년기 증상 등에 효과가 있다고 알려져 있다.

러싼 걱정은 아마 언니 중 한 명에게 풀고 있을 것이다. 나는
꽃 장식이나 풍선 배치 같은 문제로 씨름하는 걸 좋아하는 유
형은 아니지만, 막상 이런 상황을 맞닥뜨리니 서운하긴 하다.
언제 어디서 생겼는지도 모르는 상처에서 갑자기 피가 나기 시
작한 느낌이다.

"제가 토비와 결혼했을 때가 기억나네요."

프랜신이 꿈꾸듯 말한다. 프랜신과 토비의 결혼식은 또 얼마
나 난리법석 아수라장이었을까 궁금해진다.

"모든 걸 제대로 하자니 한도 끝도 없더라고요. 하지만 그럴
수밖에 없었어요. 완벽하게 하고 싶기 마련이잖아요, 안 그래
요?"

프랜신이 플라스틱 그릇들을 굽어보며 하얀 영양제 가루를
덜어 넣는다. 가끔 남들 눈엔 우리가 코카인과 익히지 않은 해
산물만 취급하는, 세상에서 가장 이상한 식당을 운영하는 것처
럼 보이겠다는 생각이 든다.

나는 아무 말 없이 새우와 오징어를 썬다. 도마 위에 놓인 투
명한 몸뚱이들이 빛의 조각처럼 보인다. 바다 생물을 돌본답시
고 또다른 바다 생물을 먹이로 내주는 것이 수족관의 일이라는
걸 생각하면 정말 괴상하지만, 이게 야생이 작동하는 방식 같
다. 아빠는 늘 이렇게 말했다.

"자연에서는 아무것도 낭비되지 않아. 모든 동물이 생태계

에서 맡은 역할이 있어. 인간이 아직 그 용도를 밝혀내지 못했을 뿐이지."

아빠는 생태계에서 나타나는 변이, 개체의 생존과 양립할 수 없을 듯 보이는 유전적 특성을 발견할 때 보람을 느꼈다. 일부 펭귄 종의 일부일처 습성 역시 그런 사례의 하나였다.

"어떤 동물에게든 일부일처제는 진화론적으로 별로 합리적이지 않아. 유전물질을 전달할 기회가 적어지거든. 하지만 한편으론 짝을 찾고 유지하는 데 드는 시간을 줄이는 방법이기도 해. 내려야 할 선택을 간소화하게 해주니까."

나는 잘게 썬 오징어를 운반용 양동이에 담아놓고 잠시 머뭇거리다가 걸어나간다. 그리고 방금 생각난 것처럼 무심하게 프랜신에게 묻는다.

"그건 그렇고, 이번에 개인 소유자들에게 자산을 매각한다는 얘기 들었어요?"

프랜신이 고개를 들지 않은 채 대꾸한다.

"네. 하지만 결국 안 한다는 것 같던데요."

"덜로리스를 팔려고 한대요."

나는 내가 무엇을 원하는지 안다. 하지만 그것을 얻지 못하리라는 것 역시 안다. 아마도 프랜신에게 일종의 연대감을 느꼈기 때문일 것이다. 프랜신은 칼이나 윤희에 대한 가십 또는 유지보수팀 직원들의 꿍꿍이에 대한 이야기를 나누려 할 때 외에는 내게 말을 붙이지 않는 사람인데도 말이다. 이 모든 부당한 일에 대한 내 뿌리 깊은 분노가 한 번이라도 다른 사람에게 반항을 일으키는 걸 힐끗이라도 보고 싶다. 나는 프랜신과 함께 수족관의 넓은 로비에서 청원서와 전단지를 나눠주고 한 무리의 사람들을 결집시켜 동물 판매를 중단하라는 슬로건을 외치며 시위하는 모습을 상상해본다. 덜로리스와 내가 심야 뉴스에 나오는 것도, 캠페인 규모가 커져 태까지 알게 되는 것도. 덜로리스 자체에 대해서도 생각한다. 그 커다란 눈, 튼튼한 팔. 팔 하나로 나를 감싸안고 친근하게 끌어당길 때의 기분을. 그럴 때 덜로리스는 마치 "야, 너를 보는 나를 좀 봐. 이상하지 않아?"라고 묻는 것 같다.

하지만 물론 그런 일은 일어나지 않는다. 프랜신은 당황한 표정을 짓더니 이내 어깨를 으쓱한다.

"어디서든 돈을 마련해야 하나보죠."

*

로열펭귄의 하나인 코다가 먹이를 거부하고 있다. 짝인 아르페지오가 그를 떠나 다른 암컷 소나타와 짝을 지은 이후로 코다는 화가 나 있다. 일부일처라는 게 참…… 나는 그런 생각을 하면서 펭귄 우리를 열고 작은 보석처럼 반짝이는 눈으로 나를 올려다보는 열두 마리 펭귄을 둘러본다. 한때는 열다섯 마리였지만, 하모니라는 새끼가 죽고 그 부모인 템포와 프레스토가 피가 날 정도로 물어뜯으며 싸우는 바람에 분리시켜야 했다. 템포는 샌디에이고의 동물원으로, 프레스토는 클리블랜드로 보냈다.

"형씨, 차례를 기다려야지."

나는 먹이를 빨리 차지하려고 코다를 쪼아대는 포르테에게 말한다. 코다는 흥미가 없는 듯 슬그머니 물가로 내려간다. 나는 다른 펭귄들이 식사를 마칠 때까지 기다렸다가, 아무도 건드리지 않은 맛있는 오징어 조각 하나로 코다를 유혹해본다. 평소 오징어라면 사족을 못 쓰는 코다는 그걸 보여주고 냄새를 맡게 해주면 눈이 동그래지곤 한다.

"자, 코다, 너 배고프잖아."

하지만 코다는 '뭐래?'라고 묻는 듯 나를 쳐다보기만 한다. 한편 소나타와 아르페지오는 그 앞에서 과시하듯 서로를 단장해주고 있다.

"그만해, 너희 둘."

두 펭귄은 내 말을 무시한다.

나는 코다에게 이해한다고 말하고 싶지만 하지 않는다. 코다와 아르페지오가 깨졌다가 재결합한 적이 헤아릴 수도 없이 많기 때문이다. 로열펭귄은 일부일처이지만 파운틴 수족관 펭귄들 사이에 벌어지는 드라마는 대단히 극적이다. 칼의 사무실 어딘가에 펭귄들의 관계를 정리한 도표가 있을 정도다. 우리는 그 도표를 활용해 펭귄들이 얼마나 자주 싸우고 또 화해하는지 추적한다. 그들은 열 명에서 열두 명으로 이루어진 그룹 내에서 연애하는 할리우드 배우 같다.

윤희는 우리가 어떻게 동물 개체를 구분할 수 있는지 좀처럼 이해하지 못한다. 각각의 동물이 이곳에 머문 기간과 나이가 적힌 팔찌를 차고 있다고 내가 설명해줬는데도 그렇다. 하지만 꼭 팔찌 때문만은 아니긴 하다. 일하면서 동물을 지켜보다보면 그들이 고개를 젖히거나, 먹이를 먹거나, 배부터 먼저 물속으로 미끄러져 들어가는 방식 등을 알아보고 분별하게 된다. 아빠는 늘 이렇게 말했다.

"중요한 건 주의를 기울이는 거야. 그렇게 관심을 기울이고 주목하다보면 동물이 무엇을 필요로 하는지 알게 돼. 때로는 동물이 알아채기도 전에."

가능한 한 많은 것을 알아차리는 것, 모든 동물과 그들의 습성을 알아가는 것이 내 임무다. 물고기 한 마리가 어떤 날은 내게 다가오고 어떤 날은 다가오지 않는 것이나, 불가사리 색깔의 채도가 수온 변화에 따라 달라지는 것이나, 이별하고 상심한 펭귄이 어떤 특별 먹이를 받아먹는지 하는 것과 같은 작은 세부 사항을 살펴야 한다.

로열펭귄은 왕관처럼 생긴 구불구불한 노란색 머리털을 가지고 있는데, 어떻게 보느냐에 따라 기괴한 더듬이나 염색을 잘못한 눈썹처럼 보이기도 한다. 그리고 걸음걸이는 대부분의 펭귄과 마찬가지로 굉장히 우스꽝스럽다. 하지만 물속에 들어가면 이야기가 완전히 달라진다. 촘촘하게 조직된 뼈 덕분에 헤엄치는 모양새는 어뢰처럼 미끈하고, 황금색 깃털은 혜성 꼬리처럼 뒤로 늘어진다. 자연환경에서 보면 모든 것이 아름답다고 하던 아빠의 말이 떠오른다.

나는 코다 앞에 오징어 조각을 놔두고 내 책상으로 돌아와 그가 먹이에 손대지 않았다고 기록한다. 코다는 여전히 먹는 데 의욕을 보이지 않는다. 상태가 악화되면 다른 펭귄들과 분리하거나 약물 치료를 하는 것이 좋겠다. 스트레스 반응일까?

*

사람들은 펭귄을 보고 웃어대거나, 턱시도를 입은 작은 인간 쯤으로 생각하기를 좋아한다. 한동안은 나도 그랬다. 덜로리스나 상어나 곰치나 쥐가오리 같은 수족관의 훨씬 더 크고 흥미로운 동물을 선호하며 펭귄은 무시했다. 그런데 언젠가 태가 보여준 베르너 헤어초크의 남극 관련 다큐멘터리에 어떤 장면이 나왔다. 그때 우리는 태의 아파트에서 그의 친구에게 얻은

질 좋은 대마초를 피우며 우리 입에서 피어오르는 연기가 천장까지 올라가는 것을 지켜보고 있었는데, 태가 〈세상 끝과의 조우〉를 내게 보여주고 싶다고 했다.

"굉장히 희망적인 제목이네."

내가 말하자 태가 대답했다.

"한번 봐봐. 내가 정말 좋아하는 작품이야."

그가 옳았다. 나는 99분간 푹 빠져서 다큐멘터리를 보았고, 태는 그런 나를 지켜보았다. 남자들은 자기가 좋아하는 걸 상대방도 좋아해주기를 바라며 초조해할 때, 그러면서도 안 그런 척 쿨하게 행동할 때 꼭 그렇게 유심히 상대방을 지켜본다. 펭귄이 나오는 한 장면에서 베르너 헤어초크가 연구원에게 "펭귄들 사이에서도 광기가 확인되나요?"라고 묻는데, 그 질문 자체도, 사무적이면서도 엄청 진지하게 질문하는 그의 태도도 너무 웃겼다. 그래서 나는 큰 소리로 웃었다. 대마초에 취하지 않았다면 그렇게까지 크게 웃지 않았을지도 모르겠다.

"자기 군집에 완전히 질려서 미쳐버릴 수도 있지 않나요?"

헤어초크의 질문에 연구원은 어리둥절한 듯했다. 카메라가 펭귄 무리를 죽 비추었다. 흑백의 뚱뚱한 타원형 몸뚱이들이 햇살 아래 빛나고 있었다. 헤어초크가 말했다.

"이 펭귄들은 모두 오른편의 바다로 향하고 있습니다. 그런데 그중 한 마리가 눈길을 끄네요. 가운데에 있는 녀석이요."

하얀 툰드라 벌판의 작은 점처럼 보이는 외떨어진 펭귄 한 마리가 카메라에 나타났다. 그는 뒤뚱거리며 다른 펭귄들로부터 멀어져가고 있었다. 바다로도, 동료 펭귄들이 햇볕을 쬐는 곳으로도 가지 않고, 어색하지만 점점 더 빠르고 긴박한 걸음걸이로 내륙 쪽으로 이동했다. 헤어초크는 이렇게 말했다.

"그는 확실한 죽음으로 향하고 있습니다."

펭귄에게 닥칠 파국을 확실히 하려는 듯, 카메라가 줌아웃으로 펭귄을 둘러싼 광대한 빙원과 멀리 펼쳐진 푸른 산을 비쳤다.

"우리가 저 펭귄을 잡아 군집으로 되돌려놓는다 해도 녀석은 곧장 산으로 돌아갈 겁니다. 그 이유는 뭘까요?"

헤어초크가 말했다.

그 장면이 끝났을 때 나는 울고 있었다. 너무 격렬하게 흐느껴서 몸이 떨리고 들썩였다. 태가 놀란 표정으로 나를 보았다.

"괜찮아?"

나는 태와 만나는 동안 그 앞에서 울었던 적이 몇 번 없었다. 아마 심하게 싸웠을 때 그랬을 것이다. 대마초 기운 때문에 태의 목소리가 높고 아득하게, 마치 천장을 타고 전해지는 것처럼 들려왔다. 그가 멍한 눈을 크게 뜨고 나를 보고 있었다. 나는 너무나 외로워서 숨이 잘 쉬어지지 않았다. 그의 담요에 몸을 웅크리고 울고 또 울다보니 내 몸이 쉼표 모양으로 쪼그라드는 것 같았다. 펭귄의 조그마한 몸이 남극의 산속으로 사라지는 모습이 꼭 나 자신이 녹아 사라지는 모습 같았다.

태는 나를 감싸안았고, 내가 진정되어 잠들 때까지 머리카락을 쓰다듬어주었다. 다음날 아침 태가 어젯밤 일에 대해 이야기하고 싶으냐고 물었을 때 나는 아무 말도 않고 그냥 그를 끌어안았다. 그러자 태의 성기가 단단해졌고 우리는 섹스를 했다. 내가 항상 그에게 원했지만 거의 해본 적이 없는 방식으로. 태는 내 머리카락을 잡아당기는가 하면 자기 손가락을 내 입에 넣어서 빨게 했다. 소금기와 쇠맛이 위안처럼, 그 무엇도 다시는 나를 떠나지 않도록 막아주는 주문처럼 다가왔다.

*

내가 맡은 구역을 돌면서 나머지 동물들에게 먹이를 주는 동안 청바지 뒷주머니에서 엄마가 보내는 메시지로 온종일 핸드폰이 진동했다. 나는 아침을 먹는 덜로리스에게 그 이야기를 털어놓는다. 먹이를 다 먹은 덜로리스는 내 문제가 따분하다는 듯 나를 바라본다.

오늘 덜로리스는 무기력해 보인다. 그의 큰 눈이 가늘어지면서 노란 실눈이 되는데, 나를 평가하는 듯한 눈빛이라고밖에 표현할 수가 없다. 수조 안을 떠다니며 아른거리는 자줏빛 몸뚱이를 지켜보고 있자니 머잖아 저 모습을 영영 못 볼 거라는 생각에 목이 메어온다. 달리 무엇을 해야 할지 몰라 오징어를 좀더 넣어준다. 어쩌면 새로운 집에서 더 행복할 수도 있어. 나는 스스로를 타이른다.

아빠는 자기 일에 대해 늘 이렇게 말했다.

"집착하지 않는 게 중요해. 동물은 우리만큼 오래 살지 못하니까. 그리고 동물이 우리와 얼마나 비슷할지에만 집착하면 그들에게서 많은 걸 배울 수 없어."

하지만 아빠는 자신이 세운 규칙을 늘 어겼고, 딜로리스에게 새로 가르친 장난과 그를 위해 특별히 마련한 퍼즐을 내게 종종 보여주었다. 내가 열 살이 된 지 얼마 안 됐을 때 아빠가 말했다.

"딜로리스는 열 살짜리만큼 똑똑해. 사실 너보다 똑똑할걸."

이때는 내가 아빠에게 수학 시험지에 사인해달라고 부탁한 직후였다. 시험지 상단에 적힌 70/100이라는 창피한 빨간 글씨는 내가 얼마나 멍청한지 세상에 알리는 광고판 같았다. 아빠는 자신의 말이 상대방에게 어떻게 들릴지 고려하지 않고 말하는 버릇이 있었다.

엄마는 늘 이렇게 말했다.

"아빠가 동물과 너무 많은 시간을 보내서 그런 거야. 사람이 다른 사람들과 너무 오래 떨어져 지내는 건 안 좋아."

하지만 엄마도 어떤 의미에서는 똑같았다. 교회 밖에서는 친구가 없었고, 집에서는 정원에서 시간을 보내거나 합창 연습에 쓸 악보를 검토하느라 바빴다. 어린 시절 나는 엄마가 그 외의 일은 좋아하지 않아서 그러는 줄 알았는데, 한참 뒤에 돌이켜 보니 엄마는 외로웠을지도 모르겠다는 생각이 들었다. 자신이 자란 땅에서 멀리 떨어진 곳으로 와, 바다와 바닷속 비밀에 사로잡힌 남자와 함께 살아가느라 외로웠을 것이다.

아이가 자기 가족이 얼마나 이상한지, 그러니까 가족의 결점, 장점, 기벽 등을 온전히 깨닫는 데에는 아주 오랜 시간이 걸린다. 나는 어렸을 때 부모는 모두 서로 대화를 잘 나누지 않고, 저녁 식탁에서는 침묵만 지키다 이따금씩 소금이나 냅킨을 건네달라는 말만 하는 줄 알았다. 부모는 모두 부부 싸움을 벌이다 금세 폭발해서 집안을 쑥대밭으로 만드는 줄 알았다.

주방으로 돌아와 아침에 쓴 그릇들을 씻고 있는데 칼이 들어온다. 그는 내가 설거지하는 걸 볼 때마다 자신에게 대단한 호의라도 베풀고 있다는 듯 군다. 그냥 내게 고맙다고 하거나 아니면 프랜신 같은 다른 직원에게 대신 하라고 말할 수도 있을 텐데, 그러지 않고 나를 '록스타'라든지 '멋진 팀플레이어'라고 부른다. 나도 문제이긴 하다. 그냥 안 하면 될 일인데, 다들 설거지는 내가 할 거라고 기대하니 그냥 이제껏 해온 대로 하는 것이 편하다.

칼은 자기 데이트 상대에 대해 이야기한다. 그를 어느 식당으로 데려갔는지, 그의 직업이 무엇인지, 심지어 무슨 음식을 시켰는지까지 장황하게 늘어놓는다. 나는 칼이 정말로 외로운 건지, 아니면 자기 삶과 엮인 모든 사람에게 이렇게 구는 건지, 아니면 둘 다인 건지 궁금하다. 칼은 나랑 자신이 친구 사이라고 여기는데, 어떻게 보느냐에 따라 사랑스럽기도 하고 조금 슬프기도 한 것 같다.

"주말에 계획 있어요?"

칼이 자기 계획을 말하기에 앞서 내게 먼저 묻는다. 나는 TV 앞에서 혼자 인사불성이 될 때까지 술을 마시고 아침 여섯시에 일어나 토하고 오후 두시쯤까지 다시 잘 계획이라고 솔직하게 말할까 고민한다. 칼의 한심한 데이트 상대나 주말 계획 따위엔 관심 없다고 소리를 질러볼까 싶기도 하다. 내가 아는 정보를 가지고 직접 항의하면 그가 어떻게 반응할지 궁금하다. 윗선에서 딜로리스를 팔아넘기려 한다는 것이나, 프랜신이 나보다 근무 이력이 짧고 동물의 영양제 투여량을 잘못 계산하는 실수를 저지르는데도 나보다 더 많은 급여를 받는다는 사실에 대해서 말이다. 그냥 칼의 멍청한 얼굴에 충격받은 표정이 스치는 것을 보고 싶기도 하다.

하지만 그 어떤 것도 칼의 잘못은 아니잖아, 따지고 보면. 나는 생각한다. 칼도 나처럼 갇혀 있는 건 마찬가지다. 비록 너무 우쭐거리긴 하지만 크게 미움을 살 만한 사람은 아니다. 그는 학교에서 어떤 스포츠나 프로젝트에 함께할 인원을 뽑을 때 마지막까지 이름이 불리지 못한 아이들 특유의 분위기가 짙게 맴돈다. 그리고 예전에 칼이 누군가와 통화할 때 언뜻 들었는데, 그는 알코올의존자 갱생 모임에 나가는 여동생이 있고, 친척의 병원비를 보조하고 있다고도 했다. 작년에 경영진 봉급 삭감이 실시되었을 때, 칼은 우리 부서의 예산을 줄일 다른 방법을 찾으려 하지 않고 흔연히 받아들인 몇 안 되는 사람 중 한 명이었다. 비록 멍청하고 따분하기는 해도 나쁜 사람은 아니었다. 뱃속에서 솟구쳤던 짜증이 잦아든다. 나는 그냥 주말엔 아무 계획도 없고 느긋하게 보내고 싶다고 말한다.

"어떤 계획도 최선의 계획은 아니죠."

칼이 동의한다.

*

해티스의 바 위에 걸린 선인장 모양의 녹색 시계에서 네온 불빛이 반짝인다. 내가 시킨 마르가리타 잔에 바비 인형 발이 겨우 들어갈 법한 조그마한 플라스틱 카우보이 부츠가 들어 있다. 나는 술을 천천히 홀짝인다. 소금과 라임이 목구멍을 찌르고 들어오면서 독한 데킬라 맛에 팔 털이 쭈뼛 선다. 그 즉시 눈에서 콘택트렌즈를 뺀 듯이 주위 세상이 부드럽고 흐릿하게 보이고, 바 위의 조명이 나와 무슨 비밀이라도 공유하듯 윙크를 보낸다. 하지만 마르가리타가 내 마음을 짓누르는 무거움을 없애주지는 못한다.

해티스는 쇼핑몰 건물의 끝자락에 있다. 이 구역은 저주라도 받았는지 입점한 부티크며 식당이 툭하면 폐업하고 거의 똑같이 생긴 상점이 들어서곤 한다. 여기는 심지어 가판도 잘되지 않는다. 사해 추출 성분이 들었다는 화장품 판매 부스, 기적의 고데기 판매 부스, 직접 만들 수 있는 양초 키트 판매 부스가 줄줄이 있다. 그럼에도 해티스는 동성 친구끼리 밤을 즐기려는 여자들, 몸을 옹송그리고 맥주를 마시는 고독한 중년 남성들, 가끔 가짜 신분증으로 버티는 청소년들로 여태껏 살아남았다.

나와 윤희는 퇴근 후 가끔 이곳에 왔다. 우리는 여기를 좋아했다. 넓고, 칸막이 좌석이 충분히 아늑하고 서로 분리되어 있어 어느 정도 프라이버시가 보장되는 느낌이 들어서였다. 게다가 바텐더들이 윤희를 좋아해 가끔 공짜 술을 주기도 했다. 윤희는 서비스를 받을 때마다 좋아하며 "오, 이런" 하고 짐짓 낮게 탄성을 지르곤 했다. 그는 그런 극적인 상황을 좋아하긴 했지만 막상 술을 많이 마시지는 않았다. 서너 잔씩 마시는 건 언제나 나였고, 술을 마신 다음에도 운전대를 잡을 수 있을 만큼 멀쩡한 사람 역시 나였다.

오늘밤은 비교적 손님이 많다. 혼자 술을 마시는 남자—대체 어디서 온 사람일까 하는 궁금증을 불러일으키고, 파운틴 플라자의 여느 고객층처럼 보이지 않는 남자—는 보이지 않고, 대신 데이트중인 나이든 커플들이 눈에 띈다. 주차장 건너편의 스테이크 전문점에 자리가 나기를 기다리는 것인지도 모른다. 그리고 정장이나 근무복 차림의 여자 몇몇이 어울려 술을 마시고 있다. 쇼핑몰 맞은편에 업무단지가 있어 초저녁 할인가가 적용되는 시간대에 이따금씩 손님이 온다. 공기에서 콘칩 냄새와 바깥에 있는 흡연자들이 풍기는 멘톨 담배 냄새가 난다. 내 운동화 아래 바닥은 누군가가 엎지른 술로 끈적끈적하고, 알 수 없는 부스러기와 피스타치오 껍질이 널려 있다. 윤희는 늘 이렇게 말했다.

"여기는 리뉴얼을 했으면 좋겠어. 그러면 무지 귀여워질 텐데. 레트로 감성으로 말이야."

윤희는 귀여운 걸 좋아했다. 부드러움, 파스텔 색상, 말끔한 선으로 이루어진 세계를 원했다. 그 마음은 나도 어느 정도 이해한다. 흔히 아름답지 못한 세상에서 사물을 아름답게 만들고자 하는 마음은 합리적이다. 윤희는 만약 자신이 해티스의 리뉴얼을 맡는다면 흠집 난 나무 테이블부터 냄새나는 녹색 펠트천이 깔린 뒤쪽의 당구대에 이르기까지 온갖 물건을 어떻게 바꿀 것인지 설명하곤 했다. 우리는 계절 한정 맥주나 색다른 칵테일을 번갈아 주문하며 우리 급료를 달달한 술에 썼다. 그러면 잠깐이나마 우리가 우리 삶을 다루는 TV 프로그램이나 영화, 그러니까 어떤 일이든, 심지어 따분하거나 나쁜 일이라 해도 모두 이야기의 일부가 되는 그런 영화나 드라마에 나오는 스타가 된 기분이 들었다.

"우린 인생을 낭만적으로 봐야 해. 안 그러면 뭐가 남겠어?"

윤희는 내게 이렇게 말하곤 했다.

*

열두 살 때 윤희가 자신의 첫 키스 경험에 대해 말해줬다. 그가 처음으로 가족 없이 서울을 방문해 친척 집에서 머물렀던 여름에 있었던 일이었다. 사촌 오빠 지민의 친구였던 민호가 그 집에 와서 묵었던 날 밤에 윤희의 침실로 들어왔다. 윤희는 깊이 잠들었다 문득 깼는데, 눈을 떠보니 침대 발치에 민호가 앉아서 자신을 쳐다보고 있었다고 말했다. 밖에서 새어드는 달빛이 커튼을 통과해 방안을 희끄무레한 푸른색과 흰색으로 물들였다. 윤희가 일어나 앉자 민호가 몸을 기울여 가까이 다가오더니 입을 맞췄다. 그는 열여섯 살이었다. 윤희는 민호의 입술에서 아무 느낌도 받지 못했지만, 덜 자란 콧수염이 윤희의 윗입술에 닿아서 간지러웠다. 민호가 더 거칠고 집요하게 키스를 하려 들자 윤희는 뒤로 물러났다. 그러자 민호는 일어나서 방을 나갔다. 둘 사이에 아무 일도 없었던 것처럼. 윤희는 이 이야기를 나 외에 아무에게도 하지 않았고, 다음날 아침이 되었을 때 그 일이 실제로 일어나긴 했던 것인지 의문이 들었다고 털어놓았다.

나는 윤희가 키스한 경험에 대해 말하면서 토할 것 같은 표정을 지었던 것이나 내가 그 말을 들으면서 느낀 감정에서 무언가 잘못되었다는 것을 알았다. 하지만 나는 너무 어렸기 때문에 남자애가, 그것도 나이가 더 많은 남자애가 그런 식으로 호감을 보인다는 건 특별한 일이 아닐까 생각했다. 윤희도 그걸 원했을 거라고도 생각했다.

"너도 그 사람이 너를 좋아하는 걸 알았어?"

윤희가 코를 찡그렸다.

"아니. 나한테 아이스크림을 한 번 사주긴 했어. 하지만 뭐라고 할까, 나한테 키스하고 싶었던 건 아닌 것 같아. 좀 역겨웠어."

"다른 사람한테도 말했어?"

"별일도 아닌데 뭐. 사람들은 맨날 키스하고 살잖아."

윤희가 화를 내며 말해서 나는 놀랐다.

"네가 이렇게 이상하게 반응할 줄 알았으면 말 안 했을 거야."

"내가 뭐가 이상해. 민호라는 사람이 이상했던 거지."

"아무튼. 질투하지 마. 그냥 딱 한 번 있었던 일이야."

그러고 나서 윤희는 시선을 돌렸다. 우리는 두 번 다시 그 일에 대해 이야기하지 않았다. 윤희는 내게 아무한테도 말하지 않겠다는 다짐을 받았다.

그런데 시간이 흐르면서 윤희가 그 일을 학교 여자애들한테 이야기하기 시작했다. 하지만 세부적인 내용이 달라져 있었다. 이제는 사촌 오빠의 먼 친구인 민호가 아니라 민호 '오빠'라고 불렀다. 오빠는 손위 형제나 남자친구에게 쓰는 호칭이다. 그해 여름 민호 오빠가 거의 매주 자신에게 아이스크림을 사주었으며, 공원의 그늘진 벤치에서 그와 첫 키스를 나눴다고 했다. 오빠가 자신에게 사랑한다고 말하며 목걸이를 사주었다면서 윤희는 항상 쇄골 사이에 자리잡은 별 모양의 펜던트를 자랑했다. 나는 그게 사실은 윤희 이모가 서울 노천 시장에서 사다준 싸구려 액세서리라는 것을 알고 있었다. 하지만 민호 오빠에게서 받은 거라고 하니 니켈이 아니라 순은으로 된 듯 더 반짝이는 것처럼 보였다.

학교 여자애들이 한숨을 내쉬었다. 밸러리 박은 이렇게 말했다.

"와, 네가 한국에 가서 나이 많은 오빠랑 한여름의 로맨스를 즐겼다니 믿을 수가 없다. 내가 한국 가서 만나는 사람은 할아버지 할머니뿐인데."

윤희는 목걸이가 보이도록 머리카락을 뒤로 넘기며 미소를 지었다.

"민호 오빠 무지 귀여워. 나랑 같이 있으려고 여기로 이사 올 생각까지 하더라."

나는 윤희에게 왜 거짓말을 하느냐고, 어째서 있지도 않은 민호 오빠와의 이야기를 지어내느냐고 물을 수도 있었다. 하지만 그즈음 나는 이것이 윤희가 실제로 일어난 일을, 즉 진실을 더 아름답고 부드럽고 이해하기 쉬운 무언가로 만드는 방식이라는 것을 알았다. 그리고 윤희는 그 이야기를 하면 할수록 스스로도 그렇게 믿었고, 나도 점차 믿다시피 하게 되었다.

*

나는 술을 마시면서 핸드폰을 만지작거린다. 유로파 앱을 열지는 않고 쳐다만 본다. 레이첼 말마따나 삭제하는 것에 대해, 태와 더이상 연락할 수 없게 되는 것에 대해 생각해본다. 그러자 현기증이 인다. 일순간 진짜로 그렇게 해버릴까 싶은 마음이 든다. 하지만 결국은 술만 한 잔 더 시킨다.

세 잔째 마르가리타를 마시고 있는데 누군가가 내 이름을 부르는 소리가 들려 나는 상념에서 퍼뜩 깨어난다. 네온 조명이 밝혀진 선인장 시계를 올려다보니 여덟시 정각이다. 여기서 두

시간째 술을 마시고 있었던 것이다.

고개를 돌려보니 내가 앉은 칸막이 좌석 옆에 회색 체크무늬 원피스를 입은 윤희가 서 있다. 내가 저 옷을 입었다면 평범하기 짝이 없는 중년 여자처럼 보였을 텐데 윤희가 입으니 시크하고 산뜻해 보인다.

"같이 마셔도 돼?"

"여기서 뭐하는 거야?"

나는 내 맞은편 자리에 들어와 앉는 윤희를 보며 묻는다. 윤희의 머리카락이 흩날리면서 공기 중에 프리지아 향기가 풍긴다.

"여기 오면 네가 있을 것 같길래. 나는 제임스가 데리러 온다고 해서 기다리는 중이야."

윤희의 손톱이 테이블 표면에 늘어놓은 민트색 타원처럼 보인다. 바의 어슴푸레한 불빛 아래에서 손톱이 나를 향해 반짝인다. 누군가가 베이스 라인이 중심인 올드팝송을 튼다. 해티스보다는 스피닝 피트니스센터나 클럽 같은 데에 더 어울리는, 댄스플로어용 음악이다. 물개 울음소리를 연상시키는 보컬이 후렴에 깔리는 비트를 타고 같은 어구를 되풀이하고 또 되풀이하는 걸 듣다보니 아예 의미 없는 소리처럼 들린다.

"우리가 파티 가기 전에 이 노래 틀어놓고 놀았던 거 기억나? 너는 늘 싫어했었는데."

나는 윤희처럼 가볍고 무심한 목소리로 되묻는다.

"내가 그랬어?"

대학 시절의 나도, 당시 내가 좋아하거나 싫어했던 것의 목록도 지금의 내게는 너무나 낯설게 느껴져 아예 다른 사람이었던 것만 같다.

"네가 항상 준비하는 데 시간이 오래 걸렸던 건 기억나. 네가 제시간에 출발하게 하려고 파티 시작 시간을 한 시간 이르게 알려주곤 했는데."

러트거스 대학 3, 4학년 때 윤희와 나는 다른 여학생과 함께 셋이 살았는데, 그 여학생은 남자친구가 생긴 3학년 가을부터 얼굴을 별로 내비치지 않았다. 우리집은 캠퍼스 중심에선 멀었지만 남학생 클럽하우스와는 아주 가까웠기에, 겨울에 인도에서 자꾸만 미끄러지는데도 하이힐을 신고 비틀거리며 그곳에서 열리는 파티에 걸어가곤 했다. 우리는 서로를 붙잡으며 균형을 잡았고, 바람이 불어닥쳐 치맛자락이 휘날릴 때마다 비명을 질렀다. 술을 마셔도 몸이 좀처럼 따뜻해지지 않았다.

윤희가 소리 내어 웃는다.

"시간이 흘러도 달라지지 않는 것이 있지. 나, 지금도 그래서 제임스가 미치려고 해."

윤희가 진토닉을 주문해 한 모금 마시더니 얼굴을 찌푸린다.

"으. 여기 진토닉이 얼마나 센지 깜빡 잊었네."

윤희가 할말을 고르는 동안 우리 둘 다 술잔 속에서 녹아가는 얼음을 바라본다.

"요즘 어떻게 지내? 너랑 이야기할 기회가 좀처럼 없는 것 같아. 결혼식 준비 때문에 너무 바빠. 너도 알겠지만."

윤희의 말 속에 사과의 뜻이 들어 있는 건지 아닌지 잘 모르겠다.

"그럭저럭 지내. 아직 해고되지는 않은 것 같아."

윤희가 한숨을 쉰다.

"말도 마. 지금 부서 전체가 스트레스를 받고 있어. 기금을 끌어모아야 한다는 압박감이 얼마나 큰지 몰라."

"덜로리스를 팔면 도움이 되겠지."

"그럴 거야."

윤희가 나와 눈을 마주치지 않은 채 선선히 말한다.

"윤희야, 무슨 일이야?"

윤희는 종이 컵받침을 천천히 조각조각 찢으며 손장난을 친다. 나는 그만두라고 소리를 지르고 싶다. 그사이에 새로운 노래가 흘러나온다. 일요일 아침에 느지막이 일어나 바나나 팬케이크를 만든다는 내용의 어쿠스틱 팝이다. 저렇게 한심한 소재로도 노래를 만드는구나.

"결혼식 준비가 어떻게 되어가는지 말하고 싶은 것도 아니면서 왜 굳이 여기까지 날 찾으러 왔는지 모르겠네."

윤희가 나를 쳐다보고 술을 한 모금 마시더니 대답한다.

"오늘 점심 먹자고 메시지 보냈는데 네가 대답을 안 했잖아. 그래서 네가 나를 씹는다고 생각했지. 모르겠어, 너를 만나고 싶었던 것 같아. 얘기 좀 하려고."

"무슨 얘기를 하고 싶은데?"

나는 최대한 차분한 목소리로 묻는다. 윤희가 내 손을 잡는다. 그가 바르는 핸드크림에서 나는 서늘한 라벤더향이 내 코끝으로 흘러든다.

"네가 걱정돼서."

나는 손을 뿌리치고 지갑을 더듬어 찾는다.

"잠깐만. 가지 마. 그런 뜻이 아니야."

"너 자신이나 걱정해."

완벽하게 손질한 윤희의 눈썹이 구부러진다. 상처받은 표정이다. 하지만 걔가 하는 말은 이딴 식이다.

"언젠가 어른답게 이야기하고 싶어지면 말해."

결국 반쯤 마신 술잔을 남겨두고 먼저 자리에서 일어나는 사람은 윤희다.

*

열시에 해티스를 나선 나는 주차장을 헤매며 차를 어디다 댔는지 기억해내려 애쓴다. 핸드폰이 진동하지만 무시한다. 그런

데 계속 진동이 울린다. 확인해보니 화면에 알 수 없는 번호라고 떠 있어 심장이 철렁한다.

"여보세요?"

나는 쉰 목소리로 말한다. 수화기 건너편에서 침묵이 흐른다. 그러더니 물이 철썩이는 소리가 들린다. 지직거리는 잡음도. 나는 눈을 감는다. 그리고 붉은색과 녹색과 파란색과 보라색으로 이루어진 파도를, 머나먼 북쪽인데도 아주 따뜻한 바닷물을 상상한다. 덜로리스의 눈동자가 마음속으로 헤엄쳐 들어온다.

"아빠?"

나는 속삭인다. 파도가, 바다의 포효가 떠오른다. 하늘과 물이 만나는 곳, 심해 생물이 가공할 크기로 자라나고 오염물질 때문에 물이 밤하늘도 밝힐 수 있을 만큼 환하게 빛나는 곳.

"집에 오세요, 아빠. 제발 돌아오세요."

딸깍 소리와 함께 전화가 끊긴다. 그 자리에 남은 것은 나뿐이다. 광공해로 보랏빛 섞인 잿빛을 띠는 뉴저지 하늘 아래, 한산한 주차장의 오렌지색 투광조명을 받으며 홀로 서 있는 나.

6장

15년 전

"눈꼬리에 흰색을 좀 바르자."

윤희가 말했다. 나는 순순히 그 말을 따랐다. 내 손끝에 펄 섞인 가루가 묻어 반짝거렸다. 눈을 깜빡이자 아이섀도 때문에 방안 풍경이 여러 갈래의 빛으로 굴절되어 보였다.

"눈에 좀 들어간 것 같아."

"쉿."

윤희가 한 손가락으로 내 왼쪽 눈꼬리에 발린 아이섀도를 부드럽게 문질렀다.

"이제 쌍꺼풀에 금색 하이라이트를 넣어야 해."

윤희도, 윤희의 언니 윤경과 유진도 모두 쌍꺼풀이 있었다. 우리가 아는 여자들 가운데 외꺼풀인 사람은 거의 모두가 돈을 들여서라도 쌍꺼풀을 만들었다. 예전에 엄마가 내게 한국 슈퍼마켓에서 쌍꺼풀 테이프를 사다주겠다고 한 적이 있었다. 그걸 붙이고 자면 눈꺼풀에 자연스럽게 주름이 생긴다면서.

"네 아빠도 나도 쌍꺼풀이 있는데 왜 너는 없나 몰라."

엄마는 그게 마치 내 잘못인 것처럼 말했다.

"나 외꺼풀인 거 알잖아."

나는 윤희에게 말했다. 마음 같아서는 눈을 흘기고 싶었지만, 윤희가 브러시로 내 눈을 공격하고 있었기 때문에 그럴 수 없었다. 윤희는 어려운 십자말풀이 문제를 보듯 답답한 표정으로 집중하며 나를 살펴보았다.

"말하지 마. 그러다 눈 찔리면 네 잘못이야."

열다섯 살이었던 우리는 윤희의 침실에서 윤희 엄마가 직장인 팰리세이즈 파크의 화장품 매장에서 가져온 샘플로 화장을 하고 있었다. 우리 사이에는 윤희가 윤경 언니의 침대 밑에서 슬쩍한 소주 한 병이 놓여 있었다. 한 모금 마실 때마다 어지러워졌고, 달달하고 미끌미끌한 맛에 자꾸 웃음이 났다. 그날 밤 우리는 남자애들과 술을 마시는 파티다운 파티에 처음으로 가볼 예정이었다.

"윤경 언니가 정말로 눈치 못 챌까?"

내가 묻자 윤희가 콧방귀를 뀌었다.

"누가? 언니가? 언닌 남자친구랑 노느라 너무 바빠서 이런 건 신경도 안 써."

윤경은 내가 본 여자 가운데 가장 아름다웠다. 이씨 자매의 둘째인 윤경은 선천적으로 밝은 갈색을 띤 긴 머리에 케이팝 아이돌처럼 눈이 크고 속눈썹이 길었다. 사람들이 종종 윤경이 백인 혼혈이냐고 묻는 통에 윤희는 미치려고 했다.

윤경은 제이슨이라는 백인 남자애와 사귀었는데, 그건 다른 사람들한테 알려지면 안 되는 비밀이었다. 윤희는 견진성사 때 받은 금테가 둘린 가죽 장정 성경을 내게 내밀며 비밀을 지키 겠다는 맹세를 시켰다.

"다른 사람이 아는 날엔 난 윤경 언니한테 죽을 거야."

윤경은 그렇게 깜짝 선언을 곧잘 했다. 잘못을 해도 자신의 미모 덕분에 벌을 모면할 수 있다는 것을 알기 때문이었다. 또 윤희가 제이슨과 자신의 관계에 대해 떠벌리면 밤중에 윤희의 곱게 빗은 긴 머리를 다 잘라버리겠다며 가위를 들이대고 위협 했다고도 한다.

아빠가 이번이 마지막이라며 떠난 지 한 달이 지난 무렵이었 다. 아빠는 앞으로 두 달은 더 지나야 집에 돌아올 터였다. 엄 마는 마음이 심란할 법도 한데, 이상하게 아빠가 우리 삶에서 빠져 있다는 데 전혀 개의치 않는 듯 보였다. 오히려 행복해 보 이기까지 했다. 아침 일찍 일어나 아침밥을 차려주고, 뭘 해도 되고 안 되는지 잔소리를 하는 대신 하루를 어떻게 보냈느냐고 말을 건넸다. 엄마는 더 젊고 생기 있어 보였고, 내가 윤희네 집에 가도 되는지 물으면 예전보다 흔쾌히 허락했다.

"진짜 이상해. 누가 엄마 머릿속을 열어서 뇌 수술을 하거나 로봇으로 바꿔치기라도 한 것 같아. 그렇게 많이 웃는 모습은 처음 봤다니까."

내 말에 윤희가 대답했다.

"너희 아빠가 없으니까 오히려 더 자기다워질 수 있는 게 아닐까. 윤경 언니도 친구들한테 제이슨에 대해 이렇게 이야기하거든. '우와, 내가 걔 전 여친이 무슨 옷을 입었나 집착하고, 맥도날드에 가려고 화장을 한다니 믿을 수가 없어.'"

이제 윤희는 아이라이너를 칠한 내 눈꺼풀 위에 탁한 갈색 음영 섀도를 바르고 있었다. 완벽하게 메탈릭하고 스모키한 눈을 만들 작정이었다.

"짜잔."

윤희가 거울을 건네줬다. 나는 숨을 헉 들이켰다.

"멍든 눈 같잖아."

"너 엄청 예뻐."

윤희가 내 말을 못 들은 척하며 대꾸했다. 윤희는 블러셔를 얼마나 많이 발랐는지 불빛에 뺨이 거의 형광 핑크색으로 보였다. 심지어 코끝에도 블러셔를 바르고, 블러셔보다 조금 더 선명한 자홍색 아이섀도까지 칠했다. 맨 입술에는 립글로스만 슥

문질렀다.

"이제 네가 입을 옷을 정하자."

윤희가 나를 옷장 앞으로 끌고 갔다. 옷장은 여러 해 동안 언니들에게서 훔친 옷으로 가득차 있었다. 몇몇 셔츠에는 여전히 태그가 붙어 있었다.

"어떻게 이러고도 안 혼나는 거야?"

윤희가 어깨를 으쓱했다.

"유진 언니는 집에 없고, 윤경 언니는 신경을 안 쓰니까."

"네가 유진 언니 옷도 입는단 말이야?"

유진은 동생들과 전혀 달랐다. 진지한 모범생으로 늘 책에 파묻혀 살았다. 하지만 윤희나 윤경이 버릇없이 굴거나 공부를 방해하기라도 하면 바로 쏘아붙이거나 머리를 후려쳤다. 그해 가을 대학에 입학해 집을 떠난 유진은 브라운 대학교 신입생이었다. 유진이 입는 옷은 주로 스웨터, 폴로셔츠, 버튼다운셔츠 등 노인네 같은 옷이었지만 왠지 보기 좋았다. 윤희의 언니들은 우리보다 겨우 두 살 그리고 네 살 많았지만 벌써 어른처럼 보였고, 열다섯 살이었던 나는 결코 자연적으로 가질 수 없을 것 같은 침착함과 세련미가 넘쳐서 경탄스러웠다.

막내인 윤희는 자신이 원하는 것을 얻어내는 재주가 있었다. 그건 윤희의 부모님이 대부분의 시간을 일하는 데 쓰는 덕분이기도 했다. 걔네 아빠는 퀸스에 있는 무역회사에서, 엄마는 화장품 매장에서 일했다. 그리고 내가 아는 거의 모든 가족이 그렇듯 윤희네 가족도 때때로 돈이 부족한 듯했지만 그래도 우리 집보다는 더 좋은 동네에서, 그늘이 드리워진 막다른 길의 커다란 집에서 살았고, 윤희 엄마는 고급스러워 보이는 핸드백을 들고 다니고 맞춘 것 같은 옷을 입었다. 우리 엄마는 이씨 부부가 너무 '허세가 심하다'며 깔보았지만, 그럼에도 그 아줌마가 옷을 잘 입는다는 것은 인정했다. 한번은 엄마가 나를 데리러 윤희네 들렀다가 차를 마신 적이 있는데, 그때 아줌마의 부드러운 핸드백 중 하나를 아기 뺨을 어루만지듯 손등으로 살며시 쓰다듬기도 했다.

윤희는 내게 레이스가 돋보이는 검은색 오프숄더 톱을 골라주며 단호하게 말했다.

"내 생각엔 이게 너한테 진짜 잘 어울릴 것 같아."

나는 티셔츠를 벗고 오프숄더 톱을 당겨 입은 다음 거울 앞에서 불편하게 꼼지락거렸다. 그리고 영화배우들이 레드카펫에서 으레 하듯이 어깨를 뒤로 젖히고 골반을 한쪽으로 밀었다. 윤희가 소리 내어 웃었다.

"네 모습 좀 봐."

윤희는 반투명한 핑크색 블라우스를 입었다. 블라우스가 구름처럼 윤희의 몸을 에워싸고 아른아른 빛났다. 나는 멍 자국처럼, 윤희는 그 주위의 반질거리는 피부처럼 보였다.

윤희는 과학 실험 짝인 태라 양을 꼬드겨서 오늘 파티에 초대를 받아냈다. 온수 풀장과 대형 욕조까지 갖춰져 있다는 시커모어 스트리트의 대저택에 사는 애시 김이 바로 태라의 단짝 친구였기 때문이다. 시월 초여서 공기가 쌀쌀한데도, 윤희는 이번에 안 가면 대형 욕조에서 남자애들과 어울릴 수 있는 기회가 언제 또 있겠느냐며 가자고 우겼다.

언제나처럼 윤희가 모든 것을 계획했고, 나는 가기만 하면 됐다. 윤희는 나보고 엄마에게는 자기랑 같이 조별 과제를 하느라 외박하는 걸로 둘러대라고 했다. 자기는 우리가 교회 행사에 가느라 늦게 들어오는 걸로 둘러대겠다고 했다. 윤희네 부모님은 우리 엄마보다 신앙심이 깊었기 때문에 윤희가 교회를 들먹이기만 하면 우리가 다른 한국인들과 함께 안전하게 시간을 보내는 줄 알고 허락했다. 일요일 아침마다 그분들에게 공손하게 미소 지으며 인사하는 교회 아이들도 금요일 밤이면 우리처럼 집을 슬그머니 빠져나가 이웃집 잔디밭에다 토한다는 사실을 미처 몰랐던 것이다.

아빠가 집에 있었다면 엄마는 나의 외출을 허락해주지 않았을 것이다. 집에 멀쩡한 침대가 있는데 남의 집에서 밤을 보내는 걸 못마땅해했을 것이다. 엄마는 늘 이렇게 말했다. "내가 너만한 나이 때는 외박은 꿈도 못 꿨어. 한밤중에 전쟁이 일어나서 가족들과 영영 헤어지게 될까봐 얼마나 무서웠는데." 엄마는 늘 그렇게 내게 죄책감을 불러일으키는 센 표현을 쓰곤 했다. 나는 미국에서 응석받이로 자란 내 삶에, 윤희가 원하는 건 무엇이든 해야 한다고 생각하는 내 사고방식에 죄책감을 느꼈다.

아빠는 늘 말했다.

"네가 얼마나 특별한지 잊지 마. 나는 네가 어렸을 때부터 앞으로 위대한 일을 할 운명이라는 것을 알았어. 너는 원하는 건 무엇이든 할 수 있어. 이렇게 똑똑한 엄마와 아빠의 유전자를 물려받았으니까."

그러면 엄마는 헛소리 좀 그만하라고 말하면서도 속으로는 아빠 말이 옳다고 생각하는 눈치였다. 당신들의 삶을 뿌리째 뽑아 다른 나라로 건너와서 나를 키워준 부모님께, 그분들이 해준 모든 일에 내가 은혜를 갚을 수 있는 최소한의 방법은 비범해지는 것이라고 말이다. 나는 특별해지고 싶지 않다고, 단지 남들처럼 되고 싶을 뿐이라는 말을 어떻게 해야 할지 알 수 없었다.

우리 둘 다 제 눈에 만족스러울 만큼 꾸몄다고 판단한 윤희는 넉넉한 회색 운동복을 내게 던져주며 입으라 하고는 자신도 같은 옷을 입었다. 우리는 운동복 차림으로 몰래 집 밖으로 빠져나가려 했지만, 그럴 필요가 없었다. 아저씨는 소파에서 심야 뉴스를 틀어놓은 채 코를 골며 잠들어 있고 아줌마는 부엌에서 설거지를 하는 중이었다.

"조심해서 다녀와."

아줌마가 무심하게 말했다.

등뒤로 현관문이 닫히자마자 밤은 전기가 흐르듯 짜릿해졌다. 달이 뜨고 있었고 공기는 싸늘했다. 위장 목적이 아니라 보온을 위해서라도 운동복을 걸치고 나오길 잘했다 싶었다. 윤희는 즉시 운동복을 벗어 덤불 밑에 숨겼다.

"가자."

우리는 반쯤은 뛰고 반쯤은 걸으면서 열 블록 떨어진 애시김의 집으로 향했다. 추위 때문에 몸이 떨리고 우리 자신의 모습 때문에 웃음이 나왔다. 갑자기 내 아이섀도가 그리 시커멓지 않고 내 옷차림도 별로 과감하지 않은 듯한 느낌이 들었다. 머리 위의 거뭇한 나뭇가지들이 드리운 그림자 아래에서 우리는 비밀 임무를 수행중인 첩보원 혹은 평민과 하룻밤 어울려보려고 잠행하는 왕족이 된 기분이었다. 윤희의 블라우스가 달빛을 받아 얇고 투명해 보였다. 나를 돌아보며 서두르라고 재촉하는 윤희의 모습이 아름다운 핑크색 유령 같았다.

우리가 도착했을 때 파티는 한창이었다. 애시네 마당에 사각형 모양의 노란색 불빛이 비치고 있었고 집에서는 음악이 쿵쿵울렸다. 우리는 현관문을 두드렸지만 아무도 열어주는 사람이 없어, 웅성거리는 소음으로 맥동하는 벽 앞에 뻘쭘하게 서 있었다. 결국 윤희가 직접 문을 열었다. 안으로 들어가니 맥주로 흠뻑 적신 온실 같은 냄새가 났다. 윤희가 냉장고에서 차가운 캔 두 개를 꺼내 내게 하나를 던져주고는 귀에 대고 소리를 질렀다.

"우리가 제때 온 것 같아."

거대한 평면 TV에서는 축구 경기가 나오고 있었고 그 주위에 한 무리의 남자애들이 모여 있었다. 부엌 한가운데에서는 탁구판이 벌어지고 있었다. 누군가가 득점하거나 실점할 때마다 집 전체에 환호성과 야유가 울려퍼졌다. 애시 김은 계단에 서서 사람들과 대화를 나누고 있었다. 우리를 등지고 있었지만, 허리까지 내려오는 탈색한 금발 머리만 봐도(언젠가 학교에 나를 데리러 온 엄마가 주차장에서 애시를 보고 기겁한 적이 있었다), 그리고 누군가가 한 말에 웃으며 어떤 남자애 가슴에 기대는 모양새를 봐도 애시라는 걸 알 수 있었다.

"태라!"

윤희가 방 저편에 있던 포니테일을 한 키 큰 여자애를 보고 외쳤다. 태라가 우리를 돌아보더니 꺅 소리를 질렀다. 윤희와 태라는 서로에게 달려가, 불과 그날 아침 실험실에서 만난 짝이 아니라 한평생 떨어져 있었던 옛 친구인 양 부둥켜안았다.

"눈 화장 진짜 멋지다, 로. 색달라 보여."

태라가 말했다. 나는 걔가 빈정거리는 건지 아닌지 헷갈렸지만, 윤희는 재깍 나와 팔짱을 끼고 자랑스러운 듯 활짝 웃었다.

"예쁘지 않아? 내가 직접 해줬어."

내가 알기로 윤희는 다른 사람의 말을 분석하고 그 안에 숨겨진 의미나 무언가 다른 의도가 있다는 징후를 찾아내려 한 적이 없다.

윤희와 태라는 파티에 참석한 남자애들에 대해, 누가 누구와 데이트하는 중이고 오늘밤 누가 누구에게 작업을 걸 예정인지에 대해 이야기했다. 태라가 파티에 함께 왔어야 하는데 부모님 몰래 빠져나오는 데 실패한 남자친구 앤디에 대해 불평하기 시작했다. 나는 힘차게 고개를 주억거리고 맞장구치며 대화를 따라가려 노력했지만 이내 흥미를 잃었다. 나는 맥주를 움켜쥐고 조금 덜 붐비는 거실 한편으로 옮겨갔다.

체육 시간에 알게 된 브라이언 피치라는 아이가 나를 향해 걸어왔다.

"안녕."

내가 인사하자 걔도 고개인사를 했다. 브라이언은 키가 지나치게 크고 머리에 파란색 브릿지를 넣은, 허여멀건한 깍지콩처럼 생긴 남자애였다. 거의 매일 새빨간 닥터마틴을 신는데다 좀처럼 웃질 않아 이상하면서도 쿨해 보였고, 그래서 대부분의 아이들이 걔를 가까이 하지 않았다. 브라이언도 나도 체육 수업을 싫어했고, 끝도 없는 배구 경기에 억지로 끼어 이리저리 날아다니는 공을 쫓아다니길 거부했다. 그로 인해 우리 사이엔 유대감이 생겼다.

"안녕, 로."

브라이언의 브릿지가 오늘따라 살짝 다르게, 녹색에 가까운 빛깔로 보였다.

"네 머리 멋지다."

나는 우리 공공의 적이자 체육 교사인 베일리 선생님이 없는 상황에서 걔와 무슨 말을 해야 할지 몰라 그렇게 말했다. 브라이언은 브릿지의 존재를 깜빡했다는 듯 만지작거렸다.

"고마워. 조만간 다시 염색해야 해. 새아빠가 날 죽이려 들 겠지만."

브라이언이 마치 기대된다는 듯이 말했다.

"누구랑 같이 왔어?"

나는 물었다. 브라이언이 여기서 뭘 하는 건가 싶었다. 걔가 평소 드나드는 종류의 장소가 아닌 것 같았다. 그런데도 걔는 나보다 훨씬 편안해 보였다.

"그냥 지나가다 들렀어. 이따가 럽에 공연 보러 갈 건데, 너 도 보고 싶으면 같이 가자."

나도 모르게 눈썹을 추어올렸다. 럽은 주말 밤늦게까지 문을 여는 카페로, 세련되었다고는 할 수 없지만 우리 동네 사람들 이 그나마 갈 수 있는 라이브 공연장 같은 곳이었다. 이 지역

밴드들이 그곳에서 공연했고, 가끔은 좀더 유명한 밴드도 투어 도중에 들러서 연주하곤 했다. 우리보다 나이가 많은 아이들이 나 가는 곳이었다. 브라이언이 키가 크긴 해도, 공연 동안 맥주와 와인을 파는 업소에 신분증 없이 들어갈 수 있을 만큼 쿨한 외모로 보이진 않았다.

"윤희를 혼자 두고 나만 갔다가는 걔한테 죽을 거야."

"아, 맞다. 너희 둘이 친구였지."

브라이언이 재미있다는 듯한 목소리로 말했다. 나는 그 말이 무슨 뜻인지 굳이 묻지 않았다. 알아들었기 때문이다. 윤희는 학교에서 늘 무슨 위원회에 자원하고 이런저런 일을 도맡으며 강한 존재감을 드러냈지만, 나는 아니었다.

"그래, 어렸을 때부터 친구였어."

나는 마음에도 없는 열의를 내비치며 말했다.

"그렇구나."

브라이언은 이미 대화에 관심을 잃은 표정이었다.

"담배 피우러 나가야겠다. 이따 봐."

만약 내가 럽에 가겠다고 했다면, 아니면 좀더 노력을 했다면, 아니면 우리 대화가 어떤 식으로든 잘못 흘러가지 않았다면 브라이언은 내게 같이 밖에 나가자고 했을 것이다.

"그래."

속이 살짝 따끔거렸지만 나는 맥주를 들이켜며 억눌렀다.

나의 관심은 협탁 위에 놓인 작은 푸른색 어항으로 옮겨갔다. 특별할 것은 없었다. 잎이 많은 수초와 달팽이 한 마리가 성 모형과 어우러져 있는 보통의 어항이었다. 하지만 그 안에 있는 금붕어 두 마리가 아름다웠다. 지느러미에 검은색과 흰색 반점이 있고, 길고 얇은 거미줄 같은 꼬리가 어항 안을 헤엄치는 두 금붕어의 뒤로 결혼식 면사포처럼 휘날렸다. 계속 보다 보니 그들의 몸뚱이가 물속을 흐르는 작은 금빛 줄무늬처럼 보였고, 오늘 저녁을 뒤덮은 흥분이 내 안에서 사그라드는 게 느껴졌다.

윤희는 이 파티를 대단하게 받아들였다. 우리 고등학교에서 새로운 사람들을 만나고, 새로운 세계로 진출하고, 드디어 인기를 얻어 남자친구를 사귀는 기회가 될 거라며 흥분했고, 나도 걔의 흥분에 휘말렸다. 새롭게 기대할 것이 생겼다는 이유가 가장 컸다. 아빠가 집에 없을 때면 시간이 늘 제멋대로 흘러가는 것 같았다. 저녁마다 현관문을 열고 들어와 쾌활하게 인사하는 아빠의 목소리가 사라진데다, 최근에는 엄마가 묘하게 태평해 보이는데도 우리 사이에 침묵이 눈처럼 두껍게 쌓였다. 아빠가 없을 때는 할 이야기가 아무것도 없는 것 같았다.

하지만 솔직히 말하자면 나도 윤희가 옳기를, 오늘밤이 특별한 시간이 되기를 바랐다. 나는 윤희와 달라서 인기를 얻는 데엔 관심이 없었다. 하지만 무언가가 달라지기를 바랐다. 그 변화가 무엇을 의미하는지는 몰라도. 윤희가 어떤 사회적 신분 상승을 꾀하든지 간에 나를 두고 혼자 가버리지 않기를 바라는 마음도 컸다. 하지만 이곳에서 누구도 나를 돌아보지 않는다는 것, 사람들의 시선이 나를 지나쳐 윤희에게 향한다는 것, 심지어 브라이언 피치조차 나를 유별나다고 여겨 말을 붙이지 않는 다는 사실로 미루어 보면 오늘밤 달라지는 것은 아무것도 없으리라는 게 명확했다. 나는 집에 가고 싶었다.

어항을 바라보고 있는 내게 윤희가 다가왔다.

"밖에 나갈 건데 너도 갈래?"

"난 그냥 여기 있을게."

"진심이야?"

윤희가 물었다. 그의 부드럽고 무심하던 목소리가 이제는 불만과 짜증으로 날이 서 있었다.

"왜 이렇게 짜증나게 굴어?"

"별로 그럴 기분이 아닌 것뿐이야."

윤희가 기분이 상할 때면 늘 그러듯 입꼬리를 아래로 일그러뜨렸다.

"어렵게 온 파티잖아. 우리가 여기 온 건 대단한 일이라고."

"여기가 무슨 클럽도 아니잖아. 우린 그냥 문 열고 들어왔는 걸 뭐."

"모처럼 재밌게 놀고 새로운 사람들도 만나려는 건데, 좀 쿨하게 굴 수 없어? 태라는 친해지면 좋은 애야. 애시도 그렇고."

"분명 좋은 애들이겠지. 하지만 나랑 맞는 애들은 아니야."

윤희가 목소리를 낮췄다.

"야. 고등학교에서도 계속 외로운 괴짜로 지내고 싶다면 마음대로 해. 하지만 나한테도 그걸 기대하진 마. 나는 올해엔 친구들을 사귈 작정이니까."

"왜 이렇게 싸가지 없게 말해?"

윤희가 뒷걸음을 쳤다. 순간 나는 내가 내뱉은 말에 미안해졌지만 이내 짜증이 치밀었다. 윤희는 이 한심한 파티에 너무 큰 의미를 부여하고 있었다.

"나는 단지 밖으로 나가고 싶지 않다고 말했을 뿐인데."

"넌 늘 이런 식이야. 내가 너랑 같이 다른 사람들과 어울리려고만 하면 너는 유별나게 군다고. 이건 정상이 아니야. 나는 좋은 마음으로 너를 데리고 와준 건데."

목이 화끈거렸다. 윤희한테 말하는 내 목소리가 멀게 느껴졌다.

"참 너그럽네. 나를 그렇게까지 생각해주다니 진짜 멋지다."

윤희가 한숨을 쉬었다.

"좋아. 마음대로 해."

그러고는 맥주를 한 캔 더 집어들고 자리를 떠났다.

나는 어항으로 눈을 돌려 금붕어들이 느릿느릿 춤을 추며 서로의 주위를 맴도는 모습을 지켜보았다. 그때 내 팔꿈치께에서 누군가의 조그마한 목소리가 들려왔다.

"먹이를 줄 건데 도와줄래?"

시선을 내린 나는 두꺼운 안경 너머로 커다랗게 확대되어 보이는 두 눈과 맞닥뜨렸다. 물고기밥 상자를 들고 있는 어린 여자애였다. 아이가 안경을 콧마루 위로 밀어올리더니 헛기침을 했다. 성가셔하는 눈치였다.

"도와줄 거 아니면 좀 비켜주든가."

"미안. 너는…… 얘네가 네 금붕어니?"

아이가 눈을 굴렸다.

"참 나. 여긴 우리집이야."

"애시의 동생이구나."

나는 어린아이 앞에서는 어떻게 행동하고 무슨 말을 해야 할지 몰랐다. 아이들은 울고 뛰어다니고 투덜거려서 나를 초조하게 만들었다. 하지만 이 아이는 조그마한 여자애의 몸을 뒤집어쓴 성마른 어른 같았다. 아이는 빨간색 코듀로이 바지에 게 그림이 찍힌 티셔츠를 입고 있었다. 게의 입 옆에 떠 있는 말풍선에는 '이기적으로 굴지 말자! 우리 바다를 깨끗이!'라고 적혀 있었다.

"언닌 누구야? 우리 언니 친구처럼 보이진 않는데."

나는 잠깐 모욕감을 느꼈다. 그 말은 딱 봐도 내가 쿨하지 못하다는 것, 내가 다른 사람들 사이에서 편안하게 있지 못한다는 것을 알아차렸다는 뜻이었다. 아이들은 눈치가 빠르니까. 하지만 나는 어린아이에게, 더구나 지금 내 눈앞에 있는 아이에게는 모욕감을 느낄 필요가 없다는 것을 깨달았다.

"맞아. 나는 내 친구를 따라 여기 왔어. 사실 애시를 잘 몰라."

"애시 언니 친구들은 다 멍청해. 딱 우리 언니처럼."

아이가 물고기에게 조심스럽게 먹이를 주었다. 어항 속에 가루를 최대한 골고루 흩뿌렸다. 나는 물속으로 떨어져내리는 가루를 먹으려고 솟아오르는 물고기들을 아이와 함께 지켜보았다.

"내 이름은 오드리야."

"오드리 헵번과 이름이 같네? 우리 엄마가 〈로마의 휴일〉을 무지 좋아하는데."

오드리는 내가 믿을 수 없을 만큼 멍청한 말을 했다는 듯 쳐다보았다.

"위층에 어항이 더 있는데 보고 싶으면 올라가도 돼."

나는 오드리를 따라 아까보다 더 많은 사람들로 북적이고 대마초 연기가 자욱한 방안을 가로질러 갔다. 다들 데킬라 병을 돌려가며 벌컥벌컥 마시고 있었다. 새로운 노래가 흘러나오기 시작했다. 어쿠스틱 록이었는데 여기 모인 남자애들은 모두 아는 듯했다. 그들은 콘서트에 온 것처럼 서로를 안고 감상에 취해 몸을 흔들며 노래를 불러댔다. 그중 한 명이 핸드폰을 꺼내 천장에 플래시 불빛을 비추자, 여지없이 다른 사람들도 모두 똑같이 따라 했다. 여자애들은 눈을 흘기면서도 즐거워하는 눈치였고, 한 명은 핸드폰으로 그 모습을 촬영했다.

나는 맥주 때문에 조금 졸렸다. 맥주는 시큼하고 텁텁해서 실망스러웠다. 윤희의 방에서 달달한 사탕 같은 소주를 나눠 마신 후라 더더욱 그랬다. 오드리는 인파 사이로 조심스럽게 발을 내디디며 계단으로 향했다.

"갈 거야, 말 거야?"

오드리의 방은 내가 본 아이방 가운데 제일 컸다. 내 방보다도 훨씬 컸다. 그리고 온갖 색조의 보랏빛 향연 그 자체였다. 벽부터 이불, 베개, 심지어 조명에 이르기까지 모든 게 연보라색, 라벤더색, 제비꽃색이었다. 그리고 벽 앞에는 아래층에 있는 것보다 훨씬 큰 어항이 늘어서 있고, 어항마다 피라미, 구피, 금붕어 등 물고기가 가득했다. 그중에는 푸른색과 진홍색 지느러미를 이브닝드레스 자락처럼 나풀거리는 아름다운 베타도 한 마리 있었다. 더 자세히 보려고 몸을 구부리는 나를 오드리가 지켜보는 게 느껴졌다.

"근사하다. 이름도 있어?"

오드리가 고개를 끄덕이더니 베타를 가리켰다.

"얘는 시월이야. 그리고 나머지는 사월, 오월, 유월, 팔월."

"칠월과 구월은?"

오드리가 침통하게 말했다.

"시월이가 칠월이를 먹어버렸어. 구월이는 어항 밖으로 뛰쳐나갔고."

시월이가 자기 이름을 듣고 우쭐한 듯 몸을 부풀렸다.

"안됐네. 베타를 '싸움고기'라고도 부른다는 거 알아?"

"응, 모두가 아는 상식이지."

오드리가 따분하다는 듯 말하고는 내게 공책을 보여주었다. 거기엔 물고기들의 습성, 행동, 매일 먹는 먹이의 양, 어항 물의 피에이치pH 농도 등이 적혀 있었다.

"멋지다."

나는 집에 수족관을 갖췄고, 반항적이고, 그 나이에 물고기에 대해 나보다 더 많은 것을 알고 있는 이 조그맣고 이상한 아이가 마음에 들었다. 위층에서 애시의 앙칼진 고성과 웃음소리가 들려왔다. 오드리는 애시의 자매처럼 보이지 않았다.

"우리 아빠가 파운틴 플라자의 수족관에서 일하셔. 네가 부모님께 허락만 받으면 내가 언젠가 데려가줄게. 거기 가면 더 많은 물고기를 볼 수 있어."

오드리는 감동받은 눈치였다.

"언닌 거기 자주 가?"

"오, 그럼. 항상 가지. 거기서 자라다시피 했는걸."

"애시 언니한테 데려가달라고 했는데 언니가 따분해서 싫댔어."

비로소 오드리가 자기 나이다운 어투로 말했다. 아마 여덟 살이나 아홉 살일 듯했다.

"나는 커서 어류학자가 될 거야."

"틀림없이 그렇게 될 거야."

아래층에서 사람들이 점점 더 술에 취해 소란스러워지면서 고함소리가 더 많이 들려왔다.

"너희 부모님은 어디 계셔?"

"휴가 갔어. 나랑 애시 언니는 학교를 빠지면 안 된다고 안 데려갔고. 부모님이 없는 동안 언니가 나를 봐주기로 했지."

오드리는 아쉬운 어조였다.

"부모님 보고 싶어?"

"응. 애시 언니는 친구들이 집에 왔을 때 내가 얼씬거리는 걸 안 좋아해. 그래서 파티가 끝날 때까지 여기 있으랬어."

오드리가 어항 표면을 두드렸다. 새파란 바탕에 반점이 있고 꼬리가 선명한 빨간색인 작은 구피 한 마리가 오드리의 손가락을 따라 헤엄쳐 지나갔다.

"거지 같네. 여긴 네 집이기도 하잖아."

자기보다 연장자가 욕을 내뱉는 걸 들은 오드리의 얼굴에 미심쩍은 표정과 동시에 어렴풋하게 즐거워하는 표정이 스쳤다.

"그러게. 애시 언니는 내가 괴짜라 같이 있으면 성가시대."

"그럴 수도 있겠네. 내 말은, 나는 아직 너를 잘 몰라서 그게 정말인지 아닌지 모르겠단 거야."

오드리가 내 말에 씩 웃었다.

"하지만 뭐 어때? 네가 좋아하는 게 자기가 좋아하는 것과 다르다고 애시가 너를 괴짜라고 생각해도, 그게 뭐가 중요해. 너는 너일 뿐인데."

"언니 눈은 왜 그래?"

오드리가 내 말을 끊고 물었다. 나는 열변을 토하려던 참이었다. 사람들은 혼자서 이것저것 생각하고 탐구하고 싶어하는 소녀들을 이해하지 못하는 것 같다고, 우리 같은 소녀들은 그저 우리가 보는 세상에 대해 더 많이 배우려 노력할 뿐이라고, 만약 우리가 소년이었다면 어떤 분야에 관심을 두든 사람들은 '성장 단계'라 여기고 신경쓰지 않았을 거라고.

"내 눈이 왜?"

"주먹으로 얻어맞은 것 같잖아."

"아. 이거. 친구가 화장해준 거야. 걔는 이 화장이 예쁘다고 생각해."

"안 예쁜데."

나는 묻지도 않은 말을 할 필요는 없다고 쏘아붙이려 했지만, 그때 거울에 비친 내 모습에 웃음이 터져나왔다. 오드리의 말이 옳았다. 나는 우스꽝스러워 보였다. 나는 복도 끝에 있는 욕실로 가서 얼굴에 찬물을 끼얹고 아이섀도와 글리터가 지워질 때까지 문질렀다. 다 지우고 나니 얼굴이 한결 산뜻하고 상쾌하게 느껴졌다.

나는 오드리의 방으로 돌아갔다. 거기서 우리는 물고기와 그들의 습성에 대해, 오드리가 언제 물고기들을 데려왔는지에 대해, 가장 좋아하는 물고기에 대해 이야기를 나눴다.

"하지만 편애하는 티를 내지 않으려고 하는 편이야. 다른 애들이 질투하니까."

나는 덜로리스에 대해 이야기해주었다. 그리고 덜로리스가 태어난 베링 소용돌이로 떠난 아빠가 그곳에서 더 많은 데이터와 샘플을 수집하고, 문어가 자기 몸 색깔을 바꾸는 것과 같은 새로운 진화적 특성을 얻고 이전보다 오래 살게 된 원인을 규명하려 노력하고 있다는 것도 말해주었다. 아빠가 자신의 연구는 바다 생물의 생태와 짝짓기 주기를 넘어서는 광범위한 영역에 지대한 영향을 미칠 거라고 주장했지만, 여행에 필요한 자금을 충분히 조달하지 못해 올해는 간신히 떠날 수 있었어도 앞으로는 힘들어질 거라는 것도.

물론 나는 아빠가 떠난 진짜 이유가 엄마와의 갈등이 악화되어서라고는 말하지 않았다. 엄마가 아빠와 로라의 관계에 대해 알게 된 이후로 두 분 사이는 예전 같지 않았다. 엄마는 아빠에게 하고 싶은 말이 있으면 나를 통해 전달했고, 절대로 아빠와 한 방에 단둘이 있지 않으려 했다.

그런데도 두 분은 헤어지고 싶지는 않은 것 같았다.

"왜 이혼하지 않아요?"

언젠가 엄마에게 물으니, 엄마는 왜 날개를 달고 날아가버리지 않느냐는 질문을 받은 사람처럼 나를 쳐다보았다.

"너하곤 상관없어. 네가 이해하지 못하는 일에 대해서는 말하지도 마."

엄마 말이 옳았다. 나는 전혀 이해하지 못했다. 이토록 깊은 불행에 자발적으로 순응해야 하는 이유가 대체 뭘까?

나이가 더 들고 나서야 나는 엄마가 아빠한테 원한 것은 자신에게 용서를 구하는 것이었음을 깨달았다. 아빠가 다시 자신을 사랑해달라고 애원하고, 다시는 엄마를 배신하지 않겠다고 맹세하기를 바랐던 것이다. 하지만 엄마는 자기 곁을 떠났다가 다시 돌아오기를 반복하고 자기 내키는 대로 살아가는 아빠에게 그런 일을 바라는 건 오히려 더 큰 마음의 상처를 자초하는 셈임을, 그리고 그런 상처를 받고 나면 아빠를 떠날 수밖에 없음을 알았다.

그때 내 핸드폰이 울려 오드리와의 대화가 끊겼다. 태라의 전화였다.

"와서 네 친구 좀 챙겨줘."

태라가 불분명한 발음으로 말했다.

"뭐? 누구?"

"윤희가, 음, 기절했어."

"오, 세상에."

나는 재빨리 아래층으로 내려갔다. 오드리가 나를 따라오며 흥분해서 물었다.

"무슨 일이야? 어떻게 된 건데?"

나는 못 들은 척했다. 밖으로 나가보니 윤희가 수영장 옆 의자에 누워 잠들어 있었다. 얼굴 표정만 보면 묘하게 천사 같았지만 블라우스 앞섶에 토사물이 묻어 있었다.

"쟤한테 무슨 짓을 한 거야?"

걱정이 된 나머지 내 목소리가 높아졌다. 태라가 대답했다.

"쟤 괜찮아. 그냥 술 마시고 있었는데 어지럽다면서 누워야 겠다고 했어."

"제기랄. 제기랄, 제기랄, 제기랄."

나는 중얼거렸다. 윤희와 나는 예전에도 술에 취한 적이 있었지만, 오늘밤 이렇게 곤드레만드레가 되는 건 계획에 없었다. 윤희네 부모님은 우리가 저녁 성경공부반에 간 줄 아는데.

"윤희야, 일어나."

나는 윤희를 붙잡고 흔들었다. 윤희가 한쪽 눈을 뜨더니 하품을 했다.

"어디 갔었어, 로? 나 피곤해."

윤희는 한숨을 쉬더니 돌아누워서는 토사물이 묻은 얇은 블라우스에 고개를 파묻고 더 자려고 했다. 나는 다시 욕을 내뱉고 윤희를 일으켜 앉히려 했다. 우리 주위로 아이들이 모여들었다. 대부분은 우리가 애초에 참석할 권한도 없었던 파티에서 내 단짝 친구가 수영장 의자에 드러누워 인사불성이 된 게 별일 아니라는 듯 낄낄거렸다.

"저리 비켜."

나는 아이들에게 말했다.

"수영장에 던져버려! 그러면 깨어나겠지."

이름도 모르는 어떤 남자애가 말했다.

"알몸 수영 파티다!"

또다른 남자애가 환호성을 지르며 외쳤다.

"나 따뜻한 물에 들어가고 싶어."

윤희가 말했다. 숨에서 고약한 냄새가 났다.

"앞으로는 파티에 발도 들이지 마."

"치, 내가 재밌게 노는 게 눈꼴셔서 그러지?"

한순간 나는 윤희를 그냥 여기 두고 혼자 집으로 가버릴까, 그래서 자기 실수를 스스로 감당하게 놔둘까 하는 생각이 들었다. 그런데 그때 윤희가 내 가슴에 풀썩 기댔다.

"나 속이 울렁거려."

윤희가 내 명치끝에 코를 묻고 말했다. 나는 한숨을 쉬며 오늘밤엔 이 상황을 처리하는 것이 내 운명임을 받아들이기로 했다. 몰려든 아이들 뒤에서 오드리가 충격과 공포로 눈을 커다랗게 뜨고 우리를 바라보고 있었다.

나는 윤희의 섬세한 핑크색 블라우스를 벗겨 이슬 맺힌 잔디밭에 던졌다. 블라우스가 죽은 해파리처럼 늘어졌다. 나는 다른 의자에 널브러져 있던 누군가의 운동복 상의를 가져와서 어린아이에게 옷을 입히듯 윤희의 머리와 팔을 꿰어 입혔다. 윤희가 눈을 퍼뜩 뜨더니 나를 째려봤다.

"너 화장 어떻게 된 거야?"

"나한테 안 어울려서."

"내가 얼마나 화장을 잘해줬는데!"

윤희가 징징거렸다.

"알아. 하지만 이제 집에 가야 해."

"알았어."

윤희가 한숨을 쉬었다.

나는 멀뚱멀뚱 구경하는 사람들을 밀치고 윤희를 질질 끌다시피 하며 윤희네 집으로 향했다. 조용한 거리에는 이따금씩 차만 지나다녔다. 가는 길에 윤희는 두 번 더 토했다. 한 번은 인도 옆 배수로에, 또 한 번은 어느 집 팬지 화분 위에. 우아하다고까지 할 만한 토악질이었다.

"참 잘한다."

나는 윤희의 머리카락을 잡고 등을 쓸어주며 말했다.

윤희네 집에 도착해 현관에서 아줌마를 맞닥뜨린 나는 윤희가 몸이 안 좋다고 둘러댔다. 그리고 위층으로 개를 끌고 올라가 침대에 눕히고 머리맡에 휴지통을 놔두었다. 이를 닦으러 가려는데 윤희가 내 이름을 불렀다.

"로, 난 더이상 너한테 화내고 싶지 않아."

"걱정하지 마. 잠이나 자."

"넌 그냥 가끔 존나 짜증나게 군단 말이야."

나는 소리 내어 웃었다.

"알았어. 하지만 너도 그렇거든."

하지만 그 말을 했을 때 윤희는 이미 곯아떨어진 뒤였다.

7장

　해티스에서 나온 나는 무사히 집으로 돌아갈 수 있기를 기도하며 뒷길로만 차를 몬다. 하지만 최대한 조심했는데도 빨간불을 무시하고 가다 라쿤인 듯한 동물을 칠 뻔한다. 라쿤은 어둠 속에서 빛나는 구슬 같은 눈동자로 나를 잠깐 쳐다보더니 종종걸음으로 달아난다.

　태가 애리조나로 떠난 직후 해티스에서 귀가하던 길에 10대 여자애 세 명을 칠 뻔한 적이 있다. 거무스름한 후드티와 청바지 차림의 깡마른 소녀들이었다. 나는 그들을 피하려고 차를 틀었다가 가로등을 들이받을 뻔했다. 그때 전조등 불빛에 그들의 얼굴이 환하게 드러났는데, 딱 라쿤처럼 낯설고도 경멸 어린 눈으로 나를 보고 있었다. 한순간 나는 패닉에 빠져 정말로 그들을 친 줄 알았고, 그중 한 명이라도 다치거나 죽었다면 내 인생이 어떻게 될까 상상했다.

그 순간 온몸을 사로잡았던 공포 때문에 그후 두 주 동안 술을 마시지 않았다. 해티스에 가지 않은 건 물론이고 집에서도 맥주 한 캔 따고 싶지 않았다. 나는 굉장히 나쁜 결과를 초래할 수 있는 길들을 피하는 중이야. 그날 밤 소녀들이 어린 사슴처럼 우아하게 내 차를 지나쳐 뛰어간 이후로 나는 그렇게 생각했다. 나를 고쳐줄 사람은 나밖에 없어. 집에 도착해 욕실 거울에 비친 나 자신을 한참 노려보며 그런 생각도 했다. 하지만 모든 깨달음이 그렇듯 오래가지 못했다.

내게 유전적인 문제가 있는 것은 아니다. 엄마는 술을 입에 대지도 않았고, 아빠는 저녁식사 때 맥주 한두 캔을 곁들이기는 했지만 결코 과음하지 않았다. 단지 나는 가끔 인생이 지루한 일부터 나쁜 일까지 일련의 사건들로 이루어진 기나긴 여정이라고 느꼈고, 그 모든 걸 머릿속에 정렬하는 가장 빠른 방법이 술을 마시는 것이었다.

태는 내게 알코올 문제가 있는 것 같다고 직접적으로 지적하지는 않았다. 다만 내가 술을 마시면 달라진다고, 평소보다 시비를 많이 건다고 했다. 나는 뭐라고 대꾸해야 할지 몰라서 그냥 난 언제나 심술궂은 사람이니 그 말은 사실이 아니라고 농담으로 받아넘겼다. 내 말에 태는 웃었을 뿐 반박하지 않았다. 나는 걱정하지 말라고, 마음만 먹으면 언제든 술을 끊을 수 있다고 했다. 하지만 사실 때로는 내가 나나 다른 사람에게 돌이킬 수 없는 피해를 입히지 않으면서 얼마나 멀리까지 갈 수 있는지 시험하며 나 자신과 담력을 겨루는 기분이었다.

아파트 3층에 있는 우리집으로 올라가는데 계단에 금귀고리 한 짝이 떨어져 있다. 귀고리는 조그마한 햇빛 조각처럼 바닥에서 어렴풋하게 빛나고 있다. 나는 그걸 집어들고 어떻게 할지 고민한다. 누군가가 그것을 찾아내길 바라며 필사적으로 찾아 헤매고 있을지 궁금해진다. 비록 작은 싸구려 금속이지만 누군가에게 선물로 받은, 의미가 깃든 물건일 수도 있으니까.

펜과 종이를 가져와서 우편함 옆에 메모를 남겨두는 건 어떨까 생각한다. 내일 아침 귀고리를 가지고 이 집 저 집 돌아다니며 혹시 최근에 귀금속을 잃어버리지 않았느냐고 묻는 상상을 해본다. 내가 분실물의 주인을 찾아내려 애쓰는 사람, 물건이 제자리로 돌아갈 때까지 포기하지 않고 조치를 취하고 주도적으로 행동하는 사람이 되어 내 삶이 그런 방향으로 재설정되는 또다른 우주를 상상해본다. 귀고리는 어쩌면 아랫집 여자의 물건일 수도 있다. 그 여자는 귀여운 개를 기르는데, 세탁실에서 나와 마주쳐도 인사를 건네지 않는다. 아니면 1층에 사는 최근 이혼한 남자의 10대 초반인 딸아이의 것일지도 모른다. 그 남자는 자전거 복장 차림으로 복도에서 열심히 스트레칭을 하곤 한다.

하지만 결국 나는 그중 어느 것도 하지 않는다. 귀고리는 그 냥 계단 위에 그대로 놓아둔다. 그리고 집에 들어가 옷을 바닥에 벗어던지고 침대에 몸을 던진 뒤, 태가 기타로 연주해주곤했던 밴 모리슨의 노래를 들으며 불을 다 켜둔 채 잠든다. 그노래 가사의 의미를 이해할 수는 없었지만 그걸 들으면 태가생각났다. "비에 흠뻑 젖은 정원"을 걷는다는 구절을 들으면특히 그랬다.

불타는 태양 여러 개가 컴컴한 바다에 잠겨드는 꿈을 꾸다가깨니 아침이다. 창문으로는 햇빛이 쏟아져 들어오고, 누군가가현관문을 두드린다. 똑똑 소리가 내 머리를 울리는 두통의 리듬과 완벽하게 일치한다.

"신이시여."

나는 저주인지 기도인지 모를 말을 중얼거린다. 바닥에 한발, 또 한 발을 내려놓으니 빙글빙글 회전하던 방이 멈춘다. 나는 눈을 질끈 감고, 다시 눈을 뜰 즈음에는 노크소리가 멎었기를 바란다. 하지만 소리는 더욱 커지고 집요해진다.

비틀비틀 복도를 걸어가다 현관문 옆에 걸린 작은 거울에 비친 내 모습을 언뜻 본다. 예상대로 나는 아픈 사람과 시체 사이어디쯤에 있는 상태로 보인다.

"누구세요?"

나는 외시경에 눈을 대고 쉰 목소리로 묻는다. 내 눈에 보이는 것이라고는 누군가의 이마뿐이다.

"문 열어. 나야."

레이철의 목소리다.

"저도 왔어요!"

헤일리가 덧붙인다.

"왜 왔어?"

"너 까먹었구나."

레이철이 문짝에 대고 토해내는 한숨이 느껴지는 것 같다.

"문이나 좀 열래?"

나는 잠금장치를 푼다. 휘청거리며 서 있는 나를 사촌과 조카딸이 훑어본다.

"너 왜 그래?"

"긴 밤을 보냈거든."

나는 부엌 식탁으로 다가가 의자에 조심조심 앉는다. 식탁이라봐야 조그마한 탁자 하나에 접이식 의자 두 개가 놓여 있을 뿐이다.

"로 이모, 아파요?"

헤일리가 묻는다. 내가 "아니"라고 대답하는 동시에 레이철이 "그래"라고 말한다. 레이철은 우리 엄마가 아빠와 단둘이 어른만의 대화를 나누는 동안 내가 빠져 있기를 바랄 때마다 보내던 그런 시선으로 헤일리를 본다.

"거실에서 숙제하고 있어."

헤일리가 부엌에서 나가자 레이철은 집안을 이리저리 둘러본다. 마지막으로 레이철이 왔을 때에는 윤희가 같이 살고 있었다. 집을 꾸미는 감각을 갖춘 윤희가 없으니 집은 그때보다 눈에 띄게 휑했다. 바닥은 더럽고, 구석구석에 머리카락과 먼지 뭉치가 굴러다니고, 부엌 곳곳에 책과 스웨터와 이런저런 쓰레기가 쌓이다못해 거실로 넘쳐흐른다. 싱크대에는 접시가 높다랗게 쌓여 휘청거릴 정도이고, 몇 주 전 냉장고에 있던 어떤 음식에서 풍겼던 시큼한 냄새가 지금도 공기 중을 떠도는 것 같다. 한쪽 구석에는 윤희와 내가 길거리에서 주운 낡은 마네킹이 삐딱하게 서 있다. 우리는 마네킹에게 '미니'라는 이름을 붙이고 가끔 정성껏 옷을 입혀주었지만, 지금은 오래전 크리스마스 파티 때 씌워둔 산타 모자 차림 그대로다.

"미안, 두 사람이 올 줄 알았으면 청소를 해뒀을 텐데."

나는 약간 멍한 상태로 손짓하며 말한다. 이유는 모르겠지만 숙취로 인한 통증이 어깨에도 번져서 움직일 때마다 아프다.

"전화했잖아, 기억 안 나? 얘기했었잖아. 내가 볼일 보는 동안 네가 헤일리를 봐주기로. 너 휴무라고 했지?"

나는 불평을 늘어놓거나 핑곗거리를 찾으려고 머리를 굴린다. 오늘은 아이를 돌보는 일만큼은 죽어도 하고 싶지 않다. 내가 원하는 것은 다섯시까지 퍼질러 잔 다음 침대에서 기어나와 배달 음식을 주문하고 열두 시간 동안 TV를 보다가 새벽에 잠드는 것이다. 숙취에 시달리면서 아이와 놀아줄 생각만 해도 겁이 난다.

"몇 시간이면 돼. 중요한 일이 아니었다면 부탁도 안 했을 거야. 제발, 로."

레이철이 말한다.

"엄마 어디 가는데?"

거실에서 헤일리가 묻는다. 이야기를 엿듣고 있었다는 걸 숨길 생각도 없는 듯하다.

"볼일이 좀 있어서 그래."

레이철이 나한테만 들릴 목소리로 덧붙인다.

"재 말하는 것 좀 봐."

"나는 왜 따라가면 안 돼? 나 여기 있기 싫어. 냄새난단 말이야."

"그게 무슨 말버릇이야, 헤일리."

레이철이 더 작은 목소리로 내게 말한다.

"저기, 나 사이먼 만나러 가야 해."

레이철의 전남편 이름을 듣자 살에 소름이 돋는다.

"그냥 얘기하러 가는 거야. 그런 표정 짓지 마."

레이철은 내가 근육 하나 움직이지 않았는데도 그렇게 말한다. 사이먼은 내게 무례하게 굴거나 한 적은 없지만, 늘 찜찜한 느낌이 들었다. 레이철이 처음 내게 그를 소개했을 때부터 그랬다. 사이먼은 지나치게 격식을 차리고 뺀질거렸다. 내가 의례적으로 질문을 던지면 그는 항상 자신이 레이철에게 얼마나 헌신적이며 좋은 남자인지 과시하듯 대답했고, 나는 그게 약간 역겨웠다.

"변호사들이 처리하는 거 아니었어?"

나는 양육권 문제와 관련해 싸움이 험악해지고 있다는 것, 그리고 사이먼의 잘못이 크다는 것 외에는 두 사람의 이혼 절차가 어떻게 진행되어가는지 잘 모른다.

"직접 대화하는 게 나을 것 같아서 그래. 그 사람은 이 싸움에 휘말린 게 우리 딸이라는 걸 이해 못하는 것 같아. 모든 걸 일종의 경쟁으로만 생각해."

"말할 수 없이 나쁜 생각인 것 같은데."

"나는 그 사람이 어떤지 알잖아. 우리는 십 년이나 같이 살았어. 알지?"

레이철이 날선 목소리로 말한다.

"알지. 하지만 거의 그 기간 내내 사이먼은 쓰레기였어. 지금도 마찬가지고."

나는 레이철이 그와 싸운 후 툭하면 내게 전화를 걸었던 것을 떠올린다. 태가 떠났을 때 내가 가장 먼저 연락한 사람도 레이철이었다. 그때 레이철은 헤일리를 학교에 데려다준 뒤 기름진 감자튀김이 가득 든 봉투를 들고 내 직장에 와서 나를 자기 집으로 데려갔고, 아무 질문도 하지 않고 나와 같이 〈골든 걸스〉를 정주행했다. 대개 레이철은 냉정하고 염세적인 도러시와 똑같았지만, 사이먼과 엮이기만 하면 연거푸 실수를 저지르고 일이 잘 안 풀릴 때마다 하염없이 혼란스러워하는 로즈가 되었다.

"내 생각엔 그 사람도 이 싸움에 지친 것 같아. 나는 일을 매듭짓고 싶을 뿐이고 그도 마찬가지야. 나쁜 생각이 아냐. 때로는 얼굴을 보고 대화하는 게 나을 때도 있잖아."

레이철은 사회복지사가 되려고 석사과정을 밟다가 그만두고 결혼해서 헤일리를 낳았다. 당시 그는 『갈등을 통한 연결』이라든지 『내면의 아이를 발견하라』 같은 제목의 책을 많이 읽었다.

"점심값 여깄어. 영화관에 데려가는 건 어때? 아니면 공원에 가든가. 이번주에 야외 활동을 별로 못했거든."

레이철이 무슨 거래라도 하듯이 빳빳한 50달러짜리 지폐 한 장을 식탁 너머로 건네며 말한다.

"알았어."

내 말에 레이철이 몸을 내밀어 나를 껴안는다. 나는 죄책감에 사로잡힌다. 가끔 사람을 행복하게 해주는 일은 아주 쉽다. 왜 더 자주 하지 않는지 나도 모르겠다.

"네가 최고야."

레이철이 물건을 챙겨 현관으로 나가며 말한다. 그러고 보니 풀메이크업을 했다. 사이먼과 헤어진 이후로 저렇게 화장한 모습은 처음 보는 것 같다.

"이따 보자, 헤일리."

레이철이 거실을 향해 외치지만 돌아오는 것은 냉랭한 침묵뿐이다.

"오, 그리고 청소기라도 좀 돌리면 좋지 않을까?"

레이철은 그 말과 함께 나를 먼지 덩어리 그리고 헤일리와 남겨두고 떠났다.

*

몇 년 전, 일본의 어느 버려진 수족관에서 회색 돌고래 한 마리가 홀로 수조 안을 맴도는 영상을 온라인에서 보았다. 그 수족관은 재정이 점차 고갈되면서 전 직원을 해고했고, 일부 동물은 다른 곳으로 팔려갔다. 하지만 해양 동물, 특히 덩치가 큰 동물은 돌보기 어려운 경우가 많았고, 인근 수족관이나 동물원에는 그 모든 동물을 수용할 공간이 부족했다. 그래서 수족관 운영이 삐걱거리다 마침내 중단된 바람에 그곳에 남겨진 일부 동물은 알아서 살아가야 했다. 건물은 폐쇄되었고, 일부 사람들이 동물들의 운명에 관심을 가졌지만 그들은 잊히고 말았다. 그러다 몇몇 동물보호 활동가가 수족관에 잠입했다.

그들이 들어가보니 수조 안에는 이끼와 조류가 자라고, 청소도 여과도 하지 않은 물은 끔찍한 회녹색으로 변질되어 있었다. 수백 마리의 죽은 물고기가 시들어버린 꽃처럼 배를 드러낸 채 둥둥 떠 있었다. 더 큰 동물 몇몇은 두꺼운 아크릴유리에 금이 갈 때까지 몸을 부딪치며 탈출하려고 애썼지만 결국 다친 몸으로 멍하니 헤엄치고 있었다. 매일 공급되던 먹이가 끊긴 상황에서 대다수가 다른 개체를 공격하며 일종의 배틀 로열을 벌이고 있었다.

하지만 무엇보다 안타까운 건 외톨이 신세인 회색 돌고래였다. 돌고래는 에리코라는 이름의 스무 살짜리 암컷으로 등지느러미가 한쪽으로 처져 있었는데, 그 수족관에 있는 동안 새끼를 두 번이나 낳았다고 했다. 대부분의 돌고래는 다른 시설로 보내졌지만—돌고래는 영리하고 총기 있고 늘 입을 벌리고 웃는 표정이라 수요가 많은 편이었다—에리코는 홀로 남았다. 등지느러미 모양 탓도 있을 것이고, 활기차고 장난기도 많지만 한편으로는 고집 세고 반항적이어서 묘기를 가르치기 어려운 탓도 있을 터였다.

에리코의 영상은 핸드폰 카메라로 찍은 듯 흔들림이 심하고 화질도 좋지 않았다. 활동가 중 한 명의 내레이션에 맞춰 나오는 영어 자막을 보니, 에리코는 먹이가 거의 또는 전혀 없는 상태로 최소 2주 동안 홀로 방치되었고, 극심한 고통의 징후를 보인다고 했다. 피부는 병에 걸린 듯 칙칙한 녹색으로 변했고, 탁하고 생기 없는 두 눈은 카메라의 움직임에 거의 관심을 보이지 않았다. 무엇보다도 에리코가 탈진 상태일 텐데도 수조 안을 빠른 속도로 맴돌며 계속 헤엄치는 모습이 보기 딱했다. 최대한 빠르게 헤엄치면 빠져나갈 길을 찾을 수 있다고 믿는 것 같았다.

결국 영상은 의도대로 인터넷에서 폭발적인 화제를 불러일으켰고, 활동가들은 에리코를 비롯한 유기 동물을 베이징의 생추어리*로 이송할 기금을 마련할 수 있었다. 에리코는 세계적으로 유명해져 저녁 뉴스를 장식했고, 『에리코의 여행』이라는 제목의 어린이책까지 나왔다. 우리 수족관 기념품점에도 그 책이 입고되어 있다. 책에는 에리코가 생추어리에서 자신의 새끼인 후미코, 마리코와 재회했다고 나오는데, 그것은 저자와 출판사가 가족 단위 독자들의 입맛에 맞추기 위해 덧붙인 예쁜 거짓말에 불과했다.

『에리코의 여행』은 우리집에 있는 유일한 어린이책이다. 헤일리가 심심하다고 해서 나는 그 책을 꺼내 소리 내어 읽어준

---

* 자연으로 돌아갈 수 없는 야생동물을 위한 보호시설.

다. 수족관이 폐쇄되었을 때 에리코가 얼마나 외로웠는지 설명하는 대목에서 헤일리의 눈이 휘둥그레진다. 하지만 결말 부분에서 에리코가 딸들과 재회했다는 내용이 나오자 헤일리는 울지 않고 안도의 한숨을 크게 내쉰다.

"결국 다 잘됐네요."

아이가 만족한 듯 말한다. 생각해보니 이 책은 통렬한 이혼 다툼을 벌이고 있는 부부의 아이에게 읽어주기엔 최선의 선택이 아닐 수도 있겠다는 생각이 든다.

"그렇지."

나는 거짓말을 한다. 사실은 에리코가 베이징에서 2년을 더 살았다는 것, 그동안 다른 돌고래들과 격리되어 지냈다는 것은 굳이 말하지 않는다. 수족관에 혼자 방치되어 있는 동안 공격성과 불안 증세가 심해진 에리코는 다른 개체나 사육사가 별다른 도발을 하지 않아도 공격하기 일쑤였다. 사육사들이 에리코의 이런 습성을 고치려고 최선을 다했지만, 그는 하루에도 몇 번씩 수조를 빠른 속도로 빙글빙글 맴돌았다. 무언가에 뒤쫓기는데 아무리 달아나도 떨칠 수 없다는 듯이.

"밖에 나가서 놀까?"

내가 물으니 헤일리는 우리 엄마가 왜 이모에게 나를 맡기는 게 좋은 아이디어라고 생각했는지 모르겠다고 말하는 듯한 표정으로 나를 쳐다본다. 나도 그 생각에 동의한다.

"옷 갈아입게 잠시만 기다려줘."

나는 청바지와 몇 안 되는 깨끗한 셔츠 중 한 장을 걸치고 손 빗으로 머리를 빗어넘긴다. 머리가 너무 길어서 그 위에 앉을 수 있을 지경이다. 엄마는 내가 머리를 길게 기르는 걸 싫어한 다. 물귀신처럼 보인다나. 나는 머리를 아무렇게나 틀어올려 정수리에 고정한다. 옆으로 약간 치우친 머리 뭉치가 작은 둥 지처럼 보인다. 태는 내가 이 머리를 하면 우스꽝스러워 보인 다며 늘 웃어댔지만 때로는 나를 끌어안고 머리카락에 다정하 게 뽀뽀하기도 했다. 태와 헤어지기 전까지는 내가 그리워할 거라고 예상하기는커녕 기억조차 못했던, 나의 마음을 울리는 수많은 행동 중 하나였다.

뒤늦게 생각나서 나는 눈꺼풀에 아이라인을 그려넣는다. 그 러고 나니 조금이나마 멀쩡해 보인다. 헤일리를 데리러 거실로 돌아가니 아이가 그림 한 장을 내민다.

"이모를 그렸어요."

그림 속의 나는 풍선만한 머리에 머리카락은 까치둥지 같고 손에 커피잔을 들고 있다. 가슴에는 아래를 가리키는 화살표 두 개가 있다.

"멋지다!"

나는 조금 지나치게 열성적으로 말한다.

"이건 이모의 젖가슴이에요."

헤일리가 자신이 그린 내 가슴을 가리키며 진지하게 말한다.

"그래, 알아봤어."

나는 어떻게 반응해야 할지 몰라 열쇠를 찾아 주위를 두리번거린다. 숙취가 심해서 머리가 잘 안 돌아간다. 아이들은 성장 과정에서 다른 사람의 몸에 나타나는 특성을 열심히 지적하는 단계를 거치는 걸까?

"엄마가 나도 언젠가 젖가슴이 나올 거라고 했어요. 그러면 브라를 차야 할 거래요."

"너 몇 살이더라?"

"다섯 살이요."

헤일리가 손가락을 들어올리며 말한다.

"그럼 아직 한참 남았어. 젖가슴이니 뭐니 하는 거 너무 걱정하지 마. 그냥 어린아이로 사는 데 집중하고 즐겨."

헤일리는 나야말로 유별나다는 듯한 눈초리로 쳐다본다.

"알았어요. 이제 갈까요?"

*

우리는 피자를 먹으러 간다. 페퍼로니를 추가한 커다란 치즈 피자를 시켜서 배불리 먹는다. 그러고는 둘 다 과식한 걸 바로 후회한다. 주차장으로 나왔을 때 나는 순간적으로 헤일리가 보는 앞에서 토할 뻔하는데, 다이어트 콜라를 들이켜니 탄산 덕분에 뱃속이 좀 진정된다.

"공원에 갈까?"

내가 묻자 헤일리는 힘차게 고개를 끄덕인다.

피자가게에서 멀지 않은 곳에 작은 공원이 있다. 오늘 이 공원에는 조깅하는 사람 몇과 차 안에 앉아 음악을 틀어놓고 큰소리로 낄낄거리는 10대 둘밖에 없다. 아이들이 피우는 대마초 냄새가 난다. 냄새 때문에 머리가 아픈데도 그애들에게 대마초를 좀 나눠달라고 부탁하고 싶다.

나는 바이킹 배처럼 생긴 놀이터로 헤일리를 데려간다. 놀이터 가운데에 기다란 플라스틱 배가 있고, 거기서 미끄럼틀이며 정글짐 따위의 놀이기구가 삐져나와 있다. 배에는 작은 망원경도 달려 있고 이리저리 저을 수 있는 플라스틱 노도 있다. 헤일리가 꺅 소리를 지르더니 배를 향해 달려간다. 나는 헤일리를 쫓아다니는 척하다가 숨이 차올라 포기하고, 그냥 아이가 노는 모습을 지켜보며 레이철에게서 온 메시지가 없는지 간간이 핸드폰을 확인한다. 아직까지는 아무 연락도 없다.

살짝 곱슬거리는 머리를 어깨 너머로 늘어뜨린 여자가 금발 남자아이를 데리고 우리 쪽으로 다가온다.

"안녕하세요. 같이 놀아도 될까요? 얘는 트레버예요."

그가 미소 지으며 말한다. 트레버는 제 엄마 뒤로 몸을 숨기려 애쓴다. 등뒤에 액션피규어로 보이는 장난감을 숨기고 있다.

"그럼요."

나는 그렇게 대답하면서도 그가 왜 이런 걸 묻는지 모르겠다. 어쨌든 여기는 공공장소 아닌가.

"쟤는 헤일리예요."

헤일리가 우리를 보더니 능글맞게 손을 흔든다. 그러자 트레버는 더더욱 질겁한다.

"어서 가서 같이 놀아."

여자가 트레버를 떼어내다시피 하며 말한다. 트레버는 막상 제 엄마가 보이지 않자 바로 배 위를 마구 뛰어다니며 노를 흔들어대고 미끄럼틀을 오르락내리락한다. 헤일리는 어리둥절한 듯 지켜본다. 그러다 둘은 어린아이들이 으레 그러듯 함께 노는 법을 생각해낸다.

"저는 베스라고 해요."

트레버의 엄마가 나를 향해 반짝이는 흰 치아를 드러내며 방긋 웃는다.

"이 동네로 이사 온 지 얼마 안 됐어요."

"그러시군요."

나는 내 소개를 하는 걸 깜빡하고 말한다. 나보다 훨씬 어른스러워 보이는 사람을 만날 때마다 내 어휘력이 고등학생 수준으로 퇴화하는 이유를 모르겠다. 하지만 좀더 자세히 살펴보니 베스는 나보다 나이가 그리 많아 보이지 않는다. 나는 사람들의 나이를 잘 못 맞히는 편이지만, 나를 마주보다가 불편해하며 눈을 피하고, 그러는 내내 미소를 짓고, 부적 같은 장식물이 달린 팔찌를 자꾸만 만지작거리는 모습을 보니 베스는 생각보다 더 어린 듯싶다.

"따님이 무척 사랑스럽네요."

베스가 다시 말을 붙인다.

"아, 제 딸이 아니에요."

내가 남의 딸을 유괴한 줄 오해하고 베스가 어린이 보호 시스템에 신고하기 전에 나는 허둥지둥 덧붙인다.

"제 조카예요. 오늘 하루 봐주는 거예요."

베스의 미소가 아주 약간 흔들린다.

"정말 친절하시네요."

그러더니 뜻밖의 말을 덧붙인다.

"예전에는 언니랑 가까이 살았어요. 가끔 낮에 언니가 트레버를 봐주곤 했죠. 혼자 돌보는 게 너무 힘들거나 제가 갑자기 외출할 일이 생겼을 때요. 그런 일이 많잖아요. 아시죠?"

베스가 아쉬운 듯 말한다. 나는 '그런 일'이 정확히 무엇을 뜻하는지 모르면서도 마치 아는 듯 고개를 끄덕인다. 베스는 남편 일 때문에 보스턴에서 여기로 이사 왔으며, 뉴저지보다 더 먼 곳으로 가지 않아도 되어 안심했지만 그래도 자신이 두고 온 모든 것이 아득히 멀리 있는 듯 느껴진다고 한다. 나는 적당히 맞장구를 치고, 그러다 베스가 할말이 떨어진 듯 입을 다문다. 우리는 같은 시간에 같은 놀이터에 있다는 것 말고는 서로 공통점이 전혀 없다는 사실을 깨닫고 침묵에 빠진다.

혹시 베스는 젊은 엄마끼리 친구가 되어 날짜를 잡아 트레버와 헤일리를 같이 놀게 하고, 쿠키 레시피를 교환하고, 남편 흉도 보는 것을 상상했던 건 아닐까 하는 생각이 잠깐 든다. 솔직히 그런 것이 나쁘게 느껴지진 않는다. 만약 태와 내가 계속 함께하는, 지금과는 다른 삶을 살았다면 우리도 그렇게 지냈을지 모른다. 한때 나는 엄마가 된다는 것이 자아의 종말을 의미한다고, 다른 사람의 삶을 유지시키기 위해서는 자기 삶을 완전히 포기해야 한다고 생각했다. 우리 엄마가 나를 키운 방식 때문에 그렇게 생각하게 됐는지도 모르겠다. 하지만 베스가 트레버를 볼 때 또는 레이철이 종종 헤일리를 볼 때의 눈빛을 생각하면, 자신의 일부를 포기하는 것이 그리 끔찍한 일은 아닐지도 모른다. 특히 그것이 나 자신보다 더 큰 것, 내가 사라지고 나서도 오래도록 지속될 무언가의 일부가 되기 위한 일이라면.

그때 새된 울음소리, 툭탁거리는 소리, 또다른 울음소리가 들린다.

"트레버!"

베스가 놀라서 외친다. 그가 놀이터로 뛰어가고, 나도 뒤따라간다.

트레버가 정글짐 아래에 주저앉아 울고 있다. 헤일리는 발판 위에 서서 옆구리에 양손을 올린 채 트레버를 내려다보고 있다. 나는 헤일리를 슬쩍 살펴본다.

"무슨 일이야?"

헤일리가 어깨를 으쓱한다. 트레버가 외친다.

"쟤가 날 밀었어요!"

베스는 트레버를 일으켜서 흙을 털어주고 미친듯이 몸 구석구석을 살핀다. 그러자 아이는 더욱 격하게 흐느낀다. 트레버가 가지고 있던 로봇이 흙바닥에 얼굴을 처박고 있다. 나는 손을 뻗어 그걸 집어든다.

"쟤가 먼저 시작했어요! 나한테 못되게 굴었다고요."

"그래서 쟤를 밀었다고?"

나는 믿기지가 않아 묻는다. 헤일리는 이런 상황이 지겹다는 듯 고개를 돌리고 먼 곳을 바라본다.

"정말, 정말 죄송합니다……"

나는 베스에게 사과하면서 로봇을 트레버에게 건넨다. 그러자 베스가 장난감을 낚아챈다.

"애한테서 떨어져요."

베스가 험악하고 쌀쌀맞게 말한다. 목소리가 아까보다 한 옥타브는 낮아졌다.

"아이가 아무 데도 부러지지 않은 게 다행인 줄 알아요."

이제 트레버는 진심을 다해 울고 있다. 눈물과 콧물이 뒤섞인 채 흘러내려 셔츠 앞섶을 적시는 가운데 아이는 일어나서 제 엄마를 따라간다. 베스는 아들을 데리고 놀이터 밖에 세워둔 차에 올라타더니 쌩하니 떠난다.

"씨발!"

나는 헤일리가 듣든 말든 상관 않고 내뱉는다.

"맙소사, 헤일리."

그제야 헤일리가 나를 본다.

"그애가 너한테 뭐라고 했는데 그래? 다른 사람을 밀면 안 된다고 학교에서 안 배웠니?"

헤일리의 아랫입술이 떨린다.

"우리 엄마는 내가 나를 스스로 지켜야 한다고 했단 말예요. 걔가 먼저 시작했다고요."

나는 이 정도까지 감당해야 할 거라고는 생각하지 못했다. 아까 레이철이 노크했을 때 문을 열지 말걸. 어젯밤에 술을 그렇게 많이 마시는 게 아닌데. 이 모든 일을 겪지 않았다면 얼마나 좋았을까. 집으로 돌아가 이불을 뒤집어쓰고 누울 수 있다면 좋을 텐데. 뱃속에서 피자가 요동친다.

"무슨 일이 있었는지 말해줄래?"

"걔가 저한테 어디 사냐고 했어요. 내가 엄마랑 산다고 했더니, 이모가 우리 엄마냐고 물어봐서 아니라고 했어요. 걔가 아빠는 어디 있냐고 하길래 우리랑 같이 안 산다고 하니까 '그러면 너희 엄마 아빠는 이혼한 거네'라고 했어요. 그래서 나는 아니라고 했는데, 걔가 맞다고, 그리고 자기네 엄마가 문제아를 둔 부모만 이혼하는 거랬다고 하잖아요. 그래서 밀었어요."

헤일리는 숨도 안 쉬고 우르르 쏟아낸다. 나는 눈을 질끈 감는다.

"그랬구나."

나는 헤일리가 서 있는 발판 위로 올라간다.

"그래도 그렇게 하면 안 되는 거 알지? 다른 사람이 한 말이 네 마음에 안 든다고 그 사람을 밀면 안 돼."

"네. 하지만 걔가 못되게 굴었잖아요. 걔가 먼저 시작했다고요."

"너는 그 말에 무슨 의미가 있는 것처럼 자꾸 되풀이하는데, 나는 그게 중요하지 않다고 말하는 거야."

그러자 헤일리가 깊고 떨리는 숨을 토해내며 울음을 터뜨린다.

"엄마는 누가 나한테 못되게 굴면 내가 나 자신을 지켜야 한다고, 다른 사람이 나를 괴롭히지 못하게 막아야 한다고 했단 말예요. 그래서 엄마가 아빠를 멀리 보낸 거라고요. 아빠가 못되게 굴어서요."

뜨거운 눈물이 헤일리의 얼굴을 타고 흘러내린다. 제일 힘든 것은 헤일리가 여느 아이들과 달리 안아달라고 팔을 내밀거나 눈물을 훔치지 않는다는 것이다. 헤일리는 그냥 두 주먹을 꼭 쥐고 팔을 몸통에 꼿꼿이 붙이고 서서 흐느끼기만 한다. 그래서 결국 내가 먼저 그애에게 다가가고야 만다. 내가 헤일리를 감싸안자 그애는 작은 봉제 인형처럼 내 품에 쓰러지고, 나는 아이의 어깨를 어색하게 토닥이며 다 괜찮다고 말해준다. 하지만 우리 둘 다 그 말을 믿지 않는다.

*

엄마 말에 따르면, 우리 부모님이 싸움을 되풀이하는 원인 중 하나는 아빠가 생각 없이 말을 내뱉기 때문이었다. 엄마는 아빠가 야비하게 분노를 쏟아낸다고 했다. 누구보다 친절하고 매력적인 사람이었다가도, 어느 순간 무언가 사소한 문제로 다른 사람과 논쟁이 붙으면 자기가 옳다는 확신이 너무 강한 나머지 상대방의 생각은 조금도 고려하지 않는다고. 언젠가 아빠가 주차 자리를 두고 다른 남자와 말다툼하는 것을 본 적이 있다. 둘 다 언성을 높이고 있었다. 아빠가 차에서 내리며 말했다.

"싸우자는 거야? 어디 해봐. 나와서 한번 쳐보라고."

백미러에 비친 엄마의 얼굴에 내가 읽을 수 없는 표정이 떠올랐다. 엄마의 얼굴은 검붉게 물들어 있었고, 화가 나서 눈물을 글썽거렸다. 몇 년이 지난 뒤에야 나는 그때 엄마가 느꼈던 감정이 수치심이라는 것을 알았다.

"애가 뭘 보고 배우라고 이러는 거야? 당신, 뭐가 문제야?"

상대 남자가 떠난 뒤 차로 돌아온 아빠에게 엄마가 나지막이 따졌다.

나는 또 싸움이 벌어지겠구나 싶어서 마음의 준비를 했다. 그러나 아빠는 엄마 말이 안 들리는 듯 그냥 라디오를 켜더니, 다툼 끝에 차지한 자리에 차를 쓱 주차했다. 아빠는 성질을 부리고 나면 오히려 기운이 나는지 아무 일도 없었던 것처럼 활기차고 쾌활하게 행동하곤 했다.

나는 나이가 더 들고 나서야 내가 아빠의 그런 기질까지 물려받았을지 모른다는 생각이 들었다. 아빠에게 물려받은 것은 그 외에도 카메라 앞에서 웃을 때 펑퍼짐해지는 콧방울과 다듬지 않고 내버려두면 일자형으로 길고 덥수룩하게 자라나는 눈썹이 있었다. 엄마는 아치형 눈썹을 타고나서 굳이 다듬을 필요가 없었는데, 나는 어린 시절과 청소년기의 대부분을 조그마한 한국인 프리다 칼로 같은 모습으로 지냈다. 그러다 결국 학을 뗀 윤희가 면도칼을 들이대 내 미간을 잇는 철사 같은 털을 깎아버렸다. 우리가 한 짓을 본 아빠는 엄마가 심란해하든 말든 그냥 웃어넘겼다. "이제는 나랑 눈썹 판박이가 아니네"라면서.

그런데 시간이 흐르면서 나는 아빠의 급한 성격, 시련 앞에서 더 밀어붙이는 경향, 며칠씩 서재의 어둠 속에 누워서 무력하게 지내도록 만드는 우울감도 물려받은 것이 아닌가 하는 걱정이 들었다.

아빠가 사라지고 나서 몇 년 뒤 정신과를 찾아간 적이 있다. 그때 나는 한밤중에 자꾸 익사하는 꿈을 꾸다 땀으로 흠뻑 젖어 덜덜 떨면서 깨어나기 일쑤였다.

"그냥 약이 필요해요. 잠 좀 잘 수 있게요."

의사가 말했다.

"잠을 못 이루는 것만이 문제는 아닌 것 같아요. 아버지의 실종에 대해 누군가와 이야기해본 적 있나요? 상담사나 심리 치료사하고요?"

"저기요, 내가 어떻게 망가졌는지는 이미 알고 있어요. 그걸 감당하는 데 도움이 되는 무언가가 필요할 뿐이라고요."

의사가 부드럽게 말했다.

"우리가 하는 일은 그런 게 아니에요. 우선 환자분이 겪고 있는 상황에 대해 이야기를 나누고 문제를 이해해야 해요. 환자분의 두려움과 불안을 극복하는 데에는 솔직함이 핵심이고요."

그날 이후로 나는 병원을 다시 찾지 않았다.

*

집으로 돌아가는 차 안에서 헤일리는 잠이 들었다. 우리집에 오는 길이라는 레이철의 메시지가 왔다. 만난 일은 어떻게 됐는지, 사이먼이 어땠는지에 대한 언급은 없지만, 말이 없는 걸로 보아 잘 안 풀린 것 같다. 나는 한숨을 쉬고, 우리가 오후를 어떻게 보냈는지 레이철에게 말할 마음의 준비를 한다.

잠든 헤일리를 안고 아파트 계단을 올라간다. 아이들은 잠들면 몸이 5킬로그램은 더 무거워지는 것 같다. 올라가다 보니 지난밤 발견했던 귀고리가 여전히 그 자리에 놓여 있다. 귀고리는 비틀거리며 계단을 오르는 나를 쳐다보는 조그마한 황금빛 눈알 같다.

마침내 도착한 레이철은 정신이 딴 데 가 있는 것 같기는 해도 기분은 괜찮아 보인다.

"헤일리는?"

"잠들었어. 침대에 눕혀놨어."

"잘됐네."

레이철이 노란색 소파에 앉는다. 먼지구름이 피어오르지만 그는 못 본 척한다.

"재미있는 시간 보냈어?"

"음, 헤일리가 놀이터 정글짐에서 어떤 남자애를 밀어서 울렸어. 그러니 아주 좋은 시간은 아니었던 셈이지."

"헤일리가 뭘 어쨌다고?"

레이철의 얼굴이 새하얗게 질린다.

"남자애는 별로 다치진 않았어. 걔가 헤일리한테 '문제아'를 둔 부모만 이혼한다고 말한 모양이야. 애를 그렇게 가르친 그 집 엄마가 쌍년이었지."

"오 맙소사. 걔가 크게 안 다쳤으니 망정이지."

레이철이 관자놀이를 문지르며 말한다.

"이런 문제로 또 고생하고 싶지 않아."

"무슨 소리야, 또라니? 헤일리가 다른 애한테도 이런 적이 있었어?"

레이철은 올해 초부터 헤일리가 말썽을 부리기 시작했다고 털어놓는다. 밀고, 욕하고, 다른 아이의 물건을 훔쳤다고. 예전에는 어떤 문제 행동도 보인 적이 없었고, 늘 유치원 가는 걸 좋아했고 친구도 많았다. 그런데 레이철 부부가 별거하기 시작한 이후로 툭하면 말썽을 일으켜 교사들이 주기적으로 집에 전화를 걸어온다고 했다.

"뭘 더 어떻게 해야 할지 모르겠어. 벌도 주고, 물건도 압수하고, 소리도 질러봤어. 아무것도 안 먹히는 것 같아."

"언니가 자기 아빠랑 완전히 헤어졌다는 걸 헤일리도 알아?"

레이철이 자기 무릎을 내려다보며 나지막이 말한다.

"그냥 일종의 시험 기간이라고 했어. 아빠가 나쁜 행동을 고쳐야 다시 같이 살 수 있다고. 그래서 잠시 헤어져 살아보는 거라고."

"레치, 다시 같이 사는 일은 없을 거라고 말해야 해. 내 말은…… 그럴 일은 없잖아, 안 그래?"

레이철은 대답하지 않는다. 하지만 소파에서 몸을 움츠리는 모습을 보니, 그가 내게 주고 싶은 대답과 마음속으로 진짜 원하는 것이 전혀 다르다는 걸 짐작할 수 있다. 레이철이 원하는 것은 예전으로 돌아가는 것이다. 테너플라이에 있는 커다랗고 아름다운 집으로 가, 잘생긴 의사 남편이 현관에서 자신을 맞아주고 결혼기념일마다 비싼 꽃을 보내주는 삶으로 돌아가고 싶은 것이다. 혼자서 힘겹게 노력하는데 자꾸만 일이 잘못되어 가는 상황에 지친 것이다.

"난 그냥, 그이가 없는 삶에 익숙해지지가 않아. 정말 오랫동안 함께 살았잖아. 바보같이 들릴 거라는 걸 알지만, 그래도 그 사람이 그리워."

"언니가 헤일리한테 그랬다며. 다른 사람이 자신을 괴롭히게 놔둬선 안 된다고. 물론 그렇다고 놀이터에서 다른 애를 밀면 안 되지만. 아무튼 사이먼은 언니를 많이 괴롭혔어. 그게 어제오늘 일도 아니고."

"오늘 그이는 무척 다정했어. 아니, 로, 그런 눈으로 보지

마. 네가 그 사람 안 좋아하는 거 알아. 하지만 나한테는 아직 중요한 사람이야. 그이는 영원히 헤일리의 아빠일 테니까."

"그 사람은 계단에서 언니를 밀어트리려고 했어. 그것도 애가 보는 앞에서. 사이먼이 그럴 의도가 아니었다거나 언니가 계단 가장자리에 얼마나 가까이 있었는지 미처 몰랐다는 말은 하지도 마. 그는 언니를 해치려 했고 헤일리가 그걸 봤다고."

심장이 두근거린다. 레이철의 표정을 보니 이쯤에서 입을 다물어야 한다는 건 알겠는데 멈출 수가 없다.

"오늘 점심에 언니가 한 게 데이트였는지 뭐였는지 몰라도, 아무튼 그 시간 동안 사이먼이 얼마나 다정했는지 따위 관심 없어. 언니는 그 사람한테 돌아가면 안 돼. 그 사람이 원하는 게 바로 그거야. 그런 다음 언니를 더 심하게 학대하려고."

레이철은 나를 보지 않은 채 입술을 깨물며 고개를 젓는다.

"너는 네가 무슨 말을 하는지도 몰라. 넌 결혼한 적이 없잖아. 자신의 인생 전부를 그렇게 간단히 등질 순 없는 거야. 나한텐 빌어먹을 애가 있다고. 알겠어?"

그 말에 신호라도 받은 것처럼 헤일리가 잠에서 깨어나 엄마를 부른다. 우리 둘 다 후회할 말을 내뱉기 전에 대화가 중단돼서 다행이다. 레이철이 일어나서 헤일리를 보러 간다. 나는 내 침실에서 모녀가 대화하는 소리에 귀를 기울인다. 부드럽고 따뜻한 레이철의 목소리, 무언가에 킥킥거리는 헤일리의 웃음소리. 불과 몇 분 전까지 내가 느꼈던 분노와 나를 관통했던 정의로운 확신은 사라지고 엄청난 피로감이 엄습한다.

*

레이철 모녀가 떠난 후 두통을 살짝 누그러뜨리려고 맥주를 따는데 엄마에게서 문자메시지가 온다. 딱 한 문장이다.

"로, 답장을 못 받았는데……"

특정 연령대의 부모들은 최대한 불길한 느낌을 자아내는 문자메시지 보내는 법을 가르쳐주는 특강이라도 듣나? 하지만 성가시다는 느낌은 이내 죄책감으로 이어진다. 결국 나는 답장을 보낸다. 다음주 월요일에 저녁 먹으러 갈 건데 뭘 가져가면 좋겠느냐고.

"아무것도 안 가져와도 돼. 몸만 와."

이건 절대로 사실이 아니다. 내가 빈손으로 갔다가는 두고두고 한소리 들을 것이다. 나는 가는 길에 한국 슈퍼마켓에 들러 황금배 한 상자를 사야겠다고 마음먹는다. 아삭아삭한 하얀 배를 떠올리니 입안에 침이 고인다.

나는 조리대 앞에 서서 남은 피자를 먹고, 맥주 캔을 들고 욕실로 들어가 샤워를 한다. 가슴과 어깨로 뜨거운 물이 쏟아지는 느낌이 좋다. 입술에 차가운 맥주가 닿으니 더더욱 그렇다.

사이먼이 그립다고 말하면서 레이철이 지었던 눈빛이 떠오른다. 끝까지 혼자서 수조 안을 빙빙 맴돌았던 돌고래 에리코도 생각난다. 헤일리가 자기 부모님이 헤어져 지내는 고통을 멈출 하나의 방법으로 발판 위에서 남자애를 밀어뜨리고 그애가 톱밥 더미 위로 떨어지는 모습을 지켜보던 것도 떠오른다. 나는 수돗물이 배수구로 빙글빙글 회오리쳐 흘러나가는 것을 바라보며 사람이 외로움이나 고통으로 미쳐버릴 수 있는 갖가지 방법에 대해, 사람이 절박해지면 하게 되는 행동이나 아쉬운 대로 받아들이는 상황에 대해 생각한다.

8장

6년 전

천장에 매단 종이꽃 장식 줄이 우아한 포물선을 그렸다. 장식 줄은 곳곳에 테이프로 아슬아슬하게 붙여둔 터라 전체적으로 아름다우면서도 어수선했다. 나는 아침을 먹으면서 그중 하나가 고정해둔 테이프에서 서서히 떨어져나오는 것을 지켜보며, 윤희가 얼마나 늦게까지 저 장식을 달고 있었을지 생각했다.

추석 파티는 윤희의 아이디어였다. 윤희는 한창 점성술에 빠져 있었다. 그는 달이 우리 행동과 생각에 영향을 미치는 힘을 가졌으며, 특히 직업과 인간관계에 강력한 영향을 발휘한다고 주장했다.

"소원을 빌 시간입니다."

나는 윤희가 어디에선가 가져온 헬륨탱크로 은색 풍선들에 바람을 넣는 작업을 성실히 도왔다. 그러는 동안 윤희는 별자리 앱에 나와 있는 글을 소리 내어 읽어주었다. 오늘밤 파티의 특별 칵테일 이름은 문 펀치였는데, 스프라이트에 보드카와 프로세코 와인을 섞은 것 같았다.

"이건 징조 같아. 내가 승진시켜달라고 빌어야 한다는 징조."

윤희가 흥분해서 자기 핸드폰을 손짓하며 말했다.

"그걸 알려고 별자리 앱을 볼 필요는 없잖아. 그 부서를 너 혼자 이끌다시피 하면서."

윤희는 수족관 개발부 부서장인 조이의 비서로 일을 시작했는데, 조이 밑에서는 어떤 사람이든 3개월을 못 넘기는 것으로 악명이 높았다. 이전에 조이는 뉴잉글랜드의 어느 미술관에서 개발 담당자로 일해서 수족관에 대해서는 거의 아무것도 몰랐고, 회의에서 그 사실을 곧잘 들먹였다. 곧 있을 후원 행사에서 어떤 고가의 물건이 '절대적으로 필요하다'는 생뚱맞은 이야기를 꺼내기 전에 "뭐, 저는 해양생물학자는 아니지만요"라는 말로 운을 떼곤 했다. 조이는 일주일 동안 안경 다섯 개를 돌아가면서 썼고, 윤희에게 큰 위협을 느끼면서도 그를 아꼈다. 윤희는 조이가 그날 어떤 안경을 꼈는지에 따라 그의 기분을 알아맞힐 수 있게 되었다. 예컨대 커다란 거북 등껍질 안경을 썼으면 사람들에게 호의적이고 편안한 상태라는 뜻이고,

암녹색 할리퀸 안경을 썼으면 가까이 다가가선 안 된다는 뜻이었다.

윤희가 그 자리에 지원한 것은 내가 파운틴 수족관에서 정규직으로 일하기 시작한 직후였다. 윤희가 "너랑 같이 일할 수 있으면 진짜 좋겠다"라고 진심으로 흥분해서 말하는 통에, 나는 수족관이 여전히 나와 아빠만의 장소로 느껴져서 윤희가 거기서 일한다고 생각하면 이상한 기분이 든다고 차마 말하지 못했다.

조이는 윤희가 포토샵을 다룰 줄 안다는 사실에 혹했고, 윤희의 쾌활하면서도 차분한 태도와 시각디자인 능력에 의지하게 되었다. 수년에 걸쳐 윤희는 조이의 신뢰를 얻어 마침내 유명 후원자들에게 연락하거나 연례 후원 파티 같은 행사를 조직하는 역할을 맡기에 이르렀다. 알고 보니 윤희는 유능할 뿐만 아니라 자기 일을 좋아했다. 영향력을 가진 사람들에게 실질적으로 아무것도 약속하지 않으면서 '예스'나 '노'를 말하는 데 능숙했고, 목표를 설정하고 그것을 초과 달성하는 것을 즐겼다.

"너는 어때? 너는 최소한 연봉을 인상받을 자격이 있어. 네가 칼과 프랜신을 위해 얼마나 많은 일을 했는데."

"나는 지금 이대로도 만족해."

나는 언제 이 일을 그만둘 거냐는 엄마의 질문에 대꾸할 때와 똑같은 어투로 말했다. 지난번에 엄마는 이 화제를 꺼내면서 이렇게 말했다.

"그 일엔 미래가 없어. 너도 이제 스물네 살이잖아. 네 아빠
는 자기가 그랬던 것처럼 네가 막다른 처지에 몰리는 꼴을 보
고 싶어하지 않을 거야."

나는 내가 나아갈 다음 단계가 무엇인지 모른다는 사실을 누
군가에게, 심지어 윤희에게도 말하기가 겁났다. 사람들은 모두
높은 곳으로 올라가고 더 많은 것을 가지려 노력하는 것 같았
다. 더 많은 돈, 더 큰 책임, 더 높은 직함, 더 많은 특혜. 물론
나도 이런 것을 원하지 않는 것은 아니었다. 그보다는 그런 것
이 내게 주어졌을 때 어떻게 해야 할지 모르겠다는 것에 가까
웠다. 솔직히 잠시만이라도 속도를 늦추고 싶었다. 모든 게 확
실한 상도 정해지지 않았는데 시작된 경주 같았고, 그 경주는
죽을 때까지 끝나지 않을 것 같았기 때문이다.

언젠가 엄마가 말했다.

"네가 어렸을 때 걸음마를 하도 일찍 배워서 우리 모두 놀랐
어. 그런데 정작 너는 걸음마를 빨리 터득하고 더 쉽게 해내면
해낼수록 오히려 걷고 싶어하지 않더라. 다시 젖먹이 아기가
되어버린 것 같더라고. 네가 인도나 슈퍼마켓 한가운데에 주저
앉아 움직이지 않겠다고 고집을 부리는 통에 나나 너희 아빠가
안고 다녀야 했다니까."

엄마는 이것이 내가 야망이 부족하다는 사실을 일찌감치 드

러낸 일화라고 생각한다. 반면 나는 걷기 같은 기본적인 일에서조차 발전 정도를 계속해서 확인하려 들면 흥미가 떨어진다는 걸 보여주는 일화라고 본다.

*

윤희의 계획은 별자리 앱이 권한 대로 우리가 보름달을 향해 빈 소원을 작은 종잇조각에 적은 다음 파티가 끝나갈 즈음 불로 태우는 것이었다.

"태우고 난 재는 어떡해? 화재감지기가 작동하면 어떡하려고?"

내가 물었지만 윤희는 손사래를 치면서 손님이나 맞으라고 했다.

곧 우리의 작은 집이 사람들로 가득찼다. 대부분은 윤희의 친구이거나 내가 대학 시절 알았지만 졸업 후 연락이 끊긴 사람들이었다. 제임스의 친구가 가져온 스피커에서 내가 선곡한 노래들이 울려퍼졌다. 음악 선곡은 윤희가 파티를 준비하면서 내게 맡긴 몇 안 되는 일 중 하나였다.

윤희는 반짝이는 아이섀도를 바르고, 반투명한 소매에 풍성한 튈 스커트로 이루어진 회색 드레스를 입었다. 웃고, 음료를 마시고, 대화를 나누는 사람들 머리 위에서 춤을 추는 풍선들이 윤희와 닮은꼴로 보였다. 집안은 점점 더워졌고, 문 펀치 냄새로 가득했다.

"여기 뭘 넣은 거야?"

제임스가 문 펀치를 마시고 질식하는 시늉을 하자 윤희가 장난스럽게 그를 때렸다. 하지만 다른 술과 마찬가지로 문 펀치도 금세 바닥났다.

"창문 좀 열어줘."

누군가의 외침에 또다른 누군가가 녹슨 창문을 힘겹게 열었고, 서늘한 밤공기가 새어들어왔다.

나는 윤희와 제임스의 친구들이 앉아 있는 소파와 부엌 사이의 공간에 자리를 잡고 진토닉을 마셨다. 내가 입은 고동색 점프슈트는 원래 윤희 옷이었다. 세탁을 잘못해서 줄어드는 바람에 자신에게는 발목까지밖에 오지 않는다며 윤희가 줬다. 나는 점프슈트의 몸통 부분을 잡아당기며 좀더 멋진 옷을 입을걸 하고 생각했다. 겨드랑이에 땀이 나기 시작해서 천에 짙은 얼룩이 질까봐 신경쓰였다.

나는 에어브러시로 그린 늑대 셔츠를 입은 한 남자와의 대화에서 겨우겨우 빠져나온 참이었다. 그는 내가 〈The Dark Side of the Moon〉을 들어본 적이 없다고 말하자 기겁하면서, 달을 주제로 한 파티에 딱 맞는 곡이니 어서 틀라고 우겼다. "이건 그런 종류의 파티가 아니에요." 나는 대꾸했다. 영국 노인들이

40분 동안 연주하는 신디사이저 소리에 모두가 조용히 귀를 기울여야 하는 파티가 아니라는 뜻으로.

"진심이에요? 그건 내 인생을 완전히 바꿔놓은 앨범인데."

"오디오 건드리기만 해요, 죽여버릴 테니까."

급기야 나는 그렇게 내뱉고 내가 진심이라는 걸 알려주기 위해 남자를 빤히 노려보았다. 그는 열받은 표정으로 슬그머니 자리를 피했다.

제임스가 대마초 한 대를 꺼내 사람들에게 돌렸다. 그때만 해도 나는 대마초를 별로 좋아하지 않았다. 알코올은 내가 잘 알고 이해하는 것인 반면 대마초는 그렇지 못했다. 대마초를 피우면 으레 나 자신의 일부가 정수리의 뚜껑으로 빠져나가 천장까지 올라가는 듯한 느낌이 들었는데, 그 느낌이 늘 좋은 것은 아니었다. 그러나 이 파티에 온 사람들 대부분을 몰랐던데다―대학 때부터 알고 지냈던 소수의 친구들은 오늘밤 오지 못했다―내게 대마초를 건네준 남자가 매력적이었기 때문에 나는 그냥 받아들였다. 천천히 연기를 들이마신 다음, 조금 지나칠 만큼 오랫동안 폐 속에 담아두었다가 내뿜었다. 연기가 목구멍을 태우고 지나가는 느낌에 기침이 나오려는 걸 참았다.

그러고 나니 거의 즉시 방안의 조명이 따스한 금빛으로 바뀌고 파티가 재밌어지기 시작했다. 그해 가을 방송 채널들을 점령했던 시시껄렁한 팝송이 흘러나왔다. 스네어드럼이 깔리는 중독성 강한 후렴구 가사를 거의 모두가 알고 있었다. 어느 순간 모두가 춤을 췄고, 몇몇은 분위기에 휩쓸려 소파와 접이식 의자 위에까지 올라갔다. 윤희가 나를 끌어당겨 빙글 돌리며 사교댄스를 추듯 내 몸을 뒤로 젖혔다. 우리는 어깨를 들썩이고 엉덩이를 흔들었다. 나는 윤희와 춤추는 게 늘 좋았다. 우리 둘 다 춤을 잘 추지는 못했지만, 윤희는 자신 있게 음악에 몸을 맡길 줄 알았고 그런 윤희와 같이 추다보면 나도 그럴 수 있을 것 같았다.

그즈음 파티는 내가 '3단계'라고 생각하는 상태로 접어들었다. 흥분의 정점은 지나갔지만 파티가 아직 진행중인 상태. 분위기도 좋고, 집에 가려고 서두르는 사람도 없고, 누군가가 와인을 한 병 더 딸 수도 있을 법한 타이밍. 무슨 일이든 일어날 수 있을 것 같은 작은 순간들로 이루어진 3단계는 어떤 파티에서든 가장 즐거운 시간이다.

나는 춤추는 사람들에게서 벗어나 술을 더 꺼내려고 부엌으로 향했다. 얼음통을 덜그럭덜그럭 흔들다 문득 고개를 드니 아까 내게 대마초를 건넸던 남자가 문간에 서 있었다.

"도움이 필요해요?"

그가 물었다. 그 사람은 생각보다 키가 컸다. 금테 안경 너머 움푹 꺼진 눈, 단호해 보이는 턱, 부엌 바닥에 떨어져 굴러간 얼음덩어리 하나를 주우려 하는 내 모습에 살짝 미소 짓느라 휘는 입술까지, 그 이목구비가 너무 낯익어서 나는 미처 대답할 생각도 못하고 눈만 두어 번 깜빡였다. 어디서 그를 봤는지 기억나지 않았다. 시간이 느려지고, 음악소리와 사람들이 떠드는 소리마저도 잦아드는 것 같았다.

"우리 아는 사이인가요?"

그렇게 물으면서 나는 참 매끈하기도 하네라고 생각했다.

"아닐걸요. 지금 거실에서 알게 된 것 같은데요. 나는 태라고 해요."

그가 손을 내밀었다. 손을 맞잡으니 그의 단단한 손아귀가, 손바닥과 손가락에 박인 굳은살이 느껴졌다.

"저는 로예요."

"배를 젓는다고 할 때 로?"*

태가 놀렸지만 짜증나게 만드는 투는 아니었다.

"오로라의 줄임말이에요."

나는 눈을 살짝 흘기면서 대답했다. 그 농담이 그다지 즐겁진 않지만 그것 때문에 그를 완전히 무시해버릴 생각은 없다는 뜻으로.

"아무도 저를 오로라라고 부르진 않지만요."

우리는 잠시 서로를 마주보았다. 나는 그가 나타나기 전까지

---

* 주인공의 이름 '로(Ro)'를 '배를 젓다(Row)'라는 의미로 받아 한 농담.

내가 뭘 하고 있었던가 기억을 더듬었다.

"미안해요, 제가 좀 취했네요."

나는 나도 모르게 아주 큰 소리로 웃으며 말했다. 정신 차려. 나는 마음속으로 다그쳤다.

"뭐 좀 마실래요?"

나는 그에게 세상에서 가장 엉성한 진토닉을 만들어줬고, 내 몫을 만들다가 그만 바닥에 약간 엎질렀다. 태가 음료 치우는 걸 도와주려고 나서기에 나는 손사래를 친 뒤 조리대 위에 있던 가느다란 두루마리에서 페이퍼타월을 몇 장 뜯어 탄산 거품이 솟아오르는 액체 위에 던졌다. 페이퍼타월이 액체를 빨아들이는 것을 지켜보던 나는 조리대에 짐짓 느긋하게 몸을 기대면서 물었다.

"그래서, 여긴 어떻게 왔어요?"

"난 제임스의 친구의 친구예요. 당신은요?"

"오, 나는 늘 여기 있는걸요. 내 말은, 여기가 우리집이라고요. 윤희랑 같이 살아요."

우리는 말없이 잔을 부딪쳐 건배했다.

"멋진 파티예요. 선곡이 마음에 들어요."

그의 말에 나는 뺨과 가슴이 따스하게 달아오르는 기분이 들었다.

태는 티넥에 있는 중학교의 과학 교사였고, 제임스의 친구와

200

같이 하는 인디밴드에서 베이스를 친다고 했다. 밴드 이름은 영화 〈쏘우〉에 나오는 남자의 이름을 따서 지그소라고 했다는데, 나는 본 적 없는 영화였다. 내가 왜 이름을 그렇게 지었느냐고 묻자 태가 얼굴을 찌푸렸다.

"카일의 아이디어였는데 다른 멤버들도 마음에 들어하더라고요. 우리 음악은 그런 느낌이 아닌데. 저는 반대표를 던졌지만 삼 대 일이었으니 별수 없었죠."

"당신이라면 뭐라고 지었을 것 같은데요?"

"저는 이름 짓는 데 재주가 없어요. 하지만 제가 키우던 개이름을 무언가에 붙이고 싶다는 생각을 늘 하긴 했어요. 제가 열두 살 때 죽은 개가 있거든요."

태가 핸드폰으로 개와 같이 찍은 오래된 사진을 보여주었다. 노란 반바지를 입고 야구 모자를 쓴 어린 태가 하얀 털이 텁수룩한 그레이트피레네를 안고 있는 사진이었다.

"이렇게 있으니 북극곰처럼 보이네요."

나는 어리둥절해하면서도 행복해 보이는 개의 표정을 보고 웃으면서 말했다. 나는 어린 시절 반려동물을 키워본 적이 없었다. 엄마와 아빠는 개든 고양이든 키우면 좋은 점보다 골치아픈 점이 더 많다고 했다.

"이름이 뭐예요?"

"프랭키요. 음, 프랭크라고도 했고요. 제가 고집부려서 지은 이름이에요."

그 말에 우리 둘 다 웃음을 터뜨렸다. 개 이름을 프랭크라고
지은 게 어처구니없어서, 어린아이들이 타고난 엉뚱함도, 개의
순수함도 웃겼기 때문이다. 태와 웃고 있으니 기분이 좋았다.
마치 평생 그렇게 해왔던 것 같았다.

"밴드 이름으로 프랭키는 좀 바보 같은 것 같아요."

태가 말했다.

"난 프랭키라는 이름의 밴드를 들어봤는데요."

"그래요? 음, 만약 지그소라는 이름의 밴드 음악도 들어보고
싶으면 언제 우리 공연 보러 와요. 내 친구라고 하면 그냥 들여
보내줄 거예요. 오 달러를 아낄 수 있어요."

그때 불현듯 기억이 떠올랐다. 태를 본 적이 있었다. 몇 달
전 윤희와 함께 시내에 있는 루머스라는 바에 갔을 때, 깡마른
백인 남자 셋과 동양인 남자 한 명으로 이루어진 밴드가 무대
에 올랐다. 나는 공연에 별로 주의를 기울이지 않았고 처음부
터 끝까지 자리를 지키지도 않았다. 윤희가 그주 초에 자신에
게 메시지 답장을 빨리 보내지 않은 제임스에게 왜 화가 났는
지 구구절절 늘어놓는 통에 그걸 쫓아가느라 정신이 없었기 때
문이다. 하지만 밴드가 연주했던 음악이 좋았다는 건 기억났
다. 웅웅거리는 기타 소리를 높게 울부짖는 한 줄기 기타 선율
이 덮으면서, 그 아래로 뱃속을 울리는 듯한 베이스가 깔리는

슈게이즈 장르의 음악이었다.

"몇 달 전 루머스에서 당신 밴드를 본 것 같아요. 어쩐지 낯이 익더라."

"정말요?"

태가 특유의 미소를 지었다. 오 이런. 나는 뱃속이 부글거리는 느낌이 진토닉 때문만은 아니라는 것을 깨달았다.

"인사하지 그랬어요."

"난 사람이 많은 데에 있으면 긴장해서요."

그렇게 대답하는데 손바닥이 간질거렸다. 나는 손을 옷자락에 문질렀다. 태에게 밖으로 나가 좀 걷지 않겠느냐고 물으려는데 윤희가 내 이름을 소리쳐 불렀다.

"소원 빌 시간이야!"

우리는 거실로 돌아갔다. 창문이 전부 열려 있는데도 거실은 아까보다 특별히 시원하지도 않았다. 윤희는 종이쪽지와 펜을 나눠주고 있었다.

"자, 모두 조용히. 다들 조용히 해요."

윤희가 약간 불분명한 발음으로 말했다. 나는 웃음을 꾹 참았다. 윤희는 취하면 가끔 유치원 선생님처럼 변했다.

윤희가 창밖을 가리켰다. 밤하늘에 달이 밝은 노란색 동전처럼 빛나고 있었다. 너무 가까워서 그 커다란 얼굴이 지상과 부딪칠 것만 같아 무섭기까지 했다.

"오늘 달이 어느 때보다 가까워 보이네요. 존나게 멋지다. 다들 존나 멋지다고 생각하지 않아요?"

모두가 웃었지만, 다 이해했다는 듯이 고개를 끄덕였다.

"이제부터 달에 빌 소원을 적을 거예요. 뭐든 상관없어요. 아주 거창한 것이든 사소한 것이든 여러분이 원하는 걸 진지하게 쓰세요. 그런 다음 쪽지를 접어 이 그릇에 넣으세요."

윤희가 바닥에 놔둔 금속 그릇을 가리키며 말했다.

"원래는 소원을 이루려면 종이를 태워야 하는데, 로가 집에 불낼까봐 걱정하더라고요. 합리적인 걱정이지요."

그 말에 태를 포함해 열 명은 될 법한 사람들이 나를 휙 돌아보았다.

"그래서 불태우는 대신 이 그릇에다 쪽지를 다 섞은 다음 한 명씩 쪽지를 골라 소리 내어 읽는 걸로 할게요. 읽고 나면 모두 박수를 쳐야 해요. 그렇게 해서 우리 소원을 우주로 보내는 거예요."

윤희가 웃음을 참는 티가 역력한 제임스를 노려보며 덧붙였다. "그리고 놀리면 안 돼요. 여기선 모두가 안전하다는 느낌을 받아야 해요."

뒤이어 사람들이 밀치락달치락하고 농담을 주고받느라 잠시 소란스러웠지만 몇 분 뒤에는 다들 조용히 종이쪽지 위로 몸을 숙이고 무슨 소원을 적을지 고민했다. 윤희는 망설이지 않고 무언가를 적더니 자신 있게 그릇에 던져넣었다. 그렇게만 해도 소원이 이루어질 거라고 확신하는 듯했다. 나는 태가 입술을 깨물고 생각에 잠겼다가 무언가를 적어내리는 모습을 지켜보다 내 종이를 돌아보았다. 텅 빈 종이가 나를 놀리는 것 같았다. 내가 원하는 건 뭐지? 이루어진다는 보장이 있다면 무슨 소원을 빌까?

내가 정말로 원하는 것은 단 하나뿐이라는 생각이 들었다. 그리고 달이든 그 어떤 존재든 그것을 들어주지 못할 거라는 생각도.

"시간 다 됐어! 로, 너만 아직 쪽지 안 넣었어."

"알았어, 알았어."

나는 소원을 적어넣고 쪽지를 접어 저쪽에 떨어져 있는 그릇으로 힘껏 던져 골인시켰다.

윤희가 샐러드를 만들듯이 쪽지들을 두 손으로 뒤섞으며 모두에게 말했다.

"명심해요, 서로의 소원을 존중해야 한다는 걸."

이번에는 아무도 웃거나 농담을 던지지 않았다. 저마다의 소원에 대해, 각자가 진심으로 원하는 것에 대해 생각하느라 모두가 조용해진 것이다.

"제가 먼저 할게요. 그런 다음 빙 돌아가면서 하죠."

윤희가 소원 그릇에 손을 넣어 쪽지 하나를 뽑더니 소리 내어 읽었다.

"복권에 당첨되게 해주세요."

윤희가 눈을 흘기며 말했다.

"진짜 멋지네, 제임스."

제임스가 주위를 둘러보고 씩 웃으며 말했다.

"뭐야? 놀리면 안 된다며?"

"좋아."

윤희가 한숨을 쉬고는 박수를 쳤다. 그러자 나머지 사람들도
박수를 쳤다. 무슨 알코올의존자 갱생 모임에라도 온 것처럼
둘러서서 박수를 치려니 기분이 이상했다. 하지만 계속 돌아가
면서 쪽지를 읽어나가다보니 우리가 소원을 단지 우주로 보내
는 것이 아니라, 그것이 달로 떠나도록 쏘아올리고 그 여정을
응원하고 있다는 기분이 들었다.

대부분의 소원이 단순명료했다.

"올해 오 킬로그램을 감량하게 해주세요."

"새 차를 갖고 싶어요."

"남동생이 원하는 학교에 들어가게 해주세요."

"연봉이 인상되게 해주세요."

하지만 그중에는 놀라울 정도로 솔직해서 목이 메는 소원도
있었다.

"언니와 좀더 친해졌으면 좋겠어요."

"부모님 빚을 갚는 데 도움이 될 만한 일자리를 구하고 싶어요."

"세상을 바꾸기 위해 뭔가를 할 수 있는 힘을 갖고 싶어요."

소원을 읽을 때마다 손뼉을 치다보니 손이 따끔거렸다. 밤바람이 불어와 커튼이 들썩였고, 거리 저편 어딘가에서 레게음악이 어렴풋이 들려왔다.

태가 내게 그릇을 건넸다. 나는 그릇에서 쪽지 하나를 꺼내 소리 내어 읽었다.

"앞으로도 같은 사람을 사랑하게 해주세요."

고개를 들어보니 윤희가 제임스를 향해 미소 짓고 있었고, 제임스는 멋쩍어하면서도 기쁜 듯 보였다. 나는 짜증이 치밀었다. 뭐 이런 소원을 빈담? 사랑에 빠진 것이 고정적인 상태이기라도 한 것처럼. 사랑은 자기 선택에 따라 떠나거나 머무를 수 있는 하나의 상태가 아닌데.

그릇을 건네받은 태는 조금 머뭇거리다가 남은 쪽지 몇 개 중 하나를 꺼냈다. 그리고 그것을 펼치고 소리 내어 읽었다.

"아빠와 대화할 수 있게 해주세요."

이번에는 사람들이 전보다 주저하는 태도로 손뼉을 쳤다. 이렇게나 적나라하게 슬픈 일에 과연 박수를 쳐도 되는지 긴가민가한 모양이었다. 나는 뺨이 달아오르는 걸 느끼며, 방안의 풍선이 서로 살짝 맞부딪히는 모습을 뚫어지게 쳐다보았다.

방 저편에서 윤희가 나를 보는 시선이 느껴졌지만 나는 눈을 마주치지 않았다. 나는 괜찮아. 그렇게 텔레파시를 보냈다. 윤희가 가책을 느끼거나 미안해할 필요가 없는 일에 사과하는 눈빛을 보내거나 죄책감 어린 표정을 짓는 걸 보고 싶지 않았다. 사과도 듣다보면 지겨워지는 법이다.

*

아빠가 약 130제곱킬로미터 넓이의 베링 소용돌이 어딘가에서 행방불명되었을 때 나는 열다섯 살이었다. 날이면 날마다 사람들이 조의를 표했다. 삼가 고인의 명복을 빕니다. 이런 일이 일어나서 안타깝네요. 유감입니다. 나는 그 말을 들으며 화가 났다. 사람들이 최악의 경우를 너무 쉽게 믿는 것 같았다. 나는 그들이 다 괜찮을 거라고 말해주기를 바랐다. 베링 소용돌이같이 멀고 위험천만한 곳에서 배가 실종되었다가 돌아오는 일은 일상다반사라고, 아빠는 곧 다시 나타날 거라고. 아니면 뭔가 착오가 있었을 뿐 아빠는 사실 무사히 살아 있으며 결국 집으로 돌아올 거라고 말해주면 더 좋을 것 같았다.

엄마가 파운틴 수족관에서 온 전화를 받고 그 소식을 알게 된 날 나는 그게 사실이 아니라고 생각했다. 엄마가 부엌에서 통곡하며 악을 쓰기 시작했을 때도 나는 믿지 않았다. 평소 엄마가 아빠를 자기 삶에서 없애고픈 골칫거리처럼 대했던 것을 생각하면, 엄마가 그렇게 울부짖는 게 정말 뜬금없이 느껴졌다. 하지만 엄마 입에서 흘러나오는 통곡소리가 사람이 내는 소리 같지 않아서, 마치 고통받는 짐승이 내는 소리 같아서 나는 엄마를 부축해 소파에 앉힐 수밖에 없었다.

"그이가 가지 못하게 말렸어야 했는데."

엄마는 이 말을 자꾸 되풀이했다. 이후 사흘 동안 엄마는 침대에만 있었고, 나는 집에 오는 전화를 하나도 받지 않고 블라인드를 내려둔 채 학교만 다녔다.

윤희에게 이 이야기를 했더니 걔는 내가 학교에 왔다는 데 놀라면서 집에 돌아가라고 했다. 하지만 나는 무엇을 어떻게 해야 할지 몰랐다. 엄마와 함께 집에 박혀 있고 싶지는 않았다. 엄마는 나나 엄마가 가늠할 수 없을 만큼 깊은 슬픔의 바다에 가라앉아 있는 것 같았다. 나는 냉장고에 남아 있던 반찬을 꺼내 밥과 함께 차려냈지만 엄마는 거의 입을 대지 않았다.

"엄마, 밥은 먹어야죠."

그러면 엄마는 잠이나 자고 싶다며 나를 외면하곤 했다. 밤이면 때때로 엄마가 일어나서 발을 끌며 화장실로 걸어가 소변을 누는 기척이 들렸다. 내가 아는 한 엄마는 낮 동안 한 번도 침대를 벗어나지 않았는데, 어떻게 온종일 요의를 참을 수 있었는지 궁금했다. 슬픔이 엄마의 몸에서 체액을 다 빼내고 피를 소금으로 바꾸기라도 한 것 같았다.

나는 내가 옳았다는, 이 모든 소동이 아무 일도 아니었다는 증거를 찾으려고 신문 헤드라인이며 기사를 샅샅이 뒤졌다. 언론은 아빠가 탄 배가 실종된 소식을 이틀 정도 다루었지만, 그 이후에 어느 정치인의 성추문이 터지는 바람에 온 언론이 그 이야기로 뒤덮였다. 나는 수족관에도, 아빠에게 연구 보조금을 지원한 재단에도, 심지어 해당 선박을 제조한 회사에도 전화해서 상황이 달라진 게 있는지, 수색팀이 배와 승객들의 아주 작은 흔적이라도 발견했는지 물었다. 그리고 배가 실종되거나 무언가에 좌초되어 가라앉을 가능성이 있을 만한 모든 장소를 차트, 지도, 도표로 기록했다.

논리적인 방법으로는 실마리를 찾을 수 없어서 비논리적인 방법으로 눈을 돌렸다. 다른 불가사의한 사망 사건이며 실종 사건에 대한 자료를 찾아 인터넷이라는 블랙홀로 점점 더 깊이 빠져들었다. 로어노크 식민지, 댜틀로프 고개 등산객 사망 사건, 버뮤다삼각지대, 말레이시아 항공 370편 실종 사건 등등. 나는 강박에 사로잡혀서 도마뱀 인간이 세상을 지배하고 있으며 수비학으로 이 모든 실종 사건을 해명할 수 있다는 레딧발發 음모론에 집착했다. 그러다 riley248이라는 아이디를 사용하는 사람이 아빠가 탄 배에 대해 쓴 게시물을 발견하고, 구역질을 느끼면서도 거기 붙은 여든다섯 개의 댓글까지 몽땅 읽었다.

riley248은 이렇게 말했다.

"내 생각에는 소용돌이가 배를 집어삼킨 거예요. 거기가 그런 이름으로 불리는 이유가 있겠죠. 인간, 생명체…… 우리는 그런 데에 있어선 안 돼요. 옛날에는 사람들이 지도에 그런 지점을 표시했죠. '드래곤 출몰 지역' 어쩌고저쩌고. 뭐, 드래곤에 대해서는 판단할 수 없다 쳐도, 감히 바다를 헤집고 돌아다니면 안 된다는 건 너무 뻔한 일이죠. 오염된 바다는 더더욱."

그러자 MrBlackHat이라는 아이디가 반문했다.

"혹시 계획적으로 벌인 일은 아닐까요? 존스타운 집단자살 사건처럼 다들 미쳐서 배를 침몰시킨 게 아니냐는 거죠. 일종의 의식으로요. 저는 이천육년도에 있었던 애크런 켐트레일* 은폐 공작의 그림자가 많이 보이는 것 같아요. 환경 테러리스트인 건 아닐까요?"

derp_tastic_dino라는 아이디가 끼어들었다.

"연구원 중 한 명이 동부 수족관에서 두족류를 연구하고 있었대요. 크툴루**가 부른 모양이죠."

새로운 댓글이 달릴 때마다 아빠의 연구팀이 행방불명된 또다른 이유나 배경이 제시되었다. 어떤 사람은 광고 전략이 아

---

* '화학물질(chemical)'과 '비행운(contrail)'을 뜻하는 영단어를 합친 신조어.
** 러브크래프트의 소설에 등장하는 문어 형상의 괴물.

니냐는 의혹까지 제기했다. 몇몇 사람은 이와 비슷한 다른 사건들에 비추어 훈수를 늘어놓았다. 댓글을 다 읽고 나니 머리가 빙빙 돌았다.

딱 한 사람, umbrellahuntress는 배에 탄 사람들이 살아 있지만 다른 세상에 있다고 생각하는 것 같았다.

"어디서 읽은 글에 따르면, 난데없이 다른 차원이 솟아날 수 있대요. 아일랜드에서는 그런 데를 '얇은 곳'이라고 부른다는데, 다른 세계의 존재를 감각할 수 있는 지대래요. 베링 소용돌이에 대해 한참 조사해왔는데, 거기야말로 '얇은 곳' 같아요."

이 댓글에 '싫어요'를 누른 사람이 몇 명 있었고, 이곳에서는 과학적 증거가 없는 추측을 삼가야 한다는 댓글도 달렸다. 모든 인터넷 논쟁이 그렇듯 이 댓글 논쟁도 누가 우월하냐를 둘러싼 갑론을박으로 끝났다.

하지만 나는 얇은 곳이라는 개념이 마음에 들었다. 아빠가 죽었다고 생각하는 것보다는 바다 위에서 공기 주머니가 열려 아빠를 삼켜버렸다고 생각하는 편이 더 받아들이기 수월하고 기분좋았다. 그래서 아빠를 위한 추도식도 치르고, 수족관에 있던 아빠의 책상도 치워지고, 집에 있는 아빠의 서재를 엄마가 창고로 사용하기 시작했는데도 나는 아빠가 실제로는 죽지 않았다고 믿었다. 아빠는 사라졌을 뿐이고, 머지않아 늘 그랬듯 휘파람을 불며 현관문으로 들어올 거라고. 그때쯤이면 아마도 머리가 더 길었거나 세었을 아빠는 "우리 도토리, 어떻게 지냈니?" 하고 물을 것이다. 그러고는 말썽꾸러기 10대처럼 냉장고 문을 열고 안을 들여다볼 것이고, 엄마는 전기세 낭비하지 말라고 소리를 지를 것이다.

내가 파운틴 수족관에서 일하기 시작한 데에는 그런 까닭도 있었다. 나는 최소한 아빠가 깨어 있는 대부분의 시간을 보낸 곳에 내가 있을 수 있다면 아빠와 더 가까워질 거라고, 아빠가 집으로 돌아오기를 바라는 일이 더 수월할 거라고 생각했다. 하지만 내 인생의 다음 단계에서 무엇을 해야 할지는 잘 몰랐다.

처음에는 여름 동안 수족관에서 자원봉사를 했다. 단체 관람객을 인솔하고, 사소한 행정 업무를 돕는 일이었다. 그러다 학교를 졸업한 뒤 사육부 신입사원 모집에 지원했다. 지원 요강에는 '필수는 아니지만 강력히 권장하는' 조건으로 생물학이나 수학교육이 명시되어 있었지만 나는 대학 때 그런 수업을 딱히 듣지 않았다. 엄마는 내가 수족관에 지원했다는 말을 듣고 속상해했다. 일을 시작한 이후 일주일 동안 나와 말을 하지 않을 정도였다. 하지만 그래도 상관없었다. 우리와는 너무나 다른, 분주하게 자기네 삶을 살아가는 동물들의 은빛 몸을 바라보며 빛이 걸러져 들어오는 청록색 전시관 안을 걸어다니다보면 마음이 어느 정도 평화로워졌다. 물고기, 바다 포유류, 갑각류, 두족류, 연체동물, 펭귄 등은 조수의 변화처럼 들고 나는 타인들과 나 자신의 마음보다 훨씬 덜 까다롭고 이해하기 쉬웠다.

이따금씩 레딧 사이트에 들어가 사람들이 '베링 소용돌이 실
종 사건'이라 부르는 사건에 관한 글들을 살펴보았지만, 결국
에는 그럴 필요를 느끼지 않게 되었다. 어차피 새로운 정보는
전혀 없었다. 끝없는 포럼이며, 게시판이며, 사람들이 어두컴
컴한 침실에서 유튜브에 업로드한 우리 아빠와 다른 팀원들이
찍힌 흐릿한 영상에서 얻을 수 있는 것은 아무것도 없었다. 베
링 소용돌이에 대한 자료와 영상은 거의 다 보았으므로 더 볼
것도 없었다.

결국 아빠의 실종은 엄마와 내가 꼭 필요할 때가 아니면 언
급하지 않고 살금살금 피해 다니는 구덩이 중 하나가 되었다.
엄마는 초반에 한바탕 휩쓸고 간 슬픔을 극복하자마자 아빠가
나온 가족사진을 모두 훑어보고 아빠의 서재로 액자째 옮겼다.
그러자 벽이며 협탁 위에 생긴 새로운 여백이 마치 집의 머리
털이 벗어지고 있는 모습처럼 보였다. 엄마는 아빠를 전혀 입
에 올리지 않았지만, 계속 결혼반지를 끼고 있고 침대 가장자
리에서 잠을 잤다. 그 이유를 물었더니 엄마는 이렇게 대답했
다. "그냥 침대 한가운데에서 자는 게 익숙해지지 않아서 그
래."

아빠를 몇 번 본 것 같았다. 한번은 대학교 졸업식 때 인파
속에서 관람석에 앉아 나를 향해 카메라를 들고 있는 아빠의

모습이 보였다. 또 한번은 식료품점에서 아빠와 키도 체격도 머리 길이도 정확히 똑같은 동양인 남자가 멜론이 잘 익었나 확인하는 것을 보고 하마터면 장바구니를 떨어트릴 뻔했다. 그리고 윤희와 다른 친구들과 함께 저지 해변에 갔을 때, 혼자서 파도를 따라 거닐고 있는 오렌지색 수영 바지 차림의 남자가 아빠를 닮았다고 생각한 적도 있다. 하지만 그때마다 확인해보면 아빠가 아닌 다른 사람이거나, 빛의 속임수로 인해 착시가 생긴 것이었다. 매번 심장이 철렁하고 드디어 아빠가 돌아왔구나 하는 감격에 젖었다가 내가 틀렸다는 사실을 깨닫는 일을 반복하다보니 점점 아빠에 대한 믿음이 줄어들었고, 마침내 믿음의 작은 불씨마저 꺼져버렸다.

*

　파티가 끝났을 때는 새벽 두시였다. 소원 놀이를 하고 나니 분위기가 어색해졌고, 사람들이 택시를 부르고 작별 인사를 나누었다. 사람들이 거의 다 떠난 뒤 부엌에 있던 내게 윤희가 다가왔다.

　"너 괜찮아?"

　윤희가 내 어깨를 짚으며 물었다. 나는 고개를 들지 않고 굴러다니는 맥주병과 플라스틱 컵을 담을 쓰레기봉투를 찾아 두

리번거렸다.

"난 괜찮아."

윤희는 거짓말인 거 다 안다는 표정을 짓더니, 몸을 숙여 포옹해주었다.

"나는 자러 들어갈게. 너도 너무 늦지 않게 자."

거실로 나가보니 집에 돌아가려고 현관에 몰려 있던 마지막 무리 중에 태가 있었다. 복도에서 새어나오는 빛이 그의 안경알을 비추었다. 그는 코듀로이 칼라를 세운 품이 넉넉한 검푸른색 코트를 입고 두 손을 호주머니에 꽂고 있었다. 대마초 탓에 눈이 살짝 충혈되었는데 그걸 보니 내 눈도 그럴까 싶었다. 나는 손을 뻗어 그의 턱과 윗입술에 자란 까칠한 수염을, 흰머리 몇 가닥이 드문드문 엿보이는 철사 같은 검은 머리를 만져보고 싶은 충동을 억눌렀다.

"몇 주 뒤에 우리 공연이 있어요. 전화번호 알려주면 자세한 내용을 문자로 보내줄게요."

그의 핸드폰에 번호를 입력하는데 뱃속이 울렁거렸다. 태가 핸드폰을 귀에 대고 내게 전화를 걸었다.

"뭐예요, 안 받을 거예요?"

그가 짐짓 심각한 척 말했다. 나는 수신 버튼을 누르고 핸드폰을 귀에 댔다. 살에 닿은 액정이 따뜻했다.

"여보세요?"

"여보세요? 이 번호는 어떻게 알았어요?"

"오, 파티에서 만난 어떤 이상한 남자가 알려주던데요."

기분이 이상했다. 태가 미소 짓는 게 눈으로도 보였지만 핸드폰 너머 목소리로도 느껴졌다.

"나한테도 똑같은 일이 일어났는데. 어떤 여자가 나한테 걸어오더니 자기 전화번호를 알려주겠다고 우기더라고요. 얼마나 강압적이었는지."

"어쩌면 그 둘이 서로 연락하려다가 우리가 엮인 건지도 모르겠네요."

"그럼 잘됐네요."

우리 둘 다 움직이지 않았다. 거실에서 내가 틀어놓은 음악이 여전히 흘러나오고 있었다. 〈Harvest Moon〉을 부르는 닐 영의 떨리는 가느다란 목소리가 들려왔다.

"그럼 곧 봐요."

태가 말했다. 그러고는 놀랍게도 몸을 내밀어 내 입과 귀 사이, 핸드폰을 댔던 바로 그 자리에 입을 맞췄다. 문이 닫힌 뒤 나는 짜릿하면서도 동시에 믿을 수 없을 만큼 슬픈 느낌, 윤희가 공들여 걸어놓은 종이꽃 장식만큼이나 뒤엉킨 기분에 사로잡혀 혼자 소파에 앉았다. 천장에서 까닥거리는 은색 풍선에 둘러싸인 채 잠에 빠져들면서 나는 태의 소원은 무엇이었을까 생각했다.

9장

월요일 아침, 나는 일찍 잠에서 깬다. 아직 해는 뜨지 않았고 창밖에서 나지막이 자동차 소리가 들려온다. 고속도로에서 둔탁한 굉음이 울려퍼지지만 아직 가장 시끄러울 때는 아니다. 이불이 땀으로 흠뻑 젖어 있다. 외부 온도는 18도이지만 아파트 난방이 들어와서 실내 공기가 후끈하다. 난쟁이가 라디에이터 안에서 금속 표면을 부수고 나오려 망치질을 하는 듯 깡깡거리는 소리가 요란하게 새어나온다.

다시 잠들려고 애써봤자 소용없겠다는 생각이 들어 일어나서 커피를 끓인다. 커피를 홀짝이면서 해가 뜨는 것을 지켜본다. 미미했던 오렌지색 선이 점점 굵어진다. 나는 그냥 일찌감치 출근하기로 한다.

*

　파운틴 플라자는 열한시에 문을 열지만, 내가 도착한 아침 여덟시에 이미 직원들이 주로 사용하는 주차장은 거의 다 차 있다. 나는 시멘트 바닥에 그림자를 늘어뜨린 채 출입구로 걸어가 ID카드를 찍는다. 아침 담당 경비원인 릭이 내게 고개를 끄덕인다.

　"오늘은 일찍 오셨네요."

　그는 무늬가 있는 정사각형 종이로 작은 학을 접고 있다. 그가 접은 학이 마치 로마 군대의 작은 백부장들처럼 데스크 가장자리를 따라 늘어서 있다.

　"안녕하세요, 릭. 몇 마리나 접었어요?"

　"육백마흔세 마리요."

　릭이 분홍색 꽃무늬 종이로 접은 학을 마지막으로 손질하면서 말한다. 그리고 다른 학들 사이에 내려놓는다. 종이학 가족 모두가 나를 쳐다보고 있다. 릭은 6개월 전쯤 파운틴 플라자에서 일하기 시작한 이후로 계속 학을 접었는데, 나는 그 이유를 물어본 적이 없다. 릭의 손가락은 날렵하고 정확하다. 워낙 많이 접어서 종이를 볼 필요도 없을 것 같다. 그의 집에 가보면 종이학이 조리대나 올려놓을 수 있는 자리를 다 차지하고 유리병이며 상자며 책꽂이에도 넘쳐날 것 같다.

내가 쳐다보는 걸 알아채고 그가 말한다.

"시간을 보내려고요. 예전에는 담배를 피웠죠. 열여섯 살부터요. 한 개비라도 피워야 침대에서 일어날 수 있었어요. 그러다보니 마흔 살이 되었을 때 계단 하나를 오르는데도 숨이 차더라고요."

"그래서요?"

"여자친구가 임신을 했는데, 담배를 끊지 않으면 나를 죽여버리겠다고 하더라고요. 그래서 끊었죠. 하지만 손이 너무 떨려서 종이접기를 시작했어요. 대체재를 찾은 거죠."

릭이 미소를 지으며 주머니에서 사진 한 장을 꺼내 보여준다. 검은 들판 위로 아른거리는 반달이 번져가는 것처럼 보이는 초음파사진이다. 하얀 곡선이 조그마한 두개골의 윤곽인 듯싶다.

내가 사진을 돌려주며 축하한다고 하자 그가 내게 분홍색 학을 건넨다. 나는 그것을 손안에서 굴리며 뾰족한 모서리와 부리의 감촉을 느낀다.

"아기가 태어나기 전에 천 마리를 접으려고요. 크리스털 말이, 학을 천 마리 접으면 행운이 따른다나, 뭐 그렇대요. 학을 아기방에 걸어놓을 거래요."

"그런 다음엔요?"

"뭔가 다른 걸 만들어야겠죠. 아마 개구리를 접을 것 같아요. 늘 개구리를 좋아했거든요."

나는 종이학을 오른손으로 감싸쥔다. 학이 내 손바닥 안에
비밀처럼 자리잡는다.

*

쇼핑몰 안은 서늘하고 조용하다. 나는 수족관까지 먼 길로
돌아가며 하얀 타일 바닥을 밟을 때마다 내 운동화에서 나는
끽끽 소리에 귀를 기울인다. 천장 가까이에 있는 창문들로 햇
빛이 들어오긴 하지만 자연광이 많이 드는 곳은 아니다. 스피
커로 흘러나오는 배경음악이 없었더라면, 허공에서 우아하게
서로 기대어 있는 가짜 화분들과 동전 분수에서 흘러나오는 물
소리—파운틴* 플라자라는 이름이 여기서 나왔다—때문에 공
원이나 오아시스 같은 데 있다는 착각이 들었을 것이다.

건물의 반대편 끝에 있는 수족관으로 가는 길에 분수대를 지
나친다. 분수대 바닥에 깔린 구리와 은으로 된 카펫, 거기 가
라앉은 5센트, 10센트, 1센트짜리 동전들의 암초를 보노라면
마음이 편안해진다. 내가 어렸을 때는 이 분수대에 던져진 돈
이 얼마나 되는지 알아맞히는 대회가 아이들을 대상으로 열리

---

* 영어 fountain이 '분수'라는 뜻이다.

곤 했다. 쇼핑몰측에서 주말마다 동전을 전부 건져낸 다음(이 돈은 전부 기부한다고 했다) 대회를 열었는데, 정답에 가장 근접한 답을 내놓은 아이에게 상으로 쇼핑몰의 모든 상점과 식당에서 사용할 수 있는 50달러짜리 상품권을 주었고, 우승자의 사진은 신문에 실리고 쇼핑몰 입구 근처에 있는 명예의 전당에 전시되었다. 나는 매년 대회에 참가했지만 매번 너무 높거나 낮은 금액을 제시하는 바람에 정답 언저리에도 못 가고 탈락했다. 우승은 이 동네에 살지도 않던 애덤 휘터커라는 남자아이가 거의 항상 차지했는데, 그애 아버지가 프린스턴 대학의 수학과 교수라고 했다. "이제는 대회에 참가 못하게 해야 하는 거 아니야?" 엄마는 명예의 전당에 걸린 애덤 휘터커의 사진을 볼 때마다 넌더리를 내며 말했다.

나는 한 복도에 몰려 있는 명품 매장들을 지나간다. 부드러운 니트와 무늬 있는 스카프를 두른 날씬하고 머리 없는 마네킹과 두 달 치 임대료보다 비싼 핸드백을 대칭으로 전시해놓은 반짝이는 진열창에 조금이라도 유혹을 느끼지 않기란 어려운 일이다. 10대 시절 윤희는 나를 끌고 이런 가게에 들어가곤 했다. 우리를 따라다니는 판매원의 날카로운 눈초리를 무시한 채 값비싼 천과 양각 로고를 둘러보며 꺅꺅거렸다.

그다음으로는 CBD* 함유 양초, 창백한 유령 같은 인물의 홀로그램 사진이 새겨진 크리스털, 생화 꽃잎이 들어 있는 수지 펜던트, 이름을 각인할 수 있는 가죽 팔찌 등등 신기하지만 별 쓸모 없는 제품으로 가득한 가판대가 나온다. 아직 영업을 시작한 곳은 없지만 일부 점포 상인들은 나와서 준비를 하고 있다. 우리는 서로를 알아보기는 하지만 그 이상으로는 잘 알지 못하는 사람들 특유의 방식으로 고개인사를 나눈다.

수족관 입구에는 우리 로고가 새겨진 티셔츠를 입은 해달이 그려진 커다란 현수막이 걸려 있다. 해달의 입 부분에 "들어와요 해달!"이라고 적힌 말풍선이 있고, 현수막 뒷면에선 해달이 손을 흔들며 "와줘서 고마워요. 또 만나요 해달!"이라고 말하고 있다.

이 진부한 현수막은 칼의 작품이다. 나는 카드를 찍은 뒤 문 안으로 들어서고, 하루를 맞이할 각오를 다지며 한숨을 내쉰다.

*

내가 전시관에 들어서자 델로리스가 바위에 앉아 있다가 내려온다. 오늘 델로리스는 딸기색을 띠고 있고 팔과 다리는 분홍색과 흰색이 어우러진 프릴 같다.

---

* 대마초에서 추출한 화합물로, 스트레스 감소와 수면 개선에 효과가 있다고 알려져 있다.

"주말은 어떻게 지냈어, 로?"

나는 유리에 손을 얹고 흰 빨판을 드러내는 덜로리스를 향해 말한다. 그의 눈은 명랑하고 즐거워 보인다. 나는 수조 뚜껑을 열고 먹이가 든 양동이를 물속에 내려보낸다. 덜로리스는 늘 먹이를 가지고 논다. 자기 손아귀에서 벗어날 수도 있는 생물체를 보듯 먹이를 노려보다가 "잡았다!"라고 말하듯 확 덮친다. 그러고 나서 주위를 떠다니는 나머지 먹이 조각은 무시하다가 따분해지면 다시 사냥을 시작한다. 나는 그런 덜로리스를 아무리 지켜봐도 질리지 않는다.

문어가 우리 행성에 왔다가 멸종되거나 살아남은 외계 생명체의 잔재라는 가설(물론 몹시 비과학적인 가설이다)이 있다. 문어는 몸에서 유일하게 단단한 부위인 날카로운 부리를 집어넣을 수 있는 공간이라면 아무리 비좁아도 몸을 욱여넣을 수 있다. 가끔 덜로리스는 관람객의 시선을 피하고 싶으면 수조 안에 있는 좁은 틈으로 들어가 한쪽 눈으로만 빠끔히 밖을 내다보곤 한다. 어떤 관람객은 텅 빈 수조나 보려고 돈을 내고 들어온 게 아니라며 항의하기도 했는데, 그럴 때마다 우리는 덜로리스가 저 안에 있다고, 단지 숨어 있을 뿐이라고 알려주었다. 그가 수줍음을 타거나 겁먹어서 그런 것 같지는 않다. 다만 숨어 있으면 더 많은 것을 보고 살필 수 있다는 사실을 아는 것 같다. 만약 가능하다면 덜로리스는 관람객 한 명 한 명에게 팔을 뻗어 그들의 팔과 얼굴을 맛보고 어떤 느낌인지 확인할 것이다.

덜로리스가 아무리 넓고 좋은 수조로 옮겨간다 하더라도, 여기가 아닌 다른 어딘가에 있다고 생각하면 견딜 수가 없다. 덜로리스를 돌볼 사람들이 과연 그를 즐겁게 해주는 법이나 먹이를 천천히 음미하며 먹을 수 있게끔 다양한 크기로 잘라주는 법을 알까? 덜로리스에게 말을 걸고, 아침 인사를 건네고, 음악을 틀어주기는 할까?

사실이 아닐 거야. 나는 생각한다. 윤희가 잘못 알았거나 거래가 무산될 수도 있다. 아무리 억만장자라고 해도 덜로리스만큼 크고 복잡한 생명체를 이송하기란 어려울 것이다. 때마침 덜로리스가 내 생각에 동의한다는 듯 한쪽 눈을 굴린다.

인간은 동물을 의인화하지 않고는 못 배긴다. 동물과 많은 시간을 보내면서 자신은 그들을 의인화하지 않는다고 말하는 연구자나 생물학자가 있다면 거짓말쟁이다. 우리는 세상 만물에 우리 자신의 모습을 비춰 보게 마련이다.

덜로리스가 외로워하거나 지루해하는지는 잘 모르겠다. 인류가 영겁의 세월 동안 동물에게 해왔듯 나 역시 덜로리스에게 나 자신의 관심사와 걱정거리를 투영하고 연결지을 뿐이다. 하지만 어떤 감정을 느끼든 덜로리스는 살아 있고, 그의 곁에 있으면 나 역시 살아 있음을 느낀다.

*

오늘 치 먹이를 다 준비하고 나니 아홉시다. 직원용 주방에 앉아 이메일을 확인하는데 동료 직원들이 잇따라 들어온다. 우리는 미소나 고갯짓으로 인사를 주고받고, 각자가 좋아하는 머그잔을 들고 커피머신 앞에 줄을 서서 끈기 있게 기다린다. 우리가 여러 해 동안 일하면서 이런 식으로 학습한 행동들을 생각해보면, 만약 누군가가 인간의 행동 방식을 파악하려고 할 경우 직장이야말로 인간을 관찰하기에 좋은 장소일 것 같다.

베르너 헤어초크가 이런 내레이션을 하는 상상을 한다.

"저들이 아침 간식을 받으러 질서정연하게 줄을 서 있는 모습을 보세요. 아무도 시키지 않았는데 저렇게 해야 한다는 것을 본능적으로 알다니, 참 흥미롭네요."

칼이 들어서서 말한다.

"좋은 아침입니다, 여러분! 로, 꼭두새벽부터 나왔네요?"

순간 짜증이 치솟지만, 머릿속에 작은 베르너 헤어초크가 있다고 되새기며 정신을 집중하려 한다. 베르너가 이렇게 말한다.

"군집에서 지도자를 자처하는 개체가 인사를 통해 즉시 자신의 권위를 세우려 하는군요. 각 개체가 보이는 반응은 그들의 사회적 지위를 반영하고 있습니다."

"미뤄둔 일을 좀 처리하려고요."

나는 칼에게 말한다.

"아주 잘했네요! 조금 후에 사무실로 좀 와요. 덜로리스의 대규모 이적 준비로 상의할 게 있어요."

덜로리스의 대규모 이적. 덜로리스가 커리어를 바꾸기라도 한다는 듯한 표현이다.

프랜신이 신경쓰이는 듯 나를 흘긋 보더니 나긋나긋한 목소리로 묻는다.

"제가 도와드릴 일이 있나요, 칼?"

"프랜신, 당신과 직접적으로 연관된 일은 없어요. 하지만 팀을 생각하는 그 마음, 고마워요."

칼이 우리를 향해 활짝 웃으며 말을 잇는다.

"혹시 로가 프랜신의 도움이 필요할지도 모르겠네요."

내 머릿속의 베르너가 귓가에 대고 낮은 목소리로 말한다.

"젊은 암컷이 공동 테이블 앞에서 방어적으로 몸을 굽히며 다른 개체들과 합류하기를 거부하는 모습을 보세요. 이 암컷은 군집 내 활동에 참여하라는 초대를 받았습니다."

"아니요. 그래도 말씀은 고마워요."

나는 그렇게 말하고 칼에게 내 나름의 명랑하고 자신만만한 눈빛을 보낸다.

"이 외로운 암컷은 매일 일어나는 소동에 휘말리고 싶어하지 않는 것 같네요."

베르너가 말한다. 다른 사람들은 커피를 마시며 지난 주말에 있었던 일에 대해 잡담을 나누고 있다. 좋아, 이만하면 됐어. 나는 그렇게 생각하며 머릿속 내레이션을 중단한다. 아무리 내 마음속에서 들리는 목소리라 해도 '외로운 암컷'이라고 불리는 건 이 정도면 충분한 것 같다.

칼의 사무실에서 시작된 회의는 10분 만에 끝난다. 들어가 보니 놀랍게도 윤희도 와 있다. 윤희는 일보다 티파티에 더 어울릴 법한 하늘거리는 소매가 달린 연보라색 원피스를 입고 있다. 나는 안녕이라고 중얼거리고는 칼이 최종 금액, 예산, 삭감 등에 대해 이야기하는 동안 책상 위에 놓인 조그마한 지구본을 쳐다본다.

"윤희 씨가 이 과정에서 핵심적인 역할을 담당할 거예요."

칼이 '과정'을 강조하며 흥분한 목소리로 말을 잇는다.

"이송에 필요한 항목을 목록으로 작성해줘야겠어요. 또 덜로리스를 돌보고 먹이는 법에 대한 설명서도 필요하고요."

윤희가 칼에게 질문을 쏟아낸다. 우스꽝스럽게도 그는 덜로리스를 이름이 아니라 '자산'이라고 부른다. 무슨 첩보영화 속에라도 들어온 것 같다.

"구매자는 우리 자산의 건강 상태가 양호한지 알고 싶어해요. 그러니 우선 그 부분에 대한 정보부터 정리하면 좋겠어요. 다음 주쯤 구매자가 직접 방문해서 살펴볼 예정이니, 그전까지 우리 자산이 확인 가능한 상태가 될 수 있게 준비할 것이 있다면 해두고요."

나는 웃음이 나려는 걸 애써 참으며 말한다.

"잠깐만요. 덜로리스에게 새아빠가 와서 확인할 예정이니 준비하라고 일러둘까요? 미용실도 예약해두고요?"

불편한 침묵이 흐른다. 칼이 헛기침을 한다.

"로, 이 일이 어렵게 느껴질 수 있다는 거 충분히 이해해요. 당신이 원한다면 다른 사람에게 맡길게요."

"저는 지시 사항을 좀더 명확하게 파악하려고 한 것뿐이에요."

내 말에 윤희가 한쪽 눈썹을 추켜올린다. 이 말은 옛날에 우리가 다른 사람을 놀릴 때 쓰던 표현이기 때문이다.

"그런데 덜로리스가 동물이라는 건 알고 계시죠? 제 말은, 덜로리스는 자기 생각대로 행동하는 존재라는 뜻이에요. 우리가 그걸 좌지우지할 수는 없어요."

내 목소리에서 뜻하지 않게 절박한 느낌이 새어나온다. 이런 말투에 나 자신을 주먹으로 치고 싶어진다.

"뭔가 다른 방법이 없을까요? 이대로 덜로리스를 보낼 순 없어요."

윤희가 짜증스러워하며 말한다.

"정말, 우리는 이런 일을 피하려고 가능한 모든 방법을 강구

했어요. 딜로리스는 파운틴 수족관의 귀중한 자산일 뿐만 아니라 상당한 수입 창출원이니까요. 그를 잃는 건 당신뿐만 아니라 우리 모두에게 손실이에요."

지금 윤희에게서는 내가 여섯 살 때부터 알고 지낸, 공범이자 룸메이트였던 친구의 흔적을 조금도 찾아볼 수 없다. 한심한 연보라색 원피스 차림에 완벽하게 손질한 손톱으로 핸드폰을 톡톡 두들기는 여자만 있을 뿐이다. 내가 왜 윤희와 말이 통할 수 있을 거라 생각했는지 모르겠다.

칼이 초조하게 말한다.

"두 사람이 나중에 따로 대화를 나눠보면 어떨까요? 일단 지금은 최종적으로 인계하기 전에 모든 게 준비되었는지 확인하고 딜로리스가 최대한 편안하게 지낼 수 있는 환경을 만드는 데 집중합시다."

"그게 언젠데요?"

내가 그렇게 묻자 윤희가 시선을 돌린다. 마음이 거북하다는 명백한 신호다.

"고객이 일주일쯤 뒤에 올 거예요. 그때부터 우리가 얼마나 신속하게 일처리를 할 수 있는지에 따라 다르겠지만, 빠르면 이달 말에 딜로리스를 이송할 수 있어요."

"이달 말이라고요."

내 손이 생명을 얻기라도 한 듯 무릎 위에서 꿈틀거리고 움찔거린다. 나는 내 몸에 속하지 않는 물체인 듯 손을 쳐다본다.

"꽤 이르네요."

"이송 작업반과 이야기하는 중이에요. 전문가들이죠."

윤희가 말한다.

"모든 걸 미리 생각해둔 모양이네요."

윤희가 가식적으로 유쾌한 표정을 띠고 말한다.

"누군가는 해야 하는 일이잖아요, 안 그래요?"

우리가 서로를 노려보는 동안 칼은 앉은 자리에서 자세를 바꾸며 헛기침을 한다.

"좋아요. 두 사람 모두 고마워요. 오늘 상당한 진전이 있었던 것 같네요."

*

회의가 끝난 뒤 윤희는 나와 따로 이야기하려 하지도 않는다. 금요일에 해티스에서 했던 이야기 같은 건 아예 없었던 일 같다. 칼의 사무실에서 함께 나올 때 윤희가 나를 쳐다보는 게 느껴지지만 나는 돌아보지 않는다.

나머지 시간은 멍하니 이 전시관 저 전시관, 이 우리 저 우리를 오가며 보낸다. 언제나처럼 드라마로 가득한 삶을 살고 있는 펭귄들이 싸움을 벌인다. 수염상어 중 한 마리가 아프다. 나는 수족관 상주 수의사를 호출하고, 그와 함께 피부가 차가운 고무 같은 상어를 살살 구슬려서 조그맣고 얕은 수조로 이동시킨다. 정오쯤 되니 진이 다 빠진다.

점심시간에 핸드폰을 확인하니 엄마에게서 오늘 저녁식사 약속을 상기시키는 메시지가 와 있다. 늦지 말라는 당부와 함께.

덜로리스가 개인 구매자에게 팔렸다는 사실을 말하면 엄마가 뭐라고 할지 궁금하다. 아빠는 덜로리스의 독특한 유전자 구조가 연구 대상 가운데 하나라고 설명했지만 엄마는 아빠가 왜 그렇게 덜로리스에게 집착하는지 좀처럼 이해하지 못했다. 엄마는 상어와 두족류 같은 동물은 신뢰할 수 없다며 좋아하지 않았다. 털이 복슬복슬한 해달, 눈이 반짝이는 돌고래, 물개를 더 좋아했다.

무엇보다 엄마는 아빠가 평범한 남편이기를 바랐던 것 같다. 아홉시부터 다섯시까지 근무하고 엄마가 따라갈 수 없는 먼 곳으로 떠나지 않아도 되는 직업을 가진 사람. 엄마가 이해할 수 있거나 적어도 관심 있는 척이라도 할 수 있는 일상 업무를 하는 사람. 일요일이면 교회에 가는 엄마를 비웃는 대신 함께 가주고, 생일이면 꽃을 선물하고, 결혼기념일을 비롯한 특별한 날을 챙기는 사람.

지금 생각해보면 엄마는 자신을 봐주지 않는 남자, 자신이 이해할 수도 줄 수도 없는, 다른 여자의 품이나 머나먼 바다에서나 찾을 수 있는 무언가를 늘 추구하는 남자와의 결혼생활에 끊임없이 실망했던 것 같다. 내가 어렸을 때 엄마가 늘 화가 나 있었던 것도 그래서였다. 오랜 세월 쌓인 한과 슬픔 때문에 언제든 끓어넘치기 일보 직전이었던 것이다. 그래서인지 나는 태가 떠났을 때 전혀 생경한 느낌이 들지 않았다. 오히려 처음 만났을 때부터 태가 떠나는 날을 대비해 연습해온 것만 같았다. 나는 누군가를 떠나보내는 데 익숙했기에, 태 같은 사람이 나 같은 사람의 곁에 남아 있을 거라고 상상하지 않았다.

엄마가 한국을 떠나고 싶어하지 않았을지, 고향을 그리워했을지 궁금하다. 이제는 미국이 엄마에게 고향처럼 느껴질지도. "만약 한국에서 계속 살았다면……" 엄마는 입버릇처럼 말하곤 했다. 우리가 한국에서 계속 살았다면 외할머니가 돌아가실 때 임종을 지켰을 거라고. 우리가 한국에서 계속 살았다면 엄마의 형제자매와 가깝게 지냈을 것이고 나도 사촌들과 같이 어울려 자랐을 거라고. 무엇보다, 한국에서 계속 살았다면 엄마가 모든 걸 아빠에게 의존할 필요가 없었을 거라고.

어렸을 때부터 나는 우리 가족이 독립적인 단위체라는, 그래서 우리에게 무슨 일이 생기면 연락하거나 의지할 사람이 없을 거라는 느낌을 늘 받았다. 부모님은 남에게 도움을 청하는 데 서툴렀다. 그런 의미에서 나도 부모님을 닮은 것 같다.

*

　퇴근할 즈음 나는 기진맥진하고, 몸에서는 생선 내장 냄새가
풍긴다. 나는 엄마한테 가기 전에 집에 들러 간단히 샤워를 한
다. 젖은 머리를 빗고 적당히 입을 만한 옷을 찾아 옷장을 뒤지
고 있자니 소개팅이라도 나가는 것처럼 긴장된다. 몇 달째 한
번도 입지 않은 노란색 꽃무늬 원피스를 입기로 한다. 내게는
좀 짧지만 엄마가 보자마자 잔소리하지 않을 만큼 깨끗하고 입
을 만한 옷은 그것뿐이다.

　엄마는 나라면 결코 사지 않을 물건을, 엄마가 내 삶에 달아
주고 싶어하는 장식에 어울린다고 여기는 물건을 사주곤 한다.
예컨대 생일이면 엄마는 내게 캐시미어스웨터 혹은 하트나 별
모양의 스와로브스키 펜던트가 달린 순은 목걸이를 선물한다.
엄마는 내가 그런 선물이 어울리는 작은 공주님이기를 바랐던
것이다. 그 물건들은 내 인생의 한구석으로 쫓겨난 유령처럼
모조리 벽장 안쪽에 쌓여 있다. 나는 그중에서 반짝이는 초승
달 펜던트가 걸린 섬세한 은목걸이를 꺼내 목에 걸려다가 잠시
망설인다. 달 위에 박힌 모조 다이아몬드가 빛을 받아 떨리는
듯 보인다.

　아빠는 엄마의 잔소리가 걱정에서 비롯된 것이라고 말하곤
했다. 마치 나는 모른다는 듯이.

"엄마는 너를 사랑하기 때문에 네 최고의 모습을 보고 싶어 하는 거야."

"하지만 그러면서 왜 꼭 제 기분을 망쳐놓는 걸까요?"

아빠는 잠시 생각하더니 말했다.

"음, 달리 표현할 방법을 몰라서일 거야."

나는 시내 반대편에 있는 한국 슈퍼마켓으로 가서 엄마가 좋아하는 한국 배 한 상자를 사려고 10분 동안 줄을 선다. 연한 황금빛 구체들이 구멍이 숭숭 뚫린 야한 스웨터나 망사스타킹 같이 생긴 흰 플라스틱 그물로 감싸여 있다. 그물망 사이로 배의 연한 껍질이 드러나 보인다. 엄마는 교회 사람들이나 아빠 동료들이 집에 오면 부엌에서 배를 깎곤 했는데, 외과의사처럼 정확하고 신속한 손길로 껍질을 벗겼다.

"너희 아빠 부모님 댁에 처음 인사 갔을 때, 저녁식사 후에 네 할머니를 도와서 배를 깎았단다."

내가 어렸을 때 엄마가 말해주었다. 나는 과도를 다루는 손이 서툴렀다. 그래서 엄마처럼 껍질을 길게 한 줄로 벗겨내려고 애쓰다가 매번 손가락을 베거나 껍질과 더불어 하얗고 아삭한 과육까지 깎아내기 일쑤였다.

내 앞에 걸음마를 막 뗀 아기를 쇼핑 카트에 앉힌 젊은 엄마가 있다. 아기가 호기심 가득한 눈으로 나를 쳐다본다. 내가 윙크를 하자 아기는 입꼬리에서 침을 흘리며 방싯거리고, 아이 엄마는 나지막이 탄성을 내뱉더니 턱받이로 아기의 침을 닦아낸다. 아기는 주변 소음 때문에 알아들을 수 없는 한국어로 무어라 웅얼거리더니 통통한 손을 허공에 내뻗으며 소리를 지른다. 아이 엄마가 계산대로 다가가는 모습을 보고 임신중이라는 걸 알아차린다. 그가 사는 물건 중에서 말린 미역이 눈에 띈다. 스스로 미역국을 끓여 먹으려는 걸까.

엄마는 매년 내 생일이면 미역국을 끓여줬다. 한국에서는 임신부나 갓 출산한 산모에게 미역국을 끓여주는 것이 관례이고, 그래서 생일에 미역국을 먹는 풍습이 있다고 했다. 해조류의 영양분이 여성의 몸을 보양하고 모유가 잘 나오게 돕는다고 했다. "네가 아이를 낳으면 그때도 미역국을 끓여줄게." 엄마는 말했다.

미역국을 먹지 않은 지 몇 년은 된 것 같다. 기름진 황금빛 액체, 미역과 소고기의 맛과 식감이 혀 위에서 터지는 느낌이 너무나 그립다. 중학생 때 미역국을 안 좋아했던 시기가 있었다. 점심 도시락으로 미역국을 가져갔더니 누군가가 왜 '늪 같은 물'을 먹느냐고 물었기 때문이다. 별안간 입안에 든 두툼한 미역이 끈적끈적한 밧줄처럼 느껴졌다. 마치 길고 미끄러운 리본이 목구멍을 넘어가는 것 같았다.

아기가 제 엄마와 함께 슈퍼마켓을 나서기 전에 내게 손을 흔든다. 나도 마주 손을 흔든다.

"너는 무척 사랑스럽고 행복한 아기였어. 세상 최고의 아기였단다."

엄마는 내 어린 시절을 회상할 때마다 그렇게 말했다. 내가 어떻게 해석해야 할지 알 수 없는 묘한 어조가 깃든 목소리로.

*

내가 대학에 들어갔을 때 엄마는 내 인생의 대부분을 보낸 노란색 2층집을 팔고 몇 블록 건너에 있는 아파트 단지로 이사했다. 그때 엄마는 교회에서 지휘자 겸 파트타임 관리자로 일하는 한편 아이들을 대상으로 성악 레슨도 하고 있었다.

엄마 집에 자주 오지 않다보니 올 때마다 핸드폰 GPS를 켜놓게 된다. 이 동네는 직장에 통근하는 젊은 부부가 주로 거주하는 곳이다. 기차역과 가까워서 때로는 한밤중에 기적소리가 들리기도 한다.

엄마네 아파트 앞 길가에 도착해 남색 볼보 뒤에 차를 세우는데 하늘에 해가 낮게 걸려 있다. 나는 엔진을 끄고 시계를 확인한다. 약속 시간보다 3분 이르다. 나는 시간을 죽이려고 백미러를 보며 머리카락을 매만지고, 내가 엄마에게 겁먹거나 위협당하는 어린아이가 아니라 성인이라는 사실을 되새긴다. 그리고 차에서 내려 포석이 깔린 진입로를 지나 조명이 환히 밝혀진 로비로 걸어간다.

현관으로 들어서니 초가 타는 냄새가 난다. 강한 향기를 좋
아하지 않는 엄마의 집에서 이런 냄새가 나는 건 이례적인 일
이다. 나는 배 상자를 내밀며 말한다.

"잘 지냈어요, 엄마?"

엄마의 체구가 얼마나 작은지 실감할 때마다 놀란다. 엄마는
뼈대가 거의 부서질 것처럼 가늘고, 광택이 나는 헬멧처럼 완
벽하게 다듬은 단발머리를 하고 있다. 시간이 흘러 머리가 많
이 세어 회색으로 변하긴 했지만 그 외에는 예전과 거의 똑같
아 보인다.

"아림이 왔구나."

엄마가 나를 안아준다. 우리는 서로의 등을 어색하게 토닥
인다.

"배를 가져왔어요."

나는 할 필요도 없는 말을 한다. 엄마가 이미 내 손에서 배
상자를 낚아채 부엌으로 가져갔기 때문이다.

"아무것도 안 가져와도 된다니까."

엄마는 짐짓 그렇게 말하지만 내심 흡족한 눈치다. 나는 현
관 거울에 비친 내 모습을 보며 미소 짓는다. 오늘밤은 나쁘지
않게 흘러갈지도 모른다. 엄마가 내 연애나 태나 직장에 대해
이상한 질문을 던지지 않을지도, 그래서 보통의 모녀처럼 즐거

운 저녁식사를 하게 될지도 모른다.

그런데 신발을 벗으려다 보니 무언가가 눈에 띈다. 엄마의 플랫슈즈 옆에 웬 남자 단화 한 켤레가 놓여 있다. 게다가 부엌에서 또렷한 남자 목소리가 들려온다.

"엄마? 여기 다른 사람 있어요?"

엄마가 부엌에서 다시 나온다. 그런데 이번에는 엄마 나이대의 한국인 남자가 뒤따라 나온다. 남자는 배가 나오고 머리가 벗어지고 있다. 무엇보다 충격적인 점은 앞치마를 걸치고 있다는 것이다. 요리를 하고 있었던 모양이다. 엄마가 남자는 차치하고 누군가를 자기 부엌에 들여 도움을 받다니, 너무 말도 안 되는 발상이라 헛것이 보이는 건가 싶을 정도다.

"어, 안녕하세요?"

나는 너무 당황해서 영어로 인사를 건넨다. 엄마는 미소를 짓고 있지만, 전전긍긍하는 게 눈에 보인다.

"아림아, 이분은 조 선생님이야. 조 선생님, 얘가 제 딸이에요."

"드디어 만났네. 반가워요."

남자가 영어로 말한다. 두 사람 앞에 서 있으려니 문득 엄마 옆에 아빠가 있던 모습이 떠오른다. 마치 아빠가 떠난 적조차 없는 것처럼. 하지만 당연하게도 눈을 깜빡이고 나니 아빠는 사라지고 나, 엄마, 그리고 누군지 모를 아저씨만 있을 뿐이다.

*

"김치찌개를 깜빡했네."

우리가 식탁 앞에 둘러앉자마자 엄마가 그렇게 말하며 일어선다.

"제가 가져올게요."

조 선생이 엄마에게 앉으라고 손짓하고는 자리에서 일어난다. 그사이에 나는 엄마에게 눈짓하지만 엄마는 나를 못 본 척한다. 아빠라면 절대로 엄마 대신 무언가를 가지러 부엌에 가지 않았을 것이다. 그리고 엄마가 아저씨를 따라가지 않고 알아서 하게 놔두는 걸 보니 처음 있는 일도 아닌 것 같다.

식사 분위기는 당연하게도 이상하게 흘러간다. 메뉴 자체는 특별할 게 없다. 어렸을 때 엄마가 늘 차려주던 밥과 반찬에 우리를 향해 노란 눈을 치뜨고 있는 생선 한 마리가 전부다. 아저씨가 주로 얘기하면서 나와 엄마의 잔에 와인을 따라준다. 웬일로 엄마가 식사중에 와인을 조금씩 마신다. 아저씨는 내게 정중하면서도 친근한 질문을 던지며 음식을 엄마 접시에 덜어준다.

"아림 씨가 얼마나 열심히 일하는지 엄마에게 들었어요. 수족관에서도 말이죠. 무척 흥미롭고 중요한 일인 것 같던데요."

"별로 그렇진 않아요. 그냥 물고기 먹이 주고 청소하는 건데

240

요 뭐."

아저씨가 다시 말을 붙인다.

"특별한 사이인 사람은 있고요? 남자친구라든지?"

가슴이 메어온다.

"아뇨, 지금은 없어요."

"머지않아 새로운 사람을 만나게 될 거예요. 너무 오랫동안 혼자 지내면 좋지 않아요."

"싱글로 사는 것도 나쁘지 않아요. 그러면 다른 사람의 문제에 휘말릴 필요가 없잖아요."

아저씨는 계속 나와 대화를 시도하고, 나는 계속 질문을 피한다. 그러는 동안 엄마가 반쯤은 애원하고 반쯤은 명령하는 시선으로 나를 쏘아보는 게 느껴진다. 어느새 나는 와인 두 잔을 마셨고, 일어나서 화장실로 간다.

얼굴에 찬물을 끼얹고 지금 이게 대체 무슨 상황인지 생각해본다. 그제야 엄마에게 남자친구가 생겼다는 생각이 든다. 나는 입에 손을 댄 채 웃음을 터뜨린다. 와인 때문에 머리가 어지럽다. 그러면 왜 안 돼? 엄마는 스스로 결정을 내릴 수 있는 성인이고, 행복해질 권리가 있다고. 그렇게 생각해보지만, 내 안의 일부는 이 정보를 전혀 해석하지 못하고 있다. 내가 평생 알아온 엄마와 누군가랑 사랑에 빠져 커플이 된 여자의 이미지를 연결 짓기가 어렵다. 엄마와 조 선생님이 저녁 식탁 앞에서 대놓고 애정 행각을 벌이지는 않았지만, 서로 은근한 눈짓과 미소를 주고받는 모습이 내게는 다소 충격이었다.

엄마가 탐탁잖은 행동을 접할 때마다 하던 말이 떠오른다. 그런 건 미국인이나 하는 거야. 내가 파자마 파티에 가도 되느냐고, 집에 수영장을 만들면 안 되느냐고, 엄마와 아빠는 왜 사람들 앞에서 뽀뽀하거나 손을 잡지 않느냐고 물을 때마다 엄마는 그렇게 말했다. 그 아래에 깔린 메시지는 과도하거나 불필요한 행동은 사치이며, 비록 부모님이 미국 태생은 아니지만 우리 가족은 이제 미국인인데도 우리는 삶에서 그런 사치를 기대할 수 없고 기대해서도 안 된다는 뜻이었다.

화장실에서 나와보니 아저씨가 엄마를 도와 식탁을 치우고 있다. 내가 다가가서 도우려 하자 아저씨가 앉으라고 손짓한다.

"아냐, 아냐, 앉아 있어요. 오늘은 아림 씨가 손님이니까."

내가 숟가락을 떨어트리는 바람에 카펫에 국물이 튀어 얼룩이 진다. 나는 엄마가 속상해하며 한숨을 쉴 것에 대비해 마음을 다잡는다. 그런데 엄마는 물에 적신 페이퍼타월을 가지고 쾌활하게 다가와 얼룩을 닦아내더니 아무 흔적도 안 남았다고 선언한다. 엄마는 설거지를 하려고 드는 아저씨에게 좋은 그릇 다 깨뜨리겠다며 농담조로 힐난한다. 엄마의 말투는 거의 추파를 던지듯 다정하다. 아빠한테는 한 번도 그런 식으로 말한 적이 없다. 엄마가 다른 데를 보는 사이에 아저씨는 자신의 행운을 믿을 수 없다는 듯, 이렇게 좋은 사람은 한 번도 본 적이 없다는 듯 엄마를 쳐다본다. 그 모습에 나는 화가 난다. 누가 저 아저씨에게 엄마를 저런 눈빛으로 볼 권리를 줬지?

나는 거실로 건너가 집안을 둘러보며 내가 느끼는 불안감의 물리적 징후를 찾는다. 내가 미쳐가는 중이 아니라는 증거가 이 베이지색 벽 어딘가에 있기라도 한 것처럼. 하지만 모든 것이 변함없다. 창가에 놓인 몇 개의 화분은 싱싱하고 푸릇푸릇하다. 엄마가 이곳으로 이사 오면서 구입한 유일한 사치품인 크림색 소파는 여전히 흠 한 점 없다. 엄마가 늘 걸어두는 작은 도금 시계는 여전히 째깍거리고, 책장에는 늘 그랬듯 악보집, 공책, 한국 소설 몇 권, 요리책 몇 권이 꽂혀 있다.

엄마는 이 집으로 이사 올 때 아빠 서재에 두었던 사진 액자 가운데 대부분을 창고로 옮겼지만, 결혼식 사진과 내 어린 시절 사진, 내가 태어나기 전에 찍은 사진 몇 개는 협탁과 벽에 남겨놓았다. 나는 엄마가 그 사진들을 아무렇게나 고른 건지 아니면 의도를 가지고 고른 건지, 왜 어떤 사진은 선택받고 어떤 사진은 그러지 못했는지 궁금했다. 나는 엄마가 나를 임신하고 몇 달 후에 찍은 사진을 바라본다. 스웨터를 입은 엄마의 배가 살짝 부풀었고 아빠가 옆에 서 있다. 파티에서 찍은 사진인 것 같다. 엄마는 머리를 풍성하게 부풀려 리본 같은 것으로 고정했고, 아빠의 머리카락은 길고 덥수룩하다. 아빠는 옆에 있는 누군가와 대화중인 듯 보이는데—아마 아빠가 박사과정 생일 때 대학 파티에서 찍은 것 같다—거뭇한 아이섀도를 바르고 입술 선을 살려 립스틱을 바른 엄마는 카메라를 똑바로 쳐다보고 있다. 사진 속 두 사람은 너무나 젊고, 다이어트를 하지 않았어도 옆구리가 날씬하고, 아름다우며 행복하다. 나는 액자 속으로 뛰어들어가 두 사람에게 이 기억 속에 최대한 오래 머물라고 말해주고 싶다. 그러면 나는 태어나지도 못했겠지만.

엄마가 접시에 배를 담아 쟁반에 받쳐 들고 나온다. 아저씨는 커피포트와 컵을 내온다. 둘이 능숙하게 서로 협력하며 테이블에 다과를 차리는 모습을 보니 이런 일을 오랫동안 해온 것 같다. 엄마가 말한다.

"아림아, 네가 오늘 저녁 먹으러 와서 정말 좋다. 요즘 일이 무척 바쁠 텐데."

나는 포크를 쓰지 않고 손가락으로 배 한 조각을 집는다. 이러면 엄마의 신경을 거스르겠지만. 하얗고 시원한 과육이 입안에서 터진다. 나는 천천히 배를 씹다가 바보 같은 대답을 한다.

"뭐, 좋아하는 일을 하는 사람은 평생 동안 일을 하루도 안하는 거나 마찬가지라잖아요."

아저씨가 진지하게 맞장구를 친다.

"맞는 말이에요. 내 딸은 의사거든. 굉장히 스트레스를 많이 받지만 보람 있어 하더라고요."

아무렴, 따님이 의사이시겠죠. 나는 생각한다.

"아저씨는 무슨 일을 하세요?"

아저씨가 잠깐 뜸을 들이더니 대답한다.

"나는 침술사예요."

아저씨가 지갑에서 작은 종이를 꺼내 보여준다. 종이에는 발, 등, 손의 다양한 지혈점을 표시한 도표가 그려져 있다. 아저씨는 몸의 이런저런 부위가 다른 부위와 조응하며 서로 연결되어 있다고, 예컨대 발바닥은 간과 폐와 연결되고 발뒤꿈치는 골반과 연결된다고 설명한다.

"두 분이 그렇게 만난 거예요? 침술원에서?"

아저씨가 신이 나 고개를 끄덕인다.

"교회 친구가 연결해줬어요. 아림 씨 어머니에게 두통과 장 문제가 있다면서요. 침을 놔주려고 만났다가 바로 친해졌지. 사실 나도 홀아비거든요."

나는 뱃속이 뒤틀리는 느낌이 든다.

"병원에 가봤어야지. 심각한 문제면 어쩌려고?"

나는 무례한 행동임을 뻔히 알면서도 엄마에게 영어로 말한다. 엄마가 변명하듯 말한다.

"이제 괜찮아. 조 선생님한테 침 맞고 많이 나아졌어."

"걱정 마요, 아림 씨. 그냥 흔한 스트레스 증상이었어요. 인삼 차를 처방하고 한 달에 두 번씩 침을 놨더니 훨씬 좋아졌어요."

나는 아저씨를 무시하고 엄마에게 따진다.

"비용은 다 엄마가 내고 있는 거야? 침술은 보험 처리가 안 되잖아?"

"아림아. 조 선생님은 좋은 친구야."

"죄송해요. 하지만 저는 이 자리에 아저씨가 오시는 줄 몰랐어요. 엄마가 말을 안 해줬거든요."

갑자기 거실이 너무 덥게 느껴진다. 나는 우스꽝스러운 원피스 차림으로 땀을 흘린다. 나 자신이 너무 어린 것 같기도 너무 늙은 것 같기도 하다. 크림색 소파에 드러누워 한숨 자고 싶다. 그러고 나서 일어나면 이 모든 일이 먼 기억 속 이야기가 되어 있을 것 같다. 하지만 나는 그러는 대신 엄마의 수심 가득하고 야윈 얼굴에 시선을 집중한다.

"아냐, 아냐, 내가 미안해할 일이지. 아림 씨를 만난다는 생각에 너무 흥분해서 멋대로 와버렸네요. 방해하지 말았어야 했는데."

아저씨 말에 엄마가 엄한 목소리로 받아친다.

"바보 같은 소리 하지 말아요. 나는 둘 다 저녁식사에 초대한 거예요. 아림이가 평소처럼 예민하게 구는 것뿐이고."

"부모를 여의는 게 얼마나 힘든 일인지 알아요."

아저씨가 나를 돌아보더니 아주 부드러운 목소리로 말한다.

그 말투에 나는 비명을 지르고 싶어진다.

"그런 정신적 상처는 결코 치유되지 않아요. 나도 어머니가 돌아가셨을 때 상심이 컸어요. 이십 년 전 일이죠. 아버지가 돌아가셔서 아림 씨도, 아림 씨 어머니도 얼마나 힘들었는지 들었어요."

엄마가 저 아저씨한테 아빠 이야기를 했구나.

엄마와 나는 아빠의 실종에 대해 한 번도 이야기한 적이 없었다. 아빠를 위한 작은 추도식을 준비할 때에도, 그후 몇 년이 흐른 뒤에도. 내가 엄마에게 그 이야기를 꺼내려고 할 때마다 엄마는 마음을 꽉 닫아버렸다. 나는 내가 느끼는 감정을, 즉 세상이 무너진 듯한 느낌을 나 아닌 다른 사람도 느낀다는 걸 알고 싶었을 뿐이었는데, 엄마는 아빠가 아무 의미 없는 존재였던 척하는 편이 더 쉬웠던 건지도 모른다. 그런 엄마가 생판 낯선 타인에게, 즉 자신의 새 남자친구에게 우리 가족사를 다 털어놓은 것이다. 정작 내 앞에서는 아빠 이름조차 입에 올리지 못하면서.

"우리 아빠는 안 죽었어요. 엄마가 그렇게 말했다면, 잘못 아신 거예요."

내가 아저씨에게 그렇게 말하자 엄마가 타이른다.

"아림아. 너희 아빠는 돌아오지 않아."

"그건 모르는 일이에요. 만약 돌아오면요? 만약 아직 거기에 살아 계시면요?"

"오랜 시간이 흘렀어. 만약 살아 있고 돌아오고 싶었다면 진작 돌아왔겠지."

"그게 무슨 뜻이에요, '돌아오고 싶었다면'이라니?"

내 목소리가 갈라진다.

"아빠가 사라지길 바란 건 엄마잖아요. 그리고 엄마는 아빠 없이도 아주 잘사는 것 같고요."

"너 왜 이러니?"

엄마는 내가 카펫에다 토하기라도 한 것처럼 말한다. 나는 차마 엄마를 마주볼 수가 없다.

"버릇없이 굴지 마. 나는 너를 이렇게 키우지 않았어."

나는 너를 이렇게 키우지 않았어. 그렇게 말하면 엄마는 내가 지금의 내가 된 것에 대한 모든 책임을 벗을 수 있다고 생각하는 모양이다. 나를 그저 보기만 해도 어디까지가 나고 어디부터가 엄마인지, 나의 어느 부분이 사랑할 가치가 있고 어느 부분이 그렇지 않은지 판단할 수 있는 모양이다.

"집에 가야겠어요. 기분이 별로 안 좋아요."

나는 자리에서 일어선다.

"쓸데없는 소리 하지 마. 앉아서 과일 마저 먹어."

"신경 끄세요."

나는 그렇게 말하면서 가방을 더듬어 찾고, 온몸이 땀으로 흠뻑 젖었는데도 카디건을 입는다.

"만나서 반가웠어요, 아저씨."

"앉으라고."

엄마가 재차 말한다. 어렸을 때 저 목소리를 들었다면 나는 멈춰 섰을 것이다. 솔직히 말하면 지금도 내 안 깊은 곳에서 공포가 솟구친다. 하지만 나는 안팎이 뒤집힌 카디건의 한쪽 소매에 어떻게든 팔을 끼워넣느라 커다랗고 흉측한 새처럼 버둥거리면서 현관문으로 향한다.

현관 옆에 놓여 있는 열쇠를 넣어두는 작은 도자기 상자가 눈에 띈다. 오래전 '도자기를 색칠해보세요' 수업에서 내가 직접 칠해 엄마에게 선물한 것이다. 별 모양의 도자기 위에 거의 읽기 어려울 정도로 구불구불한 파란 글씨로 공들여 쓴 달까지 사랑해라는 문구가 남아 있다. 엄마는 그 문구가 무슨 뜻이냐고 내게 물었다. "왜 하필 달이야? 달은 지구에서 가깝잖아. 태양은 안 돼?"

나는 복도로 나가 엘리베이터 앞에 선다. 그때 등뒤에서 엄마의 목소리가 들린다.

"아림아, 제발."

엄마는 맨발이다. 엄마가 신발도 신지 않고 밖으로 뛰어나오다니, 평소라면 하지 않을 행동이라는 생각이 어렴풋이 스쳐지나간다. 복도에 깔린 카펫 위에 선 엄마의 맨발이 아주 창백하고 작아 보인다. 그 모습이 어쩐지 너무 슬퍼서 나는 시선을 돌린다. 엄마가 애원하듯 말한다.

"다시 들어가자. 같이 있자. 나는 그냥……"

그러나 엘리베이터가 땡 소리와 함께 열리자 나는 엄마를 뿌리치고 떠난다. 나 자신도, 엄마도, 모든 것이 밉다. 엘리베이터 문 너머로 나를 쳐다보는 엄마를 바라보지만, 문은 엄마가 하려던 다음 말을 끊고 닫혀버린다.

10장

엄마 말에 따르면 20대 초반의 엄마는 당시 천사 같은 외모, 달콤한 노랫소리, 놀랍도록 도발적인 가사로 유명했던 대중 가수와 많이 닮았었다고 한다. 얼마나 닮았는지 길에서 남자들이 엄마에게 사인해달라고 다가오는 일도 부지기수였단다. 남자들은 이내 엄마가 그 가수가 아니라는 것을 깨달았지만 어쨌든 데이트를 신청했는데, 서울의 유복한 중상류층 집안에서 자란 엄마는 모두 거절했다. 만약 외할머니가 아니었다면, 그리고 엄마가 그 가수를 그토록 닮지 않았다면 엄마와 아빠는 만나지 못했을 것이다.

엄마는 대학 캠퍼스로 향하는 시내버스에서 아빠를 만났다. 아빠는 생물학 전공이었고 엄마는 성악을 공부했다. 깡마르고 안경을 쓴 아빠는 용수철 같은 운동에너지를 발산하며 버스에서부터 엄마를 쫓아갔고, 엄마가 돌아서서 최대한 정중하게 아빠를 밀어내려는 순간 그날 밤 음악당에서 열리는 실내악 연주회에 같이 가지 않겠느냐고 더듬더듬 물었다. 마침 엄마는 그 공연을 보러 갈 예정이었다. 그 말을 듣고 아빠는 "그럼 거기서 봐요"라고 했다. 엄마는 친구들과 가기로 한 터라 아빠의 어색한 구애에 응할 생각이 없다고 말할 수도 있었을 텐데, 대신 "제가 김성희 아니냐고 물을 줄 알았는데요"라고 대꾸했다.

아빠는 2년간의 군복무를 마치고 막 제대했을 때라 대중문화를 많이 접하지 못한 터였다. 당시 사진을 보면 아빠는 군인처럼 머리를 바싹 깎고 있었다. 아빠가 자기 머리카락에 그토록 자부심을 갖고 40대 50대가 되어서도 머리숱이 풍성하다는 사실을 자랑스러워했던 까닭이 어쩌면 그래서였을까 싶다.

"김성희가 누군데요?"

아빠가 물었다. 엄마는 아빠가 자신의 도플갱어를 모르는 것이 신선하다고 생각했고, 그래서 그날 저녁 일곱시 공연장 계단에서 만나기로 약속했다. 그리고 아빠는 엄마 친구들이 킥킥거리는데도 주눅이 들기는커녕 엄마를 비롯해 모두를 매료시켰다.

"나는 너희 아빠가 참 이상한 사람이라고 생각했어. 수줍음과 오만함이 기묘하게 섞여 있는 그런 사람은 처음 봤거든."

"오만함이 아니라 자신감이지."

아빠는 엄마와 내가 이 이야기를 할 때 근처에 있으면 꼭 그렇게 바로잡곤 했다.

"오만함이라니까."

엄마는 그렇게 정정하면서도 아빠가 쳐다보지 않을 때 나를 보며 빙그레 미소 지었다. 그럴 때마다 나는 두 분이 늘 이렇게 서로 사랑하는 부부처럼 지냈으면 좋겠다고 생각했다.

연주회가 끝난 후 아빠는 엄마에게 짜장면과 따뜻한 차를 사주었다.

"저녁을 안 먹은 참이라 배가 진짜 고팠어. 짜장면을 먹다가 하마터면 셔츠에 쏟을 뻔했는데, 너희 아빠는 그게 무지 웃겼대."

두 분의 첫 데이트를 상상하면 엄마가 평소처럼 예의를 차려가며 국수를 깨작거리지 않고 허겁지겁 먹는 모습, 그리고 아빠가 엄마의 교양 있는 서울식 예절과 대비되게 배가 고파 허겁지겁 음식을 먹는 모습을 보며 재미있어하는 광경이 떠오른다.

아빠는 서울대를 수석으로 졸업할 예정이었고, 학사학위를 받자마자 미국 대학원에 진학할 계획이라고 엄마에게 털어놓았다. 엄마는 아빠가 야심차고, 선천적으로 총명하고, 자신에게 푹 빠져 있는 점이 마음에 들었다.

하지만 몇 달이 지나자 엄마는 이따금씩 드러나는 아빠의 급한 성격이 점점 불편하게 느껴졌다. 아빠는 버스가 늦게 오거나 셔츠에 주름이 지는 것 같은 사소한 불편을 잘 참아내지 못했다. 게다가 엄마가 당연히 조만간 자신과 결혼해 미국으로 건너갈 거라고 생각했다. 그래서 엄마는 첫 데이트를 했던 중식당에서 싸구려 형광등 불빛과 늙은 종업원들의 힐긋거리는 시선을 받으며 이별을 고했다. 아빠를 괴롭힐 의도는 아니었고, 다만 아빠의 미래 계획에서 자신이 놓일 상황에 대한 발언권을 거의 얻지 못한 채 그 계획에 휘말리는 것이 초조했을 뿐이었다. 내가 더 컸을 때 엄마는 말했다. "나는 독립적으로 살고 싶었지 그저 누군가의 아내로 살고 싶지는 않았어." 엄마의 목소리에서 슬픔이 묻어났다.

엄마 세대의 많은 여자들이 그런 일을 겪었듯, 사람들은 엄마가 남편 될 사람처럼 버젓한 직업을 갖기를 기대하지 않았다. 엄마의 주된 책임은 결혼하고 출산할 때까지 외모를 유지하는 것이었고, 출산 후에는 아이를 키우는 일이 삶의 유일한 목표가 되어야 했다. 그럼에도 엄마는 아빠의 야심과 미래에 대한 희망이 생각지 않게 자신에게 전염되는 느낌을 받았다. 결혼과 아이를 배제하지 않으면서도 여자로서 누릴 수 있는 모든 것을, 심지어 직업까지도 거머쥐겠다는 꿈이 생긴 것이다. 엄마는 노래에 재능이 많았지만 가수가 되려면 재능만으로는 부족했기 때문에 교사가 되는 데 만족하기로 결심했다.

그리고 아빠와 이별한 지 두 달 후, 그해 봄 들어 처음으로 따뜻한 날이었다. 무를 실은 트럭이 신호를 무시하고 달리다 혼잡한 길을 건너던 중 교통섬에 올라선 엄마를 치고 가로등을 들이받았다. 엄마는 지금도 그 사고가 벌어진 순간이 기억나지 않는다고 한다. 그냥 길을 걷고 있었는데 한순간 하얀 별이 번쩍이는 것 같더니 고통이 온몸을 관통했고, 정신을 차려보니 온갖 튜브에 휘감긴 채 병원에 누워 있어서 자신이 죽은 건가 생각했다고 했다.

늘 아빠를 좋아했던 외할머니는 아빠에게 전화해서 빨리 오라고 했다. 기력도, 경황도 없었던 엄마는 할머니를 말리지 못했고, 그런 엄마에게 할머니는 말했다.

"꽃도 가져오라고 했다."

나는 이 이야기를 얼마나 많이 들었는지 병실 풍경을 직접 본 것처럼 떠올릴 수 있다. 둥근 얼굴에 수심이 가득한 채 병실을 박차고 들어오는 젊은 아빠, 다치고 멍들었지만 할머니의 간섭에 모멸감을 느낄 여력은 있는 엄마. 그리고 엄마가 회복하기를 간절히 기도하고 나중에 자신의 간섭이 얼마나 성공적이었는지 알고 기뻐하는 할머니.

"나는 너희 아빠가 좋은 남편이 되리라는 걸 늘 알고 있었다."

할머니는 종종 그렇게 말했다. 나는 할머니에 대한 기억이 많지는 않다. 할머니에게서 풍기던 호랑이 연고와 나프탈렌 냄새, 그리고 내가 다섯 살이던 해 여름 엄마가 한 달 동안 아빠 곁을 떠나 나를 서울로 데려갔을 때 할머니가 나와 함께 길을 건너면서 내 손을 잡아주던 감촉이 떠오른다. 그때 할머니는 엄마와 말을 섞지 않았고, 나한테만 엄마에 대한 불만을 털어놓았다. 할머니는 내가 여섯 살 때 돌아가셨다.

그해 가을 엄마는 아빠와 결혼하고, 인디애나주에 있는 대학에서 장학금을 받게 된 아빠를 따라 미국으로 건너갔다. 엄마는 누군가의 아내로만 살지는 않겠다던 꿈을 여전히 간직하고 있었고, 음악 교사 자격증을 취득하기 위해 영어 수업을 들었다. 그러나 어느 날 아침 수업을 들으러 가다 갑자기 메스꺼움을 느껴 길가에 차를 세워야 했던 순간 엄마의 꿈은 산산조각났다. 당시 엄마는 늘 지평선에 산이 보이는 서울에서 살다가 평평한 땅만 펼쳐진 풍경에 둘러싸여 방향감각이 흐트러져서 그런 거라고 생각했다.

"으, 사방이 갈색 천지였어. 흉한 카펫이 깔려 있는 것 같았다니까."

엄마는 인디애나주를 그렇게 회고했다. 키 큰 밀밭 옆에서 엄마는 아침에 먹은 것을 토하고 심장이 철렁 내려앉는 느낌을 받았고, 자신이 임신했다는 것을 깨달았다.

*

인디애나주에서 내가 태어나기를 기다리는 동안 엄마는 점점 외로워졌다. 엄마 곁에는 사면초가에 몰려 눈코 뜰 새 없이 지내는 남편밖에 없었다. 한국에 있을 때는 교회에 잘 나가지 않았던 엄마는 아파트 근처 중심가에 있는 교회에 다니기 시작했고, 거기서 여러 나라에서 온 박사과정생들과 교류했다. 엄마가 교회에 다시 다니기 시작한 건 예배 후에 나눠주는 생강 쿠키를 먹으며 모임도 갖고 신도들과 함께 찬송가를 부를 수 있었기 때문이다.

"그때 내 유일한 낙은 노래였어."

엄마는 말했다. 성가대에 들어간 엄마는 크리스털처럼 맑은 소프라노 음색으로 칭찬을 받았고(엄마는 서울의 최고 명문대 중 한 곳에서 성악을 전공했다는 사실을 교회의 누구에게도 말하지 않았다) 새로운 친구를 몇 사귀었다. 연구하느라 바빴던 아빠는 엄마가 무언가에 관심을 갖게 된 것을 기뻐하긴 했지만 교회 혹은 교회가 엄마에게 미치는 영향에 대해서는 회의적이었다.

"영어학원도 있었잖아. 마음만 먹으면 거기서도 친구를 사귈 수 있었을 텐데."

아빠는 그렇게 말했다.

아빠는 해양생물학 박사과정을 마치기 위해 뉴저지주로 옮겨갔다. 전보다 인구밀도가 높은 교외 지역에서 살게 된 엄마는 한국 슈퍼마켓, 한식당, 한인 교회를 찾아내고 무척 기뻐했다. 엄마는 내가 어렸을 때부터 교회에 데려갔다. 아빠는 이를 마뜩잖아했지만, 이미 이 무렵에는 부부관계가 소원해졌기 때문에 둘 다 이 문제에 대해 아무 말 하지 않았고 아빠는 모른 체했다.

내게 남아 있는 가장 오래된 기억 중 하나는 엄마가 성인 예배에 참석하는 동안 나는 곰팡이와 땅콩버터 냄새가 진동하는 지하실의 까끌까끌한 펠트 카펫 위에 앉아 주일학교 선생님들이 예수, 마리아, 요셉 등의 인물을 표현한 손가락 인형을 손에 끼우고 까딱거리는 모습을 지켜보았던 것이다. 나는 다른 아이들과 함께 주기도문과 사도신경을 외우고 열세 살에 세례를 받았다. 다른 아이들과 달리 나는 주일학교를 좋아했다. 세상만사에 대한 설명을 들을 수 있는 것도(나는 선생님들이 거의 모든 질문에 '하나님은 무엇이든 할 수 있고 모든 것을 알고 계신다'라고 답한다는 것을 금세 깨달았다), 아빠와 달리 하나님은 언제 어디서나 우리 곁에 계신다는 것도 좋았다. 내가 가장 좋아하는 성경 속 이야기는 노아의 방주였다. 하나님이 지구와 그 생명체들을 파괴한 데 사과하려고 대홍수 끝에 무지개를 보냈다는 게 당시에는 아름답게 느껴졌다.

윤희와 나는 초등학교 1학년 때 만났다. 그 동네로 이사 온 윤희네 가족이 우리 엄마가 그랬듯 한인 사회에 들어오려고 교회에 등록했을 때였다. 나와 달리 윤희는 주일학교를 따분해하고 기도 시간에 눈을 뜨고 있었다. 모두 눈을 감으라는 지시에도 불구하고 나는 그애를 자꾸 흘긋거렸다. 윤희가 머리에 묶은 스팽글 달린 분홍색 머리끈이 너무 예뻤기 때문이다. 나는 머리끈을 어디서 샀느냐고 물었고 그때부터 우리는 친구가 되었다. 윤희는 자기 엄마가 일하는 화장품 매장에서 파는 것이라며 바로 다음주 일요일에 비슷한 보라색 머리끈을 가져다주었는데, 그날 밤 나는 너무 좋아서 제대로 잠을 잘 수 없었다. 머리끈을 풀지 않겠다고 부득부득 우기다 겨우 잠자리에 들었다.

이윽고 교회에서 성가대 지휘자로 악보를 읽을 줄 아는 사람을 필요로 해서 엄마가 그 책임을 맡게 되었다. 엄마는 그 일을 즐겁게 받아들였고, 비록 급여는 아주 적었지만 두 주에 한 번씩 조금이나마 가족 계좌에 입금한다는 데 큰 기쁨을 느꼈다.

"여보, 당신은 일할 필요 없어. 내가 우리 가족 생활비를 벌고 있잖아."

아빠가 지적했다. 당시 아빠는 임금이 낮은 대학 연구직에 있으면서 몇몇 정년직에 지원했다가 떨어져 막 수족관에서 일하기 시작한 참이었다.

하지만 돈이 문제가 아니었다. 엄마는 성경 공부 모임에 참여하고, 무료 급식소에서 자원봉사를 하고, 수요 심야 기도회에도 나가는 등 점점 교회 활동을 늘렸다. 아빠는 이해하지 못했다. 엄마가 그주 목사 설교에서 들은 이야기를 언급하기만 하면 아빠는 격분했다.

"죄다 사기꾼이야. 당신이나 나하고 똑같은 인간인데 신과 대화할 수 있다는 게 말이 돼?"

주일학교에서 하나님을 믿지 않거나 부정하는 사람은 지옥에 간다고 했기 때문에 나는 어느 날 저녁 식탁에서 울음을 터뜨렸다.

"아빠가 지옥 가는 건 싫어."

내 말에 아빠와 엄마는 말다툼을 벌였다. 아빠는 엄마가 거짓과 협잡으로 나를 세뇌하고 있다고 주장하면서 당장 그만두지 않으면 엄마를 성가대에서 끌어내겠다고 했고, 엄마는 나를 데리고 아빠를 떠나겠다고 위협했다.

엄마와 아빠는 거의 매주 싸웠다. 두 분의 고함소리가 워낙 자주 들려 나는 더이상 반응하지 않고 그냥 조용히 내 방으로 들어가 문을 닫고 〈인어공주〉를 보았다. 우리집에는 한스 크리스티안 안데르센의 원작 동화에 가깝게 만들어진 애니메이션 판본이 있었다. 그 이야기에서 인어공주는 자신을 사랑하지도 않는 왕자를 위해 스스로를 희생해 바다 거품으로 변한다. 나는 왕자를 위해 기꺼이 죽으려는 인어공주가 조금 어리석다고 생각했지만, 물고기 친구들이 인어공주가 물거품으로 그리고 공기의 정령으로 변하는 모습을 무력하게 지켜보는 마지막 장면에서 늘 눈물이 났다. 그럴 때마다 나는 잠들 때까지 계속 울었다.

10대가 되면서부터 윤희와 나는 주일학교를 빼먹고 교회 옆에 있는 웬디스에 드나들었다. 거기서 우리는 끈적끈적한 칸막이 좌석에 몇 시간 동안 처박혀 밀크셰이크와 감자튀김을 나눠 먹으며 남자애들에 대해, 남자애들이 좋아하는 것에 대해 잡담을 나누었다. 섹스가 무서웠던 나는 주일학교에서 약속했던 대로 혼전순결을 지키겠다고 맹세했다. 그러자 윤희가 킥킥거리며 플라스틱 숟가락 뒷면에 묻은 밀크셰이크를 핥아먹고는 말했다.

"두고 보자. 언젠가 너도 좋아하는 남자가 생길 거고 그 남자도 너를 좋아하면 섹스를 하고 싶어질걸."

"아니, 안 할 거래도. 그리고 어차피 남자들은 나를 안 좋아해."

"그건 네가 남자를 안 좋아하니까 그렇지. 남자는 그렇게 복잡하지 않다고."

윤희는 열세 살 때 이미 남자친구를 두 명이나 사귀었고, 그중 한 명이 준 하트 모양 펜던트를 그애와 헤어진 후에도 매일 걸고 다녔다. 윤희는 그 남자애가 자기 브래지어 안에 손을 넣어 가슴을 더듬은 적도 있다고 했다. 내가 미심쩍은 눈으로 보자 윤희는 "그냥 몇 분만이었어"라고 변명했고, 나는 어떤 기분이었는지 물어보고 싶었지만 걔가 화제를 바꿨다.

사춘기 때 나는 처음으로 신의 존재를 의심했다. 엄마가 하는 대로 나도 아침저녁으로 하루에 두 번 기도했는데, 기도 주제는 이랬다. 1) 가슴. 2) 부모님이 서로를 그만 미워하는 것. 3) 남자친구. 그런데 하나님이 그 어떤 기도도 들어주지 않았으므로 더는 하나님을 믿지 않았다. 그것은 고치려고 벼르던 습관을 버리는 것처럼 쉬웠다. 내 기도가 천상의 게시판 같은 데에 올라가 하나님한테 연결되는 직통전화로 전해질 것이라는 확신이 없었고, 내내 벽에 난 구멍에 대고 말했던 것 같은 기분이 들었다.

하지만 내 신앙이 약해지는 동안 엄마의 신앙은 점점 더 강해져서 마치 불륜을 저지르듯 열렬하고 은밀하게 교회 활동을 했다. 그 모든 일이 아빠의 외도와 동시에 일어났던 것을 생각하면 어떤 의미에서는 진짜 불륜이라고도 할 수 있었다. 엄마는 신과의 밀회를 한창 이어가던 시절에는 매일 새벽 다섯시에 일어나 수면무호흡증 치료기를 머리에 달고 SF 영화 속 한 장면 같은 모습으로 코를 골며 자는 아빠를 내버려두고 침대에서 슬그머니 빠져나와 차를 몰고 교회에 갔다. 그리고 엄마와 같은 중년의 한국계 이민자가 대부분인 독실한 신자들과 함께 무릎을 꿇고 한 시간에서 한 시간 반 정도 기도했다. 그런 다음 등교 준비를 위해 나를 깨워야 하는 시간에 맞춰 집에 돌아왔다. 시간이 없어서 미처 손질하지 못할 때마다 그렇듯 엄마의 머리는 뻗쳐 있었지만, 엄마의 눈에 서린 묘한 빛 때문에 머리 모양에는 시선이 가지 않았다. 내 머리카락도 엄마를 닮아 뻗치는 편이다. 그것 때문에 가르마가 늘 오른쪽으로 치우치고 아무리 강력한 헤어 젤을 바르고 뜨거운 고데기로 머리를 펴도 소용이 없다.

*

내가 일곱 살일 때, 즉 아직 성경이 진짜이고 하나님은 구름 수염을 기른 친절한 늙은 백인이라고 생각할 만큼 어렸을 때, 어느 일요일 아빠가 우리와 함께 교회에 갔다. 엄마가 어떻게 그리고 왜 아빠를 설득했는지는 모르겠지만 어쨌든 그날 아빠는 엄마가 하자는 대로 순순히 따랐다. 심지어 평소에 입던 카키색 바지와 얼룩진 셔츠를 포기하고 굉장히 불편해 보이는 남색 정장을 입기까지 했다. 그즈음 엄마와 아빠는 서로를 더 아끼는 듯 보였는데 그런 것과 연관이 있는 듯했다. 엄마는 아침 식사를 차리면서 콧노래를 흥얼거리고 아빠는 면도하면서 휘파람을 불었다. TV 드라마에 나오는 부부 같았다.

"왜 아빠가 같이 가요?"

차 안에서 내가 묻자 엄마는 백미러로 내게 미소를 보내며 대답했다.

"오늘은 특별한 날이거든."

나는 평소와 달리 지하실로 가지 않고 아빠와 함께 예배당 앞자리에 앉았다. 한편 엄마는 아래층으로 내려가 성가대복으로 갈아입었다. 우리는 엄마와 친한 두 가족 사이에 앉아 있었다. 나는 주보를 만지작거리며 한글을 바라보았고, 내가 알아볼 수 있는 몇 단어의 뜻을 헤아려보았다.

"이 단어 알지?"

아빠가 주보에 적힌 문장들을 가리키며 말했다. 나는 그 문장들을 간신히 해독해서 그날 다룰 성경 말씀이 마가복음에 나오는 구절이라는 것, 오는 수요일에 무료 급식소 봉사활동이 예정되어 있다는 것, 튀르키예 선교 여행을 위한 기부금을 모으고 있다는 것을 알아냈다.

"튀르키예라는 나라가 있어요?"

아빠는 교회에서 나눠주는 골프 연필로 주보 위에 지도를 그려 지중해가 어디인지 일러주었다. 주요 경로, 국경, 그리고 다른 선과 교차하는 선들을 그리고, 그 근방에 흐르는 해류에 대해서도 설명해주었다. 그러자 우리 근처에 앉은 나이든 여자

중 한 명이 조용히 하라고 눈치를 줬다. 아빠는 마치 떠든 사람이 나인 양 짐짓 엄한 눈길을 내게 던졌고, 나는 웃음을 눌러 삼켰다.

오르간 연주가 시작되자 보라색 가운을 입은 성가대원이 줄지어 나왔다. 선두에 섰던 엄마가 지휘대에 올라서서 손을 들었다. 엄마가 성가대원들의 입에서 소리와 화음을 불러내는 것이 마치 마술 같았다. 소프라노 음색이 날카로워지자 엄마가 움찔하긴 했지만, 그 순간에도 이전에는 본 적 없는 우아하고 유려한 몸짓으로 움직였다.

찬송가를 몇 곡 부르고, 여러 성경 구절을 낭송하느라 일어섰다 앉았다 다시 일어서기를 반복하는 기나긴 의식을 거친 후 목사가 탕자 이야기에 관한 설교를 했다. 설교는 자비롭게도 간략했다. 하지만 그건 내가 성경에서 가장 싫어하는 이야기인 데다 더욱이 한국어 설교였기 때문에 나는 거의 듣지 않고 아빠가 그린 바다 위에 고래와 돌고래를 그려넣었다. 나는 동생처럼 세상으로 나가보고 싶었지만 아버지 말에 순종해 집에 머물며 밭을 돌본 형보다 부모 말을 안 듣고 집을 나간 동생이 더 중요하게 여겨진다는 것이 이해되지 않았다. 내가 이 이야기에서 얻은 주된 교훈은 하나님은 변덕스러우며 말썽을 일으키고 도망치려 작정한 자식만 아낀다는 것이었다.

설교가 끝난 후 우리는 다시 일어서서 성가대와 함께 끝없는 세상에 대한 노래를 불렀다. 그리고 아멘, 아멘을 되뇌이고 다시 앉았다. 그다음에 목사가 아빠를 비롯한 여러 사람의 이름을 호명하고 앞으로 나오라고 했다. 모르는 단어를 받아써야 하는 아이처럼 거북한 표정을 지은 채 예배당 앞으로 걸어나가는 아빠를 나는 아연히 지켜보았다. 엄마는 측면 성가대석에 앉아 그 모습을 봤는데, 내 자리에서는 엄마의 얼굴이 보이지 않았다. 하지만 목사가 꿇어앉은 아빠의 머리에 물을 한 움큼 끼얹을 때 자부심과 뿌듯한 마음에 엄마가 지었을 따스한 표정을 짐작할 수 있었다. 목사는 성부, 성자, 성령의 이름으로 아빠가 세례를 받았으며 주님과 주님의 교회 앞에서 다시 태어났다고 선언했다. 주변의 신도들이 "아멘" 하고 웅얼거렸고, 나는 어느 때보다 혼란스러운 마음으로 그 단어를 되풀이했다.

엄마는 나를 집 밖으로 데리고 나갈 수 있게 되자마자 세례를 줬다. 우리집에는 내 세례식 사진도 있었다. 프릴이 잔뜩 달린 하얀 치마를 입고 엄마 품에 안긴 내 사진이 약간 비뚤어진 액자에 끼워져 있었다. 엄마는 내가 세례식 때 목사가 성수를 손으로 떠서 머리에 끼얹는데도 다른 아이들과 달리 울지 않고 가만히 있던 아주 착한 아기였다고 했다.

아빠가 다시 일어섰다. 머리를 뒤로 젖혀 물을 털어내고 싶은 충동을 억누르는 티가 역력했다. 신도들이 그날 세례받은 사람들의 영적 평화를 기원하고 그들을 자신과 같은 하나님의 자녀로서 돌보겠다고 약속하는 동안 아빠는 같이 세례받은 다른 아이들과 그 부모들을 따라 애매한 미소를 지었다. 나는 두어 번 엄마를 건너다보았는데, 놀랍게도 엄마는 감격한 듯 울고 있었다.

그후 우리는 교회에서 가까운 식당에 갔는데, 엄마는 내가 팬케이크를 산더미처럼 시켜 메이플시럽과 휘핑크림을 잔뜩 끼얹어 먹어도 된다고 허락해주었다. 평소 같으면 설탕투성이라고 기겁했을 텐데. 나는 말랑말랑한 팬케이크를 숟가락으로 푹 떠서 입으로 가져가며 엄마가 커피를 사양하고 오믈렛을 주문해 조심스럽게 먹는 모습을, 그리고 아빠가 햄버거와 감자튀김을 먹는 모습을 지켜보았다. 아빠는 늘 패스트푸드를 좋아했다. 고기와 치즈를 곁들여 먹으면 진짜 미국인이 된 기분이 든다나.

나는 무엇이 달라진 건지 어떻게 물어봐야 할지 몰랐지만 무언가가 달라진 것만은 분명했다. 두 분 사이에 행복감이 잔잔하게 맴돌았고, 아빠는 엄마의 의자를 빼주는가 하면 종업원을 불러 엄마가 주문한 허브차가 안 나왔다고 지적하는 등 전에 없이 세심하게 엄마를 배려했다.

식사가 끝났을 때 엄마가 말했다.

"아림아, 너에게 할 이야기가 있어."

그리고 보통 한국에 전화할 때에나 들을 수 있는 나지막하고 흥분된 어조로 내게 남동생이 생길 거라고 말했다. 그 이야기를 듣는데 내가 일곱 살보다 훨씬 나이든 기분이 들었다. 아빠의 얼굴에 바보 같은 미소가 번졌다.

"아들이야. 이제 너는 누나가 되는 거야, 아림아. 기분이 어떠니?"

아빠가 엄마의 손을 꼭 쥐며 말했다. 나는 나만 바라보고 있는 부모님의 얼굴을 살펴보았다. 기대감이 너무 솔직하게 드러나 있어 보고 있으려니 마음이 아팠다.

"동생이 거기 있는 거예요?"

나는 미심쩍은 눈으로 엄마의 배를 보았다. 엄마는 전혀 임신부처럼 보이지 않았다. 하지만 자세히 보니 엄마가 교회에 갈 때마다 입는 치마 허릿단 위로 배가 살짝 불거져 있었다.

"맞아. 지금도 안에서 움직이고 있어. 네 목소리도 듣고 있을걸. 누나에게 인사하렴, 도토리야."

엄마가 아기에게 말했다.

"그건 내 별명이잖아요."

나는 그렇게 말했지만, 아빠의 눈빛을 보고 입을 다물었다. 너는 더이상 아기가 아니야. 이제 누나라고. 아빠의 눈빛은 그렇게 말하고 있었다.

그때 나는 딸보다 아들을 선호한다는 걸, 여자아이가 아무리 사랑받아도 아들이 세 배는 더 사랑받는다는 걸 아는 나이였다. 윤희네 아줌마가 교회에서 딸만 셋이라고 말할 때마다 사람들은 무슨 끔찍한 얘기라도 들은 양 딱하다는 반응을 보였다. "딸뿐이라고요?" 사실 아들 두엇은 더 있지 않느냐고 반문하듯 물었다.

"남자애들은 고추가 있어서 그래. 고추가 있으면 아기를 만들 수 있으니까."

내가 처음으로 아들과 딸을 비교하는 문제를 입에 올렸을 때 윤희가 말했다. 나는 믿을 수가 없어 이렇게 대꾸했다.

"하지만 남자 혼자 아기를 만드는 게 아니잖아."

나는 윤희가 섹스에 대해 들려준 이야기 때문에 여전히 심란한 상태였다. 언니들에게 일찌감치 그 이야기를 들은 윤희는 바비 인형과 판지를 오려 만든 인형을 이용해 섹스를 어떻게 하는지 설명해주었다.

"그건 그렇지만, 고추가 바로 아기가 나오는 곳이라고."

윤희가 참지 못하고 말했다.

"아기가 고추 안에 숨어 있다 남자가 고추를 여자 몸속에 넣으면 여자 안으로 미끄러져 들어가 거기서 자라는 거야."

나는 엄마 몸 안에서 남자아이가 자라나는 모습을 상상했다. 그 아이 때문에 부모님이 갑자기 행복해지고 아빠가 교회에 나올 뿐만 아니라 세례까지 받았다. 그 아이가 태어나면 그 마법 같은 고추와 동그란 얼굴로 모든 어른의 사랑을 받으며 더욱 큰 행복을 안겨줄 거라는 생각도 했다. 나는 팔짱을 끼고 단호하게 부모님에게 말했다.

"우리는 그럴 형편이 안 되잖아요. 아기를 키우는 데엔 돈이 너무 많이 든다고요."

엄마와 아빠는 내가 엄청나게 웃긴 말을 했다는 듯 웃음을 터뜨렸다.

"괜찮을 것 같은데."

아빠가 그렇게 말했고, 엄마는 웃느라 흘러나온 눈물을 닦았다. 아이라이너가 약간 번졌지만 나는 말해주지 않기로 했다.

"나는 걔가 태어나길 바라지 않는다면요?"

그 말을 내뱉자마자 실수했다는 것을 깨달았다. 우리 테이블 주변의 공기가 어둡고 싸늘해졌다. 창밖의 해가 구름 뒤로 숨어 어두워졌을 뿐이라는 걸 알았지만, 마치 부모님이 태양처럼 내게 비춰주던 온기와 인정이 덩달아 사라져버린 것만 같았다.

"아림아, 그만해."

엄마가 말했다. 나는 아빠를 돌아보았지만, 내가 엄마와 의견이 맞지 않을 때 아군이 되어주곤 했던 아빠는 실망한 표정으로 시선을 피했다.

"네가 기뻐할 줄 알았는데. 집에서 너무 심심하다고 늘 불평했잖아. 동생과 같이 놀고, 새로운 걸 가르쳐줄 수도 있어, 그러면 좋을 것 같지 않아?"

"아뇨."

내 말에 부모님은 서로에게 눈짓했다. 두 분이 이토록 갑작스럽게 한편이 되어 음모를 꾸몄다는 사실에 화가 났다. 나는 울음을 터뜨렸다. 민망할 만큼 큰 소리로 흐느껴 우는 바람에 식당에 있던 모든 사람이 우리를 쳐다보았고, 결국 아빠가 음식값을 계산한 후 우리는 그곳에서 나왔다.

그후의 몇 달은 기억이 흐릿하다. 복도 끝 내 방 옆에 아빠의 테니스 장비와 서류를 보관하는 창고로 쓰던 빈방이 있었는데, 부모님은 그곳을 청소한 후 밝고 환한 파란색으로 칠하고 천장 주변에 스텐실로 코끼리 무늬를 찍었다. 새 가구가 들어오고, 반짝이는 포장지에 싸인 조그맣고 신비로운 옷가지가 도착했다. 엄마의 배는 점점 불러왔다. 나는 그 안에서 아기가 집을 짓고 있다는 생각에 불안해졌다. 엄마가 경련과 두통을 앓기 시작하자 나는 남동생이 원망스러울 뿐만 아니라 미워지기까지 했다. 엄마를 아프게 하는 그애에게 화가 났다.

가끔은 엄마를 즐겁게 해주려고 엄마 배에 손을 얹고 아기의 발길질을 느껴보는 의식을 거행했다. 별로 그러고 싶은 마음이 없었지만 엄마의 뱃속에서 일어나는 움직임에 따라 살이 꿈틀거리는 느낌이 놀랍다는 것은 인정해야 했다. 그 안에 들어 있던 포도 한 알만한 것이 새우 한 마리만해지고, 주먹만해지고, 바나나만해지더니, 마침내 내 삶을 파괴하려고 작정한 듯 점점 더 커지는 것도 놀라웠다. 가끔 한밤중에 동생의 영혼이 나를 찾아온 느낌이 들면 나는 "저리 가. 우리는 널 원하지 않아"라고 중얼거렸다.

내가 동생 이야기를 하자 윤희는 이렇게 말했다.

"나는 아기를 좋아해. 우선 냄새가 좋잖아. 예전에 아기를 본 적 있는데, 손톱이 내가 세상에서 본 것 가운데 제일 작았어."

"내 동생이 나오면 너 가져도 돼."

"너도 걔 좋아하게 될걸."

"아니, 안 그럴 거야."

나는 대꾸했다. 이건 나중에 아기가 크면 내가 그애와 이런 저런 것을 할 수 있을 거라고 부모님이 말할 때마다 내가 자동 적으로 꺼내는 반박이기도 했다.

"걔랑 공원에 갈 수도 있고, 미끄럼틀 타는 법을 알려줄 수 도 있어. 학교에 데려가서 교실이 어디 있는지 보여줄 수도 있 고."

부모님은 보통의 여자애라면 이런 일을 하고 싶어 사족을 못 쓸 거라는 듯 말했다.

"동생을 보자마자 사랑에 빠질걸, 두고 보자."

"아뇨, 안 그럴 건데요."

내가 한사코 그렇게 대꾸하자 부모님은 체념하고 말았다.

하지만 결국 우리는 아기가 생긴다는 것이 어떤 건지 알 수 없게 됐다. 어느 날 오후 학교에서 돌아와 위층 욕실로 가보니 엄마가 옷을 다 입은 채 욕조 안에 앉아 있었다.

"엄마?"

엄마가 입은 바지 앞부분과 욕조가 검붉은색으로 얼룩져 있었다. 처음에는 엄마가 무언가에 베였거나 샤워하다가 미끄러진 줄 알았다. 엄마가 옷을 다 입고 있는 걸 보면 말이 안 되는 생각인데도.

"가서 아빠한테 전화해."

엄마가 너무나 차분한 목소리로 말해서 겁이 났다. 나는 욕실에서 달려나가 아빠의 사무실로 전화를 걸었다. 아빠가 전화를 받지 않아 핸드폰으로 전화해보았지만 이번에는 음성메시지로 넘어갔고, 그래서 911에 전화해 수화기 저편의 여자에게 엄마만큼이나 단조로운 목소리로 엄마가 죽어가고 있다고 알렸다.

지금도 난 사이렌 소리를 들을 때마다 구급대원들이 엄마를 들것에 싣고 구급차로 나르던 모습이 떠오른다. 그때 엄마의 얼굴이 얼마나 창백하고 조그마해 보이던지, 꼭 어린아이 같았다. 엄마는 아파서 얼굴을 찡그리면서도 비명을 지르지 않으려고 안간힘을 썼다. 내 눈시울에 가득한 눈물 때문에 모든 게 파란색과 빨간색으로 번져 보였다.

"엄마. 엄마!"

"아이가 있어요."

구급대원 중 한 명이 나를 돌아보고 물었다.

"얘, 아빠 집에 계시니?"

나는 콧물 때문에 코맹맹이 소리로 말했다.

"아뇨, 아빠는 회사에 계세요."

"우리가 엄마를 병원으로 데려가는 동안 너를 봐줄 분은 안 계시니?"

몇 분 후 윤희네 아줌마가 차를 몰고 왔다. 조수석에 윤희도 타고 있었다. 아줌마는 나를 집으로 데려가 빨간 젤리를 줬는데, 그 색깔과 점도가 엄마 옷과 욕조에 묻었던 걸쭉한 피와 너무 비슷해 보여 도저히 먹을 수가 없었다. 윤희는 내게 프랑스식으로 머리 땋는 법을 가르쳐주었다. 나는 꽤 오랫동안 눈을 감고 있었고, 내 머리를 어루만지는 윤희의 손길에 위안을 느끼며 스스로를 달랬다. 다 괜찮다고, 곧 엄마가 나를 데리러 올 거라고 되뇌면서.

밖이 어두워졌고, 마침내 아빠한테 전화가 왔다. 나를 데리러 오는 중이라고, 엄마는 이제 괜찮다고. 병원에서 안정을 되찾았고 출혈도 멎었다고 했다.

"아기는요?"

윤희네 아줌마가 전화기에 대고 물었다. 윤희와 나는 숨을 죽이고 통화하는 소리에 귀를 기울였다.

무언가 낯선 소리가 들렸다. 고양이가 목 졸리거나 아코디언을 계단 아래로 던졌을 때 날 법한 소리였다. 아빠가 울고 있었다. 아줌마는 어린아이를 대하듯 아빠를 달랬고, 아빠는 스스로를 다잡았다.

윤희가 나를 꼭 안아주었다. 그애 품에서 몸을 빼내려는데 무언가 부드러운 것이 손목에 감기는 느낌이 들었다. 내가 윤희를 처음 보았을 때 감탄하며 바라보았던 분홍색 머리끈이었다. 미세하게 떨리는 스팽글마다 빛이 비쳤다.

"너 가져."

윤희의 침실 거울 앞에서 내가 땋아내렸던 머리를 풀어헤치자 원래 축 처진 직모가 구불구불하게 헝클어졌다. 나는 머리를 올려 머리끈으로 묶은 다음 머리카락을 잡아당겨 정수리 위로 바짝 솟구치게 만들었다. 엄마가 '분수 머리'라고 부르는 머리 모양이었다.

집에 도착하니 욕조가 깨끗하게 닦이고 표백되어 있었다. 아빠가 치웠으리라는 걸 알았지만 엎드려서 걸레질하는 아빠의 모습을 상상할 수 없었다. 나는 범죄 현장을 다시 찾은 살인범처럼 욕실을 주의깊게 살펴보며 혈흔이 남아 있진 않은지 확인했지만, 내가 남동생을 잃었다는 유일한 증거는 사라지고 없었다.

그날 밤 나는 침대에서 하나님에게 기도했다. 용서해달라고,

엄마를 낫게 해달라고. 하나님이 엄마를 집으로 돌아오게 해주고 아기도 돌려주면 영원히 착하게 살겠다고 약속했다. 심지어 남동생의 영혼이 의식의 언저리에서 느껴지는 것 같아 그애에게도 기도했다. 미안해, 진심이 아니었어.

그냥 너 때문에 모두가 행복해서 질투가 났을 뿐이야.

영혼은 이해한다는 듯 가물거리더니 완전히 사라졌다.

11장

엄마의 아파트에서 우리집까지는 20분 정도 걸리지만 나는 15분 안에 주파하기로 마음먹는다. 어차피 도로는 텅 비어 있다. 월요일 밤 여덟시가 넘어가면 퍼래머스 교외 도로는 한산해진다. 그래서 나는 백미러로 호박색 가로등 불빛이 스쳐지나가는 것을 지켜보며 속력을 약간 높인다.

몇 년 전 사랑니를 뽑은 자리와 어금니 뒤쪽 사이에 배 조각이 끼었다. 사랑니 발치를 하려고 일을 쉬었을 때 태가 치과까지 와서 나를 집에 데려다주었던 일이 생각난다. 태의 말에 따르면 나는 약기운에 멍한 나머지 하늘의 구름이 형성되는 과정에 대해 10분을 떠들었다. 몇 시간 뒤 정신을 차린 나는 평생 겪어본 적 없는 극심한 통증에 시달렸고, 계속 새어나오는 피

때문에 입에 약솜을 물고 있어야 했다. 잇몸에 난 구멍이 영영 메워지지 않으면 어쩌나 걱정스러웠다. 태는 아이스크림을 여섯 가지나 사다주었다. 우리는 아이스크림을 하나하나 먹어보고, 발치 부위가 낫는 데 어느 아이스크림이 나은지 논쟁하고 순위를 매겼다. 지금도 나는 아이스크림을 보면 속이 약간 메스꺼워지거나 태의 간호를 받을 때 얼마나 기분좋았는지가 떠오른다. 태는 어린 시절에 자신이 아프면 어머니가 해주던 대로 내게 죽을 끓여주고 참기름과 간장을 섞어주었다.

다음날 입안에서 계속 피가 나는데도 내가 출근하려 하자 태는 병가를 내라고, 상처가 나을 때까지 쉬어야 한다고 말렸다.

"하지만 일하러 가야 해. 내가 맡은 책임이 있잖아."

태는 내게 눈을 흘기며 말했다.

"지금 네가 져야 할 유일한 책임은 낫는 것뿐이야."

그전까지 나는 스스로를 돌보고 회복하는 것이 업무만큼이나 중요하다는 생각을 한 번도 해본 적이 없었다. 내가 누군가에게 중요한 존재라는 게, 스스로를 돌봄받을 가치가 있는 존재라고 여긴다는 게 어떤 기분이었는지 떠오르자 나는 차를 돌려 해티스로 향한다. 거기서 위스키와 탄산수를 마구 들이켜고, 타임스스퀘어에서 버스를 타고 온 스웨덴 관광객들과 어울려 내처 술을 마신다.

내가 뉴욕이 어땠느냐고 물으니 그들은 지저분하긴 해도 아름다운 곳이라고 답한다. 하나같이 훤칠하고 금발인 그들은 눈부시게 하얀 미소를 지으며 보편적 의료보장을 받는 바이킹답게 생기가 넘친다. 그들이 왜 해티스에 있는지 모르겠지만 나와 대화하는 것을 즐거워하는 듯하고, 더욱 중요한 점은 그들이 계속 술을 산다는 것이다. 세 잔째 마시고 나니 바 위의 선인장 모양 네온 시계가 나를 향해 윙크하고 모든 것이 따스하고 부드럽게 느껴진다. 그들이 가르쳐주는 스웨덴 술 게임이 잘 이해되진 않지만 그래도 상관없다. 그들 중 한 명이 내게 지나치다 싶을 만큼 가까이 몸을 기울이며 나더러 예쁘다고 한다. 나도 그에게 추파를 던진다.

"중국인이에요?"

인종주의는 미국에나 있는 문제라고 생각하는 유럽 백인답게 그가 솔직하고 꾸밈없는 태도로 묻는다. 나는 음악소리 때문에 잘 안 들리는 척한다. 그 말을 들은 걸로 하면 거기에 반응하고 그에 따라 내 행동을 조정해야 할 텐데, 지금 나는 아무것도 조정하고 싶지 않기 때문이다.

내가 술을 좋아하는 이유 중 하나는 그것이 더 많은 재미와 아름다움과 흥미로 다다르는 지름길로 느껴지기 때문이다. 그리고 술을 마시면 내가 바꿀 수 없는 것에 대한 생각을 덜하게 된다. 때로는 나 자신에게서 벗어나, 나를 처음 보는 사람에게는 내가 어떻게 보이는지 다각도로 인지할 수도 있다. 예컨대 오스카르가 내게 영어를 잘한다고 하자 나는 그냥 스웨터를 벗듯 가뿐히 내 몸 밖으로 빠져나간다. 그리고 전 세계 백인은 왜 다 똑같을까, 어째서 엄마는 얼마 전부터 남자친구를 사귀고 있었다는 사실을 내게 불쑥 알렸을까, 그 소식이 미리 이야기할 만큼 중요하지 않다고 여긴 걸까 하는 생각에 집착하지 않고 누군가가 백번째로 틀어놓은 퀸 노래가 흘러나오는 주크박스로 날아간다.

술을 마실 때는 이런 일들이 전혀 신경쓰이지 않는다. 사랑니 발치도, 내가 회복중일 때 태가 내 이에 관한 바보 같으면서도 중독성 있는 노래를 지어 불렀던 것도, 그래서 내가 내심 화가 났으면서도 안 그런 척했던 것도 생각하지 않는다. 지금 오스카르의 손이 내 허리를 맴돌고 있는 것도, 내가 그 손을 뿌리치고 싶으면서도 동시에 나를 향한 그의 관심이 멈추지 않기를 바라는 것도, 그가 나를 재미없다 여기고 외면하면 나는 외로움으로 죽어버릴 거라는 기이한 느낌도 깊이 생각하지 않는다.

화장실에 들어간 나는 먼지 낀 거울을 마주보며 나는 느긋하고 쾌활하며 살아 있는 사람이라고 몇 번이고 되새긴다. 하지만 태에게 전화하고 싶은 마음이 얼마나 간절한지 깨닫자마자 그런 되새김은 순식간에 사라져버린다. 가방을 더듬더듬 찾다가 그만 바닥에 떨어트리는 바람에 핸드폰과 열쇠가 튀어나온다. 부재중 전화가 세 통 와 있다. 한 통은 엄마에게서, 두 통은 모르는 번호로 온 것이다. 수수께끼의 번호를 누르는데 목덜미의 털이 곤두선다. 신호음을 듣는 동안 심장이 목구멍으로 튀어나올 것 같다. 그런데 수화기 너머에서 자동 응답 메시지가 흘러나온다.

"지금은 통화할 수 없습니다. 다시 걸어주세요."

그러자 엄마가 욕조에서 피를 흘리는 동안 아빠에게 전화하며 아빠가 왜 받지 않는지, 911에 신고하고 엄마를 욕조에서 빼내 침대로 옮긴 뒤 구급대가 올 때까지 기다리는 사람이 왜 나여야 하는지 의문을 느꼈던 유년 시절로 되돌아간 기분이 든다. 어느 정도 시간이 흐른 후 아빠가 폴라로이드 사진 속 로라라는 여자를 만나기 시작한 게 바로 그해가 아니었을까 궁금해했던 기억이 난다. 엄마가 임신한 사이에 두 사람이 만나고 있었다고 생각하면 속이 울렁거리지만, 그럼에도 그때 아빠가 전화를 안 받은 이유, 핸드폰으로 걸어도 음성메시지로 넘어갔던 까닭이 그래서였으리라는 상상을 떨칠 수가 없다.

나는 바로 돌아가서 술을 한 잔 더 시킨다. 내일은 병가를 내야겠다. 아니면 무단결근을 해버리든지. 칼이 나를 해고하고 싶다면 그러라지 뭐. 스웨덴인들은 여전히 바에 있지만, 이제 나는 그들의 쾌활함과 온갖 질문에 질려 그들을 무시해버린다. 마침내 그들은 자리를 뜨지만 오스카르는 내 옆에 남아 다른 데로 가지 않겠느냐고 묻는다. 내가 무시하자 그는 화가 난 것 같다. 내가 오스카르를 외면하는 까닭은 그가 앞서 던진 질문 때문도, 그가 낯선 사람이라서도 아니다. 나는 태와 헤어진 이후 누구와도 섹스한 적이 없지만, 섹스가 즐겁고 빠르고 쉬우리라는 것은 안다. 1달러짜리 피자 한 조각처럼, 양치도 안 하고 아이라이너도 안 지우고 술 취한 채 잠드는 것처럼. 하지만 그러고 나면 지금보다 기분이 나빠질 것이다. 내가 남자들을 상대로 온갖 실수를 저지른 끝에 깨달은 점이 있다면, 그들과 섹스하고 나면 반드시 기분이 더 나빠진다는 사실이다.

"마음이 바뀌면 연락해요."

오스카르가 전화번호를 건네며 말한다.

"안 바뀔 거예요."

나는 그렇게 말하지만 속으로는 벌써부터 연락을 할지 말지 고민한다. 오스카르가 떠난 후 나는 복잡한 국제전화번호가 적힌 냅킨을 잠시 응시하다가 그 위에 잔을 올려놓는다. 유리잔에 맺힌 물방울이 냅킨에 배어들면서 글씨가 읽을 수 없는 형태로 번진다.

이제 해티스에는 끝나지 않는 톰 웨이츠의 노래처럼 약간 섬뜩하고도 슬픈 분위기가 감돈다. 시계는 오전 한시를 가리키고 있고 내 잔은 한참 전에 비었다. 한 잔 더 주문할까 고민하는데 핸드폰이 울린다. 모르는 번호다. 나는 핸드폰을 바 너머로 내던져 전화기가 궤도를 이탈한 별처럼 바닥을 미끄러져 튕겨나

가는 꼴을 볼까 하다가 전화를 받는다.

"여보세요?"

귓가에 백색소음이 들린다.

"말씀하세요."

내가 말하지만 수화기 너머에서는 아무 응답도 없다. 나와 통화하는 누군가가 있음을 알려주는 그 어떤 징후도 없다. 그 정적이, 무응답이 나를 북받치는 분노로 몰아넣는다.

"당신 대체 누구야? 왜 자꾸 전화하는 거야?"

누군가의 숨소리가 들리는 듯하더니 물 흐르는 소리 같은 것으로 바뀐다. 하지만 그냥 바람소리이거나, 소음이거나, 아니면 아무것도 아닐 수도 있다. 언젠가 아빠한테 학교 선생님이 조개껍데기를 귀에 대면 파도소리가 들린다고 알려줬다고 자랑했더니, 아빠는 그건 근거 없는 이야기라고 코웃음을 쳤다. 그건 조개 공명이라는 현상이라면서, 내 귀에 손을 가져다대고 어떻게 그런 현상이 일어나는지 설명해주었다. 주변 소음이 되울리는 것뿐이라고, 조개껍데기든 컵이든 손이든 귀에 대면 소음이 증폭되는 법이라고.

나는 얼마나 오랫동안 전화 잡음에서 바닷소리를 상상했던 걸까? 얼마나 오랫동안 간절히 아빠 목소리를 듣고 싶어하고, 이 세상에서 아빠의 흔적을 찾고 싶어한 걸까? 얼마나 오랫동안 아빠가 집에 돌아오기를, 내가 평생 원했던 바로 그런 아버지가 되어주기를 기다렸던 걸까?

"고객님의 자동차보험사에서 연락드립니다. 이번에 고객님의 자격 요건이 충족되어……"

자동 안내 음성이 흘러나온다. 나는 재빨리 전화를 끊는다. 무안함이 열병처럼 뜨겁게 나를 휘감는다. 아빠가 전화했을 리없는 게 당연한데. 당연히 스팸전화였던 건데. 하지만 이 사실을 깨달으니 내가 얼마나 절실히 아빠의 전화이기를 바랐는지, 아빠가 집으로 돌아올 거라고 말해주기를 얼마나 바랐는지가 실감되어 마음이 아프다. 진실 앞에서 아빠를 다시 잃는 기분이 든다. 누군가가 내 가슴속에 손을 집어넣어 폐를 연신 쥐어짜는 것처럼 아프다. 숨이 잘 쉬어지지 않는다.

눈을 감고 가장 행복했던 시절을 떠올려본다. 아빠의 손을 잡고 아빠가 세상에 대해, 세상의 경이와 위험에 대해 들려주는 이야기에 귀기울이던 어린 시절을. 하지만 잘 떠오르지 않는다. 지금 내가 있는 술집 공간이 한쪽으로 기울어지는 느낌 때문이다. 한순간 나는 이곳이 정말로 기울어지고 있다고, 그리고 발밑의 바닥이 물처럼 갈라지고 있다고 확신한다. 바닥이 나를 집어삼키기를 기다린다. 그러나 정신을 차리고 보니 나는 바에 앉아서 숨을 헐떡이고 있을 뿐이다. 눈앞에 네온 선인장 시계가 보인다. 한시 십팔분을 지나는 중이고, 내 시선을 부지런히 피하는 바텐더 외에는 나 혼자뿐이다.

*

마침내 일어나서 비틀거리며 내 차로 향한다. 이번에는 단번에 바로 차를 찾는다. 나 조금 바보 같아지고 있나봐. 나는 마음속으로 생각한다. 세차한 지도 오래되고 차량 점검할 시기도 한참 지난 듯싶은 내 차가 혼자서 나를 기다리고 있는 모습을 보니 왠지 감상적인 기분이 들었기 때문이다.

운전석으로 기어들어간 나는 차를 몰고 가는 것에 대해 생각해본다. 택시를 불러야 하겠지만, 에라 모르겠다, 될 대로 되라는 마음이 든다. 지금보다 훨씬 많이 취했을 때도 차를 몰고 집에 간 적이 여러 번이고 매번 괜찮았다.

나는 라디오를 클래식 록이 나오는 채널에 맞추고 최대한 천천히 차를 몬다. 심장박동과 신디사이저 소리가 차를 가득 채운다. 너무 자주 들어서 내 피부처럼 익숙하게 느껴지는 노래를 들으니 따스한 감정이 밀려온다.

태와 사귀기 시작했을 때 그는 우리집 곳곳에 작은 선물을 놔두곤 했다. 내가 안 볼 때 조리대 위 그릇에 귤 몇 개를 놔두기도 하고, 어느 날은 플라스틱 야자수가 심겨 있는 섬이 든 스노글로브를 가져다놓기도 했다. 그 스노글로브를 흔들면 눈발이 날리는 게 아니라 조그마한 무지갯빛 플라밍고들이 분홍색 비처럼 쏟아져내렸다. 나에 비해 태는 이렇게 기념일을 기억하거나 작은 선물을 챙겨주는 일을 잘했다.

태는 믹스테이프를 만드는 것도 좋아했다. 나는 그가 죽어가는 카세트테이프 산업을 혼자 이끌어간다고 놀렸다. 그는 온갖 음악으로 테이프를 만들고, 꼼꼼하고 정확한 손글씨로 하나하나 라벨을 써붙인 뒤 자신이 지은 제목에 따라 분류했다. 태는 그것이 거의 일기장 같은 거라고, 고등학교 시절로 거슬러올라가는 작은 스크랩북 같은 거라고 했다.

태가 내게 처음 만들어준 믹스테이프에는 10cc의 〈I'm Not in Love〉라는, 내가 모르는 노래가 들어 있었다. 그걸 듣고 나서 나는 테이프를 되감아 처음부터 다시 들었고, 테이프가 끊어지겠다 싶을 만큼 되풀이해 들었다. 그 노래가 나를 사로잡은 가장 큰 이유는 배경에서 목소리들이 서로 겹치면서 마치 흩어지는 안개가 노래할 수 있다면 낼 법한 소리를 내고, 가사가 그 이면에 담긴 감정과 너무나 확연하게 어긋났기 때문이다. 내가 지금까지 살면서 품어온 감정 같았다.

그 노래는 화려한 와인잔이나 꽃병이나 성배인 줄 알았는데 다시 보면 키스하려는 두 사람의 실루엣으로 보이는 착시현상을 일으키는 그림 같았다. 이런 그림은 실눈을 뜨고 초점을 약간 흐리게 해야 성배와 키스 장면 모두를 동시에 볼 수 있다. 평생 사람들에게 사랑한다고 말하기를 두려워했던 사람으로서—우리 가족 안에서 그런 말을 들은 횟수는 한 손에 꼽는다―때때로 내가 누군가를 얼마나 필요로 하는지 말하는 최선의 방법은 정확히 반대로 표현하는 것이라는 생각이 완벽할 정도로 합리적으로 느껴진다. 무언가의 형태를 그 주변을 둘러싼 공간을 이용해 묘사하는 방식으로 자신의 감정을 정의하는 것이다.

*

아빠에게 왜 덜로리스에게 친구를 만들어주지 않느냐고 물은 적이 있다. 수조 속에서 혼자 지내니 외로울까봐 걱정됐기 때문이다. 하지만 아빠는 원래 문어는 혼자 있기를 좋아해 야생에서도 혼자 사냥하고 살아가는 경우가 보통이고, 짝짓기를 할 때만 다른 개체를 만난다는 설명으로 나를 안심시켰다.

"그러면 문어 남자친구를 만들어줘야죠."

내 말에 아빠는 웃더니 덜로리스는 독신녀의 삶에 만족한다고 농담을 던졌다. 하지만 이내 진지하게 덜로리스가 짝짓기를 하면 죽을 가능성이 높다고 했다. 대부분의 대왕문어는 5년 이상 살지 못하는데 이렇게 오래 살아남은 것만도 기적이라고.

문어는 활동적이고 영리한 사냥꾼으로 살아가는데, 그들의 두뇌가 근육질의 팔과 포식자로서의 본능을 강화해준다. 하지만 암컷 문어는 알을 낳고 나면 알을 보호하는 데에만 집중할 뿐 그 외에는 거의 모든 일에 관심을 잃는다. 며칠이 지나면 사냥과 먹이 활동마저도 멈춘다. 어떤 문어는 수조에 갇힌 상태에서 알을 낳은 후 수조 벽에 몸을 부딪치기도 한다. 최악은 문어가 스스로를 너무 열심히 다듬느라 팔이 서로 엉키거나 생기 넘치고 아름다운 피부가 창백해지는 것이다. 근육의 윤곽이 무너지고 눈이 점점 튀어나오다 마침내 죽어버린다. 두족류 연구자들은 이런 증상을 죽음의 나선이라 부른다.

아빠는 세상에서 가장 똑똑한 동물 중 하나인 문어가 어째서 번식을 하면 스스로를 해치다 죽음에 이르는지 의문에 사로잡혔다.

"덜로리스는 짝짓기를 하면 결국 죽게 될 거야. 그게 본능이거든."

아빠가 그 현상을 가리키는 단어를 알려주었지만 처음에는 어떻게 발음하는지도 몰랐다. 그래서 아빠가 종이에 그 단어를 적어서 알려주었다. 노화senescence, 즉 유기체의 기능이 서서히 쇠퇴하는 것을 뜻했다. 어감만 들으면 아빠가 설명한 무시무시한 현상이라기보다는 무언가 아름다운, 일종의 마법 주문 같은 단어였다.

"그러니까 네 문어는 섹스를 하면 안 되고, 자칫 섹스하면 죽어버리는 처녀란 뜻이네?"

내가 그 이야기를 들려주자 태가 말했다. 나는 그 이야기가 꽤 기괴하게 들린다는 데 수긍했다. 나는 근무시간 혹은 퇴근 후에 태를 몇 번 수족관으로 데려가 딜로리스를 보여주었다. 딜로리스는 지그소의 음악을, 느리게 웅웅거리는 기타와 베이스 음을 좋아하는 눈치였다. 그걸 들려줄 때마다 딜로리스는 활기를 띠었다. 그가 물속에서 거품을 일으키며 휙 움직이자 나는 말했다.

"진동이 좋은가봐."

태는 내가 수족관과 그 안의 동물에 대해 빠삭하다는 사실을 마음에 들어했다. 학생들을 데리고 견학 온 적도 몇 번 있었는데, 어째서인지 우리는 한 번도 마주치지 못했다.

내가 태에게 딜로리스를 보여준 첫날 그는 수족관 기념품가게에서 내게 티셔츠를 사주었다. 티셔츠에는 한 팔에 꽃을 든 문어 그림과 함께 내 마음을 가져요 문어라는 문구가 적혀 있었다. 나는 지금도 그걸 잠옷으로 입는다. 몇 주 전에 티셔츠 가장자리에 구멍이 난 것을 발견했다. 나는 참지 못하고 손가락으로 구멍을 자꾸만 후볐고, 구멍이 점점 더 커지는 것을 무심히 지켜보았다. 그러다보니 옷은 천보다 구멍이 더 많은 면적을 차지할 지경에 이르렀지만, 그걸 망가뜨리는 나 자신을 막기엔 너무 늦은 뒤였다.

*

    이후 몇 주 동안 나는 엄마에게 전화할까 고민한다. 엄마에 게서 전화해달라는 메시지가 몇 차례 오기도 했다. 엄마와 대화하고 싶지 않은 것도 아니고, 엄마가 나이든 침술사에게서 행복을 찾는다고 원망하는 것도 아니다. 그저 지난 몇 년 동안 엄마와 대화할 수 있기만을 바랐는데, 막상 엄마가 나와 대화하고 싶어하니 마음의 준비가 안 됐는데 흉하게 딱지 앉은 상처를 다시 벌리는 듯한 기분이 들 뿐이다.

    수족관에서는 덜로리스의 이송 준비가 한창이다. 나는 덜로리스의 통상적인 주간 식단을 비롯해 이런저런 내용을 정리해 칼에게 제출하고 결재를 받는다. 윤희는 복도에서 나와 마주치면 전염병 환자라도 대하듯 피한다. 거의 매일 밤 나는 퇴근 후 집에서 술에 취해 혼자 소파에 널브러져 윤희의 인스타그램 계정을 스크롤하며 결혼식 준비 과정을 훑어본다. 윤희는 하루는 색상표를 올리고, 또 하루는 꽃 장식 구상을, 또 하루는 웨딩드레스를 결정해야 하는데 스트랩리스와 오프숄더 스타일 중에서 고민된다며 팔로워들에게 투표를 부탁하는 게시물을 올렸다. 표를 가장 많이 얻은 드레스는 포슬린이라는 색상에 라인이 너무나 풍성해서 그걸 입은 윤희가 케이크 장식처럼 보이는 디자인이다.

*

어느 날 잠에서 깬 나는 술을 줄이기로 결심한다. 릭이 습관을 다른 습관으로 바꾸면 된다고 했던 이야기를 떠올리며, 유튜브에서 기본적인 종이접기 영상을 찾아본다. 나는 학을 접는 법을 익혀서 종이학 가족을 만든다. 부엌 식탁 위에 죽 늘어놓은 학들이 금방이라도 날아갈 듯하다. 릭에게 그 이야기를 하니 그가 자신이 참고했던 종이접기 책 한 권을 건네준다. 나는 그걸 보면서 기린, 코끼리, 호랑이를 접는다. 이윽고 종이 동물원이 완성되자 나는 자축하려고 와인 한 병을 사서 혼자 마신다.

데이팅앱을 다운받는다. 윤희가 제임스를 만난 앱과는 다른 앱이다. 처음에는 재밌다. 최대한 많은 사람을 스와이프해서 나랑 매치되는 사람을 찾아내는 게임을 하는 것 같다고 할까. 나는 연달아 데이트를 한다. 엔지니어도 만나고, 시인도 만나고, 도예 강사도 만나고, 소셜미디어 마케터도 만난다. 일을 아예 안 하고 신탁기금만으로 먹고사는 남자도 만난다.

"어떤 일을 하세요?"

남자들이 묻는 말에 나는 이렇게 대답한다.

"저는 물고기를 돌봐요."

가끔은 남자를 우리집으로 데려오지만, 대개는 남자 집으로 따라간다.

처음에는 섹스가 흥분된다. 어떤 남자와 침대에 들어가느냐에 따라 내가 다른 사람이 되는 듯한 기분이 든다. 의도적인 것은 아니고, 그냥 여러 방식을 시도해보는 것이다. 엔지니어는 아침에 하는 것을 좋아하고, 시인은 약에 취한 채 하는 것을 좋아하고, 도예 강사는 내가 음담패설을 해주는 것을 좋아하며, 소셜미디어 마케터는 완전히 침묵하면서 하는 것을 좋아한다. 신탁기금 남자는 가장 과감하지만 왠지 가장 따분한 상대다. 나는 그가 내게 하고 싶은 온갖 행위를 내 귀에 속삭이게 내버려두다 마침내 나한테서 떨어져 잠들면 짐을 챙겨 나온다. 남자들은 내가 밤을 같이 보내지 않으면 늘 미쳐 날뛰며, 다음날 내 핸드폰이 폭파될 정도로 연락해댄다.

나는 남자들에게 10cc의 노래를 들려주지만 그들 중 누구도 이해하지 못한다. 하나같이 자신의 음악 취향에 대해 호들갑을 떨며 내게 어떤 밴드를 좋아하느냐고 집요하게 물으면서도 말이다. "너무 촌스러운 노래인데"라는 그들의 말에 나는 이렇게 소리지르고 싶다. "바로 그게 좋은 거라고!"

*

어느 날 밤, 매칭된 남자 중 누구도 메시지에 답을 하지 않기에 나는 와인 한 병 반을 마시고 유로파 앱으로 태에게 전화를

292

건다. 너무 취한 나머지 그에게 무슨 말을 해야 할지 걱정하지도 않는다. 마침내 전화를 받은 태의 목소리가 너무나 선명하고 친숙해서 나는 핸드폰으로 기어들어가 그 옆에 웅크려 앉고 싶은 기분이 든다.

"로? 나한테 전화한 게 맞아?"

"묻고 싶은 게 있어."

"나 지금 이럴 시간 없어."

태는 그렇게 말하면서도 전화를 끊지 않는다. 내 말을 들어주지 않으면 내가 뭔가 극단적인 짓을 할까봐 두려운 것 같다.

나는 태에게 주 북부에 있는, 그가 좋아하는 양조장에 갔던 일을 기억하느냐고 묻는다. 태는 그곳에 있는 다양한 종류의 맥주에 대해 알려주었고, 우리는 전부 맛보았지만 그중 어떤 맥주도 내 입에 맞지 않았다. 이후에 우리는 엄청나게 취한 상태로 현대 미술관에 갔는데, 한 전시관이 눈밭처럼 새하얀 캔버스로 온통 뒤덮여 있었다. 우리는 환각을 보고 있거나 전시 준비중인가보다고 생각했지만 알고 보니 그 자체가 전시였다.

"그냥 네가 기억하는지 궁금했어. 그 미술관 말이야. 캔버스가 온통 다 하얬잖아, 그치? 그림은 그려져 있지 않았지? 나한테만 안 보인 게 아니지?"

태가 잠시 침묵하다가 말한다.

"나도 기억해. 너만 그렇게 본 게 아니야. 그걸 물으려고 전화한 거야?"

"응, 그냥 그게 다 내 상상이 아니었는지 알고 싶어서."

태는 내게 어떻게 지내느냐고 묻는다.

"보고 싶어."

나는 그렇게 말하고 입술을 꽉 깨문다. 얼마나 세게 깨물었
는지 피맛이 난다.

수화기 저편에서 누군가의 말소리가 들린다. 여자가 내는 듯
한 나지막한 웃음소리도.

"너 취했어?"

"꺼져."

"이런 식으로 전화하지 않았으면 해."

태가 부드럽게 말한다. 나는 그가 차라리 화를 내며 전화를
뚝 끊어버리기를 바란다. 심지어 그가 나를 미친년이라 부른다
고 해도 괜찮을 것 같다. 내가 상처받는 만큼 그도 상처받는 것
을 볼 수만 있다면.

하지만 태는 내게 자기 전에 물을 마시고 애드빌을 한 알 먹
으라고, 안 그러면 내일 숙취에 시달릴 거라고 말한다. 건강히
지내라고 말한다. 나는 그게 무슨 뜻이냐고, 왜 사람들은 "안
녕"이라고 말하고 싶을 때 늘 "건강히 지내"라고 말하는 거냐
고 묻고 싶지만, 태는 이미 전화를 끊은 뒤다.

*

태가 전화를 끊은 후 며칠 동안 나는 개구리, 카메라, 꽃, 전화기 접는 법을 익힌다. 분홍색 학을 준 릭에게 고마움의 표시로 빨간색 개구리를 만들어준다. 그가 책상 가장자리에 올려놓은 빨간 개구리가 마치 인자하고 사려 깊은 꽃처럼 보인다.

나는 술을 마시지 않는 날이면 개구리를 접는다. 그렇게 만든 개구리를 서랍장 위에 늘어놓는다. 처음에는 세 마리로 이루어진 작은 가족이었는데 어느새 다섯 마리로, 일곱 마리로 늘어난다. 한동안 일곱 마리였던 개구리 가족에 여덟번째, 아홉번째, 열번째 개구리가 합류한다. 나는 그들이 나를 지켜보고 있다고 상상한다. 그들이 나를 살피고 있다고.

*

덜로리스의 구매자가 수족관에 온 날 나는 덜로리스에게 마이 블러디 밸런타인의 노래 중에서 잘 알려지지 않은 곡들을 틀어주고 있었다. 윤희가 평소보다 사무적인 태도로 전시관에 들어선다. 내가 아는 사람 가운데 직장에서 오프숄더 원피스를 입고도 그럴싸해 보이는 사람은 윤희밖에 없다는 걸 인정하지 않을 수 없다.

"그분이 오셨어요."

"무슨 말인지 모르겠는데요."

내가 그렇게 말하는 순간 구매자가 걸어들어온다. 그는 푸른 옥스퍼드셔츠와 블랙진 차림으로, 내가 상상했던 것과는 전혀 다르다. 요란하게 수행원 같은 사람들을 데리고 오지도 않았다. 놀랍게도 머리가 빨간색이고 얼굴에는 부자연스러운 미소를 띠고 있다.

내가 마음을 다잡을 새도 없이 그가 내 손을 잡고 악수한다.

"오로라 씨죠. 이야기를 많이 들었습니다."

그는 회의와 회의 사이에 명상을 하고 자신이 모종의 더 높은 의식과 연결되어 있다고 상상하는 초부유층 사람 특유의 레이저 같은 집중력을 발휘해 나를 쳐다본다. 그 시선이 너무나 강렬해서 나는 나를 오로라라고 부르는 사람은 아무도 없다고 말하는 것도 깜빡한다.

윤희가 나서서 나와 덜로리스를 소개한다. 덜로리스는 즉시 바위 뒤로 몸을 숨기고 새로 나타난 사람을 살펴본다. 남자는 필 호크라며 자신을 소개한다. 그제야 나는 파운틴 수족관의 신비로운 후원자이자 덜로리스의 차기 소유주가 유로파, 즉 태의 화성 탐사 프로젝트에 자금을 대는 회사의 CEO인 롭 호크의 친척이라는 것을 깨닫는다. 윤희와 내 눈이 마주치고, 우리 둘 다 같은 사실을 인지한다. 옛 단짝 친구끼리의 텔레파시가 우리 사이를 번쩍 관통한다. 돈은 세상을 작게 만드는 법이다. 내가 필에게 롭에 대해 물으니 그는 사촌 사이라고 무심히 대답한다.

윤희가 모든 것을 설명하는 동안 필은 고개를 끄덕이고, 자신을 엿보는 덜로리스를 돌아본다. 그의 눈이 반짝인다.

"아름답네요."

필이 경건하게 말하는 바람에 나는 잠깐이나마 그에게 호감을 느낄 뻔한다.

엄밀히 말해 문어는 사교적인 동물이 아니지만, 천성적으로 호기심이 많아 새로운 현상이나 존재를 맞닥뜨리면 내성적인 성향을 쉽게 극복한다. 그래서 필이 수조로 다가가 유리를 살짝 두드리자 덜로리스는 과시하듯이 팔을 쭉 펼친다. 몸통이 민트색으로, 그다음엔 연보라색으로, 그다음에는 연한 레몬색으로 변한다.

"이런 건 처음 보네요."

필이 말한다. 그는 윤희가 아니라 나를 보고 있다.

"기분이 좋다는 뜻이에요."

알고 보니 필은 문어에 대해 나름 지식이 있었다. 해양생물학에 관심이 있어 취미로 공부하는 모양이었다. 어렸을 때부터 집에 수족관이 있어서 소라게와 성게를 키웠다고 한다. 그는 덜로리스에 대한 설명서를 자세히 적어줘서 고맙다고 내게 인사한다. "굉장히 유용했어요."

내가 필을 위해 수조 뚜껑을 열자 덜로리스가 물위로 헤엄쳐 올라온다. 나는 필이 덜로리스에게 먹이를 주게 해준다. 양동이에서 은색 생선이 푸른 물속으로 떨어지는 동안 스피커에서 웅웅거리는 슈게이즈 음악이 계속해서 흘러나온다. 내가 오늘의 퍼즐을 물속에 넣어주자 덜로리스는 어느 때보다도 빠르게 풀어낸다. 필이 경탄한다.

"네 살짜리 제 아들도 덜로리스에게는 상대가 안 되겠는데요."

윤희는 일이 잘 풀리자 흡족한 눈치다. 나는 도저히 나를 모르겠다. 필을 싫어하고 싶은데 그럴 수가 없다.

필이 내게 수족관을 구경시켜달라고 부탁한다. 나는 필과 윤희를 데리고 주요 전시관을 돌며 동물에 대해, 그 이름과 다른 동물과의 관계에 대해, 그들이 매일매일 어떤 돌봄을 받는지에 대해 설명한다. 내 방대한 지식에 윤희가 놀라는 게 느껴진다. 파운틴 수족관에서 여러 해 동안 일하면서 알게 된 모든 것을 설명하고 필의 끝없는 질문에 침착하게 대처하니 얼마나 기분이 좋은지, 나 스스로도 놀란다. 만약 놀라지 않았다면 짜증이 났을 것이다.

"굉장하네요."

필이 나를 보고 활짝 웃으며 말한다. 나는 그가 뭔가 멍청한 말참견을 할 거라 예상했는데, 그런 일이 딱 한 번 벌어진다. 가오리를 보고 있을 때 필이 그중 한 마리를 노랑가오리라고 잘못 말한 것이다. 내가 홍어라고 정정하니 그는 잠시 짜증스러워하는 듯하다가 이내 내가 옳다고 인정한다.

필이 덜로리스의 이름을 어떻게 지은 거냐고 묻자 나는 어떤 사람의 할머니 이름을 딴 거라고 말한다. 그러자 필이 뜬금없이 이렇게 말한다.

"어떤 사람들은 문어가 외계인이라고 생각하잖아요. 저 우주에서 왔다고요."

"저도 들어본 학설이에요."

"어떻게 생각하세요? 당신은 전문가잖아요."

필이 진심으로 알고 싶어하는 어조로 묻는다. 무슨 일에든 전문가로 여겨지는 건 기분좋은 일이다. 내가 모르는 것에 마음을 사로잡히고 내가 아는 것에는 당혹스러워하며 대부분의 시간을 보내는 나로서는 더더욱 그렇다. 나는 솔직하게 대답한다.

"모르겠어요. 생각해보면 아예 불가능한 학설 같지는 않아요."

필이 진지하게 고개를 끄덕인다.

"그렇죠. 세상에 아예 불가능한 것은 없다고 봐요. 수백 년 전 사람들이 불가능하다고 생각했던 일들이 이제는 몇 초 만에 이루어지기도 하니까요."

그 말을 듣고 마음속에서 짜증이 치밀어오르지만 나는 필이 저렇게 생각하는 것은 당연하다고 스스로를 타이른다. 돈 많은 백인이자 온갖 분야의 기술 투자자로서 새로운 것은 무엇이든 진보로 느껴질 테니까.

"맞아요. 그런 것 같네요."

"우리 공공기관이 지구와 지구의 경이를 보호하는 데 완전히 실패한 건 유감스러운 일이에요."

필의 어조에서 반어적인 느낌은 조금도 찾아볼 수 없다. 그는 마치 자신이 이 문제와 무관하다는 듯이 말을 잇는다.

"하지만 우리처럼 자원을 가진 사람들이 나서야 하는 거잖아요, 안 그래요?"

나는 내가 '우리'에 포함되기라도 한다는 듯 고개를 끄덕인다.

필은 팰로앨토에 있는 자신의 집에 짓고 있는 수족관에 대해 이야기하며, 거기에 갖춰질 델로리스의 수조는 수족관의 수조보다 더 클 거라고 말한다. 거기에 베링 소용돌이에서 자생하는 해초를 가득 채울 계획이라고 한다. 필이 그 모든 것을 설치할 공간의 사진을 보여주고, 나는 마른침을 삼킨다. 과연 그 수조는 우리 것보다 훨씬 크다. 필이 궁극적으로 만들고자 하는 것은 연구소다. 대중에게 개방된 수족관이 딸린 연구소 사업을 민간자본으로 운영하고 싶다는 것이다.

"이 아름다운 생물들을 구할 수 있는 유일한 방법은 사람들의 관심을 높이는 것이니까요."

나는 이런 말을 하는 사람이 필이라는 게 싫지만, 매년 줄어드는 수족관 수익보다 훨씬 더 많은 연수입을 벌어들이는 사람이 덜로리스를 데려가면 덜로리스의 삶도 더 나아질 거라는 생각을 떨칠 수가 없다.

윤희가 필에게 떠나기 전에 사무실에 들러 최종 서류를 검토해달라고 한다. 필이 그전에 덜로리스를 한 번 더 보고 싶다고 해서 우리는 덜로리스의 전시관으로 간다. 덜로리스는 웬일로 잠든 것 같다. 몸 색깔이 이따금 조금씩 변하면서 산호색, 녹색, 흰색, 검은색을 띤다.

"근사하네요."

필이 말한다. 하지만 이번에는 그의 소년스러운 흥분이 약간 연기처럼 느껴진다. 그는 이미 다음 일로 넘어갈 준비가 된 듯 핸드폰을 확인한다.

나는 덜로리스의 색깔이 변하는 건 꿈을 꾸고 있다는 뜻이라고 필에게 말해주지 않는다. 지금 우리 눈앞에서 벌어지는 일은 우리와 전혀 다른 생명체의 의식을 은밀히 들여다보는 경험이라는 것도. 이 사실 하나라도 나만의 비밀로 간직하니, 어떤 의미에서는 덜로리스를 떠나보낸 뒤에도 오랫동안 그의 일부를 나만의 것으로 간직할 수 있을 듯한 기분이 든다.

필이 덜로리스를 만져도 되는지 묻는다(마치 덜로리스가 공원에서 만난 개인 양 정중하지만 기대감에 차서). 나는 안 된다고 하고 싶지만 윤희가 내게 의미심장한 눈길을 보낸다. 거절하면 나를 죽이겠다는 눈빛이라기보다는 오히려 간청하는 듯한 눈빛에 가깝다. 윤희는 피곤해 보인다. 능숙한 화장에도 눈 밑의 다크서클이 가려지지 않았다. 그런 기분을 느끼고 싶지 않았는데. 갑자기 윤희가 안됐다는 생각이 든다. 이 거래가 성사되지 않으면 윤희의 자리도 위태로워지는 것이다.

필이 팔을 물에 담그고 휘젓는다. 덜로리스가 한쪽 눈을 뜨고 필의 손을 향해 팔을 뻗는다. 덜로리스에게는 그의 손이 말미잘처럼 보일 것이다. 필이 긴장하는 게 느껴진다. 덜로리스가 필의 팔을 장난감처럼 더듬으며 부드럽게 잡아당기자 필이 "어이쿠"라고 한다.

"해치지 않을 거예요."

나는 아빠처럼 중립적인 어조로 말한다.

"그랬으면 좋겠네요."

필은 재미있는 농담을 던지듯 말하지만 재미있게 들리지 않는다. 그 목소리의 밑바닥에 깔린 호기심과 흥분 외에 이 생물체를 그냥 사들이는 게 아니라 엄청난 거금을 쏟아붓는 것이 잘못된 투자가 아니기를 바라는 마음이 배어났기 때문이다. 나는 필을 다시 싫어할 수 있게 되었다는 데 매우 순전한 안도감을 느낀다. 그리고 덜로리스는 확실히 사람의 마음을 읽을 줄 아는 건지, 다음 순간 필에게 물을 뿌린다. 필은 놀라서 비명을 지르며 팔을 확 빼내다 바닥에 더 많은 물을 끼얹고, 누군가가 웃음을 터뜨린다. 나는 한순간 덜로리스가 키득거리는 줄 알았는데, 이내 웃는 사람이 나라는 걸 깨닫는다.

"맙소사."

윤희가 말한다. 나와 눈이 마주친 윤희는 덩달아 웃음을 터뜨릴 뻔하다 상황의 심각성을 깨닫고 재빨리 정신을 차린다. 필은 문어 때문에 꼴사나운 모습을 보여 잔뜩 열받은 것 같다.

너무 웃긴 나머지 눈물까지 나온다. 윤희와 필은 눈물을 줄줄 흘리는 나를 미친 사람 보듯 한다.

"죄송해요. 전 그냥…… 덜로리스가 저러는 건 처음 봐서요."

수조 속에서 덜로리스가 의기양양하게 우리를 바라본다. 그의 몸은 밝은 바나나색으로 변했고 평소의 두 배 가까이 몸집이 커졌다.

윤희가 나를 향해 눈을 부라리고 필에게 유려한 사과의 말을 쏟아내며 그를 데리고 나간 뒤 나는 덜로리스를 타이른다.

"그러면 안 돼, 요 녀석아."

하지만 잘했다는 뜻으로 먹이를 더 준다.

*

근무가 끝난 후, 내가 탈의실에서 퇴근 준비를 하는데 윤희가 들이닥친다.

"대체 왜 그랬어? 그 사람을 설득하느라 한 시간이나 고생했잖아."

나는 어깨를 움츠려 재킷을 걸친다.

"여긴 동물원이 아니야. 델로리스가 묘기를 부리는 게 아니잖아. 델로리스가 야생동물이라는 것쯤은 알고 사들일 각오를 해야지."

"그렇다고 웃어댈 필요는 없었잖아. 그가 얼마나 중요한 사람인데. 이 거래도 마찬가지고."

"너한테 중요하단 뜻이겠지."

윤희가 입술이 하얘지도록 앙다문다. 나는 윤희가 엄청나게 화가 났지만 내색하지 않으려고 애쓸 때 저러는 걸 여러 번 보았다.

"칼에게 이 사실을 말하고 이 업무를 다른 사람에게 넘겨주라고 할 거야. 네가 이 일을 심각하게 받아들이지 않는 게 분명하니까."

윤희가 하고많은 사람 가운데 칼에게서 일종의 행정적 처벌을 끌어내려 한다는 데 분노가 솟구친다. 칼이 나한테 어떤 짓을 할지 걱정돼서가 아니라, 나는 정확히 이런 유의 행동을 싫어하기 때문이다. 누군가를 공격하려고 그 사람의 위로 올라가다니. 나는 사물함 문을 탕 닫는다.

"어디 한번 해봐. 뭐라고 할 건데? 딜로리스가 말썽을 피웠는데, 그게 내 탓이라고?"

"너는 내가 그저 성공을 위해 이런다고 생각하겠지만, 이건 너 개인보다 더 큰 문제라고. 알겠어?"

"좋아. 난 집에 간다."

"나는 널 도우려고 이러는 거야!"

윤희가 소리를 지른다. 이건 그가 할 수 있는 말 중에서도 최악의 말이다. 뒤돌아서 윤희를 똑바로 쳐다보니 마치 처음 보는 사람 같다. 서로의 집에서 밤을 보내며 잠이 오지 않으면 손을 맞잡았던 적도, 기름얼룩이 진 식당의 식탁 깔개 위에서 질리도록 진실 게임이나 매시* 게임을 했던 적도, 서로의 부모님 집에서 따뜻한 보드카와 담배를 빼돌렸던 적도 없는 낯선 타인처럼.

"무슨 소리야? 어떻게 이게 나를 돕는 건데?"

그렇게 따지는데 목소리가 떨린다. 나는 공연히 헛기침을 한다.

"로. 말하고 싶지 않았는데, 네 일자리가 없어질 뻔했다고."

"나를 해고하겠대?"

---

* MASH. 미래에 원하는 것을 종이에 적은 다음 하나씩 지우는 방식으로 장래를 알아맞히는 게임.

"너한테만 해당되는 문제가 아니야. 이사회에서 감원 계획을 세우면서 너희 부서의 일부를 내보내도 되겠다고 판단했어. 그대로 됐으면 네가 그 대상이 됐을 거라고."

"그래서 뭐? 내가 너한테 고마워해야 하는 거야? 너는 내가 여기에서 유일하게 소중히 여기는 것을 빼앗으려고 하는데?"

윤희가 코로 숨을 깊이 들이쉰다.

"정말 유감이네. 죄다 잘못 전달되고 있으니. 난 그냥 네가 괜찮았으면 좋겠다는 거야. 알겠니?"

"난 멀쩡해. 너는 알 리 없겠지만."

윤희는 미리 연습이라도 한 듯 조심스럽게 말한다.

"네가 많은 일을 겪었다는 거 알아. 하지만 어떤 시점에서는 네가 네 삶의 주인이 되어야 하잖아."

"내가 어쩌고 있는 거 같은데?"

"솔직히 말해도 돼?"

윤희가 말한다. 그 뒤에 나올 말은 내가 듣고 싶어할 말이 아닐 게 뻔하다. 솔직하게 말해도 되느냐고 물어본 사람이 좋은 말을 할 리 없다.

"너는 숨어 있는 것 같아."

이건 영화에 흔히 나오는, 두 사람이 고함을 치고 물건을 던져대는 종류의 격렬한 싸움이 아니다. 그래서 오히려 유감스럽다. 만약 그랬다면 차라리 기분이 나았을 텐데. 이건 영화의

엔딩크레디트가 올라가는데 내가 방금 본 게 뭐였는지 잘 모르겠고 '겨우 이게 다야?'라는 의문 속에 사기당한 기분이 드는 상황에 가깝다. 그러니 짐을 챙겨 자리를 떠나는 나를 윤희가 그저 지켜보기만 하는 것이 예상치 못한 일은 아니다. 다만 나도 모르게 무언가를 더 기대하고 있었던 것이다.

*

나는 레이철의 집으로 향한다. 원래는 그럴 생각이 없었는데, 이대로 집에 가면 또 와인 한 병을 비우거나 맥주 네 캔을 들이부을 게 뻔하다. 옛 단짝 친구가 나더러 불쌍하다고 말한 것과 내가 그 말이 옳다고 인정할 수밖에 없다는 사실 중에서 무엇이 더 기분 나쁜지 모르겠다. 내가 지금껏 내내 숨어 있었고, 나 자신을 실망시켜왔음을 외면하려고 아빠, 태, 엄마, 윤희를 비롯한 모든 사람을 이용해왔다는 것을 인정하지 않을 수 없다.

한때 나는 내가 태어나지 않았다면 부모님의 삶이 더 수월했을 거라고 생각했다. 엄마가 선불리 아이를 낳지 않았다면, 원했던 대로 학교에 들어갔다면, 아빠가 급여를 좀더 많이 주는 직장에 만족하지 않고 그보다 나은 일을 찾았다면 좋았을 텐데. 우리 가족을 둘러싼 일련의 상황을 보면서 내가 없었다면 두 분이 더 행복했을 거라고, 아빠가 여전히 살아 계실 거라고 상상하지 않을 수 없었다. 이런 생각을 하면서 자라다보면 자기 자신을 망가뜨리는 게 점점 쉬워진다. 스스로를 오그라뜨려 다른 사람들에게 최대한 유용하거나 가치 있는 부분만 남긴다.

아빠는 문어의 팔이 각각 별도의 뇌처럼 작동한다고 말했다.

"상상해봐. 네 두 팔과 두 다리가 자기만의 의식을 가지고 있다고 말이야. 그러면 동시에 얼마나 많은 일을 할 수 있겠니?"

아빠 말에 따르면, 만약 우리의 신경학적 구조가 문어와 같다면 피아노를 치면서 축구공을 드리블하거나 칵테일을 만들고 그 와중에 전화로 복잡한 대화를 나누거나 수학 문제를 풀 수도 있다.

문어의 팔은 몸통에서 분리되어도 자극에 반응할 수 있다. 문어의 절단된 팔을 꼬집었더니 통증을 느끼고 홱 피했다는 실험 결과도 있다.

*

"안녕."

나는 문을 열어준 레이철에게 인사한다. 레이철은 나를 보고 놀란 듯하지만 굳이 말로 표현하지는 않는다. 한편으로 방문객이 다른 사람이 아닌 나라는 것을 알고 안심한 듯 보이기도 한다.

"누구 기다리고 있었어?"

내가 묻자 레이철은 고개를 젓고는 손빗으로 머리를 쓸어넘기며 한숨을 쉰다.

"아냐, 아냐, 들어와. 종일 집에 있었더니 미칠 거 같아서 산책이나 나갈까 했어."

오늘 헤일리는 아빠 집에 갔다고 한다. 나는 레이철과 함께 소파에 앉는다. 그는 또다른 자기계발서를 읽던 중이었다. 『자기 치유를 위한 궁극적 안내서』라는 책인데, 그걸 보니 울버린이 떠오른다. 레이철이 부엌으로 가서 피스타치오 아이스크림 한 통과 숟가락을 가져온다. 우리는 말없이 아이스크림 통을 주거니 받거니 하며 먹는다.

레이철과 나는 어렸을 때 별로 친하지 않았다. 동양인 부모가 으레 그러듯 우리 부모들도 걸핏하면 우리를 비교했던데다. 레이철이 나보다 여섯 살 많았기 때문이다. 그런데 레이철이 결혼한 후로 우리 관계가 다시 시작된 것 같았다. 서로가 서로의 삶을 간접 체험하는 느낌이었다. 레이철은 내가 아직 어려서 결혼하라는 압박을 받지 않는 걸 부러워했고, 나는 자신의 삶을 전부 파악하고 있는 듯한 레이철에게 경외심을 느꼈다. 내가 동경한 것은 결혼보다는 레이철의 삶이 남들이 인식

할 수 있는 어른다운 삶의 패턴에 들어맞기 시작했다는 점이었다.

레이철은 헤일리가 학교에서 또 말썽을 일으켰고, 오늘은 선생님에게 닥치라고 하는 바람에 교장실에 불려갔다고 털어놓는다.

"그래서 이제 다들 나를 딸에게 언어폭력을 휘두르는 엄마라고 생각해."

TV에서 우울한 리얼리티프로그램을 방영하고 있다. 과장된 고함을 내지르고 보석 같은 색상의 드레스를 입은 출연자가 잔뜩 나온다.

"만사가 지나치게 힘들다고 느껴본 적 있어? 남들에게는 쉬운 일이 나한테는 그렇지 않은 것 같은?"

"적어도 우리는 저런 사람들은 아니잖아."

나는 TV를 가리키며 말한다.

"그래, 저 사람들은 자기 문제로 돈을 벌고 있지."

"언니 잘못이 아니야. 아이들은 늘 다른 사람 말을 따라 하잖아. 헤일리도 언니처럼 힘든 시간을 보내고 있는 거야. 이러다 지나가겠지."

레이철이 한숨을 쉬며 말한다.

"어서 일자리를 구해야겠어. 돈 걱정을 잠시도 떨칠 수가 없어. 어디서 돈을 구할지, 돈이 어디로 나갈지, 어떻게 해야 돈을 더 벌 수 있을지. 사이먼과 살 때는 이런 걱정을 할 필요가 없었어. 그 사람이 다 알아서 했으니까. 우리 관계에서 정말 좋았던 것 중 하나가 바로 그거야. 삶이 수월했다는 거. 나중에는 그렇지 못했지만."

"둘이 다시 합치는 건 아니지?"

레이철이 뜸을 들이다 말한다.

"아니야. 네 말이 옳았어. 그래선 안 돼. 나한테도, 헤일리한테도 안 될 일이야. 하지만 당장은 앞으로 나아갈 길이 보이지 않아. 어딘가에 있는 건 분명한데."

레이철은 그동안 소리 내어 연습해온 것처럼 이 말을 한다. 레이철이 아이스크림을 다 먹는 동안 나는 내가 아닌 다른 사람, 즉 실용적이고 다정한 조언을 해주고 세상을 긍정적으로 바라보는 사람처럼 굴려고 해본다.

"찾아낼 거야. 시간은 좀 걸리겠지만 결국 괜찮아질 거야."

레이철이 잠깐 재밌다는 듯한 눈빛으로 나를 본다.

"그런데 우리집엔 왜 온 거야?"

나는 덜로리스, 필, 윤희, 엄마의 새 남자친구에 대해 털어놓는다. 엄마 이야기에 레이철이 눈을 크게 뜨더니 묘한 어조로 말한다.

"이모가 그럴 줄은 몰랐는데."

"나도 몰랐어. 속상하더라고. 글쎄, 나도 괜히 심통을 내면 안 되지만, 평소에 자기 이야기는 나한테 통 안 하고 아빠와의 일에 대해서도 전혀 말해주지 않는 엄마가 그런 식으로 남자친구를 불쑥 소개하다니, 정말이지 엄마답지 뭐."

"이렇게 생각해봐. 그 남자분이 이모에게 중요한 사람이라 너한테 말하고 싶은데 어떻게 말해야 할지 모르셨던 거야."

"그 아저씨를 나한테 소개하기 전에 미리 말했으면 됐잖아. 살짝 언질이라도 줬어야지."

"근육 같은 거야. 자신에 대해 말하고 사람들에게 필요로 하거나 원하거나 기대하는 바를 요청하는 데에는 연습이 필요해."

"언니가 읽는 책에 나오는 내용이야?"

"아니. 내가 만들어낸 격언인데. 필요하면 간직해둬. 나도 사이먼 문제로 고민하면서 이 격언을 매일같이 되새겼어. 너무 오랫동안 함께한 사람이라, 관계가 무너지는 느낌이 들었을 때 어떻게 대처해야 할지 감도 안 잡히더라. 대화를 하는 게 도움이 됐을지는 잘 모르겠어. 하지만 그랬다면 우리 결별 과정이 덜⋯⋯"

"고통스러웠을 거라고?"

"오래 걸렸을 거라고. 고통스러운 거야 변함없지. 하지만 지금 내가 아는 것을 그때도 알았더라면 수년간 혼자 해결하려고 아등바등하지도, 결혼에 실패한 게 나 때문이라고 그렇게 오랫동안 자책하지도 않았을 거야."

내가 아무 말도 하지 않자 레이철이 덧붙인다.

"이모는 너와 더 가까워지고 싶어하시는 거야."

"그래서 나보고 어떡하라고?"

나는 레이철이 준 냅킨을 안절부절못하며 별, 꽃, 비행기 모양으로 접었다 폈다 하다가 묻는다. 레이철이 냅킨을 빼앗는다.

"어떡하긴, 받아들여야지."

12장

태의 엄마를 처음 만났을 때 나는 전날 밤을 태의 집에서 보낸 참이었다. 나는 자신이 안전하다고 할 때까지는 방에서 나오지 말라고 끈질기게 속삭이는 태의 목소리에 잠이 깼다. 내가 처음 꺼낸 말은 이것이었다.

"강도 들었어?"

태는 차라리 강도가 들었더라면 좋았을 거라는 듯이 얼굴을 찌푸리며 말했다.

"아니. 우리 엄마가 왔어. 엄마가 갈 때까지 여기 있을 수 있겠어?"

나는 너무 졸리고 당황해서 짜증도 나지 않았을뿐더러 그의 입장도 이해할 수 있었다. 한국인 이민자 부모에게 섹스와 연애에 대해 말하는 것은 어색한 일이었다. 아무리 그들이 표면적으로는 20대 미혼 자식이 결혼하기 전까지 동정으로 남아 있지 않을 가능성이 크다는 것을 알고 있다 하더라도 말이다.

"엄마?"

거실에서 태가 말하는 소리를 들으며 나는 이불 속으로 파고들었다. 그러면 태의 엄마가 별안간 침실에 들이닥쳤을 때 도움이 되기라도 할 것처럼. 이불에서 태가 쓰는 세탁 세제 향이 났다. 나는 빨래에 아무리 세제와 섬유유연제를 많이 넣어도 이런 상쾌하고 산뜻한 향이 나지 않는데.

태의 어머니가 부엌을 분주히 돌아다니며 식료품을 채워넣고 태에게 어떻게 지내느냐고 쾌활하게 묻더니, 요즘 통 전화를 하지 않는다고, 몸이 너무 말랐다고 나무라는 소리가 들렸다. 나는 이렇게 몇 분만 있으면 될 거라고, 태가 어떤 핑계를 대서라도 엄마를 내보낼 거라고 생각했다. 그런데 두 사람의 웃음소리와 함께 커피머신이 끓는 소리가 들렸다. 나는 다시 곯아떨어졌고, 내 몸이 토막나 태의 엄마가 가져온 타파웨어와 비닐 봉투에 나뉘어 담긴 후 네임펜으로 이름을 적은 라벨이 부착되어 냉장고와 찬장 안에 가지런히 보관되는 꿈을 꿨다.

깨어나보니 집안이 조용했다. 침실 밖을 빼꼼 내다보니 태가 식탁 앞에 홀로 앉아 노트북을 보고 있었다.

"뭐해?"

"이번주 수업 계획 짜고 있어."

태가 커피를 한 모금 마시며 말했다. 가스레인지 시계를 보니 정오였다.

"잠을 많이 자더라."

나는 태의 맞은편 의자에 앉았다.

"네가 깨워줄 줄 알았지. 너희 어머니가 여기 오래 계셨나 봐."

"오, 아직 안 가셨어."

태가 부드럽게 건넨 말에 나는 뭐에 물리기라도 한 것처럼 벌떡 일어났다.

"잠깐 차에 뭐 가지러 가셨어. 네가 여기 있다고 말씀드렸더니 너를 만나고 싶으시대. 같이 점심 먹으러 가자고 하시던데."

"오, 안 돼. 미치겠네."

그때 우리는 사귄 지 거의 2년이 되어가고 있었지만 나는 태의 부모님을 만나기가 두려웠다. 태가 넌지시 언급할 때마다 나는 화제를 돌려 그 문제를 피했다. 태에게 중요한 사람들을 만나고 싶지 않아서가 아니라, 태와 무척 친밀한 그의 어머니가 나를 마음에 안 들어할까봐 걱정됐기 때문이다.

"걱정 마. 좋아하실 거야."

태가 내 뺨에 입을 맞추며 말했다.

"그래도 머리는 좀 빗으면 좋을 것 같네."

그는 그렇게 덧붙이더니 노트북 화면으로 시선을 돌렸다. 나는 욕실로 달려가서 기록적인 속도로 채비를 했다. 찬물로 세수하고 눈꼬리에 뭉친 검은 아이라이너를 최대한 닦아내며 계속 욕을 뇌까렸다. 전날 밖에서 저녁을 먹으며 와인 한 병을 거의 다 마신 터라 머리가 쿵쿵 울렸다. 머리에 물을 바르고 재빨리 손으로 빗질해서 머리 모양을 그나마 정돈했을 때(태는 깔끔한 성격이긴 해도 여느 남자들과 마찬가지로 욕실 보관장에 이발소에서 얻어온 얇은 플라스틱 빗 하나밖에 갖고 있지 않았다) 태의 엄마가 집에 돌아와 높은 목소리로 외쳤다.

"가자, 얘들아!"

집에서 멀지 않은 국숫집에서 점심을 먹었는데, 분위기가 어색하긴 했지만 끔찍할 정도는 아니었다. 태의 엄마는 내가 상상한 것보다 훨씬 좋은 분이었다. 거의 모든 한국 아줌마가 특정 나이에 접어들면 그러듯이 곱슬곱슬한 파마를 했고, 눈썹 모양이 하도 완벽해서 우리 엄마처럼 문신을 한 건가 싶었다. 그분은 태가 하는 말마다 웃음을 터뜨렸고, 나에게 친절하고 세심하게 질문을 던졌다. 그리고 태가 다른 데를 볼 때 늘 걱정스러운 시선으로 나를 쳐다보기도 했다.

"오, 수족관이라고! 참 재밌네."

내가 서투른 한국어로 내 직업에 대해 말하자 태의 엄마가 말했다. 나는 수족관이라는 한국어 단어가 생각나지 않아 '물고기 동물원'이라고 표현했다.

놀랍게도 그분은 나를 보고 안도한 눈치였다. 태가 줄곧 백인 여자를 만나다가 마침내 한국인 여자친구를 사귄다는 이유만으로 만족하시는 걸까 싶었다.

나중에 집에 돌아와서 태에게 물었더니 그는 웃었다.

"부모님이 내 애인을 괜찮다고 생각하시는지 어떤지는 별로 중요하지 않아. 그냥 너를 소개하고 싶었을 뿐이야."

"어머님이 나를 좋아하시는 것 같아?"

"모르겠는데."

나는 뜨끔했지만 그럼에도 그렇게 말해주는 게 고마웠다.

"가끔 엄마가 무슨 생각을 하는지 파악하기가 어렵거든. 하지만 네가 나한테 얼마나 큰 의미를 갖는지는 아셔. 내가 항상 네 얘기를 하니까."

나로서는 전혀 이해할 수 없는 일이었다. 우리 엄마와 나는 주로 '묻지도 말하지도 말라' 정책을 따랐다. 아빠가 실종된 후 엄마가 내게 요구한 것은 학교를 그만두거나, 임신하거나, 체포되거나, 그 밖에 엄마를 평생 부끄럽게 할 짓을 하지 않는 것, 엄마 표현을 따르자면 "내 인생을 낭비"하지 않는 것이었다. 특히 내가 수족관에서 일하게 되었다고 말하자 엄마가 일주일 동안 침묵으로 일관한 이후로는 내 인생에서 중요한 결정에 엄마를 끌어들일 생각이 전혀 들지 않았다.

엄마가 태를 만난 것은 우리가 사귄 지 일 년 반쯤 되었을 때였다. 태가 엄마를 만나고 싶다고 하도 우겨서 나는 평상시의 본능을 거스르고 그가 하자는 대로 했다. 엄마네 집에서 저녁식사를 했는데, 엄마는 태가 밥도 잘 먹고, 공손하고, 한국어도 나보다 훨씬 잘한다며 칭찬했다. 심지어 태의 말에 소리 내어 웃기까지 했다. 나중에 엄마는 "진작 그런 사람을 만났어야지" 하고 나를 힐난했는데, 그 따끔한 핀잔에서 따스함이 느껴졌다.

태는 매주 빠짐없이 자기 엄마에게 전화했고, 그의 냉장고와 찬장은 엄마가 가져다준 식료품과 요리로 늘 가득차 있었다. 태는 아빠에 대해서는 별말을 하지 않고 나에게 소개해주지도 않았다. 사진으로 본 태의 아빠는 여느 중년 한국인 아빠들과 비슷해 보였다. 안경을 쓰고, 머리가 약간 벗어지고, 배가 좀 나왔다. 태는 어렸을 때 아빠와 많이 부딪쳤다고 했는데, 내게 들려준 이야기는 그게 전부였다. "지금은 나아졌지만 예전에는 술을 많이 드셨거든." 그래서 친구들과 놀거나 밴드 공연이 있는 자리에서도 그는 한번에 맥주 몇 캔 이상은 마시지 않았고, 내가 너무 많이 마신다 싶으면 말수가 줄어들었다. 그는 아무 말 않고 나를 빤히 지켜보기만 했고, 내가 농담을 해도 웃어주지 않았으며, 잠들기 전에 물을 마시라고 일렀다.

아빠가 태를 봤다면 좋아했을 것이다. 두 사람은 삶에서 즐거움을 느끼는 대상, 낙관과 회복력, 무슨 일이 일어나도 극복할 수 있다는 남자로서의 확신이라는 면에서 많이 비슷했다. 나는 종종 태에게 그의 낙관적인 성격이 매우 한국인답지 않다고 말했다. 태가 좋은 선생님인 것도 바로 그런 면 때문이었다. 그는 까다로운 나이대로 악명 높은 중학생을 가르치는 데 유능했다.

"아이들이 소란스러울 때도 있지만, 모두 뭔가를 배우고 누군가가 자기 말을 들어주기를 바라서 온 거니까."

태는 자기 학생들에 대해 그렇게 말했다. 교사 생활을 몇 년 하지 않았는데도 많은 학생이 그를 따랐다. 고등학교에 진학한 학생들도 종종 태의 교실을 찾아와 그를 'P 선생님'이라 부르며 관심을 끌려고 아옹다옹했다.

"내가 네 학생이라 생각하고 설명해봐."

나는 태가 직장 문제나 친구들과의 관계 때문에 스트레스를 받을 때 종종 그렇게 말했다. 태는 심란하면 말수가 적어지고 내성적으로 변했다. 그럼에도 나는 그와 마주앉아 한번에 한 문제씩 다 이야기하게 했다. 태가 어떤 학생에게 점수를 잘 안 줬다고 학부모가 화를 냈을 때에도(실제로는 그 학생에게 추가 점수를 받을 수 있는 기회를 줬다), 한 학생이 계속 숙제를 내지 않고 수업 시간에 자꾸 잠을 잤을 때에도, 밴드 멤버인 개릿이 술 마시고 노느라 연습에 안 나오기 시작했을 때에도.

"고마워."

언젠가 태가 말했다.

"뭐가? 난 그냥 들어주기만 하는데."

"내가 현재를 살아가도록 잘 도와주고 있잖아. 나는 혼자서 모든 걸 바로잡으려고 애쓰는 데 익숙했어. 그런데 네가 있으니 그런 느낌이 안 들어."

한동안은 그것만으로도 태에게 충분했을지 모른다.

*

매년 내 생일이 되면 태는 무슨 선물을 받고 싶은지 물었다. 나는 아무것도 필요 없다고 우겼지만 태는 매번 작고 실용적이면서도 사려 깊은 선물로 나를 놀라게 했다. 나는 태의 그런 면에 반했다.

사귀기 시작한 첫해에 태는 절대로 새지 않는다는 연파란색 보온병을 선물했다. 내가 아침에 서두르다 종종 커피를 엎질렀기 때문이다. 두번째 해에는 배터리가 절대 닳지 않고 '영원히' 방수가 되는 녹색 손목시계를 줬다. 인터넷에서 혁신적이라고 주장하는 상품을 보면 늘 흥분한다는 점에서 그는 아빠와 비슷했다. 세번째 해에는 동네 예술가가 만든 도자기 머그컵 세트를 사주었는데, 바다의 여러 빛깔로 칠한 것이라고 했다. 각각 폭풍, 평온, 부서지는 파도, 암초라는 이름이 붙어 있었다.

"암초는 바다라고 할 수 없잖아."

내 말에 그가 대꾸했다.

"너한테 뭐 사주기 정말 어렵다."

암초는 기묘한 하늘색 바탕에 오렌지색 그림이 그려진 컵이
었는데 우리가 다투던 와중에 깨져버렸다. 우리가 서로 물건을
던져댔던 건 아니고, 다만 컵이 식기 건조대 위에 아슬아슬하
게 걸쳐져 있었는데 싸우면서 그걸 못 본 바람에 싱크대에 떨
어져서 박살난 것이었다.

우리가 하는 싸움은 늘 똑같은 싸움의 반복이었다. 태는 내
가 삶을 제대로 꾸리기를 바랐지만 그걸 직접적으로 말하지는
않았다. 그저 내가 집을 자주 청소하지 않는다거나, 일을 좋아
하지 않는 것 같은데도 그만두지 않는다는 등 사소한 사실을
지적했다.

"대체 왜 이런 식이야?"

내가 세금 납부를 자꾸 막판까지 미루거나 병원 예약을 하겠
다고 말해놓고 하지 않을 때면 그는 짜증을 내며 이렇게 묻곤
했다.

처음에는 귀여웠다. 누군가가 자신을 고쳐주고, 조금 더 유
능하고 자신 있게 만들어주고, 전반적으로 더 잘살 수 있게 해
준다는데 어떤 여자가 싫어하겠는가? 태가 하루에 물을 더 많

이 마실 수 있는 법을 알려주거나 이른 아침에 조깅을 하자며 깨우면 나는 그의 말대로 했다. 집 근처 공원에서 우리가 하던 조깅은 우스꽝스럽기 그지없었다. 바보 같은 머리띠로 앞머리를 넘긴 태는 나를 질질 끌고 성큼성큼 나아갔다.

"한 바퀴만 더 돌고 가자."

그는 산책을 싫어하는 고집스러운 개를 다루듯 채근하곤 했다.

지금 생각해보면 태는 나의 허술함에 매력을 느꼈던 것 같다. 태의 부모님은 태가 어렸을 때부터 지금까지 쭉 식료품점을 운영했는데, 세 형제 중 장남이었던 태는 어렸을 때도 부모님이 일하는 동안 집안일을 도맡았다. 두 동생에게 깨끗한 옷을 입히고, 숙제를 시키고, 시리얼만 먹지 않도록 챙겨주는 것이 태에게는 제2의 천성과도 같았다.

이전에 태가 사귀었던 백인 여자들은 대부분 훌륭한 교육을 받았고, 빵을 많이 구웠고, 운동복을 입고 운동했다. 나와 달리 태를 필요로 하지 않는 여자들이었다. 태의 전 여자친구 세 명은 모두 대학에서 혹은 대학 졸업 직후에 만난 이들로, 나는 태에게서 그들의 이름과 사연을 모조리 알아냈다. 클레어 왓슨, 메건 스펜서, 빅토리아 세이어. 나는 인터넷에서 그 여자들을 검색해보고 그들의 윤기 나는 머리카락, 링크드인 페이지, 세심하게 편집한 인스타그램 계정을 훑어봤다. 클레어는 소셜미디어 계정을 비공개로 해두었지만 지금 보스턴에서 두 아이의 엄마로 살며 마케팅리서치 회사에서 일하고 있다는 정보를 알아냈다. 메건은 초콜릿 래브라도리트리버 한 마리를 키우고 소셜미디어에서 상당한 영향력을 발휘하며 마이애미에서 요가 강사로 일하고 있었다. 빅토리아는 컨설팅 회사에서 일했고, 최근에 태보다 덩치가 두 배는 더 큰, 자기 여자친구를 역기처럼 들어올릴 수도 있을 듯한 참전 군인과 약혼했다.

"지금도 연락해?"

내가 묻자 태는 망설이다 대답했다.

"이거 함정이야? 내가 아니라고 해도, 그렇다고 해도 나쁜 대답이 되는 질문이지?"

"그냥 대답이나 해."

그때 우리는 노란색 소파에 앉아 있었다. 태는 그 소파가 싫다고 했지만, 나의 다른 건 다 고치려 들면서도 그것만은 내버려두었다. 그걸 아파트 밖으로 옮기는 건 태조차 엄두가 안 났기 때문이었던 것 같다.

"잘 안 해. 가끔씩 생일 축하를 한다거나 뭐 그런 용건으로 연락할 때는 있지만."

태가 어깨를 으쓱하며 말을 이어나갔다.

"그런 건 별로 중요하지 않아. 지금 내가 사귀는 사람은 너잖아."

당연히 그건 세상에서 가장 중요한 일이었다. 태가 그 여자들과 바람을 피운다고 생각하지는 않았지만, 그런 여자들을 만났던 태가 나에게서 대체 무엇을 보는 것인지 알 수 없었기 때문이다. 태가 처음으로 우리집에서 밤을 보냈을 때 나는 그에게 와인을 내줬는데, 깨끗한 유리잔이나 머그컵이 하나도 없어서 다이어트 콜라 캔을 헹궈 거기에 따라줘야 했다. 아침에 침침한 눈을 떠보니 태는 이미 침대에서 일어나 인덕션 상판을 닦고 있었다.

*

　내가 태에게서 좋아했던 다른 것들.

　내 머리가 태의 어깨에 닿았을 때 딱 맞는 느낌.

　태가 길거리에서 마주치는 노인이나 길을 묻는 사람에게 친절을 베풀던 모습. 심지어 그는 자신도 초행인 지역에서조차 누가 길을 물으면 핸드폰을 꺼내 상대방도 찾아봤을 법한 정보를 검색해줬다.

　영화를 보면서 내가 줄거리나 캐릭터나 배우에 대해 성가신 질문을 던져도 절대로 내게 조용히 하라고 하지 않았던 것.

　태가 빨래를 하고, 옷을 꼼꼼히 분류하고, 가끔은 옷에서 햇빛과 바람 냄새가 나도록 발코니에 널어놓던 것.

태가 우리집에서 저녁을 만들 때마다 앞치마를 두르고 작은 인덕션 앞에 서서 향신료의 조화와 맛을 완벽하게 구현하려고 노심초사하며 나무 주걱으로 내게 맛을 보여주던 것.

하지만 누군가와 관계를 맺는 것은 거대한 저택을 함께 탐사하는 것과 비슷하다. 그러려면 가능한 한 상대방과 같은 방에 함께 머물러야 하는데, 태와 나 사이의 문제는 내가 자꾸 너무 빨리 방을 나가거나 엉뚱한 타이밍에 불쑥 들어간다는 것이었다.

*

태와 사귄 지 3년째 되던 해, 그가 동거하면 어떻겠냐고 물어 나는 당황했다. 그래서 윤희에게 연락해 해티스에서 급히 만나 술을 마셨다.

"대체 뭐가 문제야?"

윤희가 조바심을 내며 물었다. 엄마를 비롯해 내 주변 사람들이 그랬듯 윤희도 태를 아주 좋아했고, 그런 남자와 함께할 수 있는 내가 엄청나게 운이 좋다고 생각했다.

"태는 정말 좋은 사람이야. 너무 깔끔하고. 그런 사람과는 살 수 없어."

무심결에 맥주의 라벨을 뜯고 있던 나를 윤희가 막으면서 말했다.

"너는 나하고도 몇 년이나 살았잖아. 나도 좋은 사람이고 깔끔한데."

"그건 다르지."

"태랑 살다보면 너도 덩달아 깔끔해지겠지. 뭐가 문제야. 나는 제임스가 더 깔끔한 성격이라면 좋을 것 같은데."

"태는 정상이 아니야. 다리미판도 가지고 있다니까. 매주 침대보도 갈아!"

"진정해. 네 말투만 들으면 태가 강아지를 걷어차거나 뭐 그딴 행동이라도 하는 줄 알겠다."

대학 졸업 후 몇 명의 남자와 안정적인 연애를 했던 윤희와 달리 나는 나에게 잘해주는 좋은 남자를 만나는 데 익숙하지 않았다. 나는 웹 시리즈물이나 스케이트보드를 만드는 신생 회사에서 일하는 남자나 값비싼 커피그라인더와 데님셔츠로 가득한 옷장 외에는 내세울 것이 없는 40대 베테랑 바리스타 같은 남자와 짧게 만나다 헤어지곤 했다. 나는 이런 관계가 소모적으로 느껴져서, 그런 남자 곁에선 더 좋은 사람이 되기 위해 전전긍긍할 필요가 없어서 좋았다. 내가 사귀었던 남자들은 항상 여자관계, 직업, 주거지가 불안정했고, 바닥에 매트리스만 깔아놓고 더러운 옷더미 틈에서 잠을 잤다. 그들의 집에서 잘 때 나는 매트리스에서 굴러떨어지기 일쑤였고, 아침이 되면 냄새나는 수건의 모퉁이에다 조심스럽게 손을 닦았다.

나는 그 남자들에 비하면 내 삶이 안정적이고 번듯해 보여서 좋았다. 그들과 달리 나는 매달 월급을 받았고, 액수는 얼마 되지 않았지만 퇴직연금 계좌도 있었다. 그리고 그들은 내가 대개 혼자서 한낮에 술을 마셔도 신경쓰지 않았다. 가끔 내가 조금이라도 생산적이거나 내 건강을 챙기는 일에 완전히 관심을 잃어 며칠 동안 설거지도 안 하고 쓰레기도 안 내놓고 머리를 안 감아도 그들은 개의치 않았다.

하지만 태는 그 모든 것에 신경을 썼다. 그리고 그가 신경쓰면 쓸수록 나는 내가 부족하다고 느꼈다.

"태가 알아차리면 어떡해?"

나는 약간 절박해져서 윤희에게 물었다. 윤희는 제임스에게 문자메시지를 쓰다 말고 눈을 들었다.

"뭘 알아차려? 네가 너만의 문젯거리와 생각과 결함을 가진 진짜 사람이라는 거?"

"우리가 전혀 다르다는 거. 태에겐 나하고 완전히 딴판인, 자기랑 더 비슷한 사람이 필요할지도 몰라. 아이도 잘 다루고, 미래지향적이고, 자신이 무엇을 원하는지 정확히 아는 사람 말이야."

윤희는 메시지를 마저 쓰고 전송하더니 한숨을 쉬었다.

"자기가 원하는 걸 정확히 아는 사람은 아무도 없어. 그럭저

럭 안다고 생각하는 나도 마찬가지야."

"태는 나를 일종의 프로젝트로 생각하는 것 같아. 자기가 고쳐줄 수 있는 무언가로."

"음, 너는 그러고 싶어?"

"어쩌면."

나는 시인했다. 잠시 침묵이 흘렀다. 윤희가 빨대의 종이 포장지를 만지작거리다가 불쑥 말했다.

"네 문제가 뭔지 알아? 너는 달라지기를 바라면서도 아무것도 바꾸고 싶어하지 않는다는 거야."

"그렇지 않아."

나는 흠칫하며 말했다.

"내 생각엔 겁이 나서 그런 것 같아."

"당연히 겁나지."

"하지만 엉뚱한 이유로 겁내고 있잖아. 한 번이라도 누군가를 받아들여보면 그게 얼마나 괜찮은 경험인지, 얼마나 행복한 일인지 깨닫고 놀랄 거야."

"나 행복한데. 현재 상황에 만족한다고."

나는 우겼다.

"그래서 나한테 전화한 거야? 너무 행복해서?"

나는 태와 동거할 생각에 질겁한 이유를 윤희에게든 누구에게든 어떻게 설명해야 할지 알 수 없었다. 우리는 이미 거의 항상 서로의 집에서 잤지만, 동거를 하면 매일같이 내 모든 부족함과 직면해야 할 터였다. 한 거주 공간에 같이 살다보면 태는 마침내 내가 얼마나 제대로 할 수 있는 게 없는 인간인지 알아채고 단순히 매력적으로 삐딱하거나 때때로 조금씩 허술한 것이 아니라는 사실을 완전히 깨닫게 될 테니까. 태의 눈빛에서 애정이 점차 사라지고 차갑고 회의적인 표정이 떠오르면서 상대방이 바뀔 수 있다는 믿음을 잃어가는 모습을 나는 견딜 수 있을 것 같지 않았다. 우리 부모님의 관계가 그랬던 것처럼.

"네가 동거할 준비가 안 됐다면, 그건 준비가 안 된 것일 뿐인 거야. 하지만 네가 동거를 원하지 않는 거라면, 앞으로도 원하지 않는다면, 태에게 말해야 할 거야."

"못하겠어."

나는 나중에 태에게 그렇게 말했다. 그때 우리는 태의 집에서 설거지를 하고 있었다. 그가 그릇을 씻는 동안 나는 애써 그의 시선을 피하며 물기를 닦아냈다.

"못하다니 뭘?"

"동거 못하겠다고."

"알았어."

"내 말은, 만약 우리가 후회하면 어떡해? 지금까지 우리 다 좋았잖아, 안 그래?"

"알았다니까."

"함께 살고 싶지 않다는 건 아니야. 그냥 지금 당장은 이사 계획을 세우거나 그럴 엄두가 안 나."

나는 우르르 말을 쏟아냈다. 그러자 태가 내가 세 번이나 물기를 닦아낸 그릇을 내 손에서 낚아채며 말했다.

"로, 알았어. 다음에 이야기하자."

하지만 그 이야기는 다시 나오지 않았고, 우리 사이는 달라졌다. 그날 밤 태는 말하고 싶지 않을 때 으레 그러듯 내게서 등을 돌린 채 잤고, 나는 잠들지 못하고 천장을, 밖에서 지나가는 차들이 비추는 빛의 무늬를 올려다보았다. 태는 늘 베개에 머리를 대자마자 잠이 들었다. 심지어 밤에 나와 다투거나 신경이 곤두섰을 때도 그랬다. 나는 그게 늘 싫었다. 나는 머릿속에서 선택지를 가누어보며 그의 숨소리에 귀를 기울였다. 헤어지고 싶지는 않았다. 그건 분명했다. 하지만 연애란 어디가 됐든 하나의 목적지를 향해 나아가는 직선 도로인데, 태의 지도는 결혼, 집, 아마도 아이들까지 포함하는 미래로 똑바로 이어지는 반면, 내 지도는 훨씬 흐릿하고 불분명하다는 것을 확실히 알 수 있었다.

내 가족을 꾸릴 가능성을 생각할 때 떠오르는 것이라곤 부모님이 서로 소리를 질러대고, 엄마가 아빠를 만난 것과 아빠를 따라 이 나라에 온 것이 후회된다고 말하던 장면뿐이었다. 그런 말을 들을 때마다 나는 엄마가 어떻게든 시간을 거슬러올라가 자신이 내린 선택을 바로잡는다면, 그래서 아빠와 결혼하지 않고 미국 이민도 오지 않고 웨딩드레스를 벗어던지고 여행복으로 갈아입은 후 비행기를 타고 바다를 가로질러 한국으로 돌아간다면, 나 역시 몸이 쪼그라들다 세포 덩어리가 되고 마침내는 아무것도 아닌 존재가 되겠지 하고 생각했다. 엄마는 아빠와 함께하지 않았다면, 원치 않는 삶에 자신을 맡기지 않았다면 더 행복했을 것이다. 태와 내가 부모님처럼 비참하게 끝장나면 어떡하지? 우리가 가장 행복할 때조차도 나는 그 행복이 뿌리내리고, 스스로 설 수 있는 존재가 되고, 더 나아가 우리 자신보다 더 큰 무언가를 지탱할 수 있을 만큼 자라나는 세상을 거의 상상할 수가 없었다.

*

1년 전 태가 처음으로 유로파 프로그램과 아크 4호의 화성 프로젝트에 대해 말했을 때 나는 터무니없는 일이라고 말했다. 우리 인류가 파괴할 새로운 세상을 찾아 이 행성을 떠나는 것은 비현실적일 뿐만 아니라 부적절하고 오만한 발상이라고.

"지구에서의 삶만으로도 충분히 힘들지 않아? 지금 여기서 벌어지는 문제도 바로잡지 못하고 있는데 다른 데에서 모든 과정을 처음부터 다시 시작하는 게 무슨 의미가 있어?"

나는 물었다. 태는 나의 과격한 반응에 놀랐다.

"너도 아크 사호의 노력에 고마워하게 될 거야. 모든 사람을 구할 방법은 그것뿐이잖아."

"몇몇 부자들이 화성에 기지를 세우기로 결정했다고 해서 우리 모두가 지구온난화에서 벗어날 수 있을 거라고 생각하는 거야?"

"모래밭에 머리를 파묻고 다 해결될 거라고 상상하는 것보단 낫지."

태는 그렇게 대꾸했다.

종종 나는 태가 그 프로젝트에 참여하고 싶어하는 이유 중 하나가 자기 부모님을 뛰어넘기 위해서라고 생각했다. 오늘날과는 전혀 달랐던 한국에서 여기까지 이주해온 태의 부모님은 마치 시간과 공간을 건너는 것과 비슷한 체험을 했을 것이다. 그러니 태가 그분들의 여정이 헛되지 않았음을 증명하는 유일한 방법은 지구 자체를 떠나는 것이라고 느꼈을 수도 있었다.

아크 4호 프로젝트에 참여할 수 있는 승인을 얻기까지 매우 까다로운 절차가 이어졌다. 우선 프로젝트에 관심을 가진 이유를 설명하는 영상과 지원서를 제출해야 했다. 그런 다음 여러 차례의 면접과 체력 테스트를 거쳤다. 로스앤젤레스까지 가서 테스트를 받기 몇 주 전부터 태는 매일 아침 일찍 일어나 5킬로미터씩 달렸다. 식단도 이전보다 훨씬 더 엄격하게 관리해서, 저지방 단백질 두 가지, 채소 두 가지만 먹고 식사 사이에 단백질셰이크 한 잔을 먹었다.

나는 태의 이런 준비 과정을 대부분 모른 체했다. 달리 어떻게 해야 할지 알 수 없었다. 애초에 경쟁이 워낙 치열해 태가 합격하리라고 생각하는 건 공상에 가까웠다. 아크 4호가 수천 명의 지원자 중에서 뽑을 합격자는 겨우 스무 명이었다. 하지만 태가 죄송합니다만……으로 시작하는 이메일을 받지 않고 각 단계를 매번 통과하면서 그가 떠날 가능성이 점점 높아졌다. 그럼에도 나는 그런 일이 정말로 벌어질 거라고는 생각하지 않았다.

"그래서 그냥 태를 보내주려는 거야? 장거리 연애라도 하려고?"

윤희가 믿을 수 없다는 듯 말했다.

"어차피 못 갈 거야. 경쟁이 무지 치열하니까."

그즈음에는 나와 윤희의 관계도 소원했다. 윤희는 내 메시지나 전화에 잘 답하지 않았고, 모처럼 연락이 닿아도 늘 바빴다. 그해 초 제임스가 드디어 윤희가 원했던 방식으로 프러포즈를 했기 때문이다(윤희는 제임스의 여동생과 친했기 때문에 예비 시누이를 통해 자신이 원하는 프러포즈 방식을 전할 수 있었다. 분홍색 벚꽃이 온통 흩날리는 브루클린 식물원의 육교 위에서 한쪽 무릎을 꿇고 청혼하는 것이었다). 결혼 날짜를 정한 이후로는 윤희와 점점 더 연락이 되지 않았다. 나랑 만날 때 윤희는 메시지나 이메일에 답을 보내면서 대수롭지 않은 듯 "그까짓 결혼식 준비"라고 말했지만 내심 행복에 들떠 있다는 걸 알 수 있었다.

"너 들러리 해줄 거지?"

윤희가 초조해하며 물었다.

"아무것도 준비 안 해도 돼. 그냥 오기만 해. 내 성격 알잖아. 내가 알아서 다 준비할게."

"흥. 멍청한 드레스만 안 입힌다면야."

"너한텐 멍청한 드레스 입힐 건데. 다른 사람들은 벌거벗고 오든 어쩌든 상관없어."

하지만 나는 늘 그렇듯 일을 망쳐버렸다. 태가 최종 심사 단계에 도달해, 아크 4호 프로젝트에 뽑히기까지 남은 절차가 심리검사와 몇 차례의 면접뿐이라는 사실을 알렸을 때 나는 겁을 먹었다. 그래서 규칙적인 식사 대신 술을 더 많이 마시기 시작했다. 결국 우리에게 일어날 거라고 생각했던 모든 일, 즉 태가 더이상 나와 함께하고 싶지 않다는 것을 깨닫고 떠나는 일이 내 상상보다 훨씬 더 빠르게 일어날 것이며 그 결말을 막을 방법은 전혀 없다는 생각에 잠도 이루지 못했다.

"얘기 좀 해."

어느 날 밤 우리집에서 태가 말했다.

"로, 제발. 아무 일도 없는 척 지낼 순 없어. 이미 벌어지고 있는 일이잖아."

"이야기할 게 뭐 있는데?"

나는 와인 한 잔을 더 따르며 되묻고 나서 생각했다. 말하지 않으면 일어나지 않을지도 모르잖아. 그리고 우리가 함께 보던 범죄드라마의 새 에피소드를 틀었다. 태가 밖으로 나가면서 현관문을 쾅 소리가 날 정도는 아니어도 평소보다 세게 닫았지만 나는 고개를 돌리지 않았다. 그가 계단을 내려가는 발소리를 들으면서 심장이 덜컹 내려앉았다. 화면 속에서는 살인범을 찾아낸 여자 형사가 어두운 빗길을 따라 그를 추적하고 있었다. 범인에게 팔을 뻗는 형사의 얼굴에 빗방울이 내리쳤다. 하지만 형사는 발을 헛디뎌 넘어지면서 간발의 차이로 남자를 놓치고 말았다. 만약 태가 돌아오면, 현관문을 두드리면 들어오라고 할 거야. 이번에는 머물러달라고 할 거야. 하지만 태가 차에 시동을 걸고 떠나는 소리가 들렸고, 이후로 며칠 동안 우리는 서로에게 메시지도, 전화도 하지 않았다.

윤희는 내게 브라이덜 샤워를 준비해줄 수 있느냐고 부탁했다. 이미 싱글 파티도 하고 약혼식도 했는데 브라이덜 샤워까지 하려는 게 한심하다는 건 알지만 그래도 하고 싶다면서, 자신이 원하는 것과 와줬으면 하는 사람들의 명단이 적힌 구글 독스 문서를 보내왔다. 나는 그걸 슬쩍 보고 닫아버렸다.

이메일 계정을 열고 윤희가 고른 다른 들러리들과 연락해 가능한 장소, 날짜, 시간을 정하려고 했지만, 잘 알지도 못하는 열 명의 사람과 일정을 조율하고 그들의 결점을 헤아리면서 파티의 테마, 장식, 아이디어를 논의할 생각을 하니 너무 피곤했다. 그래서 와인을 한 병 따서 저녁 삼아 마셨다. 다음날 아침 일어나보니 출근 시간이 넘었고 핸드폰에는 윤희가 브라이덜 샤워에 대해 원하는 것을 적은 메시지가 잔뜩 와 있었다.

"됐어. 내가 알아서 할게."

윤희의 마지막 메시지였다.

전화했지만 윤희는 받지 않았다. 나는 메시지를 썼다.

"미안해. 태하고 문제가 있어서 신경쓸 일이 너무 많아."

윤희에게서 답장이 왔다.

"괜찮아. 너 좋을 대로 해."

*

태가 결국 프로그램에 합격해 2주 뒤 애리조나에서 열릴 훈련 캠프에 간다고 말했을 때 나는 차분하고 침착했다. 이제는 아무래도 상관없다고 생각했다. 태가 거기에 지원하기로 결심한 순간부터, 어떤 의미에서 나는 이미 그를 잃은 셈이니까. 태는 더이상 그 이야기를 하고 싶지 않은 눈치였다. 그날 밤 어둠 속에서 태에게 손을 뻗었을 때, 그는 내 안에 있을 때조차 이미 저멀리 별과 행성 사이에서 길을 잃은 듯했고, 밤하늘처럼 광대하고 고요한 태를 지구에 묶어두는 끈은 내가 그를 필요로 한다는 사실뿐인 듯했다.

그날 태는 종종 그러듯 악몽을 꿨다. 악몽을 꿀 때마다 태는 조금씩 떨면서 알아들을 수 없는 한국어로 뭐라 소리를 질렀다. 경험상 그를 깨워서 좋을 게 없다는 걸 알았기에 나는 그저 그를 안고 머리를 쓰다듬으며 다 괜찮다고, 두려워하지 말라고 말해주었다. 차츰 태의 떨림이 멎고 호흡이 깊고 고르게 가라앉았다. 나는 한 번도 그에게 무슨 꿈을 꿨는지 물은 적이 없고 그도 내게 말한 적이 없었다.

아침에 태보다 먼저 일어난 나는 그의 옆 협탁에 가지런히 놓여 있는 작은 가죽 장정 공책을 보았다. 태가 할일과 기억해야 할 것을 적어두는 공책이었다. 그런 아날로그적 습관이 사랑스럽다고 느꼈을 뿐 그 이상 깊이 생각해본 적은 없었다. 나는 공책을 펼쳐보았다. 태가 떠나기 전에 챙겨야 할 것의 목록이 나왔다. 배터리 사기, 내복 사기, 집주인에게 연락하기, 퇴사하기, 서류 작성하기, 차 팔기. 무엇을 찾는지도 잘 모른 채 목록을 훑어보던 나는 맨 끝에 그의 단정하고 작은 손글씨로 '로에게 말하기'라고 적힌 것을 보았다. 그리고 다른 모든 항목과 마찬가지로 그 위에 줄이 그어져 있었다. 나 스스로 인정하

338

고 싶지 않았던 것을 말해주는 확실한 줄이었다.

나는 옷을 입고 재빨리 나왔다. 여분의 콘택트렌즈와 스웨터를 비롯해 태의 집에 가져다두었던 내 물건을 모두 챙겨서. 욕실에 태가 내 몫으로 놔둔 칫솔은 챙길까 망설이다 결국 쓰레기통에 버렸다. 나는 마지막으로 잠들어 있는 태의 모습을, 블라인드 틈새로 비쳐드는 아침 햇살이 그의 팔에 돋은 털 하나하나를 붉은빛과 금빛으로 물들이는 것을 한참 바라보다 현관문을 닫고 떠났다.

13장

나는 열여섯 살 때 어떤 남자애를 위해 처음으로 케이크 굽
는 법을 익혔다. 나의 첫 남자친구였던 그는 매부리코에 키가
크고 날씬했고, 믿을 수 없게도 이름이 마이클 더글러스였는데
다들 그냥 마이크라고 불렀다. 마이크는 검은 옷만 입고 다녔
고 메탈 트래시 마우스든지 마더 슬레이어 같은 밴드의 음악을
들었다. 그 밴드들의 앨범 표지는 으스스했지만 나는 마이크에
게 좋은 인상을 주려고 그 음악을 좋아하는 척했다.

우리는 너무 수줍음을 타서 메신저로 끝도 없이 수다를 떨거
나 주차장 또는 쇼핑몰에서 애무하는 것 이상은 하지 않았지
만, 그의 생일이 가까워지자 나는 케이크를 만들어 선물하기로
결심했다. 남자친구에게는 그런 것을 해줘야 할 것 같았다. 윤

희의 도움을 받아 인터넷에서 땅콩버터와 커피맛 당의를 곁들인 초콜릿케이크 레시피를 찾아냈다. 마이크가 땅콩버터 샌드위치만 먹고 사는 듯 보였던데다 커피도 좋아했기 때문이다. 당시 내 눈에는 커피를 좋아하는 그의 취향이 지극히 세련되게 비쳤다. 그래서 마이크의 생일날 학교에 케이크를 가져가기 위해 전날 작업을 시작했다.

"뭐하니?"

엄마가 부엌에 들어서면서 말했다. 아빠가 실종된 이후로 엄마는 낮잠을 길게 자는 습관이 생겼고, 그날도 자다 깬 참이었다. 엄마는 피곤해 보였다. 눈 밑의 다크서클 때문에 얼굴이 퀭했다. 나는 팔꿈치까지 밀가루와 설탕에 파묻은 채였고 어째서인지 머리카락에도 밀가루가 좀 묻어 있었다.

"친구 줄 케이크를 만드는 중이에요."

"엉망진창이 됐잖니."

엄마는 내가 열어놓은 온갖 병과 조리대 위에 흘린 재료들을 못마땅하게 쳐다보았다.

내가 어렸을 때 엄마는 매주 쿠키, 케이크, 커피 케이크, 바나나브레드를 만들어 교회에 가져갔다. 교회에서 마주치는 아줌마들이 엄마의 빵과 과자에 호들갑을 떨면서 내게도 베이킹에 재주가 있느냐고 물었다. 어느 해 결혼기념일에는 아빠가 엄마에게 고급 스탠드믹서를 선물하기도 했다. 그건 한때 엄마의 자랑거리였지만 아빠가 실종된 후로는 먼지를 뒤집어쓴 채 부엌에 방치되었다.

"치울게요. 약속해요."

엄마가 내 어깨 너머로 그릇을 내려다보며 말했다.

"재료를 제대로 섞지 않았잖아. 마른 재료에 젖은 재료를 넣어 섞어야지. 밀가루를 체로 치긴 했어?"

"그냥 케이크라고요, 엄마. 제가 알아서 할게요."

"마음대로 해."

엄마는 그렇게 말하고 책을 읽으러 거실로 갔다. 하지만 엄마의 관심이 여전히 부엌을 맴돈다는 것을 느낄 수 있었다. 나는 반죽을 케이크 팬에 부어 오븐에 넣은 다음 케이크가 구워지는 동안 당의를 만들었다. 땅콩버터와 인스턴트커피 분말이 우유와 갓 내린 눈처럼 보이는 제과용 설탕과 섞여 무언가에 덧바를 수 있는 달콤하고 걸쭉한 물질로 변하는 과정이 마치 마술 같았다. 나는 우쭐해져서 천하무적이 된 것 같았다. "봤어요? 내가 하는 모든 일이 잘못된 건 아니라고요." 엄마에게 그렇게 말하고 싶었다.

하지만 오븐에서 케이크를 꺼내보니 실망스럽게도 가운데는 푹 주저앉고 겉면은 바삭하고 단단한데 안쪽은 덜 익어서 질퍽했다. 엄마가 와서 살펴보더니 말했다.

"내가 뭐랬니?"

이건 너무 심했다. 나는 울진 않았지만 오븐 문을 탕 닫고 부엌 창밖으로 뒷마당을, 어렸을 때 엄마와 함께 아이스크림 막대로 만든 새 모이통을 노려보았다. 홍관조 한 마리가 그것을 쪼고 있었고, 큰어치 한 마리가 와서 깩깩 소리를 지르기 시작했다.

엄마가 내가 정리해놓은 밀가루와 설탕 통을 꺼냈다.

"네가 거기 서서 창밖을 노려보는 시간이 길어질수록 케이크도 늦어질 거야."

"다시 못하겠어요."

"만들어야지. 당의는 다 됐잖아."

엄마가 엄하게 말했다.

나는 엄마가 체로 밀가루를 거르고, 한 손으로 능숙하게 달걀을 깨고, 나머지 재료들을 넣어 스탠드믹서로 섞는 것을 지켜보았다. 달걀 노른자가 흰색 밀가루와 설탕과 섞이면서 그 재료들의 합보다 더 큰 무언가로 변해갔다.

"재료 사이에 공기가 들어가게 하면서 서로 잘 섞는 게 비결이야. 그래서 체 치는 과정이 중요한 거고."

내가 망친 케이크는 버렸다. 엄마는 새 반죽을 오븐에 넣은 다음, 내가 만든 당의를 먹어보고 "나쁘지 않네"라고 말했다. 그 말에 나는 가슴이 설렜다. 오븐 타이머가 울리고 완성된 케이크를 꺼내보니 냄새가 기가 막혔다. 케이크는 통통하고 폭신

했고, 제일 중요한 것은 모양도 그럴듯했다는 것이다. 엄마가
말했다.

"이제 식을 때까지 기다리자. 곧바로 당의를 입히면 케이크
속으로 녹아들거든."

케이크가 충분히 식은 뒤 엄마는 케이크를 빙 돌려가며 당의
용 주걱으로 당의를 바르고 윗면까지 모두 덮는 법을 가르쳐주
었다.

"윤희 생일은 아닌 것 같은데."

작업을 마친 뒤 엄마가 나를 쳐다보며 말했다. 나는 엄마랑
둘이서 이 케이크를 만드느라 저녁 내내 고생했다는 것을 깨달
았다.

"네, 아니에요."

"다른 친구인가보구나."

나는 엄마가 더 물어볼까봐, 남자친구인 걸 알아챌까봐 조마
조마했지만 그런 일은 없었다.

케이크는 엄청난 인기를 끌었다. 마이크는 최고라고 감탄하
면서 세 조각이나 먹었고, 원래 무엇에든 잘 감동하지 않는데
다 당시 다이어트중이었던 윤희조차 한 조각을 다 먹었다. 그
러고 나서 몇 주 후 마이크와 나는 10대 아이들다운 어리석은
이유로 헤어졌지만—지금 그는 필라델피아에서 한 아이를 키
우며 살고 있다고 들었다—엄마와 나 둘이서 조용히 케이크를

만들었던 그날 저녁의 추억은 내 마음에 여전히 남아 있다. 아빠가 실종된 이후 엄마와 함께 가장 긴 시간을 보낸 날이었기 때문이기도 하지만, 내가 하는 일에 엄마가 모처럼 관심을 보인 것 같았기 때문이다. 당의를 맛보고 엄마가 놀란 표정을 지었던 것도, 엄마의 미소를 본 순간 내 어깨를 짓누르던 긴장감이 풀렸던 것도 여전히 기억난다.

레이철의 집에서 돌아온 나는 그때 썼던 케이크 레시피를 찾아본다. 레시피는 옛날 일기장 중 한 권의 뒤쪽에 꽂혀 있다. 고등학교 시절의 동글동글한 글씨체로 마이크의 생일 케이크라고 적혀 있고 가장자리에 하트가 그려져 있다.

나는 몇 년 만에 베이킹을 해볼 작정으로 재료와 케이크 팬을 사러 가게로 간다. 계산대 앞에 줄을 서서 기다리는 동안 타블로이드 신문과 잡지의 헤드라인을 살펴보며, 어떤 유명인이 결혼하거나 이혼하거나 아기를 갖거나 출산 후 체중 감량을 했는지 확인한다.

내 뒤에 있던 나이든 백인 여자가 헤드라인을 훑어보는 나에게 "참 잘됐죠"라고 말한다. 나는 흠칫 놀랐다가, 그 여자가 내가 보고 있던 사진 속 미소 짓는 금발 유명인을 가리키며 한 말임을 깨닫는다.

"많이 고생했잖아요."

그는 마치 공통의 친구를 두고 이야기하듯 다 안다는 말투로 말한다. 그는 선 캡을 쓰고, 화장을 짙게 하고, 새끼 고양이 몇 마리가 바구니에 들어 있는 그림이 그려진 티셔츠를 입었다. 그에게서 풍기는 담배와 풍선껌 냄새가 편안하게 느껴진다. 그는 충분히 강인해 보이는데도 똑바로 서 있으려면 카트에 의지해야 하는 사람처럼 카트 손잡이를 꽉 붙잡고 있다.

"그렇죠."

나는 맞장구를 친다.

"그리고 정말 착한 여자 같아요."

그의 쉰 목소리에서 즐거움이 느껴진다.

"그런 나쁜 남편을 만나다니. 나는 그 남자가 나오는 영화는 다 마음에 안 들더라고요."

그는 음모를 꾸미듯 속삭인다. 내가 또 맞장구를 치려는데 내가 계산할 차례가 된다. 계산대 뒤의 점원에게 인사를 건네자 따분한 표정으로 나를 흘긋 쳐다본다. 막판에 나는 내 뒤의 여자가 말했던 타블로이드 잡지 두 부를 추가한다.

"이거 가지세요."

나는 한 부를 여자에게 건넨다.

"오! 고마워요. 아가씨."

내가 가게를 나설 때 여자는 내게 손을 흔든다. 나도 카트에서 쇼핑 봉투를 꺼내며 마주 손을 흔든다.

집에 도착한 나는 케이크 레시피를 살피는 틈틈이 잡지를 읽는다. 밀가루를 체로 치고, 설탕을 재고, 달걀을 깨뜨리면서, 유명 여배우가 어린 시절 외계인에게 납치된 적이 있어서 클로즈업 촬영 때 눈에 초점을 제대로 못 잡는다느니, 어떤 여배우는 현재 주연을 맡은 영화를 찍는 베테랑 감독의 비밀스러운 사생아라느니, 또 어떤 여배우는 도마뱀 인간을 믿는 사이비종교에 입교했는데 그가 최근 착용하는 장신구가 점점 더 보수적으로 변한 것이 그 근거라는 등의 이야기를 읽는다. 이런 잡지가 아주 작은 디테일까지 파헤쳐 황당무계한 이야기를 지어내는 걸 보면 흥미진진하다.

어렸을 때 나는 늘 나 자신과 작은 약속을 하곤 했다. 학교 가는 길에 빨간 차 세 대를 보면 그날은 운이 좋거나 적어도 망치지는 않을 것이다. 도리토스 봉투를 뜯고 안에 든 과자의 개수를 정확히 맞히면, 그때 짝사랑하던 남자애가 나를 좋아해줄 것이다. 숨을 참고 80까지 헤아리면 다가올 수학 시험에서 최소 95점을 받을 것이다. 신호가 바뀌기 전에 길을 건너는 데 성공하면 아빠가 돌아올 것이다. 뭐 이런 식이었다. 이런 조건들은 내가 바라는 것과 전혀 관련이 없었지만, 이렇게 사소하고 터무니없는 세부 사항에 희망을 걸면 소원이 이루어질 것 같은 느낌이 들었다. 그리고 그렇게 상상하는 것만으로도 충분하다고 느꼈다.

집에 전동 믹서기가 없어 모든 걸 손으로 해야 한다. 조리대 전체가 점점 밀가루로 뒤덮인다. 나는 케이크를 오븐에 넣고 잡지를 마저 읽는다. 식료품점에서 마주친 여자가 말했던 여배우에 관한 기사가 나온다. 그는 전남편과 수년간 시도한 끝에 시험관아기를 임신한 모양이었다. 전남편은 액션영화에서 여러 번 주연을 맡았던 배우이지만 이제는 촬영장에서 성질이나 부리고 스태프에게 스무디를 던져대는 걸로 유명했다. 여배우는 아기 아빠가 누구인지 밝히지 않았고, 사진 속 그의 얼굴은 통통하고 행복해 보인다. 아기는 1월에 태어날 예정이라고 한다.

나는 케이크가 식자 당의를 듬뿍 바른다. 칼에 묻은 당의를 살짝 핥아 혀에 감도는 달콤함을 음미한다. 그리고 케이크를 밤새 냉장 보관하기 위해 냉장고에 넣어두고 모처럼 일찍 잠자리에 든다. 거의 눕자마자 곯아떨어진다. 코끝에서 초콜릿과 땅콩버터 냄새가 떠나지 않는다.

*

다음날 아침 나는 평소보다 일찍 일어난다. 해가 막 뜨려는 참이다. 내 주변에 이렇게 일찍 일어날 만한 사람은 두 명뿐이다. 나는 지금 태가 무엇을 하고 있을까 상상해본다. 유로파 앱을 열어보니 1단계 임무가 몇 주 뒤에 시작될 예정이라고 한다. 나는 이 소식이 불러일으키는 감정들을 억누른 후 케이크를 포일로 조심스럽게 감싸 반짝이는 신부처럼 보이게 만드는 데 집중한다.

조수석에 케이크를 놓고 조심조심 운전한다. 도로는 거의 비어 있다. 빨간불 앞에서 차를 세우는데 옆 차선 차의 창문으로 개 한 마리가 고개를 내밀고 있다. 나와 눈이 마주친 개가 눈을 깜박인다. 나는 웃음을 터뜨린다. 그러고 보니 오늘 내 입으로 소리를 낸 게 처음이다.

엄마 아파트에 도착했는데 주차할 자리가 없다. 나는 길가에 차를 세운다. 공동현관 벨을 누르고 엄마가 인터콤으로 다가올 때까지 기다린다.

"저예요."

스피커 너머에서 잠시 침묵이 이어지다 문이 열린다.

엄마 집으로 향하는 복도를 걸어가는데 마치 며칠 전 밤의 장면이 거꾸로 재생되는 것 같다. 케이크를 갓난아기처럼 조심스럽게 품에 안고 복도 끝에 도착하자 엄마 집 현관문이 약간 열려 있다.

"엄마, 저 왔어요."

그러자 문이 활짝 열리고 플리스 풀오버에 머리를 뒤로 묶은 엄마가 나온다. 그렇게 하고 있으니 관자놀이 쪽 머리가 희끗한데도 젊어 보인다.

"이렇게 이른 시간에 웬일이야? 괜찮아? 무슨 일이라도 있니?"

엄마가 걱정스러운 목소리로 묻는다.

"아네요, 별일 없어요."

나는 식탁에 케이크를 내려놓는다. 케이크가 뒤숭숭한 마음
으로 마주서 있는 우리 둘을 쳐다보는 것 같다. 엄마는 전보다
더 마르고 왜소해 보인다. 엄마를 안자 몸이 너무나 조그맣게
느껴져 으스러질까봐 갑자기 겁이 난다. 엄마는 처음엔 움직이
지 않고 뻣뻣하게 서 있다가 이내 손으로 내 등허리를 토닥인
다. 내가 밤에 딸꾹질 때문에 잠을 이루지 못할 때면 해주었던
것처럼.

"케이크 가져왔어요."

"케이크 먹기엔 너무 이른 시간인데."

엄마는 그렇게 말하면서도 부엌에서 커피 두 잔을 내온다.
우리는 앉아서 케이크를 한 조각씩 먹는다. 당의의 달콤함이
씁쓸한 커피맛과 조화를 이루고, 케이크에서 케이크다운 맛이
나서 안심이 된다.

"죄송해요."

다 먹고 나서 나는 말을 꺼낸다. 엄마는 자리에 앉은 채 빈
접시만 내려다본다. 내가 한 조각을 더 권하자 엄마는 말없이
받아들인다.

"엄마, 전 엄마가 행복하길 바라요. 우리 둘 다 행복했으면

좋겠어요."

"아림아, 사과할 필요 없어. 이해하니까."

"아저씨가 엄마를 행복하게 해준다면 잘된 일이에요."

"조 선생님은 그냥 좋은 친구야."

엄마는 그렇게 말하지만 얼굴이 붉어지는 걸로 보아 거짓말이다. 사랑에 빠진 여학생 같은 엄마 모습이 이상하면서도 한편으로는 보기 좋다. 엄마가 내 엄마가 되기 전의 모습을 엿보는 느낌이다.

엄마가 잠깐 뜸을 들이다 말한다.

"케이크 맛있네. 레시피는 어디서 났어?"

그러고 보니 오래전 엄마가 나를 위해 케이크를 만들어줬던 걸 기억하지 못할 수도 있겠다는 데 생각이 미친다.

"별거 아니에요."

"아림아, 엄마는 죄책감이 많이 들어."

"응? 왜요? 죄책감 느낄 일이 뭐 있다고."

"우리가 네게 형제나 자매를 만들어줬더라면 좋았을 텐데."

우리라니. 엄마가 아빠와 자신을 묶어서 '우리'라고 지칭하는 걸 얼마 만에 듣는지 모르겠다.

"네가 혼자라 걱정을 많이 했어."

"난 혼자가 아니에요, 엄마."

"내가 없어지면 누가 널 돌봐주겠니? 나는 네게 남겨줄 게 아무것도 없는데."

엄마는 더욱 피곤해 보인다.

"엄마, 난 괜찮아요. 적어도 앞으로는 괜찮아질 거예요."

"미안한 게……"

엄마가 말하다 말고 접시 양옆에 놓인 자신의 손을 내려다본다. 그러더니 헛기침을 한다.

"아빠가 실종된 이후 네가 많이 외로웠다는 거 알아."

나는 마른침을 삼킨다. 방과후 집에 돌아와 엄마가 침대에 누워 있는 모습을 지켜보던 오후들이 떠오른다. 혼자 식탁 앞에 앉아 TV를 벗 삼아 숙제를 하며 보낸 길고 우울했던 저녁 시간도 생각난다. 가끔은 대화할 상대가 필요해서 아무도 원하지 않는 상품, 예컨대 초강력 흡수 스펀지, 치아 펫*, 구기자 열매 영양제 등을 광고하는 홈쇼핑에 전화를 걸어 그 상품에 관심 있는 척했던 것도 기억난다.

할말은 정말 많지만 나는 그냥 식탁 위로 손을 뻗어 엄마의 손을 잡는다. 엄마는 잠시 머뭇거리다 내 손을 마주 쥔다.

"너는 나보다 훨씬 강해. 네 아빠처럼 말이야. 너는 늘 고집이 세고 아주 독립적이었어."

"엄마를 닮은 거죠."

---

* 인형 모형에 분포한 치아(chia)의 새싹을 반려동물처럼 키우는 것.

나는 말한다. 우리는 그렇게 배불리 케이크를 먹고 손을 맞잡고 앉아 있다. 어느새 해가 다 떠올라 주황색과 분홍색이 섞인, 만물의 시작 같은 빛깔로 창문을 비춘다.

*

다시 차를 몰고 도로로 나오니 러시아워가 시작된다. 나는 다른 차들의 행렬을 따라 파운틴 플라자로 이어지는 지선도로 안내 표지판이 있는 고속도로로 나아간다. 쇼핑몰 건물은 오늘따라 더욱 뚱뚱한 거미처럼 보이는데, 아직 영업 시작 전이라 주차장은 평소보다 한산하다. 주위의 빨간 차 개수를 헤아려보니 네 대다.

나는 차를 세우고 잠시 숨을 들이쉬었다 내쉰다. 차 안에서 여전히 커피와 땅콩버터 냄새가 난다. 라디오에서 비지스의 〈How Deep Is Your Love〉가 흘러나와 차 안을 따스한 버터 같은 신디사이저 소리로 채운다. 몇 년 전 태의 친구 결혼식에서 이 노래에 맞춰 그와 함께 춤췄던 기억이 난다. 태는 댄스플로어로 나를 끌고 올라가 빙빙 돌리다 막판에는 내 몸을 뒤로 획 젖히기까지 했다. "우리는 우리를 무너뜨리는 바보들의 세상에 살고 있으니까." 태가 내 머리카락에 대고 높고 떨리는 가성으로 노래하는 바람에 나는 웃음을 터뜨렸다.

나는 노래가 다 끝나기를 기다렸다 차에서 내린다. 데스크에 있는 릭에게 인사를 건네자 릭이 말한다.

"오늘따라 활기차 보이시네요."

"제가요?"

"그러니까, 편안해 보인다고 할까요."

"저 오늘 여기 그만두려고요."

릭의 눈이 커진다.

"오, 세상에. 축하할 일이겠죠?"

나는 가장 최근에 만든 종이접기 작품을 건네준다. 매끈한 남색 종이로 접은 고래다. 등에 작은 숨구멍도 나 있다.

"이젠 저보다 잘 만드시는데요."

릭이 말한다.

*

"그만둔다고요?"

칼이 너무 경악하며 되물어 나는 우쭐해야 할지 모욕감을 느껴야 할지 헷갈린다. 칼은 책상 위에 있던 작은 지구본을 집어들고 초조한 듯 두 손으로 던지고 받기를 되풀이한다. 책상 위에 포스트잇이 스테이플러와 마우스 패드와 정확히 수직이 되도록 정렬되어 있다. 나는 그걸 확 쓸어버리고 싶은 충동을 누른다.

"넵."

고개 숙이고 이야기하지 마. 나는 속으로 생각한다. 아빠가 나를 봤다면 몸을 꼿꼿이 세우라고, 그리고 못 배운 사람처럼 보이니 넵 같은 말은 쓰지 말라고 했을 것이다. 나는 등을 펴고 턱을 치켜든다. 아빠는 백인, 특히 남자에게 진지한 반응을 끌어내려면 그렇게 해야 한다고 누누이 말했다.

"맞아요."

나는 그렇게 덧붙인다.

"정말 아쉽네요."

칼이 진심을 담아 말한다.

"당신이 이 팀에서 얼마나 중요한 존재인지는 말하지 않아도 알죠, 로."

나는 대충 감사의 말을 하려고 입을 열다가 그만둔다. 에라 모르겠다.

"사실 저한테 그런 말을 하는 걸 들어본 적이 없네요. 오히려 대부분은 제가 하는 일을 당연하게 여긴 것 같은데요."

칼은 수족관의 동물이 말을 하기라도 한 것처럼 눈을 휘둥그레 뜬다.

"하지만 그래서 그만두는 건 아니에요."

"덜로리스 때문인가요?"

"꼭 그래서만은 아니에요."

"그럼 뭔데요? 로, 당신은 우리 수족관 최고의 직원 중 한 명이에요. 우린 당신에게 의지하고 있다고요."

칼이 간청하듯 말한다.

"그냥 더는 여기에 있을 수 없을 것 같아서요. 다음 단계로 나아가야 할 때예요."

"마음을 바꿀 여지가 전혀 없는 거예요? 알다시피 지금 우리 여건상 봉급 인상을 제안할 순 없어요. 하지만 이 수족관엔 당신이 필요해요. 휴가일을 좀 조율한다든지 하는 건 어때요?"

듣기 좋은 이야기다. 하지만 나는 필요한 존재로 여겨질 뿐 귀중한 존재로는 여겨지지 않는 상황에 지쳤다는 걸 깨닫는다. 진작 수족관을 떠났어야 했다. 여기가 나쁜 곳은 아니지만, 다른 모든 면에서 내가 앞으로 나아가지 못하게 가로막고 있었다.

"불만스럽다면서 왜 떠나지 않는 거야?"

윤희도, 태도 수없이 그렇게 물었다. 하지만 정확히 말해 불만스러운 건 아니었다. 내가 그 밖에 다른 일을 할 수 있다는 걸 잊어가고 있다는 게 문제였다.

내 안에서 작은 비명소리가 들린다. 또 앞길이 막히면 어떡해? 다른 일자리를 못 구하면? 이게 전부라면? 칼의 제안을 일단 받아들이고 나중에 생각해. 누가 널 원한다는 걸 고맙게 여겨야지. 하지만 훈련사에게 입질을 하고 다른 돌고래에게 몸을 부딪치던, 내내 수조 안을 빠르고 불안하게 나선형으로 쉬지 않고 맴돌던 에리코가 떠오른다. 에리코와 내 상황의 가장 큰 차이점은 에리코는 선택의 여지 없이 갇혀 있을 수밖에 없었지만 나는 그렇지 않다는 것이다. 나는 더이상 갇혀 있을 필요가 없다.

머릿속으로 얼추 계산해보니 다른 일을 찾는 동안 모아둔 돈으로 버틸 수 있을 것 같다. 나는 최대한 단호한 목소리로 말한다.

"고마워요. 하지만 제 입장은 확고해요. 앞으로 두 주는 여기 남아 정리할 수 있지만 그 이상은 안 돼요."

"어디로 갈 생각이에요?"

칼이 묻는다. 그는 몸을 숙이고 있는데, 이제 표정이 침울해 보인다. 책상 위에 놓인 사진 액자의 귀퉁이가 언뜻 보인다. 어린아이를 안고 있는 칼 옆에 짙은 금발 여자가 서 있는 사진이다.

"모르겠어요."

나는 솔직하게 말한다. 끈에서 풀려난 듯 가벼워진 기분이다.

"당신이 떠나는 걸 보고만 있어야 하다니 얼마나 유감스러운지 말로 표현할 수가 없네요."

"고마워요."

그 말을 끝으로 우리는 가만히 앉아 침묵한다. 칼도 나도 그

다음 말을 할 부담을 지고 싶지 않기 때문이다. 그러다 결국 내가 묻는다.

"그 사진 속 여자분은 누구예요?"

"여동생이에요. 애는 동생의 아들, 그러니까 제 조카이고요."

칼이 내가 보는 사진으로 시선을 옮기며 말한다. 여자는 칼을 닮았지만 얼굴 윤곽이 더 투박해 보인다. 사진 속 배경은 뒤뜰 같은 곳으로 보이는데 칼, 여동생, 아이 모두 햇빛 속에서 눈을 가늘게 뜨고 있다. 모두 똑같이 함박웃음을 짓고 있고 이마가 둥글다. 가족과 이렇게 뚜렷하게 닮았다는 게, 자신의 외모에 친족관계가 큼직하게 드러난다는 게 어떤 느낌일지 궁금해진다.

"그래 보이네요."

내가 그렇게 말하자 칼이 자랑스러운 듯 활짝 웃는다.

*

이후 두 주 동안 나는 어디로 갈 건지 캐묻는 프랜신에게 모호하고 어정쩡하게 대답하면서 최대한 그를 무시한다. 칼이 송별회를 열자고 제안하지만 나는 바로 거절한다. 윤희에게 내가 퇴사한다는 걸 알릴까 하다 그냥 그러지 않기로 한다. 스스로 알아내라지 뭐.

마지막 날 남은 일을 서둘러 정리하고 마지막으로 덜로리스의 수조에 가본다. 나를 본 덜로리스가 두 팔을 흔든다. 나는 눈을 감고 만약 지금 아빠와 함께 덜로리스를 본다면 어땠을까 상상해본다. 아빠는 어떤 숨겨진 진실과 사실을 내게 가르쳐주었을까?

　내가 열다섯 살에 아빠가 사라질 줄 알았다면 아빠에게 어떤 질문을 했을지 수없이 생각했다. 내 기억 속에서 아빠는 너무나 큰 자리를 차지하고 있다. 하지만 아빠와 관련된 가장 생생한 기억 속에서조차 아빠는 거기에 없는 듯하고, 이미 우리를 떠나는 것 같다. 아빠는 늘 세상을 보라고, 세상에 주의를 기울이고 그 경이를 받아들이라고 말했지만, 사실 내가 원한 것은 아빠가 나를 봐주는 것뿐이었다. 나는 덜로리스에게 먹이를 주고 활력징후를 기록한다. 덜로리스는 언제나처럼 활동적이고 건강하고 근육질로 보인다. 내가 유리를 두드리자 그가 내 손가락의 움직임을 따라 친절하게 대답해준다.

　"너는 정말 근사한 삶을 살 거야, 롤로."

　덜로리스가 커다랗고 회의적인 눈으로 나를 응시한다. 두족류의 의미심장한 무지갯빛 눈을 똑바로 응시하는 것은 특별한 경험이다. 그의 DNA 가닥을 묶고 있는 오래된 지식이 얼핏 엿보이고, 그를 살아 있게 해주는 메커니즘이 내가 아는 그 어떤 것보다 오래되었다는 사실을 느낀다.

나는 물에 손을 담그고 덜로리스의 팔 하나를 쓰다듬는다. 덜로리스가 나를 휘감는다. 팔의 빨판이 나를 부드럽게 당기는 느낌이 든다. 나는 그가 얼마나 아름답고 기묘하고 근사한지, 그래서 나처럼 운이 좋아 그를 매일 볼 수 있게 될 사람은 그와 사랑에 빠지지 않을 수 없을 거라고 이야기한다. 우스꽝스럽지만 덜로리스에게 우는 모습을 보이고 싶지 않아 나는 물에서 손을 빼내고 돌아서서 눈을 깜빡인다. 눈앞의 세상이 빛과 푸른 물이 어우러진 줄무늬로 변한다.

덜로리스는 동요하지는 않지만 약간 당황한 듯 보인다. 내가 눈물을 삼키며 고통이 가라앉기를 기다리는 동안 덜로리스가 물속을 춤추듯 헤엄친다. 이렇게 계속 울다가는 멈출 수 없을까봐 두렵다. 지금까지 많은 것을 빼앗겼는데도 사랑하는 것을 잃는 아찔한 충격과 그 이후에 따라오는 무지근하게 짓뭉개는 듯한 아픔에는 좀처럼 익숙해질 수 없다는 것이 믿을 수 없을 정도로 가혹하게 느껴진다. 아무리 이별을 예상하며 서성거려도 이별을 연습할 방법은 없다.

마침내 마음을 다잡고 보니 덜로리스는 피곤했는지 수조 구석에 웅크려 앉아 있다. 다리를 접고 앉은 모습이 굉장히 기묘하게 생긴 고양이처럼 보인다.

아빠는 문어에겐 심장이 세 개 있다고 말했다. 세 개의 심장은 모두 협력해서 작동한다. 두 심장은 문어의 피를 아가미로 보내고, 나머지 한 심장은 피를 몸 전체에 순환시킨다.

"그래서 문어가 보통 기어다니는 거야. 헤엄칠 때는 세번째 심장이 멈추거든."

종종 나는 인간의 몸이 문어의 몸만큼 영리하면 좋겠다는 생각을 하곤 했다. 만약 우리가 심장 하나가 하는 일을 세 심장이 하도록 나눌 수 있다면, 그리고 우리의 부속기관에 반자율적인 뇌가 있다면, 우리는 시간을 더 효율적으로 사용할 수 있고 원한이나 상처 혹은 서로에게 말로 할 수 없는 일에 시간을 낭비할 가능성이 줄어들 것이다.

"보고 싶을 거야."

나는 덜로리스에게 말한다. 논리적으로는 덜로리스가 아무리 똑똑하더라도 내 말을 이해할 리 없다는 걸 안다. 하지만 그의 가느다란 은빛 눈이 마지막으로 나를 바라보는 걸 느끼는 것만으로 충분하다는 생각이 든다.

14장

20년 전

내 숨결이 닿은 유리창에 김이 서렸다. 나는 손가락으로 그 위에 내 이니셜을 끼적였다. 앞유리 와이퍼가 최면을 걸듯 춤추는 동안 밖에서는 눈송이가 작고 하얀 별처럼 날아다녔다. 동트기 전 어둠을 내다보노라니 우주를 날고 있는 기분이 들었다.

2월이었다. 우리는 모처럼 하와이에서 가족 휴가를 보내려고 공항으로 가는 길이었다. 아빠는 호놀룰루에서 열리는 해양생물학 학회에 발표자로 초대받은 김에 우리도 같이 여행을 가면 좋겠다고 생각했다. 나는 열 살이었다. 그보다 더 전에 가족여행을 갔던 기억은 없었지만 그런 적이 있다는 걸 증명하는 사진이 있었다. 내가 아주 어렸을 때 나이아가라폭포로 자동차여행을 가서 찍은 사진이었다. 그 사진 속에서 세 살 난 나는 불편한 듯 얼굴을 찡그리고 부모님에게 매달려 있었다. 우리 셋은 노란색 판초를 입고 있었는데, 등뒤에서 쏟아지는 하얀 배경 같은 폭포가 일으키는 물보라에 흠뻑 젖은 모습이었다. 아빠의 안경엔 김이 서리고 엄마의 파마 머리는 헝클어졌지만, 둘 다 나를 붙들고 미소 짓고 있었다.

내가 아는 바다라고는 뉴저지에 있는 게 다인데, 아빠는 거기보다 하와이 해변이 훨씬 좋다고 했다. 하와이의 모래는 너무 고와서 만지면 실크처럼 느껴진다고, 태평양 물은 아주 따스해서 마치 목욕물 같다고 알려주었다. 아빠는 연구차 여러 번 가보았지만 엄마와 나도 데려가는 건 처음이었다.

아빠가 조금 속력을 올렸다. 공항으로 가는 길이 잠깐씩 막혔지만 아빠는 웬일로 다른 사람들의 미숙한 운전에 불평을 늘어놓지 않았고, 앞 차량이 급정거해도 큰 소리로 신음을 토해내며 경적을 울리지 않았다. 이른 아침인데도 아빠는 낙관적이고 활기차 보였다.

공항을 메운 인파로 눈앞이 어지러웠다. 나는 주위를 둘러보며 얼마나 많은 사람이 함께 있는지 실감하고 매료되었다. 체크인하러 가는 길에 우리는 빳빳한 흰색 셔츠 차림으로 허둥거리는 직원, 수하물이 나오는 컨베이어벨트를 지나쳤다. 걷는 내내 커피와 데운 베이컨 냄새가 끊임없이 우리 뒤를 따라왔다. 짐을 맡기려고 줄을 서 있는데 갑자기 아빠가 아무 말도 없이 어디론가 가버렸다. 원래 아빠는 말도 안 하고 무언가를 확인하거나 간식을 먹거나 전화를 걸려고 사라지는 버릇이 있었으므로 우리는 그런 행동에 익숙했다. 하지만 엄마는 아빠가 없어져서 초조한 듯 줄을 선 채 자꾸 두리번거렸다. 몇 분 뒤 아빠가 자신과 엄마 몫으로 커피가 약간 새는 종이컵 두 개와 내 몫의 오렌지주스를 들고 돌아왔다. 엄마가 잠자코 컵 하나를 받아들고 커피를 홀짝였다. 나는 엄마가 말없이 자리를 뜨는 아빠의 행동에 평소처럼 불평을 쏟아내서 싸움이 벌어질 줄 알고 마음을 도슬렸다. 그런데 엄마는 그러기는커녕 눈을 감더니 아아 하고 만족스러운 탄성을 내뱉은 다음 눈을 뜨고 "고마워 여보"라고 말했다.

체크인을 마친 후 이륙하기까지 한 시간 정도가 남아 있었다. 게이트에서 아빠는 잠시 눈을 붙이고, 엄마는 책을 읽고, 나는 주위 사람들을 그렸다. 어디서 들어왔는지 비둘기 한 마리가 돌아다녔다. 비둘기는 우리와 함께 참을성 있게 기다리는 것처럼 보였다. 막 걸음마를 뗀 아이가 비둘기를 쫓아다니며 꺄르르 웃어댔고, 아이 엄마는 권위적인 어조의 이탈리아어로 아이에게 그만두라고 큰 소리로 일렀다. 아이를 쫓는 엄마, 비둘기를 쫓는 아이를 지켜보고 있으니 그 아이보다 내가 낫다는 막연한 우월감이 느껴졌다. 나는 태어나지 못한 남동생을 생각하지 않으려고 애썼다. 동생이 살아 있었다면 저 아이와 비슷한 나이였을 것이다. 나는 열 살이니 십대인 셈이야. 나는 그렇게 생각하며 공책에 1과 0을 적어넣고 그 위에 낙서를 했다. 빨리 나이를 먹고 싶었다. 어른이 되는 것은 세상에서 가장 눈부신 일일 것 같았다.

비행기에 타고 나니 해가 떴다. 약한 오렌지색 빛이 잿빛 구름 틈으로 새어나왔다. 활주로 곳곳에 쌓인 눈이 빠르게 녹고 있었다.

비행기가 이륙할 준비를 시작하자 엄마의 손마디가 하얗게 변하고 빠르게 달싹이는 입술 사이로 기도가 새어나왔다. 나는 아빠와 눈을 마주쳤다.

"안 무섭지?"

엔진 굉음 속에서 아빠가 물었다. 나는 속이 철렁하면서도 고개를 끄덕였다.

"딱 나를 닮았구나."

아빠가 킥킥거리며 말했다.

세상이 비스듬히 기울어지면서 우리 모두 좌석 등받이에 파묻혔지만 나는 당황하지 않으려고 안간힘을 쓰며 아빠에게 미소를 지었다. 스피커에서 다음 안내가 있을 때까지 안전벨트를 착용하고 있으라는 승무원의 차분한 음성이 흘러나왔다. 나는 내 안전벨트를 몇 번이고 다시 확인했다. 벨트를 제대로 매지 않으면 내 몸이 어딘가에 열려 있을 문으로 빨려나가 비행기

밖으로 날아가버릴 것만 같았다.

비행기가 안정적인 고도에 접어들자 하늘의 빛깔이 얼마나 선명한지 눈에 들어왔다. 이곳의 햇빛은 더 맑고 밝아 보였고, 구름은 황금색과 복숭아색으로 물들었다. 저멀리 빛이 닿지 않은 하늘은 남색과 군청색으로 밝아왔다. 우리가 방금 지상을 떠나 하늘로 날아올랐는데도 아빠는 내 옆자리에서 세상 모르고 잠들어 있었다.

*

하와이는 더웠다. 착륙하자마자 나는 입고 있던 옷들을 벗었다. 스웨터는 허리에 두르고 재킷은 파란색 배낭에 욱여넣었다. 우리는 택시를 타고 호놀룰루에 있는 작은 모텔로 갔다. 와이키키 해변에서 도보로 불과 5분 거리에 있는 모텔이었다. 하지만 방에서는 표백제와 세척제 냄새가 나고 맨발로 갈색 카펫을 디디니 거칠거칠했다. 욕실 형광등 속에는 파리 시체가 흩어져 있었다.

"이 위치에 이 가격대 숙소면 꽤 괜찮지?"

아빠가 말했다. 나는 실망감을 감추려고 애쓰며 고개를 끄덕였다. 아빠가 에어컨을 켜자 기계가 서서히 윙윙거리며 작동했다. 엄마는 짐을 풀더니 능숙하고 똑 부러지게 우리 옷과 소지

품을 정리했다. 나는 내 물건은 내가 정리하겠다고 말하고 싶었지만 엄마가 너무 단호해 보였다. 침대보 위에 앉아 있던 나는 갑자기 피곤이 몰려와 침대 가장자리에 웅크리고 누웠다가 잠들었다.

깨어나보니 아침이었고 배에서 꾸르륵 소리가 났다. 엄마는 욕실에서 무언가를 하고 있었다. 들어가보니 비행기에서 입었던 블라우스에 진 커피 얼룩을 지우는 중이었다. 브래지어만 입은 엄마의 모습에 나는 흠칫 놀랐다. 엄마가 늘 걸고 다니는 금십자가 목걸이가 형광등 불빛 아래서 빛났다.

"아빠는요?"

내가 묻자 엄마가 대답했다.

"학회 가셨어. 이따가 같이 점심 먹을 거야."

그러고 보니 엄마가 가져온 많은 물건 중에는 김, 스팸, 타바스코 소스도 있었고, 서랍장 위에 소형 밥솥까지 놓여 있었다. 캠핑이라도 온 것 같았다.

나는 엄마가 나를 위해 침대에 걸쳐놓은 원피스로 갈아입었다. 주름 장식과 풍성한 치맛자락이 마음에 안 들었고, 그걸 입으면 늘 우스꽝스러운 느낌이 들었다. 하지만 엄마는 내가 그 원피스를 입은 모습을 보고 만족한 듯 고개를 끄덕였다.

"그것 봐, 내가 사준 옷을 입으니 얼마나 예쁘니."

학회는 우리 모텔보다 훨씬 더 크고 멋진 호텔에서 열렸다.

거기까지 걸어가는 길은 별로 멀지 않았지만, 도착했을 즈음 원피스의 겨드랑이 부분에 땀이 고여서 냄새가 날까봐 걱정되었다. 그해 초에 학교에서 생리와 디오더런트에 대해 배웠는데, 선생님이 디오더런트가 중요하다고 강조했다. 나는 너무 어색해서 엄마에게 디오더런트에 대해 물어볼 수 없었다. 내가 아는 한 엄마는 그런 제품을 쓰지 않았다. 이제 나도 팔, 다리, 가랑이에 철사 같은 검은 털이 자라기 시작한 참이어서 설레기도 하고 무섭기도 했다. 내가 머뭇거리며 면도 얘기를 꺼내자 엄마는 그럴 필요 없다고 잘라 말했다. "면도는 하면 할수록 더 많이 해야 해." 내게는 해답 없는 수수께끼처럼 들렸다.

호텔은 학회에 온 사람들로 가득했다. 대부분은 학자였고, 주머니가 여럿 달린 카키색 반바지와 조끼 차림의 현장 전문가도 있었다. 한 발표회가 끝나고 나오는 인파 사이에서 아빠가 나타났다. 비행기 안에서 구겨진 푸른색 셔츠 차림의 아빠는 그보다 훨씬 캐주얼한 옷을 입은 사람들 사이에서 겉돌아 보였다.

아빠는 우리를 손짓해 부르더니 아빠와 대화를 나누고 있던 한 남자를 소개했다. 하지만 적어도 내 눈에는 UC 버클리 대학의 교수라는 그 남자가 아빠와 대화하는 데 별 관심이 없다는 게 분명해 보였다. 교수가 이제 그만 가봐야겠다는 말을 꺼내려 할 때마다 아빠가 발표회에 대한 질문을 던졌다. 산호초 생태계와 그것을 보존하는 방법에 대한 발표회였던 모양이었다.

"선생님의 논문을 꼭 읽어보고 싶습니다."

아빠가 연거푸 말하자 교수는 마지못해 이메일 주소를 알려 줬다. 나는 샌들 안에서 발가락을 꼼지락거렸다. 아빠가 다른 사람의 비위를 맞추려고 열심인 모습, 상대방의 표정을 읽지 못하는 모습을 보고 있으려니 민망하고 거북했다.

"아주 잘 진행된 것 같아."

점심을 먹으며 아빠가 유쾌하게 말했다. 우리는 호텔 직원 이 추천해준 식당에 와 있었다. 엄마는 메뉴판에 적힌 가격을 보고 눈살을 찌푸렸지만 아빠는 이 정도는 괜찮다며 손을 내저 었다.

"오늘 만난 사람들과의 대화가 무척 흥미롭고 도움이 됐어. 내 발표는 내일 있는데, 그때도 많은 사람이 참석할 거야."

아빠는 확정된 일을 말하듯, 그렇게 말하기만 해도 이루어질 수 있다는 듯 말했다. 엄마는 마히마히*를 썰고 있었다. 평상시 엄마라면 주문하지 않았을 음식이지만 아빠가 꼭 먹어야 한다 고 우겼다.

"지금까지는 여기 온 보람이 있는 모양이네. 다행이야."

그렇게 말하는 엄마의 말투에 약간 날이 서 있었다. 엄마가 싫어하는 생선을 먹느라 그런 건지 아니면 뭔가 다른 이유가

---

* 만세기라는 생선의 하와이 이름.

있는 건지 알 수 없었다.

　나는 접시에 놓인 음식을 뒤적거리며 부모님의 신경전을 듣고 있었다. 이런 신경전을 나는 '살금살금 싸움'이라 불렀다. 둘 다 마음에 안 드는 것을 솔직히 말하지 않고 날만 세우다가 마침내 둘 중 한 명이 폭발하거나 자리를 박차고 나가버리는 식이었다.

　"그럼, 북미 생물학회는 참석하는 보람이 있지."

　아빠가 온화하게 말했다.

　"당신이 대학교에 소속되어 있었다면 우리 여행 경비를 다 대줬을 텐데. 당신 직장은 안 대주잖아."

　"나는 이제 대학교에서 일하지 않잖아. 지금 직장도 우리 생활비는 대준다고."

　듣다 못한 내가 끼어들었다.

　"두 분 다 그만하면 안 돼요?"

　두 사람은 말없이 나를 쏘아보기만 했다. 그러다 엄마가 한숨을 쉬고는 아빠를 돌아보며 말했다.

　"쟤 말이 맞아. 피곤해. 밥이나 먹자."

　놀랍게도 그 말에 아빠 역시 긴장을 풀었다. 그 순간은 지나갔고 우리는 식사를 마쳤다.

　식사 후에는 와이키키 해변을 산책했다. 해변은 관광객의 희끗하고 반질거리는 몸으로 붐볐다. 밝은색 서핑보드를 든 사람들이 우리를 지나쳐갔다. 그들의 머리카락은 젖어 있었고 몸매는 날씬하고 탄탄했다. 해가 저물기 시작했는데도 하늘은 보기만 해도 기분좋은 새파란 빛을 띠고 있었다. 나는 샌들을 벗고 물속으로 들어갔다. 아빠 말이 옳았다. 이곳의 바닷물은 따스해서 아늑한 욕조에 발을 담근 것 같았다. 야자수가 바람결에 부드럽게 춤을 췄다. 몇 시간 전만 해도 눈발이 날리는 어둠 속에서 차를 타고 공항으로 향하고 있었다는 게 믿기지 않았다.

나는 젖은 모래 속에서 납작한 모양의 반짝이는 녹색 원반을 발견했다. 조그마한 분홍색 게도 파도에 휩쓸려 뒤집어져 있었다. 나는 아빠가 일러준 대로 조심스럽게 게를 잡아 뒤집은 다음 좀더 높은 지대에 올려놓았다. 그러자 게는 재빨리 달아났다. 나는 원반 가장자리를 손으로 훑으며 그 매끄러운 감촉에 감탄했다. 해를 향해 들어올리자 햇빛이 원반을 통과하며 마법처럼 아른거리는 빛으로 바뀌었다.

나는 내가 찾아낸 걸 엄마 아빠에게 보여주고 싶었지만 그냥 혼자 간직하는 게 나을 것 같아 주머니에 집어넣었다. 아빠가 보면 조개껍데기와 해안침식에 대해 강의를 할 것이고, 엄마는 깨진 맥주병 조각이 파도에 쓸려 납작해진 것뿐이라고 말할 터였다. 하지만 내 눈에는 보석처럼 보였다. 그리고 만약 그게 단순한 유릿조각이라면 오히려 더 멋지다는 생각도 들었다. 쓰레기가 무언가 아름다운 것으로 변한 셈이니까.

아빠가 앞장서고 엄마와 내가 차례로 뒤를 따르며 호텔로 걸어갔다. 해변에서 멀어지자 튀긴 음식, 담배, 맥주, 오토바이 배기가스 냄새가 났다. 해가 기울고 가로등이 하나씩 켜지면서 해변 술집에 더 많은 사람이 몰렸다. 옅은색 눈에 꼬리가 구부러진 회색 고양이 한 마리가 우리를 따라왔다. 나는 우쭈쭈 소리를 내며 고양이를 몇 초쯤 쓰다듬다가 엄마와 아빠가 길모퉁이로 사라지려 하자 얼른 뛰어갔다.

*

다음날에는 비가 왔다. 아빠가 학회에 참가하는 동안 엄마와 나는 역사박물관에 가기로 했는데, 엄마가 두통 때문에 불을 다 끄고 누워 있어야 했다. 우리 층에 있는 자판기에서 차가운 생수를 사서 방에 가보니 엄마가 잠들어 있었다. 나는 수영복으로 갈아입은 뒤 그 위에 반바지와 티셔츠를 입고, 침대 옆 탁자에서 플라스틱 카드키를 챙겨들고 방을 나가 문을 닫았다.

모텔은 6층밖에 안 되는 작은 건물이었다. 내가 엘리베이터를 타고 오르락내리락하며 모든 층의 복도를 돌아다니자 투숙객들이 미심쩍은 시선을 보냈다. 투숙객은 대부분 젊거나 나이든 커플이었지만 가끔씩 대가족 단위로 몰려다니는 사람들도 있었다. 그들은 모두 같은 옷을 입고 해가 없을 때조차 콧등에

선크림을 바르고 다녔다. 나 외에는 다들 확실한 계획이 있는 것 같았다.

"얘, 길을 잃었니?"

선 캡 위로 붉은 곱슬머리가 덥수룩하게 비어져나온 여자가 내게 물었다. 나는 고개를 젓고 완전히 거짓말이라고 할 수는 없는 대답을 했다.

"엄마를 기다리고 있어요."

결국 지루해진 나는 모텔 안뜰에 있는 작은 수영장을 바라보았다. 구조대원 없음이라는 팻말이 있었다. 비는 잦아들었지만 하늘에는 여전히 먹구름이 잔뜩 끼어 있었다. 발가락을 물에 살짝 담가보니 수영을 해도 괜찮겠다는 생각이 들었다. 나는 물안경을 쓰고 다이빙대 위에서 수심이 깊은 끝자락을 향해 무릎을 안고 뛰어내렸다. 그 바람에 다른 레인에서 혼자 조용히 수영을 즐기던 노인이 화들짝 놀랐다.

물은 생각보다 훨씬 차가웠다. 나는 내 코에서 새어나오는 공기 방울이 수면으로 올라가는 것을 지켜보다 샴페인 병의 코르크 마개처럼 수면 위로 불쑥 튀어올라 과장되게 숨을 들이켰다. 스쿠버다이버가 생각났다. 아빠는 그들이 수면으로 올라갈 때 급작스러운 수압 변화 때문에 '잠함병'을 앓을 수 있어 조심해야 한다고 말했다. 다이버가 너무 빨리 수면으로 올라가거나 압력을 견디기 힘들 정도로 깊은 곳에 너무 오래 머물면 혈액에 기포가 형성되어 메스꺼움이나 현기증을 일으킬 수 있고 최악의 경우에는 의식을 잃거나 사지마비가 올 수도 있다고 했다.

이해할 수 있었다. 너무 오랫동안 무언가에 익숙해지면 그 반대 상황이 충격으로 다가오는 법이니까. 항상 최악의 상황에 대비하는 것이 낫다.

*

하와이에서 지내다보니 나름의 일상이 생겼다. 아빠가 학회에 참석하는 낮시간 동안 엄마와 나는 호놀룰루 시내를 산책했다. 엄마는 평소와 달리 더 많이 웃고, 더 느리게 움직이고, 내가 남들 앞에서 입을 벌리고 음식을 씹거나 몸을 긁는 것 같은 사소한 말썽을 부린다고 혼내는 일이 줄었다. 싸구려 기념품가게에 들렀을 때는 내가 플라스틱 인형이나 엽서나 선글라스같이 필요 없는 물건을 사고 싶어하는데도 허락해주었다. 그러고 나서는 해변에 앉아 시간을 보냈다. 내가 유릿조각이나 조개껍데기를 찾는 동안 엄마는 책을 읽거나 낮잠을 잤다. 그러다 아빠를 만나 저녁식사를 하고, 렌터카 차창을 모두 내린 채 해안 절벽을 따라 드라이브를 했다. 기념품가게에서 싼 싸구려 폴리에스터 스카프로 머리를 묶고 선글라스를 쓴 엄마는 화려한 옛 할리우드 배우처럼 보였다.

우리는 슬라이스 파인애플을 여러 상자 사서 객실이나 해변에서 먹었다. 엄마와 나는 파인애플을 아무리 먹어도 질리지 않았다. 아빠는 우리가 물리지도 않고 먹는 걸 보고 그러다 파인애플로 변해버리겠다고 농담을 했다. 황금빛 육면체로 잘린 파인애플은 천국의 맛 같았다. 겉모양은 무서워 보이는데 맛은 이토록 달콤한 과일이라니, 누가 처음으로 그걸 잘라서 먹어볼 생각을 했을까 궁금해졌다.

밤에는 야외석이 있는 식당이나 바다가 바로 내다보이는 해변 식당에서 식사를 했다. 어느 날 밤 우리가 식사하는 식당 근처에서 우쿨렐레 하나, 키보드 둘, 색소폰 하나로 이루어진 라이브 밴드가 자리를 잡고 연주를 시작했다. 나는 그들이 진심을 다해 연주하는 〈Hotel California〉를 넋 놓고 들었다. 후렴구에 이르렀을 때 부모님을 보니 두 분이 서로에게 미소를 지으며 입 모양으로 노래를 따라 부르고 있었다.

"이 곡을 알아요?"

나는 놀라서 물었다.

"당연하지. 우리가 젊었을 때 엄청 유행했던 곡인데."

그림이 찍힌 티셔츠와 홀터넥 드레스를 입은 나이든 백인 커플들이 근처 모래밭에서 춤을 추고 있었다. 식당 주변에 세워둔 대나무 횃불이 분홍빛으로 그을린 그들의 피부를 비췄다.

아빠가 엄마를 돌아보더니 손을 내밀었다.

"우리도 출까?"

엄마와 아빠가 음악에 맞춰 부드럽게 몸을 흔드는 동안 나는 민망해하면서도 그 모습에 푹 빠져 앉아 있었다. 두 분은 남들 시선을 의식하는 신혼부부처럼 뻣뻣한 자세로 서로를 안고 있었다. 연주가 끝나자 모두가 밴드를 향해 몸을 돌리고 박수를 쳤다. 부모님은 약간 상기된 얼굴로 테이블에 돌아왔다.

"디저트 먹어도 돼요?"

나는 그 순간을 이용해 내가 하고 싶은 대로 하려고 그렇게 물었다. 부모님은 허락해주었다. 우리는 아이스크림 튀김을 주문했다. 나는 듣도 보도 못한 음식이었다. 내 입안과 접시 위에서 아이스크림이 녹아가는 동안 나는 매일이 오늘처럼 흘러가기를, 우리 가족이 늘 이렇게 지낼 수 있기를 바랐다.

*

출발하기 전날 무언가 나쁜 일이 일어나리라는 걸 직감했다. 하루종일 날씨가 안 좋았는데, 단조로운 회색 하늘은 습기로 가득하고 햇빛은 기분 나쁜 녹색을 띤 주황색이었다. 바다는 거칠고 해변에서 음식 찌꺼기를 찾아다니는 새들조차 굼뜨게 움직이는 듯했다.

낮잠을 자다 땀에 젖어 깨어나보니 부모님이 날선 목소리로 속닥거리며 싸우고 있었다.

"며칠만 더 머무르겠다니까."

아빠가 그렇게 말하자 엄마가 받아쳤다.

"그럴 형편이 안 된다고. 게다가 아림이랑 나 둘이서만 비행기를 타고 돌아가란 소리야?"

내 살갗이 온통 따끔거렸다.

"이 학회가 나한테 얼마나 중요한지 알잖아. 내 연구 결과를 학계 동료들 앞에서 발표하는 건 매일 있는 일이 아니라고."

"책을 쓰기 위한 것도 아니잖아. 연구논문 때문에 온 거라며. 그런 사소한 일로 더 있으려고 하는 게 이해가 안 가."

"당신 바보야?"

아빠는 짐짓 차분한 어조로 말했다. 나는 아빠가 엄마에게 그렇게 말하는 게 싫었다.

"이번 학회는 중요한 기회가 될 수 있어. 출판사에서 책 출간을 의뢰할 수도 있다고 했단 말이야."

두 분의 목소리가 점점 커져서 나는 더이상 잠든 척할 수 없었다.

"엄마랑 저랑 둘이서만 집에 가는 거예요?"

급기야 나는 일어나 앉아 물었다. 두 분이 입을 다물었다.

"그 문제로 의논하는 중이었어."

아빠는 그렇게 말했지만, 엄마가 반박했다.

"아니야. 우리가 다 같이 집에 가지 않으면 그게 무슨 가족 여행이야? 이 자리에서 꼭 그 출판사 편집자에게 연구논문 얘기를 안 하더라도 나중에 얼마든지 할 수 있잖아."

엄마가 입술이 하얘질 정도로 입을 꾹 다물었다.

그후 나머지 시간은 긴장과 침묵 속에서 흘러갔다. 저녁에는 스팸 캔을 하나 따서 김과 밥과 함께 먹었다. 식사 내내 아빠도 엄마도 아무 말 하지 않았다. 엄마는 내게 다음날 일찍 비행기를 타야 하니, 아침에 준비하느라 시간 낭비하지 않게 공항 갈 때 입을 옷을 미리 입고 자라고 했다.

한밤중에 누군가가 신발을 신는 소리와 문이 닫히는 소리에 잠에서 깼다. 엄마는 잠들어 있었는데 아빠가 사라지고 없었다.

아빠가 결국 우리를 떠났구나. 나는 멍하니 생각했다. 이대로 보낼 순 없어.

나는 어둠 속에서 운동화를 찾아내 대충 신었다. 그리고 침대 옆 탁자에서 엄마의 카드키를 들고 문밖으로 나갔다.

복도는 텅 비어 있었지만 엘리베이터에서 땡 소리가 나는 걸 보니 아빠가 방금 탄 듯했다. 나는 서둘러 계단으로 내려가 로비에 다다랐다. 아빠가 막 모텔 밖으로 나가는 모습이 보였다. 나는 거리를 두고 쫓아갔다. 아빠는 취객과 걸인을 능숙하게 피해갔다. 그들은 대부분 나를 건드리지 않았지만, 한 걸인은 내가 돈이 없다고 하자 시비를 걸려고 했다. 나는 손이 떨렸지만 최대한 차분한 목소리로 대응하고 근처 맥도날드에 들어가서 그 사람이 자리를 뜰 때까지 기다렸다. 그후 다시 나가보니 아빠가 보이지 않았다. 목구멍까지 공포가 차올라 그냥 모텔로 돌아갈까 생각했다. 그런데 와이키키 해변으로 걸어가는 아빠의 모습이 다시 눈에 들어왔다.

밤중의 와이키키 해변은 달라 보였다. 늦은 밤까지 영업하는 술집에서 새어나오는 네온 빛깔이 산책로와 모래밭을 물들이고 있었다. 모든 것이 더 시끄럽고 자극적이었지만 조금 무섭기도 했다. 걷다가 모래언덕 위에서 키스하는 어떤 커플을 지나쳤는데, 둘의 팔과 다리가 뒤얽혀 있어 괴상한 외계 생명체처럼 보였다. 하마터면 누가 바닥에 토해놓은 토사물을 밟을 뻔하기도 했다. 아빠는 물가로 가고 있었다. 대체 어디로 가는 거지? 나는 궁금해하다 마침내 그 광경을 보았다.

나는 도시의 불빛이 물에 비친 것이라고 생각했는데, 사실은 파도 자체가 따스한 푸른색을 띠는 것이었다. 바다가 빛나고 있었던 것이다. 모래밭으로 밀려오며 부서지는 파도가 가스불이나 파워에이드처럼 선명하고도 순수한 파란색이었다. 하늘에서는 고요한 흰 달이 세상을 거느리고 있었다.

아빠가 물가에 멈춰 섰다. 가까이 다가가보니 아빠는 신발을 벗어 손에 들고 있었다. 바짓단을 걷어올렸는데, 한쪽이 다른 한쪽보다 더 높이 올라가 있었다. 나도 신발을 벗고 서늘한 모래에 발을 디뎠다.

"아빠."

내가 부르자 아빠가 돌아보았다. 아빠는 내가 뒤를 따라온 것이나 혼자 객실을 나온 것을 꾸중하지 않고 그저 미소만 지었다.

"굉장하지 않니?"

아빠가 하늘의 별과 파랗게 빛을 발하는 파도를 가리키며 말했다.

그 여행에서 내가 기억하는 마지막 장면은 광막하고 반짝이는 바다에 둘러싸인 아빠가 모래밭과 하늘이 만나는 곳에서 발목까지 물에 잠긴 채 서 있는 모습이다. 아빠가 한밤중에 우리를 떠난 것이 아니라 무언가 아름다운 것을 보러 나갔을 뿐이었다는 데 내가 얼마나 안도했는지 모른다.

제일 좋았던 건 아빠가 나를 돌아보았을 때 얼굴에 떠오른 표정이었다. 아빠는 내가 하늘의 모든 별과 바다의 모든 경이를 합친 것보다 더 근사한 존재인 듯, 자신이 평생 본 것 중 최고의 존재인 듯 나를 바라보았다.

"이리 오렴, 도토리."

아빠가 손을 내밀며 말했다. 나는 아빠에게 뛰어갔다. 내 마음이 파도 거품처럼 선명한 빛깔을 띠고 가볍게 떠올랐다.

15장

수족관에서의 마지막 근무가 끝나갈 무렵 내 책상의 물건들을 챙기는데, 여기서 그렇게 오래 일했는데도 가져갈 물건이랄게 얼룩진 커피잔과 충동적으로 산 작은 모조 화분뿐이라는 사실에 약간 울적해진다.

나는 평소처럼 쇼핑객으로 북적이는 쇼핑몰 복도를 걸어간다. 풍선을 든 여자아이와 벤치에 앉아 있는 아이의 엄마를 지나치는데, 아이 엄마가 핸드폰에 대고 엄한 목소리로 말한다.

"아니, 내 말은 그게 아니라고. 내 말 좀 들어봐."

여자아이는 풍선을 향해 제 엄마처럼 엄하게 말한다.

"착하게 굴어, 알았지? 가만히 있어, 움직이지 말고."

풍선이 아이에게 고개를 끄덕이는 것처럼 보인다.

*

집에 돌아온 나는 뭘 해야 할지 모를 때 늘 그러듯 냉장고에 뭐가 있는지 들여다본다. 냉장고 안에는 고급 머스터드 두 병, 간장 몇 봉지, 태가 마시던 IPA 맥주 몇 병이 있다. 태를 위해 사다놓던 종류였다. 나는 거의 어떤 술이든 마시지만 홉맛이 강한 맥주는 좀처럼 입에 맞지 않았다.

태가 애리조나로 떠나던 날 냉장고 안쪽에서 오래 묵은 여섯 개들이 맥주 팩을 발견했다. 나는 그걸 한꺼번에 마시고 토해버렸다. 그리고 다음날 나가서 또 한 팩을 사다놓고는 이후로 건드리지 않았다. 지금에야 나는 캔 하나를 따서 한 모금을 머뭇머뭇 마셔본다. 역시 내 입에는 쓰레기 같은 맛이다. 하지만 마시면 마실수록 씁쓸한 탄산이 내 피부를 벗겨내는 듯한 느낌이 들어 맛이 점점 괜찮게 느껴진다.

남은 저녁 시간 동안에는 자연다큐멘터리를 보고 핸드폰으로 화성에 대한 기사를 읽는다. 중력이 약한 화성에서는 지구에서보다 세 배 더 높이 점프할 수 있으며, 화성의 하루는 지구보다 37분 더 길다고 한다. 나는 맥주를 세 캔째 따면서 나라면 그 여분의 시간을 어떻게 쓸까 생각해본다. 아무것도 안 하겠지, 아마도.

나는 TV 앞에서 잠들었다가 화성에 사는 캥거루 꿈을 꾼다.

캥거루들이 먼지 덮인 붉은 지표면을 커다란 발로 박차고 지평선을 향해 뛰어오른다. 얼마나 높이 뛰는지, 하늘에 걸린 두 개의 달 가장자리를 스칠 것만 같다. 잠에서 깨니 목이 뻐근하고 현관문에서 초인종이 울리고 있다.

"그만뒀다고?"

문을 열자마자 윤희가 믿을 수 없다는 듯 따진다.

"오늘 근무가 마지막이라고 어떻게 나한테 말하지 않을 수가 있어."

늦은 시간이다. 윤희는 잔뜩 화가 난 것 같다. 나는 비몽사몽간에 묻는다.

"지금 몇 시야?"

윤희는 들어가도 되느냐고 묻지도 않고 나를 휙 지나쳐 들어온다. 한때 윤희와 같이 살았다는 게 마치 다른 사람의 일인 양 낯설게 느껴진다.

"으, 청소기는 돌리고 살아?"

윤희가 코를 찡그리면서도 테이블 앞에 앉는다.

"잘 안 돌려. 오는 사람이 별로 없으니까."

윤희가 주위를 둘러보며 말한다.

"와. 우리가 여기 처음 이사 왔을 때가 백 년 전 같네. 저 소파가 아직도 있다니 믿기지 않는다."

"내버려둬. 소파도 최선을 다하고 있다고."

내 말에 윤희가 픽 웃는다. 그러고 나서 우리는 침묵에 잠긴다.

"왜 왔어?"

내가 묻지만 윤희는 대답하지 않고 앞에 놓인 맥주 가운데 한 캔을 집어서 딴다. 그리고 길게 한 모금 들이켜고는 눈살을 찌푸린다.

"아 역겨워."

"그렇지. 태는 좋아했지만."

"사과하러 왔어. 지난번에 내가 했던 말. 네 상황이 여러모로 힘든 거 알아. 내가 지나쳤어."

"네 말이 다 맞아."

"알아. 하지만 그렇게 말해선 안 됐어."

"그럼 사과나 마저 들어볼까."

"미안해."

윤희가 그렇게 말하고는 맥주를 다시 한 모금 마시더니 기겁한 표정을 짓는다.

그러다 윤희가 울기 시작한다. 윤희와 나 둘 중에 누가 더 놀랐는지 모르겠다. 나는 윤희에게 종이 타월을 건네주고, 그가 타월을 한 장씩 뜯어서 과장되게 코를 푸는 모습을 지켜본다. 윤희는 늘 예쁘게 우는 편이다. 울고 나면 방금 블러셔를 칠한 것처럼 뺨이 발그레해지고 눈이 반짝인다.

"요즘 힘들었어. 그리고 네가 그리웠어."

"나도 네가 보고 싶었어."

"내가 여기 더 자주 왔어야 했는데."

윤희가 잠깐 머뭇거리더니 마저 말한다.

"하지만 너도 내 곁에 있어줬어야 했어."

"알아."

나는 윤희를 마주보지 않으려고 애쓴다. 윤희의 눈을 보면 내가 이미 알고 있는 사실, 즉 나는 형편없는 친구이고 그 어떤 좋은 것도 누릴 자격이 없다는 사실이 보일 것 같아서다.

그런데 고개를 들어보니 윤희는 그냥 내 단짝 친구 윤희로 보일 뿐이다. 화가 나긴 했지만. 윤희의 눈이 그게 다야?라고 묻는다.

그래서 나는 다시 대답해본다.

"내가 진짜, 진짜 개판이었어."

"로. 내 결혼식이잖아. 나는 네 도움이 필요했다고."

"알아."

말하다보니 목소리가 떨린다.

"윤희야, 나는 네가 행복하길 바라. 진심이야. 하지만 태와의 관계가 온통 엉망이 되어가던 바로 그때 네 결혼식 준비가 시작됐어. 그렇다고 내가 잘했다는 건 아니야. 그런 감정을 느끼다니 내가 나빴어."

"그게 중요한 거지. 행복하고 싶지 않을 때도 다른 사람을 위해 행복해지는 것. 상황이 엿 같아도 곁에 있어주는 것. 축하할 기분이 아니어도 축하해주는 것."

나는 셔츠 소맷자락으로 콧물을 닦아낸다. 윤희가 못 본 척하며 종이 타월을 건넨다.

"하지만 딜로리스를 그렇게 팔 것까진 없었잖아. 아무리 딜로리스가 그 남자 집에서 더 잘살 거라고 해도 말이야."

내 말에 윤희가 뜸을 들이다 말한다.

"사실, 딜로리스는 안 갈 거야. 그 말 하려고 여기 온 거야. 그 사람이 딜로리스를 안 사겠대."

그 말에 별안간 나는 분노에 휩싸인다.

"뭐라고? 그 개자식이?"

"딜로리스에게 자기 집을 개조할 만한 가치가 없다고 판단했대. 솔직히 말하면 딜로리스를 보고 겁먹은 것 같아. 사진으로 보던 것보다 훨씬 크니까."

"어떡할 거야?"

그렇게 묻는데 심장이 쿵쾅거린다. 분노와 안도감이 뒤섞인 혼란스러운 감정 때문에 욕지기가 인다. 그냥 맥주 때문일 수도 있지만.

"수족관을 계속 운영할 다른 방법을 찾아야겠지. 그리고 내가 경영진을 설득해서 너를 복귀시킬 수도 있어. 수족관엔 네가 필요해."

나는 그 제안을 생각해본다. 지난 8년 동안 해온 일을 1년쯤 더 하면 어떨까. 아빠가 지금 나를 본다면 무엇을 바랐을지, 무슨 말을 했을지 생각해본다. 아빠는 내가 행복한 모습을 보고 싶어했을 것이다. 오래전 하와이에서 밤에 아빠와 함께 별이 희미해질 때까지 반짝이는 바다를 바라보았던 기억이 떠오른다. 앞으로 무엇을 하게 되든, 세상이 내 생각보다 훨씬 더 크고 아름답다고 실감했던 그때의 기분을 잊고 싶지 않다.

마침내 나는 이렇게 말한다.

"좀 쉬고 싶어. 학교로 돌아갈까 생각중이야."

완벽하게 다듬어진 윤희의 눈썹이 솟아오른다.

"언제부터 그런 생각을 한 거야?"

"방금."

"있잖아, 나는 늘 너를 질투했어. 어렸을 때부터."

"뭐라고? 왜?"

"너는 네가 뭘 원하는지 아주 확실하게 아는 것 같았거든. 관심 있는 게 뭔지, 좋아하고, 싫어하는 게 뭔지 말이야. 그리고 무엇이든 한번 마음을 정하면 아주 확고했지."

윤희가 어깨를 으쓱하고 덧붙인다.

"그런 점이 늘 대단하다고 생각했어."

"이제는 나도 잘 모르겠어."

"이번에도 알아낼 거야."

"그러지 못하면? 모든 게 지금 이 상태로 영원히 변하지 않으면?"

나는 집안을 손짓하며 말한다. 내가 유난스럽게 굴고 있다는 건 안다. 하지만 아침에 일어날 때마다 나를 떠났거나 떠나는 중인 사람이 남겨놓은 구덩이를 살금살금 피해 다니느라 괴로운 나날이 언젠가는 끝날 거라고 누군가가 말해주었으면 좋겠다. 정말이지 누구라도 말이다.

"영원한 건 아무것도 없어."

"그것도 별로 위안이 되지는 않는데."

"알았어. 하지만 왜 모 아니면 도여야 해? 영원한 게 아니면 아무것도 없는 거야?"

"모두가 결국에는 떠나니까. 나한테 좋은 일이 생겨봤자 결국 끝나버리니까."

"그게 아니야."

윤희가 화난 목소리로 말을 잇는다.

"너는 네게 일어날 온갖 나쁜 일을 예상하느라 너무 바빠서 맞서 싸울 시간조차 없는 거야. 일이 잘 안 풀리면 그 자리에 뭉개고 앉아 자기 연민에 빠지고 싶으니까 이런저런 존재들이 너를 떠나가기를 바라는 거고. 태와의 관계도, 지금 나와의 관계도 그런 식이었어. 이제 나는 너를 그렇게 놔두지 않을 거야."

피가 얼굴로 쏠리는 느낌이다. 우리는 서로를 노려본다.

"야. 내 삶에는 네가 필요해. 알겠어? 네가 내 사랑스러운 아이들에게 빌어먹을 별난 이모가 되어주기를 바란다고. 그래서 우리 아이들한테 나쁜 영향을 미치고, 내가 사람답게 행동하느라 너무 지친 날이면 그애들을 돌봐주기를 바란다고. 우리가 함께 늙어가고, 다시 스물두 살이 된 것처럼 술을 마셔대고, 과거에 저질렀던 온갖 어리석은 일에 대해 떠들고, 지독한 숙취에 시달렸으면 좋겠어. 일흔다섯 살이 되었을 때 한심한 크루즈 여행을 떠나 수영복도 맞춰 입고 싶고. 하지만 네가 그런 걸 하나도 원치 않는다면, 그래도 괜찮아."

"크루즈는 환경에 엄청 안 좋은데."

나는 그 말밖에 떠오르지 않는다. 윤희가 짜증난 표정으로 나를 쳐다본다.

"무슨 말인지 알잖아."

"알아. 나도 그 모든 걸 너랑 함께하고 싶어."

그렇게 말하고 보니 정말 그렇다는 게 실감난다. 늙어가는 걸 상상하기도 어렵지만, 그 과정을 함께하고 싶은 사람이 있다면 그건 윤희다. 나는 언제나 윤희와 함께했으니까. 그리고 지금은 그 사실을 아는 것만으로도 어쩐지 충분하다는 생각이 든다.

"좋았어."

윤희는 내가 세상에서 가장 멍청한 여자라고 생각하는 듯 고개를 절레절레 젓는다. 하지만 내가 같이 맥주를 마저 마시며 동굴벽화에 대한 다큐멘터리를 보자고 하자 좋다고 말한다.

딱딱 끊어지는 영국 억양의 내레이션에 따르면 이 벽화들은 프랑스의 동굴계에 있는 것으로, 수만 년 동안 인간의 눈에 띄지 않았다가 이제 막 발굴되었다고 한다.

"무엇이 우리를 움직임과 빛으로 이끌었을까요? 수천 년 동안 인류는 자연계에서 존재의 해답을, 자연의 패턴에서 위안과 의미를 찾아 헤맸습니다. 저런 그림을 창조함으로써 우리는 우리 자신을 발견하는 것일지도 모릅니다."

촬영진이 동굴 안으로 들어간다. 그들은 잠시 모든 조명을 끄고 탐험가들과 함께 순수한 어둠을 경험한다. 들리는 것이라고는 그들의 숨소리뿐이다.

"이거 보니까 불안해지는데."

윤희가 말한다.

그러다 조명이 다시 켜지고 동굴은 따스하고 풍부한 색깔로 채워진다. 벽에 배가 통통한 노란색과 빨간색 말들이 질주하는 그림이 있고, 활과 화살을 든 막대기 형태의 사람들을 향해 머리를 낮춰 뿔을 겨눈 갈색 소의 실루엣도 있다. 그 그림들 사이로 우아하게 뻗어 있는 물결치는 곡선들은 움직임을 암시한다. 녹처럼 붉은색과 뼈처럼 하얀색의 손자국이 벽에 얼룩덜룩 찍혀 있다. 동굴 자체가 살아 있는 것처럼 느껴진다.

어렸을 때 엄마는 가끔 성가대에서 쓸 악보를 복사하러 갈 때 나를 데려가곤 했다. 엄마가 안 보는 틈을 타서 나는 내 손을 복사해보았다. 따스한 녹색 빛이 내 손금을 외우듯 지나가는 게 재미있었다. 내 손이 검은 들판 위에 떠 있는 유령처럼 보였다. 나는 종이 한 장에 내 손이 겹쳐서 찍히도록 연달아 복사했다. 저승의 손은 이렇게 생기지 않았을까, 그 손들이 우리 세상과 그들 세상을 가르는 얇은 막을 밀어내고 나아갈 수 있다면 꼭 이렇게 보이지 않을까 싶었다.

지금도 나는 우리가 사랑했고 잃은 존재들이 우리에게 뻗는 손 모양이 그럴 거라고 상상한다. 자신이 곁에 있다고, 우리는 혼자가 아니라는 걸 알려주려 잠깐이라도 우리에게 다가올 때 그렇게 손을 내밀 거라고.

*

윤희는 자정이 넘어 집을 나선다. 그는 현관에서 나를 껴안고 며칠 뒤 같이 점심을 먹자고 한다.

"네 도움이 필요해. 아직 빌어먹을 드레스를 못 골랐단 말이야."

"고른 줄 알았는데."

윤희가 낙심한 듯 말한다.

"반품했어. 드레스를 너무 많이 입어봤더니 이제는 내가 어떻게 생겼는지도 모르겠어."

"네가 뭘 입든 제임스는 신경 안 쓸 거야, 알지? 쓰레기봉투를 뒤집어쓰고 나타나도 그는 행복해할걸."

윤희가 참지 못하고 받아친다.

"그 사람이야 당연히 신경 안 쓰겠지. 드레스는 제임스가 아니라 날 위한 거라고!"

*

몇 주 동안 나는 구직활동을 한다. 주로 특이한 일자리에 지원하면서 과외 업체에도 이력서를 내본다. 중학생에게 생물학을 가르치는 자리다. 나와 면접을 본 여자는 내 배경에 지나치게 감명받은 눈치이더니 그 자리에서 나를 고용하기로 결정한다. 내가 맡은 첫 학생은 주의를 끌기가 어려운 열한 살짜리로, 내가 그애를 위해 세포 도해를 그리고 각 부분의 명칭을 적고 얼굴 모양도 그려넣는 동안 앞머리에 가려진 눈을 들어 나를 쳐다볼 생각도 하지 않는다. 세포에 관한 지식을 거의 잊어버린 줄 알았는데 금방 기억이 떠오른다. 리보솜. 미토콘드리아. 핵. 나는 도해의 각 구성 요소에 이름을 적어주고 학생에게 각각의 기능을 설명해보라고 한다. 그러다보니 나도 모르는 사이에 수업 시간이 다 끝난다. 업체의 여자 담당자는 나에게 다음 주에 또 와달라고 한다.

윤희는 몸통에 레이스 장식이 있고 치마가 바닥에 끌리는 아이보리색 드레스를 산다. 나는 그 가게에서 그나마 가장 무난한 들러리 드레스를 고른다. 가느다란 끈이 달린 브이넥 디자인의 남색 드레스로, 윤희는 자신이 고른 복숭아색과 흰색 꽃과 잘 어울릴 거라고 한다. 내가 드레스 사진을 찍어서 엄마에게 보내니 엄마는 마음에 들어한다.

나는 해외 다큐멘터리의 영어 자막을 검토하는 일도 맡는다. 컴퓨터 앞에 헤드폰을 끼고 앉아 영화제작사에서 보내온 문서를 수정하며 몇 시간을 보낸다. 그러면서 세계 역사상 가장 규모가 컸던 20대 화산 폭발, 노르웨이의 기차 터널, 부패했던 중세 교황들이 휘말린 추문, 립스틱 생산과정에 대해 알게 된다.

어느 날 균류의 세계에 대한 다큐멘터리를 재생하려고 하는데 핸드폰에 알림이 온다. 오늘 오후 동부 시간 두시, 아크 4호 발사. 생중계 알림을 받으려면 스와이프하세요. 나는 스와이프한다. 그러고 보니 손이 떨리고 있다.

몇 시간 뒤, 균류 관련 다큐멘터리를 끝내고 이과수폭포의 자연계에 대한 다큐멘터리를 여는데 윤희에게서 전화가 온다.

"너 생중계 보고 있어? 지금 하는 중이야."

나는 유튜브에 들어간다. 흥분한 해설자들이 이 발사 프로젝트가 얼마나 전례 없는 일인지 설명하고 있다. 만약 이 임무가 처음 몇 달 동안 순조롭게 진행된다면, 수십만 명 가운데 선발된 참가자들은 인류가 화성에 세울 첫 식민지의 거주자가 될 것이다.

유로파 관계자들의 인터뷰가 끝없이 이어진다. 그중에는 롭 호크도 있다. 그는 필 호크와 비슷하게 생겼지만 키가 더 크고 주근깨가 있다. "이보다 더 자랑스러울 순 없습니다. 오늘은 우리만이 아니라 전 지구의 꿈이 정점에 이른 날입니다." 롭의 말에 수화기 너머에서 윤희가 코웃음을 친다.

하지만 군중의 환호를 받으며 활주로로 걸어나가는 승무원들을 보니 경외심과 흥분을 느끼지 않을 수 없다. 나는 화면에 조그맣게 보이는 매끈한 은색 바늘처럼 생긴 우주선으로 걸어가는 사람들 가운데 누가 태일지 찾아본다. 앞에서 네번째가 태인 것 같다. 그가 잠깐 주위를 둘러보다 군중에게 손을 흔들자 또다시 한바탕 환호성이 울린다. 문이 닫히고, 또 쓸모없는 해설이 나오는 가운데 카운트다운이 시작된다. 나는 잠깐 로켓이 폭발해서 금속 파편과 화염에 휩싸이는 최악의 상황을 상상해본다. 하지만 그럴 필요 없다고, 최악의 상황을 상상한다고 해서 그것으로부터 자신을 보호할 수 있는 것은 아니라고 자신을 타이른다. 윤희가 말한다.

"이제 시작이래. 몇 년 뒤면 우리도 가볼 수 있을지 몰라."

카운트다운이 막바지에 이르고, 로켓 추진체가 주황색과 진회색 구름을 토해내면서 은색 바늘이 지상에서 떠오른다. 로켓은 기다란 불꼬리를 드리우고 별을 향해 날아오르는 용처럼 푸르른 하늘로 점점 더 올라간다.

"우와."

윤희가 나지막이 탄성을 지른다. 우리 둘도, 화면 속 인파도 조용해진다. 우리는 로켓이 점점 더 높이 올라가다 시야에서 사라질 때까지 지켜본다.

지금 태는 어떤 기분일까. 초자연적 장치에 묶인 채 대기권 상층으로, 그리고 그 너머 그가 아는 누구도 가본 적 없는 까마득히 머나먼 곳으로 날아가는 기분이 어떨까. 태가 무서울지, 설렐지, 아니면 둘 다일지 궁금하다. 아빠가 베링 소용돌이로 처음 떠났을 때도, 엄마가 미국행 비행기를 처음 탔을 때도 그런 기분이었을까.

나는 사라져버린 소중한 사람들을, 떠나서 다시 돌아오지 않은 사람들을 떠올린다. 내 곁에 머무른 사람들도, 처음부터 늘 곁에 있었던 사람들도.

생중계가 마무리되고, 로켓의 궤적을 따라 하늘이 깊고 푸르스름한 청회색으로 물드는 것을 보고 있으니 이다음에는 무슨 일이 펼쳐질지 궁금해진다.

16장

몇 주 뒤

수족관에 도착하니 가족 단위 관람객으로 붐빈다. 문으로 들어서는데 다른 아이들 때문에 긴장한 헤일리가 내 손을 잡는다. 우리는 후텁지근한 유월의 공기를 헤치고 오느라 땀을 흘리고 있다. 밝은색 옷을 입은 막 걸음마를 뗀 아이들이 지친 부모를 피해 다니며 소리를 질러대자 헤일리가 아기들이 너무 많다며 짜증을 부린다.

나는 헤일리만했을 때 늘 자신이 실제 나이보다 성숙하다고 느꼈던 것이 기억나 이렇게 말한다. "너도 한때는 아기였어. 너를 처음 만났을 때 얼마나 조그마했는데." 그건 사실이다. 헤일리는 조산아였다. 병원에 갔을 때 레이철은 나에게 헤일리를 안아보라고 했다. 헤일리가 작은 입을 벌려 하품하자 새끼

고양이 혀처럼 조그맣고 섬세한 분홍색 혀가 드러났다. 나는 아기를 떨어트리거나 질식시킬까봐 너무 무서워서 꼼짝하지 않고 가만히 앉아 있었다. 이토록 작은 존재가 어떻게 살아남을 수 있는 걸까?

"제가 그렇게 작진 않았거든요."

헤일리가 말한다.

"오, 정말? 너희 엄마가 증명할 수 있는 사진을 가지고 있을 텐데."

"내가 바로 그 아기였는걸요. 저도 기억한다고요."

헤일리가 단호하게 말한다.

"그건 과학적으로 불가능한 일이야, 헤일리."

나는 티켓을 사고 창구의 남자 직원에게 미소를 짓는다. 처음 보는 얼굴인 걸 보니 인턴사원인 것 같다. 오늘은 일주일 가운데 가장 바쁜 날인 토요일이다. 예전에 같이 일했던 동료들과 마주쳐서 어색해질까봐 걱정스럽다.

"아네요, 진짜예요. 이모한테 계피 냄새가 났어요."

"알았어."

나는 그렇게 말하고 넘어간다. 헤일리가 이런 식으로 우길 때는 맞장구를 쳐주는 게 편하다. 나는 헤일리를 끌어안고 싶은 마음을 억누르고 수족관 지도를 건네준다.

"오늘은 네가 가이드야. 어디든 가고 싶은 대로 가도 돼."

헤일리는 내가 집에 갈 때 직접 운전하라고 집으로 몰고 가라고 말하기라도 한 듯 되묻는다.

"정말요? 엄마는 절대로 내가 먼저 보고 싶은 것부터 보게 해주지 않는데."

"뭐, 오늘은 너희 엄마가 없으니 우리 둘만의 규칙을 만들면 되지."

내가 레이철에게 전화해 헤일리를 수족관에 데려가도 되느냐고 물었을 때 레이철은 자신도 같이 가면 어떻겠느냐고 말했다.

"다루기 어려운 애니까. 알잖아."

하지만 나는 레이철에게 하루쯤은 엄마 노릇을 쉬라고, 어디 가서 스파를 하든, 손톱 관리를 받든, 오후 두시에 잔뜩 취해서 낯선 남자를 꼬시든 마음대로 하라고 했다.

"좋아. 하지만 네가 나더러 사람 좀 만나라고 잔소리를 하다니, 그건 좀 아닌 것 같은데."

레이철이 그렇게 대꾸하면서도 웃는 소리가 들렸다.

*

헤일리는 먼저 파도 수조에 가보고 싶다고 한다. 나는 헤일리가 뚜껑이 없는 수조의 차가운 물에 손을 넣어 불가사리의 등을 살며시 만져보게 해준다. 헤일리는 불가사리의 감촉이 이상하다며 킥킥거린다.

"이러면 불가사리가 아파요? 내가 만지는 걸 느낄 수 있어
요?"

"불가사리에겐 뇌가 없지만, 그래도 느낄 수는 있어."

무언가가 움직이지 않는다는 이유로 고통을 느끼지 않을 거
라고 상상하거나, 스스로도 무감각해지고 싶어하는 경우가 많
다. 나도 늘 수족관을 돌아다니면서 내 몸이 물과 소금으로 변
한다고 상상하며 아무것도 느끼지 않으려 애쓰곤 했다. 그런데
최근에는 무엇이든 최대한 많이 느끼고 싶다는 생각이 든다.

혜일리가 팔과 다리를 벌리고 비틀거리며 돌아다닌다.

"나한텐 뇌가 없다아아아. 로 이모, 이모도 해봐요."

우리는 그렇게 두 마리의 좀비 불가사리처럼 걸어다닌다. 그
러자 한 무리의 어린아이들이 몰려와 우리를 따라 하기 시작한
다. 아이들을 돌보던 부모들이 즐거워하면서도 성가셔한다.

*

혜일리는 물범을 무척 좋아한다. 물범의 미끌미끌하고 매끈
한 몸도, 강아지 같은 초롱초롱한 눈도.

"눈이 진짜 크다."

혜일리가 감탄하며 말한다.

우리는 민디라는 이름의 점박이물범이 배를 드러낸 채 느긋하게 몸을 위아래로 까닥이는 것을 지켜본다. 물범의 배가 돔 지붕처럼 수면 위로 올라온다. 처음에는 혼자 있는 줄 알았는데, 민디가 자세를 바꾸자 옆에 떠 있는 새끼 물범 한 마리가 보인다.

"오오오."

수조 앞에 달라붙은 헤일리의 입김이 유리 표면에 서린다. 우리는 물범 두 마리가 춤을 추듯 우아하게 서로의 주위를 맴도는 모습을 지켜본다. 그러다 민디는 우리 시선을 받는 게 질렸는지 수조 바닥으로 내려가고, 새끼도 그 뒤를 따라간다.

헤일리가 내 손을 잡는다. 헤일리가 수족관 같은 데 데려가기엔 너무 나이가 많은 아이가 되려면, 자신이 감당 못할 만큼 너무 큰 무언가 앞에서 본능적으로 옆 사람을 붙잡으려고 손을 뻗지 않으려면 얼마만큼의 시간이 걸릴까. 헤일리가 나만큼 혹은 그 이상으로 나이를 먹어도 오늘 이 순간을 기억할까. 우리가 자신의 머릿속에 어떤 기억을 남길지 선택할 수 없다는 건 불공평한 것 같다. 어떤 기억을 우리 안에 깊이 새겨 우리의 정체성을 구성할지, 어떤 기억을 잊을지 고를 수 있다면 좋을 텐데.

우리는 평소처럼 분주하게 움직이는 펭귄 우리로 간다. 몇몇은 헤엄을 치고, 몇몇은 바위 위에 모여 있다. 소나타와 아르페지오는 여전히 함께하는 듯하다. 둘은 물가에 서서 서로를 다듬어주고 있는데, 그 몸짓이 얼마나 다정한지 감동스러울 정도다.

"저 펭귄 좀 봐요."

헤일리가 다른 펭귄들과 떨어져서 가장 높은 바위에 혼자 있는 펭귄을 가리킨다. 코다다. 코다는 날개를 쭉 펴고 마치 춤을 추듯 몸을 앞뒤로 흔들고 있다.

"쟤는 왜 혼자예요?"

"혼자가 아니야. 봐봐."

코다가 나지막이 꽥꽥거리는 소리를 낸다. 이윽고 다른 로열 펭귄 몇 마리가 다가와 코다 옆의 바위로 뛰어오른다. 따뜻한 햇살 한줄기가 스포트라이트처럼 펭귄들을 비추자 그들은 만족스럽게 목을 뺀다.

*

무척추동물 구역은 더 조용하다. 중앙 전시관에서 떨어져 있는 이곳에선 소리가 더 약해지는 것 같다. 우리는 밝은 푸른색 수조 속에서 유령처럼 떠다니는 창백한 보름달물해파리와 네온으로 된 열기구처럼 빛나는, 길게 늘어진 촉수를 가진 커튼원양해파리를 보며 감탄한다. 헤일리는 유리에 코를 댄 채 넋을 놓고 바라본다. 나는 레이철에게 그 모습을 보여주려고 사진을 찍는다.

"수족관에서 내가 가장 좋아하는 구역을 보여줄까?"

내 말에 헤일리가 고개를 끄덕인다. 우리는 무척추동물 구역의 한가운데에 위치한 덜로리스의 수조로 간다.

덜로리스는 아까 해파리를 구경하던 헤일리처럼 유리에 바짝 붙어 있다. 우리가 덜로리스를 살펴보듯이 그도 수족관 구석구석을 다 살펴보려는 모양이다. 우리를 본 덜로리스가 연하고 희끄무레한 오렌지색으로 변하면서 눈이 가늘어진다. 나는 유리를 살짝 두드린다.

"이모 아빠가 발견했다는 그 문어예요?"

헤일리가 묻는다. 내가 지금의 헤일리보다 나이가 조금 더 많았을 때 덜로리스를 처음 본 기억이 떠오른다. 아빠의 손을 잡았을 때의 감촉도, 물속에서 움직이는 덜로리스의 팔을 보면서 등줄기가 기분좋게 오싹해지던 느낌도. 엄마와 아빠가 싸운 후였는데도 그날은 행복했다. 아빠가 실종된 후에는 더욱 찾기 어려워진 행복이었다. 하지만 아빠가 사라졌어도 덜로리스는 여전히 여기에 있고, 나도 여기에 있다.

"맞아. 대단하지 않니?"

"좀 무서워요."

헤일리는 팔을 폈다가 다시 휘감는 덜로리스에게서 시선을 떼지 못하며 말한다.

"처음에는 무섭지만 알고 보면 무척 상냥해."

"로?"

누군가가 부르는 소리에 고개를 돌리니 프랜신이 보인다. 그는 우리를 기다렸던 사람처럼 다가온다.

"프랜신, 만나서 반가워요."

놀랍게도 이건 거짓말이 아니다. 아는 사람과 마주칠까봐 초조했던 기분은 사라지고, 우리를 에워싼 평온한 푸른빛이 내 마음을 가득 채운다.

"우리가 보고 싶었죠?"

나는 그 말엔 대답하지 않기로 한다. 그리고 프랜신이 캐묻기 전에 소개한다.

"헤일리, 이분은 프랜신이야. 프랜신, 헤일리는 내 사촌의 딸이에요."

"여긴 처음 왔니, 헤일리?"

프랜신이 묻지만, 덜로리스에게 온통 시선을 빼앗긴 헤일리는 고개를 끄덕이는 둥 마는 둥 한다.

"프랜신, 부탁할 게 있어요."

내가 뒷말을 마저 하기도 전에 프랜신이 내게, 아니 정확히는 헤일리에게 묻는다.

"덜로리스를 직접 만나고 싶은 거지?"

"그래도 될까요?"

내가 묻자 프랜신이 사무적으로 대답한다.

"그럼요. 마침 먹이를 주려던 참이었어요. 게다가 딜로리스도 당신을 그리워하고요."

나는 프랜신을 도와 수조 뚜껑을 연다. 딜로리스가 수면으로 솟아오른다. 헤일리는 딜로리스가 빨판을 이용해 수조 벽과 바위에 붙어서 우리에게 다가오는 모습을 보고 놀란다. 우리가 지켜보는 앞에서 프랜신이 먹이를 흩뿌리자 딜로리스는 달려들어 새우와 오징어 조각을 부리로 가져간다.

수족관 일 가운데 가장 그리웠던 것은 동물에게 먹이를 주는 일이었다. 동물이 먹이를 먹는 모습을, 음식을 에너지로 바꾸는 실질적인 연금술을 목격하는 것은 정말 단순하지만 즐거운 일이다. 동물은 섭식을 할 때 자기 앞의 먹이 외에는 아무것도 생각하지 않는다. 가능한 한 빨리 그것을 섭취하려 할 뿐이다. 야생의 자연에서는 먹고 사냥하고 짝짓기하고 살아남는 것 외의 다른 것에 대해 생각할 시간이 많지 않다.

하지만 딜로리스는 먹이를 다 먹자마자 탐험을 하고 싶어한다. 나는 조심스럽게 물속에 손을 담그고, 딜로리스가 한 팔로 내 손목을 감싸는 것을 느끼며 눈을 감는다. 문어는 사람을 비롯해 모든 것의 독특한 맛을 지각할 수 있다. 딜로리스가 내게서 어떤 맛을 느낄지, 나를 기억할지 궁금해진다.

"저도 해볼래요."

헤일리가 말한다. 내 도움과 프랜신의 격려를 받으며 헤일리가 물에 손을 담근다. 아이가 고집스러운 만큼 딜로리스도 호기심이 많아 혜일리의 손목에 팔을 휘감아본다. 그러자 혜일리의 얼굴에 혼란과 경이가 뒤섞인 표정이 떠오른다.

"나를 알고 싶은가봐요."

혜일리가 말한다.

"그래, 너를 알아가고 있는 거야."

"저도 얘를 알아가고 있어요. 이름이 뭐예요?"

"딜로리스."

"아야, 방금은 약간 아팠어."

딜로리스가 더 세게 잡아당기자 혜일리가 얼굴을 찌푸리며 말한다.

"이제 그만할래요."

"긴장 풀어. 딜로리스는 너를 해치지 않아."

혜일리가 코로 숨을 들이마시고 입으로 내쉰다. 레이철의 말에 따르면 혜일리는 학교 상담사에게서 그 방법을 배웠다. 나는 혜일리의 어깨를 꼭 쥔다.

"잘하고 있어, 혜일리. 말을 걸어볼래?"

아빠는 우리가 이해하지 못하거나 두려워하는 존재에게 말을 걸어보면 도움이 된다고 했다. 그러면 그들이 우리와 덜 동떨어진 듯 느껴지니까.

아빠가 여기 있었다면 뭐라고 했을까. 거대한 대왕문어에 대해, 아빠가 하는 연구의 중요성에 대해, 문어의 아름다움과 마법에 대해 헤일리에게 어떤 이야기를 들려주었을까. 아빠는 베링 소용돌이에서 무엇을 보았기에 계속 그곳에 이끌렸을까. 마지막 여행에서 무사히 집으로 돌아왔다면 두 번 다시 떠나지 않았을까.

사실 나는 알고 있다. 아무리 간절히 바라더라도 아빠를 되돌릴 수 없고, 우리가 서로에게 어떤 말이나 약속을 하더라도 상실이나 이별을 예방할 수 없다는 것을. 그럼에도 이 세상에는 볼 것도, 붙들 것도, 돌보고 마음을 쏟을 것도, 사랑할 것도 너무나 많다. 우리 가운데 누구도 아주 오랫동안 이곳에 머물 수 없다는 사실에도 불구하고, 아니 오히려 그렇기 때문에 더더욱.

"안녕, 덜로리스. 만나서 정말 반가워."

헤일리가 물에 대고 속삭인다.

덜로리스가 대답하듯 금빛으로 변하더니, 마음의 준비가 된 듯 부드럽게 헤일리를 놓아준다. 그러자 내 안에 맺혔던 무언가도 풀어진다. 덜로리스는 별똥별처럼 밝게 반짝이며 물속으로 가라앉는다.

이별할 때 문어

초판 인쇄 2025년 2월 19일
초판 발행 2025년 3월 5일

지은이 정진아
옮긴이 김지현

펴낸곳 복복서가(주)
출판등록 2019년 11월 12일 제2019-000101호
주소 03720 서울특별시 서대문구 연희로 28길 3
홈페이지 www.bokbokseoga.co.kr
전자우편 edit@bokbokseoga.com
마케팅 문의 031) 955-2689

ISBN 979-11-91114-77-5 03840